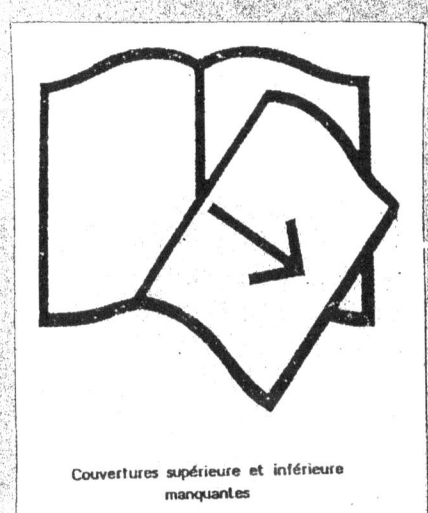

Couvertures supérieure et inférieure
manquantes

Pagination partiellement illisible

ALABLE POUR TOUT OU PARTIE

OU DOCUMENT REPRODUIT

LES BATAILLES DE LA VIE

LE MAITRE DE FORGES

DU MÊME AUTEUR

LES BATAILLES DE LA VIE

ROMANS

Serge Panine, 118e ÉDITION. — 1 vol. grand
in-18 . . . . 3 5o

La comtesse Sarah, 103º ÉDITION. — 1 vol.
grand in-18. . . . . 3 5o

Lise Fleuron. — Roman nouveau. 8oe ÉDITION. —
1 vol. grand in-18. . . . . 3 5o

THÉATRE

Serge Panine, pièce en cinq actes, représentée pour
la première fois à Paris, sur le théâtre du Gymnase-
dramatique, le 5 janvier 1882. 1 vol. gr. in-18. 2 »

Le Maître de Forges, pièce en quatre actes et cinq
tableaux, représenté pour la première fois à Paris,
sur le théâtre du Gymnase-dramatique, le 15 dé-
cembre 1883. 1 vol. grand in-18. . . . . 2 »

Paris. — Typ. G. Chamerot, 19, rue des Saints-Pères. — 16418.

LES BATAILLES DE LA VIE

LE

MAITRE

DE

FORGES

PAR

GEORGES OHNET

CENT SOIXANTE-DEUXIÈME ÉDITION

PARIS

PAUL OLLENDORFF, ÉDITEUR

28 *bis*, RUE DE RICHELIEU, 28 *bis*

1884

Tous droits réservés.

LE
MAITRE DE FORGES

I

Par une claire journée du mois d'octobre 1880, un jeune homme, vêtu d'un élégant costume de chasse, était assis à la lisière d'un de ces beaux bois de chênes qui couvrent de leur ombre fraîche les premières pentes du Jura. Un grand chien épagneul marron, couché dans la bruyère à quelques pas de son maître, fixait sur lui ses yeux attentifs, semblant demander si on n'allait pas bientôt repartir.

Le chasseur ne paraissait pas disposé à reprendre de sitôt sa course. Il avait appuyé son fusil à un tronc d'arbre, jeté sur le revers du fossé son carnier vide, et, tendant le dos au soleil, le menton appuyé dans sa main, il laissait errer ses yeux sur l'admirable panorama qui se déroulait devant lui.

De l'autre côté de la route, au bord de laquelle il était arrêté, le long d'une futaie, s'étendait une taille de deux ans, dont les cépées clair-semées poussaient comme des îlots de verdure au milieu des fougères et des grandes herbes jaunes. Le terrain boisé, s'abaissant en pente douce vers la vallée, laissait apercevoir dans les prairies le bourg de Pont-Avesnes, dressant au-dessus des toits rouges des maisons le clocher d'ardoises, en forme d'éteignoir, de sa vieille église. A droite, le château, entouré de larges douves desséchées et plantées d'arbres fruitiers. L'Avesnes, un mince filet d'eau, que les habitants appellent ambitieusement « la rivière », étincelait comme un ruban d'argent entre les saules rabougris aux feuillages tremblants, qui se penchaient sur ses rives.

Plus loin l'usine, par les cheminées de ses hauts fourneaux crachant une fumée rouge balayée par le vent, étendait ses noires murailles au bas de la colline, dont les assises de rochers étaient percées de larges trous servant à l'extraction du minerai. Au-dessus de ces excavations, verdoyaient les vignes qui produisent un petit vin blanc ayant un goût de pierre à fusil et qu'on vend couramment sous le nom de vin de Moselle. Le ciel d'un bleu pâle était inondé de lumière, une brume transparente comme un voile léger flottait sur les hauteurs. Une paix profonde s'étendait sur cette riante nature. Et l'air était si pur qu'à travers l'espace le bruit assourdi des marteaux de la forge montait de la vallée jusqu'à la forêt.

Engourdi par ce calme qui l'enveloppait, le jeune chasseur restait immobile. Peu à peu, le paysage avait cessé d'attirer ses yeux. Un sentiment de bien-être profond l'avait envahi, ses idées se perdaient dans un vague délicieux. Et il suivait en souriant sa pensée qui vagabondait dans les lointains du passé. Le soleil tournant dans sa course dorait les cimes rougissantes de la futaie, une chaleur lourde montait des bruyères et le silence des bois devenait plus recueilli.

Il fut brusquement tiré de sa méditation. Un museau frais venait de se poser sur ses genoux, pendant que deux yeux aux regards humains lui adressaient une muette prière.

— Ah! ah! dit le jeune homme, tu t'ennuies, toi, mon bon vieux? Allons, ne t'impatiente pas, nous repartons.

Et se levant avec un soupir, il remit son carnier en bandoulière, passa son fusil sous son bras, puis, traversant la route, il sauta un petit fossé et entra dans la taille.

Le chien marron battait déjà les grandes herbes. Tout à coup, il s'arrêta auprès d'un roncier, la patte haute, le cou replié, immobile comme s'il était changé en pierre. Sa queue s'agitait faiblement et, de ses yeux, il semblait appeler son maître. Celui-ci fit rapidement quelques pas. Au même moment, bondissant hors de son gîte, un grand lièvre déboula, montrant sa croupe jaune et filant comme une balle. Le jeune homme épaula son arme et fit feu avec précipitation. Quand la fumée du coup fut dissipée, il aperçut sans étonnement, mais avec ennui, son lièvre qui disparaissait dans le grand bois.

— Encore un de manqué ! murmura-t-il.

Et, se tournant vers l'épagneul qui l'attendait avec un air résigné : Quel malheur, hein ? Tu l'arrêtais si bien !

Au même moment, un coup de fusil éclata sous la futaie, à cent mètres du jeune chasseur. Puis, après une minute de silence, un bruit de pas se fit entendre dans le gaulis, les branches s'écartèrent et un vigoureux gaillard, vêtu d'une blouse de chasse en toile bleue, chaussé de grandes bottes et coiffé d'un vieux chapeau, apparut sur le bord du bois.

D'une main il tenait son fusil, de l'autre il portait par les pattes de derrière le lièvre qui venait de sortir si vivement de son gîte.

— Il paraît que vous avez été plus heureux que moi? dit en souriant le jeune chasseur en se dirigeant vers le nouveau venu.

— Ah! c'est vous qui avez tiré, monsieur? dit l'homme à la blouse.

— Oui, et fort maladroitement, car cet animal m'est parti dans les jambes et je lui ai envoyé mon coup de fusil à vingt pas.

— En effet, ce n'est pas brillant! reprit l'homme à la blouse avec ironie. Mais comment se fait-il, monsieur, que vous chassiez dans cette partie de la forêt?

— Mais j'y chasse, dit le jeune homme avec un léger étonnement, parce que j'en ai le droit...

— Je ne le crois pas : ces bois appartiennent à M. Derblay, qui ne permet à qui que ce soit d'y mettre le pied.

— Ah! ah! le maître de forges de Pont-Avesnes? reprit avec un peu de hauteur le jeune homme. Si je suis chez lui, c'est sans le savoir, et j'en suis tout à fait désolé. Je me serai égaré. Vous êtes sans doute le garde de M. Derblay?

— Et vous-même, qui êtes vous? dit l'homme à

la blouse sans répondre à la question qui lui était posée.

— Je suis le marquis de Beaulieu, et je vous prie de croire que je n'ai pas l'habitude de braconner.

A ces mots, l'homme à la blouse rougit beaucoup, et s'inclinant avec déférence :

— Veuillez m'excuser, monsieur le marquis ; si j'avais su à qui j'avais affaire, je ne me serais pas permis de vous aborder et de vous demander des explications. Continuez votre chasse, je vous prie, c'est moi qui me retire.

Pendant que son interlocuteur parlait, le jeune marquis l'observait plus attentivement. Sous son costume rustique, il avait bonne façon. Sa figure, encadrée d'une barbe noire, était belle et intelligente. Ses mains étaient fines et soignées. De plus il venait de suspendre à son épaule un fusil d'une riche simplicité, comme seuls les armuriers anglais savent les faire.

— Je vous remercie, reprit froidement le marquis, mais je n'ai pas l'honneur de connaître M. Derblay. Je sais seulement que c'est un voisin incommode avec lequel nous avons de mauvais rapports. Je tiens absolument à ne pas tirer un seul coup de fusil de plus sur ses terres. Je suis depuis hier seulement à Beaulieu. Je connais mal le terrain, et mon amour de la chasse m'a entraîné hors de nos limites. Mais je n'y serai pas repris.

—Comme il vous plaira, monsieur le marquis, répondit doucement l'homme à la blouse. M. Derblay aurait été cependant très heureux, je m'en porte garant, de vous prouver en cette circonstance que s'il est voisin incommode, c'est bien malgré lui... Il a empiété sur le domaine de Beaulieu pour faire passer un chemin de fer minier... Soyez assuré qu'il le regrette et qu'il est prêt à vous dédommager comme il vous conviendra. Les limites entre deux voisins sont quelquefois incertaines, ajouta-t-il en souriant... Vous en faites l'expérience vous-même... Ne jugez donc pas M. Derblay sans le connaître... Vous regretteriez certainement plus tard votre sévérité...

— Vous êtes sans doute un ami du maître de forges ?... fit le marquis en regardant l'homme à la blouse, un de ses employés, peut-être, car vous mettez à le défendre une chaleur...

—Toute naturelle, croyez-le, monsieur le marquis.

Et changeant brusquement la conversation :

— Mais, vous ne paraissez pas avoir été très heureux, soit sur Beaulieu, soit sur Pont-Avesnes ?

M. Derblay a la coquetterie de sa chasse. Et il serait fâché qu'on pût dire que vous êtes sorti de chez lui sans rien emporter. Veuillez prendre ce lièvre, que vous m'avez si obligeamment rabattu, et y joindre ces quatre perdreaux.

— Je ne puis accepter, répondit vivement le marquis. Gardez, je vous prie, vous me désobligeriez en insistant...

— Au risque de vous déplaire, j'insiste cependant, répondit l'homme à la blouse. Je mets ce gibier sur le revers du fossé. Libre à vous de l'y laisser. Ce sera autant de gagné pour le renard... J'ai l'honneur de vous saluer, monsieur le marquis...

Et d'une seule enjambée entrant dans le grand bois, il s'éloigna en allongeant le pas.

— Monsieur ! monsieur ! cria le marquis...

Mais déjà le chasseur était hors de vue.

— Voilà une étrange aventure, murmura le jeune homme ; que vais-je faire ?

Une intervention inattendue mit fin à ses hésitations. L'épagneul marron s'était dirigé vers le fossé, et prenant avec précaution un perdreau dans sa gueule, il le rapportait à son maître. Le marquis se mit à rire et, caressant le chien :

— Tu ne veux pas que nous rentrions bredouille, à ce qu'il paraît ?

Et introduisant dans son carnier le lièvre et les quatre perdreaux, d'un pas un peu alourdi par cette charge inusitée, le jeune homme reprit le chemin du logis.

Le château de Beaulieu est une construction de style Louis XIII, qui se compose d'un corps principal et de deux ailes. Il a été construit en pierres blanches, piquées de briques. Les toits pointus des ailes sont surmontés de hautes cheminées sculptées, d'un très grand caractère. Une large terrasse, de cinq cents mètres de longueur, bordée d'une balustrade en grès rose, règne devant le château, et est disposée en parterre. On y descend par un perron, élevé de huit marches, dont le dessous forme grotte. Des guirlandes de fleurs grimpent le long de la rampe en fer ouvragé, offrant à la main de celui qui descend un appui parfumé.

Cette terrasse, exposée au midi, est, à l'arrière-saison, un lieu de promenade délicieux. La vue y est charmante. Le château, situé sur la colline qui fait face aux vignobles et aux carrières de Pont-Avesnes, est entouré d'un parc de trente hectares, qui descend en pente douce vers la vallée. L'usine de M. Derblay a bien un peu gâté la beauté du paysage et troublé le recueillement de la campa-

1.

gne. Mais, telle qu'elle est, l'habitation est encore des plus enviables.

Elle est cependant restée déserte pendant de longues années. Le marquis de Beaulieu, le père du jeune chasseur, s'étant trouvé à vingt ans, vers 1845, à la tête d'une superbe fortune, avait commencé à mener à Paris la vie à grandes guides. Pourtant, il venait, chaque année, passer trois mois à Beaulieu, au moment de la chasse. C'était fête alors pour l'aristocratie de la contrée. Et la fastueuse prodigalité du châtelain enrichissait le pays pour toute la saison d'hiver.

Lorsque la révolution de 1848 éclata, les vignerons de Pont-Avesnes, électrisés par les tirades socialistes de quelques meneurs, se mirent en tête de récompenser la généreuse assistance que leur donnait le marquis, en saccageant son château.

Armés de fusils, de faux et de fourches, sous les plis du drapeau rouge, ils montèrent à Beaulieu en braillant la *Marseillaise*. Ils enfoncèrent les grilles que le concierge refusait obstinément d'ouvrir. Et, se répandant dans le château, ils se mirent à piller, brisant ce qu'ils ne pouvaient emporter. Le plus avisé de la bande, ayant trouvé l'entrée des caves, du vol on passa à la ripaille. Les vins du marquis étaient de choix. Les vignerons les apprécièrent en connaisseurs. L'ivresse leur donna un retour de violences. Se répandant dans les serres qui étaient tenues avec un soin merveilleux, ces brutes se mirent à piétiner les fleurs, à briser les vases de marbre.

Une admirable Flore de Pradier se dressait dans un massif de verdure, sur un socle, au pied duquel murmurait une cascade ruisselant dans une vasque de pierre. Un enragé allait balafrer à coups de faux la charmante figure, quand le plus ivre, pris d'un soudain accès de sensibilité, se plaça devant le chef-d'œuvre, déclarant qu'il était un ami des arts et qu'il planterait sa fourche dans le ventre du premier qui toucherait à la statue. La Flore fut sauvée.

Alors, pour se dédommager, les Pont-Avesnois songèrent à planter un arbre de la liberté. Ils déracinèrent dans le parc un jeune peuplier et, après l'avoir orné de loques rouges, ils vinrent, avec des hurlements de joie, le dresser au beau milieu de la terrasse.

Puis, ils descendirent vers le bourg et continuèrent leur orgie révolutionnaire en braillant jusqu'à la nuit. Le lendemain matin, une brigade de gendarmerie arrivait à Pont-Avesnes, et l'ordre était rétabli sans difficultés.

En apprenant cette échauffourée, le marquis commença par en rire. Ayant comblé les Pont-Avesnois de ses bienfaits, il lui paraissait tout simple qu'ils essayassent de lui faire du mal. Mais ce qui le fit sortir de son caractère, ce fut le récit de la plantation de l'arbre de la liberté sur la terrasse.

Pour le coup, la plaisanterie lui parut passer les bornes. Il envoya à son jardinier l'ordre de déraciner le jeune peuplier, de le scier en morceaux de mesure réglementaire et de le lui expédier à Paris pour son chauffage particulier. Il envoya cinq cents francs à l'ivrogne ami des chefs-d'œuvre, et fit déclarer aux Pont-Avesnois que, pour se venger de leur petite farce révolutionnaire, il ne remettrait de sa vie les pieds à Beaulieu.

Le bourg, pour qui cette mise en quarantaine équivalait à une perte d'au moins vingt mille francs par an, fit faire des tentatives de rapprochement par son maire, essaya d'une pétition signée par le conseil municipal. Rien ne fit. Le marquis ne pardonna pas l'arbre de la liberté, et le château de Beaulieu resta clos.

A la vérité, les séductions de l'existence parisienne étaient bien aussi pour quelque chose dans la résolution prise par le marquis. Le club, les

théâtres, le sport et la galanterie le retinrent plus
sûrement loin de Beaulieu que sa rancune contre
ses paysans. Cependant, au bout de quelques années de cette vie d'agitations et de plaisirs, le marquis se trouva fort las de toutes ses folies, et, profitant d'une heure de sagesse, il se maria.

Sa jeune femme, fille du duc de Bligny, avait
une âme tendre et un esprit calme. Elle adora le
marquis et sut fermer les yeux sur ses faiblesses.
Il était de ces charmants prodigues pour qui le
plaisir est l'essence même de la vie, et qui ont la
main et le cœur toujours ouverts : ne sachant pas
résister à un désir de sa femme, mais capable de
la faire mourir de chagrin, quitte à la pleurer amèrement après. Quand la marquise le grondait ma-
ternellement au lendemain d'une trop grosse folie,
il lui baisait les mains avec des larmes dans les
yeux, et lui disait : « Tu es une sainte ! » Et le jour
suivant, il recommençait.

La lune de miel des jeunes époux avait duré trois
ans. C'était bien honnête pour un homme tel que
le marquis. De leur mariage étaient nés deux enfants. Un fils et une fille. Octave et Claire gran-
dirent, élevés par leur mère. L'héritier gravement,
et de façon à devenir un homme utile. La fille délicatement, pour qu'elle fût le charme de l'existence

de celui qu'elle viendrait à aimer. Bizarrerie de la
création : le fils était la vivante image de sa mère,
doux, tendre et gai ; la fille avait le caractère im-
pétueux et ardent de son père. L'éducation peut
assouplir la nature, elle ne la change point. En
avançant en âge, Octave devint l'aimable garçon
qu'il promettait d'être. Claire fut la superbe et hautaine jeune fille que son enfance annonçait.

Cependant un compagnon leur arriva bientôt,
amené par le malheur et le deuil. Le duc de Bligny, resté veuf fort jeune, avec un petit enfant,
mourut misérablement sur la pelouse d'un champ
de courses, les reins brisés par son cheval. Ce fils
des preux, tué comme un jockey, ne laissait que
peu de fortune. Son fils Gaston, au sortir de la
cérémonie funèbre, fut conduit vêtu de noir chez sa
tante la marquise, et n'en sortit plus.

Traité comme un troisième enfant, il grandit auprès d'Octave et de Claire. Plus âgé qu'eux, il portait déjà en lui le charme et l'élégance d'une race
raffinée. Il avait été laissé à l'abandon par son
père, dont la vie de dissipation se prêtait peu aux
soins d'une surveillance suivie. Tantôt livré aux
domestiques qui le mêlaient à leurs intrigues de
bas étage, tantôt emmené par le duc dans des
parties fines, et indisposé par la nourriture irritante

des restaurants, l'innocence de cet enfant, entre les débauches des laquais et les galanteries de son père, avait été mise à une rude épreuve.

Quand il fut amené à l'hôtel de Beaulieu, il était malingre au physique, triste et légèrement mauvais au moral. Dans l'atmosphère épurée de la vie de famille, il retrouva toutes les grâces, toutes les fraîcheurs de la jeunesse. A dix-neuf ans, ses études finies, il promettait d'être un charmant cavalier et un gentleman accompli. C'est à cette époque qu'il s'aperçut que sa cousine Claire, plus jeune que lui de quatre ans, n'était plus une petite fille.

Une transformation soudaine s'était opérée en elle. Comme un beau papillon sortant de sa chrysalide, Claire venait de s'épanouir dans toute la splendeur de sa radieuse nature de blonde. Ses yeux noirs brillaient d'un doux éclat, et sa taille, admirablement développée, avait une élégance sans pareille. Gaston l'adora follement. Ce fut un coup de foudre. Il garda pendant deux ans son secret profondément enfermé au fond de lui-même.

Un grand malheur fut cause qu'il parla. Dans la douleur, les aveux sortent plus facilement du cœur. Le marquis de Beaulieu mourut subitement. Ce viveur disparut discrètement de la vie, à l'anglaise. Il ne fut pas malade, il cessa de vivre. On le trouva étendu dans son cabinet de travail. Il avait voulu feuilleter le dossier d'un procès qu'il engageait contre des collatéraux d'Angleterre. Ce travail inusité ne lui avait pas réussi.

Les médecins qui veulent tout déterminer avec précision et n'admettent pas qu'on se passe de leur opinion, même pour mourir, déclarèrent que le marquis avait succombé à la rupture d'un anévrisme. Les amis du club hochèrent la tête et dirent entre eux que cet excellent Beaulieu avait fini comme Morny, usé, brûlé par la grande vie. Il est certain qu'on ne mène pas impunément l'existence que le marquis menait depuis vingt-cinq ans.

De plus avisés pensèrent que la révélation faite par l'homme d'affaires à ce superbe gaspilleur d'argent, que son capital était dévoré jusqu'au dernier sou, l'avait aussi sûrement tué que si on lui avait logé une balle en plein cœur.

La famille du marquis ne s'occupa pas à rechercher les causes de cette mort foudroyante ; elle ne songea qu'à pleurer. M. de Beaulieu était aimé et respecté comme s'il eût été un époux et un père modèle. La marquise, silencieusement, mit toute sa maison en deuil et fit, à celui qu'elle avait adoré malgré ses fautes et qu'elle regrettait amèrement, des obsèques princières. Octave, désormais marquis de Beaulieu, et le duc de Bligny, son frère d'adoption, conduisirent le deuil, entourés par la plus vieille noblesse de France. Et le soir, quand ils rentrèrent dans l'hôtel sombre et muet, ils trouvèrent la marquise et Claire, vêtues de noir, qui les attendaient pour les consoler et les remercier de la lourde et douloureuse tâche qu'ils venaient de remplir. Puis la marquise s'enferma dans sa chambre avec son fils pour lui parler de l'avenir. Et Gaston alla avec Claire au jardin.

L'ombre descendait sous les grands arbres. C'était une belle soirée d'été, l'air était chargé du parfum des fleurs. Les deux jeunes gens marchaient lentement et sans parler autour de la pelouse. Ils suivaient l'un et l'autre leur pensée. D'un commun accord, ils s'arrêtèrent et s'assirent sur un banc de pierre. Un jet d'eau chantait dans le bassin de marbre à leurs pieds, et son murmure monotone berçait leur rêverie. Gaston, soudain, rompit le silence, et, parlant vite comme quelqu'un qui s'est trop longtemps contenu, il exprima à Claire, avec une profonde sensibilité, son chagrin d'avoir perdu l'homme excellent qui lui avait servi de père. Il y avait en lui une émotion qu'il était impuissant à contenir. Ses

nerfs avaient été trop cruellement tendus toute la
la journée. Une faiblesse de tout son être le livrait
à l'émotion poignante de l'heure présente. Et, malgré lui, ne pouvant retenir ses larmes, il se mit à
sangloter.

Puis, laissant tomber sa tête alourdie dans les
mains brûlantes de Claire, il s'écria :

— Va, je n'oublierai jamais ce que les tiens ont
été pour moi. Quoiqu'il m'arrive dans la vie, tu me
trouveras toujours près de toi. Je t'aime tant !

Et il répétait au travers de ses sanglots : Je t'aime!
je t'aime !...

Claire releva doucement la tête de Gaston, rougissant et presque honteux de son abandon, et le
regardant profondément, avec un doux sourire :

— Moi aussi, je t'aime ! dit-elle.

Gaston, éperdu, poussa un cri : Claire !

La jeune fille lui mit ses mains sur les lèvres, et
avec la solennité d'un engagement, elle effleura
d'un baiser le front du jeune duc. Puis, lentement,
ils se levèrent, et appuyés l'un sur l'autre, ils re-
prirent en silence leur marche autour de la pelouse.
Ils ne songeaient plus à parler. Ils écoutaient leur
cœur.

Le lendemain, Octave de Beaulieu commença
son droit et Gaston entra au ministère des affaires

étrangères. Le gouvernement républicain cherchait alors à s'attacher les grands noms de l'aristocratie pour rassurer l'Europe, qui voyait avec des yeux inquiets la démocratie triomphante. Le jeune duc avait été attaché au cabinet de M. Decazes, et semblait promis au plus brillant avenir diplomatique.

Très lancé dans le monde, il y avait produit une vive sensation par l'élégance de sa tournure, la grâce de son visage et le charme de sa conversation. Recherché par les mères de famille, il était resté indifférent aux avances qui lui avaient été faites. Ses yeux étaient fermés à tout ce qui n'était point Claire. Et ses meilleures soirées étaient celles qu'il passait dans le petit salon de sa tante, à regarder sa cousine, travaillant la tête penchée sur sa broderie. La lumière faisait étinceler les boucles folles qui frisaient sur sa nuque ronde. Et Gaston restait silencieux et recueilli, dévorant des yeux ces cheveux d'or, qu'il eût voulu baiser dévotement. A dix heures, il prenait congé de la marquise, serrait fraternellement la main de Claire et s'en allait dans le monde, danser jusqu'au matin.

L'été, toute la maison s'envolait en Normandie, dans une propriété de la marquise ; car, fidèle à la

rancune de son mari, celle-ci n'était point encore
retournée à Beaulieu. Là, Gaston était complètement heureux : il courait les bois à cheval avec
Octave et Claire, ivre d'air pur, tandis que la marquise fouillait les archives de la famille pour trouver de nouveaux documents relatifs au procès d'Angleterre.

Il s'agissait d'une somme considérable léguée à
M. de Beaulieu par testament. Les Anglais avaient
contesté le legs, et les sollicitors des deux parties,
entrés dans la cause, comme des rats dans un
fromage, s'enrichissaient en faisant durer les hosti-
lités. Le procès que le marquis avait commencé
par amour-propre, sa veuve l'avait continué par
intérêt, car la fortune de M. de Beaulieu avait été
gravement compromise par ses folies, et l'héritage d'Angleterre représentait le plus clair du patrimoine des deux enfants. La fortune personnelle
de la marquise était belle et solide, mais suffisait
seulement aux charges très lourdes de la vie commune. Madame de Beaulieu s'était donc faite plai-
deuse, quoiqu'elle eût horreur de la chicane, pour
défendre la fortune de Claire et d'Octave. Et, plongée dans les paperasses, en correspondance con-
tinuelle avec les hommes de loi, elle était devenue
d'une belle force sur le code de procédure.

Elle avait une confiance absolue dans l'issue
du débat. Les siens prolongeaient sa sécurité, et
Claire était considérée comme devant apporter
deux millions à celui qui serait assez heureux pour
lui plaire. Elle avait déjà été demandée en mariage, et par des prétendants de haute naissance
et de grande fortune. Elle avait refusé. La marquise, inquiète, avait questionné sa fille, et Claire,
sans hésiter, avait appris à sa mère qu'elle était
fiancée au duc de Bligny.

Madame de Beaulieu avait été médiocrement satisfaite de ces accordailles. Outre qu'elle avait sur
les mariages entre cousins des idées fort arrêtées,
elle jugeait Gaston avec une pénétration singulière.
Elle le voyait léger, passionné et inconstant, très
capable d'aimer ardemment, incapable d'aimer
fidèlement. Elle ne voulut cependant pas chercher
à influencer sa fille. Elle connaissait le caractère
étrangement ferme de Claire et savait que rien ne
pourrait la décider à rompre un engagement librement contracté. De plus, au fond d'elle-même, la
marquise était flattée d'une alliance qui faisait rentrer dans sa famille ce beau nom de Bligny qu'elle
avait abandonné, elle, en se mariant. Elle fit donc
bon accueil à son neveu, et, ne pouvant le traiter
mieux qu'elle n'avait fait jusque-là, elle continua à
voir en lui un véritable fils.

Sur ces entrefaites, le duc fut nommé secrétaire à l'ambassade de Saint-Pétersbourg. Et, d'un commun accord, on résolut de faire le mariage au premier congé que le jeune diplomate obtiendrait. Le premier congé fut donné au bout de six mois. Gaston arriva à Paris, mais pour huit jours seulement. Il était chargé d'une mission confidentielle que l'ambassadeur n'avait pas voulu livrer au hasard des dépêches chiffrées.

Huit jours ! Pouvait-on en conscience se marier en huit jours ? Ce n'était même pas un délai assez long pour que les bans fussent régulièrement publiés. Le jeune duc fut tendre pour Claire, mais avec une nuance de légèreté qui contrastait avec sa pieuse tendresse d'autrefois.

Depuis son départ, Gaston avait fréquenté la société russe, la plus corrompue qu'il y ait au monde. Et il revenait avec des idées toutes particulières sur l'amour. L'expression de son visage même s'était modifiée comme les sentiments de son cœur. Ses traits s'étaient marqués et durcis. Il y avait comme une trace de débauche sur son front autrefois si pur. Claire ne vit pas, ou ne voulut pas voir ces changements. Elle avait voué au duc une tendresse inaltérable. Et puis elle avait confiance dans le gentilhomme et attendait. Les lettres, d'abord fréquentes, de Gaston, devinrent plus rares. C'étaient toujours des protestations passionnées. Il souffrait cruellement, à l'entendre, des retards apportés à son bonheur. Mais il ne parlait plus de revenir. Et deux ans s'étaient écoulés depuis son départ.

A la demande de sa fille, madame de Beaulieu avait fermé ses salons pendant les deux hivers qui venaient de s'écouler. La fiancée voulait vivre dans la retraite pour couper court aux sollicitations des prétendants qui ne se décourageaient pas. Octave continuait son droit, et la marquise se plongeait de plus en plus dans les paperasses de son interminable procès.

Quand le printemps revint, par un de ces caprices qui lui étaient familiers, Claire désira aller visiter cette terre de Beaulieu, que son père, pendant sa vie, avait mise en interdit. La marquise, incapable de résister à sa fille, et jugeant utile de la distraire, consentit à ce déplacement.

Et c'est ainsi que, par une belle journée d'octobre, le jeune marquis, tout fraîchement reçu licencié, avait été rencontré le fusil sur l'épaule, accompagné de son épagneul marron, dans les bois de M. Derblay.

II

A l'heure où le jeune marquis revenait lourdement chargé vers le château, madame de Beaulieu
et Claire, assises dans le grand salon, jouissaient
de la fin de cette belle journée. Par les larges por-
tes-fenêtres ouvertes sur le perron, le soleil entrait
à flots, faisant étinceler l'or bruni des cadres, entre les larges bordures desquels les ancêtres se
dressaient souriants ou graves dans leurs costu-
mes de cérémonie. Le mobilier Louis XVI, en bois
sculpté peint en blanc et rehaussé de filets vert
d'eau, était recouvert d'une tapisserie au petit point
représentant les métamorphoses d'Ovide. Un large
paravent bas, tendu en velours de Gênes, entourait la bergère profonde dans laquelle la marquise
était installée. tricotant avec une grande attention

des capelines de laine pour les petits enfants du village.

Madame de Beaulieu avait alors dépassé la quarantaine. Son visage grave et doux était couronné par une chevelure déjà presque blanche, qui lui donnait un grand air de noblesse. Ses yeux noirs pleins de mélancolie semblaient encore humides des larmes secrètes qu'ils avaient versées. Mince et fluette, la marquise était de santé délicate, et prenait toutes sortes de précautions. Par cette chaude journée, un grand châle était étendu sur ses genoux, protégeant contre l'air vif ses petits pieds que, par une coquetterie persistante, elle chaussait de mules légères en satin noir.

Enfoncée dans un large fauteuil, la tête abandonnée sur le dossier de tapisserie, les mains pendantes et inertes, Claire, les yeux perdus dans le ciel, regardait, sans le voir, l'admirable horizon qui s'ouvrait devant elle. Depuis une heure elle était là, immobile, silencieuse, se laissant baigner par le soleil, qui faisait resplendir ses cheveux blonds comme une auréole de vierge.

Depuis quelques instants, la marquise regardait sa fille avec inquiétude. Un triste sourire avait erré sur ses lèvres, et, pour attirer l'attention de Claire, elle avait remué avec affectation la corbeille qui contenait ses pelotons de laine, accompagnant ce mouvement de : hem! hem! significatifs. Mais la jeune fille, insensible à ces appels indirects, était restée immobile, poursuivant sa pensée avec une ténacité implacable. La marquise, dépitée, posa alors son ouvrage sur la table et, se relevant dans sa bergère, elle dit avec un léger accent de gronderie :

— Claire... Claire...

Mademoiselle de Beaulieu ferma un instant les yeux, comme pour dire adieu à son rêve, et, sans bouger la tête, levant seulement jusqu'aux bras du fauteuil ses belles mains blanches :

— Ma mère? répondit-elle.

— A quoi penses-tu?

Claire resta un instant silencieuse. Un pli creusa son front. Puis, faisant un effort sur elle-même, d'un air calme :

— Je ne pensais à rien, mère reprit-elle, cet air tiède m'avait engourdie... Pourquoi m'avez-vous appelée?

— Pour que tu me parles, dit la marquise avec une nuance d'affectueux reproche, pour que tu ne restes pas ainsi muette et absorbée.

Il y eut un instant de silence. Claire avait repris sa pose abandonnée. La marquise, penchée en avant, avait rejeté son châle sans souci de l'air frais. Mademoiselle de Beaulieu, se tournant lentement vers sa mère, lui montra son beau visage triste. Et, comme reprenant tout haut la suite des pensées qu'elle agitait auparavant tout bas :

— Combien y a-t-il de temps, fit-elle, que nous n'avons reçu de lettres de Saint-Pétersbourg?

La marquise hocha la tête, semblant dire : Je savais bien de quoi il s'agissait. Et, d'une voix qu'elle tâchait de rendre calme :

— Il y a deux mois environ.

— Deux mois! oui! répéta Claire avec un douloureux soupir.

Pour cette fois la marquise perdit tout à fait patience; se levant brusquement, elle vint s'asseoir près de la fenêtre, en face de sa fille, et, lui prenant la main :

— Mais voyons, pourquoi penser sans cesse à cela, et te torturer l'esprit?

— A quoi voulez-vous que je pense, dit Claire avec amertume, sinon à mon fiancé? Et comment ne me torturerais-je pas l'esprit, comme vous dites, pour trouver les motifs de son silence?

— J'avoue, reprit la marquise, qu'il est difficile de l expliquer. Le duc de Bligny, mon neveu, après avoi passé huit jours auprès de nous, l'an dernier, est reparti en promettant de revenir à Paris pendant l'hiver. Il a d'abord écrit que des complications politiques le retenaient à son poste. Puis, il a prétexté que, l'hiver étant fini, il attendait l'été pour rentrer en France. L'été est venu, mais le duc ne vient pas. Voici l'automne, et Gaston ne donne même plus de prétextes. Il ne prend pas seulement la peine de nous écrire. Admettons qu'il n'y ait de sa part que de la négligence. C'est déjà trop ! Ma fille, tout dégénère : les hommes de notre monde eux-mêmes ne savent plus être polis.

Et la marquise redressa sa tête blanche, qui lui donnait un air de ressemblance avec les grandes dames poudrées qui souriaient tout autour du salon, dans leurs beaux cadres de portraits de famille.

— Cependant, s'il était malade? hasarda Claire, déjà entraînée à défendre celui qu'elle aimait. S'il était dans l'impossibilité de donner de ses nouvelles?

— C'est inadmissible, reprit sans pitié la marquise, on nous aurait prévenues de l'ambassade. Sois sûre qu'il est en parfait état, qu'il est vermeil et joyeux et qu'il a conduit tout l'hiver le cotillon, dans la haute société de Saint-Pétersbourg

Une crispation nerveuse altéra le visage de Claire.

Elle pâlit, comme si tout le sang de ses veines avait reflué vers son cœur. Puis, s'efforçant de sourire :

— Il m'avait tant promis de venir passer l'hiver à Paris ; et je me faisais une si grande fête de me retrouver dans notre monde avec lui ! J'aurais triomphé de ses succès. Il se serait peut-être aperçu des miens. Il faut avouer, ma mère, qu'il n'est pas jaloux. Et cependant il aurait sujet de l'être. Partout où nous sommes allées, j'ai été fort entourée. Ici même, dans ce désert de Beaulieu, les adorations n'ont pas cessé, et jusqu'à notre voisin, le maître de forges, qui s'en mêle...

— M. Derblay ?

— M. Derblay, oui, ma mère. Dimanche, à la messe, — vous n'avez pas remarqué cela, vous êtes trop pieuse, — je lisais mes prières à côté de vous, mais, sans savoir pourquoi, je me sentais gênée. Une force plus puissante que ma volonté attirait mon attention. Malgré moi, je me détournai, je levai les yeux, et, dans l'ombre d'une chapelle, je vis M. Derblay incliné.

— Il priait.

— Non, ma mère, il me regardait. Nos yeux se rencontrèrent et je lus dans les siens comme une muette invocation. Je baissai la tête et m'efforçai

2.

de ne plus me tourner de son côté. A la sortie, je le trouvai sous le porche qui attendait. Il n'osa pas m'offrir l'eau bénite. Il s'inclina profondément, nous passâmes, et je sentis son regard qui me suivait. Il paraît que c'est la première fois de l'année qu'on le voit à la messe.

La marquise se leva, et retournant à sa bergère dans laquelle elle s'enfonça mollement :

— Eh bien ! cela lui comptera pour le salut de son âme, à ce garçon. Au lieu de te faire des yeux blancs, il devrait bien nous dédommager des empiétements auxquels il s'est livré sur nos limites. Je le trouve assez plaisant avec ses invocations muettes. Et il faut que tu sois bien désœuvrée pour t'occuper des soupirs de ce batteur de fer, qui nous rendra sourds un de ces matins avec ses marteaux.

— Ma mère, les hommages de M. Derblay sont respectueux, et je n'ai pas lieu de m'en plaindre. Je ne vous parle du maître de forges que parce qu'il fait nombre avec les autres. Enfin, le cœur de la femme est changeant, dit-on... Le duc n'est pas là pour défendre son bien... Et moi, le rôle de Pénélope, attendant perpétuellement le retour de celui qui n'arrive pas, pourrait finir par me lasser. Gaston devrait se dire tout cela... Mais il ne se le dit pas. Et je reste toute seule, patiente, fidèle...

— Et tu as bien tort! s'écria la marquise avec vivacité. Moi, si j'étais à ta place...

— Non, ma mère, interrompit mademoiselle de Beaulieu avec une fermeté grave, je n'ai pas tort, et je n'ai aucun mérite à faire ce que je fais, car j'aime le duc de Bligny.

— Tu l'aimes! reprit la marquise, ne pouvant dissimuler son irritation. Comme tu es toujours exagérée! Faire d'une amitié d'enfance, un amour profond; d'un lien de parenté, une chaîne indestructible! Gaston et toi vous avez grandi l'un près de l'autre. Tu as cru que cette communauté d'existence devait se perpétuer et que tu ne pouvais pas être heureuse sans le duc... Folies que tout cela, mon enfant!

— Ma mère! s'écria Claire.

Mais la marquise était lancée, et l'occasion qui lui était offerte de soulager son cœur était trop belle pour qu'elle la laissât échapper.

— Tu te fais de grandes illusions sur le duc. Il est léger, frivole. Il a, tu le sais, des habitudes d'indépendance qu'il ne pourra pas corriger. Et j'entrevois beaucoup de déceptions pour toi, dans l'avenir. Tiens! Veux-tu le fond de ma pensée? Je ne verrai pas sans inquiétude ce mariage se faire!

Claire s'était redressée. Une rougeur ardente

montait à ses joues. Les deux femmes se regardèrent un instant sans parler. Il semblait que le premier mot qui allait être prononcé entre elles aurait
une gravité exceptionnelle. Mademoiselle de Beaulieu ne put se contenir et, d'une voix tremblante :

— Ma mère, voilà la première fois que vous me
parlez ainsi. Il semble que vous vouliez me préparer à apprendre une mauvaise nouvelle. L'absence
du duc aurait-elle des motifs sérieux que vous me
cachiez? Est-ce que vous auriez appris?...

La marquise eut peur en voyant l'émotion violente de sa fille. Elle comprit mieux que jamais
combien était profond et solide l'attachement de
Claire. Elle vit qu'elle s'était trop avancée. Et, faisant promptement retraite :

— Non, mon enfant, je ne sais rien, reprit-elle,
on ne m'a rien dit. Je trouve même qu'on ne me
dit pas assez. Et un silence si prolongé de la part
de mon neveu m'étonne... En vérité, il me semble
que Gaston pousse un peu bien loin la diplomatie !

Claire fut rassurée. Elle attribua la vive sortie
de sa mère à un mécontentement qu'elle ne pouvait elle-même s'empêcher de trouver légitime. Et
s'efforçant de reprendre sa sérénité :

— Allons. ma mère, encore un peu de patience...
Le duc pense à nous, j'en suis sûre. Et de Saint-

Pétersbourg il va nous faire la surprise d'arriver sans être attendu.

— Je le souhaite, ma fille, puisque tu le désires. En tous cas, mon neveu de Préfont et sa femme arrivent aujourd'hui. Ils viennent de Paris. Peut-être seront-ils mieux renseignés que nous.

— Tenez, voici Octave qui rentre par la terrasse avec maître Bachelin... dit vivement mademoiselle de Beaulieu en se levant avec précipitation, désireuse d'échapper à ce pénible entretien.

La jeune fille sortit du salon et s'avança en pleine lumière. Elle avait alors vingt-deux ans et était dans toute la splendeur de sa beauté. Sa taille élevée avait une élégance exquise. Et les bras, merveilleusement attachés à des épaules superbes, étaient terminés par des mains de reine. Ses cheveux d'or, noués sur le haut de la tête, laissaient voir une nuque ronde d'une blancheur rosée. Légèrement penchée en avant, les mains appuyées à la balustrade de fer du perron, effeuillant machinalement une des fleurs grimpantes qui s'y attachaient, elle se montrait la vivante incarnation de la jeunesse dans sa grâce et sa vigueur.

Madame de Beaulieu, pendant un instant, la couva des yeux avec admiration. Puis elle hocha la tête silencieusement et poussa un dernier soupir.

Les pas des deux arrivants faisaient crier le sable
de la terrasse et leurs voix parvenaient confusé-
ment jusqu'au salon.

Maître Bachelin était un petit homme de soixante
ans environ, arrondi par l'inactivité forcée de sa
vie de bureau. Le visage très rouge sous ses cheveux blancs, scrupuleusement rasé, vêtu de noir,
avec un soupçon de manchettes retombant sur les
mains, il était le type accompli du tabellion de l'ancien régime. Profondément attaché à ses nobles
clients, disant : « madame la marquise » avec une
onction de dévot, il soutenait les intérêts de la famille de Beaulieu par droit héréditaire. Les Bachelin étaient, de naissance, notaires des seigneurs
du pays. Et le dernier de ces respectables officiers
publics possédait avec orgueil dans son étude des
chartes remontant à Louis XI sur lesquelles s'é-
talaient la signature rude et féodale du marquis Ho-
noré Onfroy, Jacques, Octave, et le paraphe orné
de lacs d'amour de maître Joseph-Antoine Bachelin, notaire royal.

Le retour des maîtres de Beaulieu dans leur
château avait causé une joie profonde à l'excellent
homme. Pour lui, ce fut une rentrée en grâce. Il
avait gémi de l'absence de ses nobles clients. Et, les
tenant enfin dans ce beau pays, il espérait leur

voir reprendre l'habitude d'y venir passer tous les
étés. Jaloux de faire apprécier son savoir, il s'était
mis à la disposition de madame de Beaulieu, pour
démêler les fils assez embrouillés du procès d'Angleterre. Et, depuis six semaines, il entretenait avec
le sollicitor une correspondance active qui avait
mis le feu à l'affaire. En un mois et demi, maître Bachelin avait fait plus de besogne que tous les conseils de la famille de Beaulieu en dix ans. Et, malgré les pronostics fâcheux que l'habile homme avait
portés sur les résultats du débat engagé, la marquise était enchantée de son concours et stupéfaite
de son ardeur. Elle avait discerné en lui un de
ces serviteurs dévoués qui sont dignes d'être
élevés au rang d'amis. Et elle le traitait en conséquence.

Maître Bachelin venant au château avait rencontré le jeune marquis à la grille du parc, et, le voyant
lourdement chargé, lui avait de force pris son fusil,
qu'il portait sons son bras gauche, serrant sous
son bras droit une volumineuse serviette de cuir
noir, bourrée de papiers.

— Eh ! comme vous voilà embarrassé de vos
mouvements, mon pauvre monsieur Bachelin ! dit
gaîment Claire au notaire, qui montait précipitam-
ment les marches du perron, en essayant d'ôter son

chapeau, et en esquissant des révérences cérémo-
nieuses.

— Veuillez agréer mes très humbles respects,
mademoiselle. Comme vous le voyez, je réunis en
ce moment les attributs du droit et de la force... Le
code sous un bras et le fusil sous l'autre... Mais le
fusil est sous le bras gauche... *Cedant arma togæ!*
Mille pardons, vous ne comprenez sans doute pas
le latin, et je ne suis qu'un pédant.

— Ma sœur comprend au moins ce latin-là, fit
en riant le marquis... Et vous êtes le meilleur
homme du monde... Maintenant rendez-moi mon
fusil... Merci...

Et prenant son arme, Octave gravit le perron à
la suite du notaire.

— Tu as fait bonne chasse, il me semble! dit
mademoiselle de Beaulieu en arrêtant son frère sur
le seuil du salon et en soulevant le carnier qui pe-
sait sur ses épaules.

— Je serai modeste et ne me parerai pas des
plumes du paon... Ce gibier n'a pas été tué par
moi

— Et par qui donc?

— Je n'en sais rien. Vraiment!... appuya le
marquis en voyant sa sœur faire un geste d'étonnement. Imagine-toi que je m'étais égaré sur les

terres de Pont-Avesnes, quand j'ai rencontré un autre chasseur qui m'a fait des observations et m'a demandé qui j'étais, se montrant assez raide de formes et assez vif de ton. Mais aussitôt qu'il a su mon nom, il est devenu non seulement conciliant mais même aimable et m'a fait prendre, presque de force, ce qu'il avait dans son carnier.

— Voilà qui est singulier, dit mademoiselle de Beaulieu. Cet homme a-t-il voulu se moquer de toi?

— Ma foi non, je ne le crois pas, il semblait plutôt avoir à cœur de m'être agréable... Et, sa politesse faite, il s'est sauvé à toutes jambes pour m'ôter les moyens de la refuser.

— Monsieur le marquis veut-il me permettre de lui poser une question? dit maître Bachelin, qui avait écouté ce récit avec attention.

— Faites, je vous prie, mon cher maître.

— Eh bien! comment était le chasseur en question?

— Un grand gaillard, très brun, coiffé d'un vieux feutre gris et vêtu d'une blouse.

— Ah! ah! C'est bien cela! fit le notaire à voix basse. Je suis, monsieur le marquis, à même de vous renseigner sur votre donateur mystérieux. C'est tout simplement M. Derblay.

— M. Derblay? s'écria le marquis, affublé d'une blouse, comme un paysan et coiffé d'un chapeau défoncé comme un contrebandier? Impossible!

— N'oubliez pas, monsieur le marquis, reprit maître Bachelin avec un sourire, que nous sommes, nous autres, des chasseurs rustiques. Moi qui ai la prétention de me montrer vêtu décemment, dans la vie ordinaire, si vous me rencontriez en chasse, au coin d'un bois, je vous ferais peur. C'est M. Derblay, soyez-en sûr. Et si je ne le reconnaissais au portrait que vous venez de tracer de lui, et qui est frappant, l'offre aimable qu'il vous a faite suffirait pour dissiper mes doutes. C'est bien lui!

— Alors! Je suis gentil, moi! Je lui ai dit, en parlant de lui-même, qu'il était un voisin incommode... et toutes sortes d'autres choses désobligeantes. Mais il va falloir que j'aille lui faire des excuses!

— Vous n'aurez pas à prendre cette peine, monsieur le marquis, et si vous voulez annoncer ma visite à madame votre mère, je vais, devant elle, vous donner connaissance de certains faits qui modifieront, j'en suis certain, l'opinion que vous vous êtes faite de M. Derblay.

— Ma foi, je ne demande pas mieux, fit Octave

en se débarrassant de son harnais de chasse. Ce maître de forges a l'air d'un aimable compagnon.

Tout en parlant, le marquis était entré dans le salon, s'était approché de madame de Beaulieu, et lui ayant baisé respectueusement la main :

— Maître Bachelin est là, ma mère, et voudrait vous voir.

— Que n'entre-t-il? dit la marquise avec vivacité. Voilà dix minutes que je vous entends bavarder sur le perron. Bonjour, mon cher Bachelin...

Et comme le notaire se courbait autant que sa taille replète pouvait le lui permettre.

— M'apportez-vous de bonnes nouvelles ? ajouta la marquise.

La figure de Bachelin changea d'expression. De souriante qu'elle était, elle devint soucieuse. Et éludant la question que sa noble cliente lui posait, le notaire répondit d'un ton sérieux :

— Je vous apporte des nouvelles, oui, madame la marquise...

Et comme s'il eût été pressé de passer à un autre ordre d'idées :

— Je suis allé ce matin à Pont-Avesnes et j'ai vu M. Derblay. Toutes les difficultés qui se sont élevées entre vous et lui, au sujet de vos limites communes, sont aplanies. Mon honorable ami ac-

cepte toutes les conditions qu'il vous plaira de
dicter. Il est heureux de se mettre à votre discrétion.

— Mais, s'il en est ainsi, dit madame de Beaulieu avec un léger embarras, nous n'avons pas de
conditions à dicter. Du moment qu'il n'y a pas de
lutte, il n'y a ni vainqueur ni vaincu. L'affaire sera
soumise à votre arbitrage, mon cher Bachelin. Et
tout ce que vous ferez sera bien fait.

— Voilà une résolution qui m'enchante, et je
suis heureux de voir la paix rétablie entre l'usine
et le château. Il n'y a donc plus qu'à signer les pré-
liminaires. Dans ce but, M. Derblay a l'intention
de se présenter à Beaulieu avec sa sœur, mademoiselle Suzanne, pour vous offrir ses hommages, madame la marquise, si toutefois vous daignez l'y
autoriser...

— Certainement ! Qu'il vienne ! Je serai très contente de le voir enfin, ce cyclope qui noircit toute la
vallée... Ah, ça ! mais je suppose que ce n'est pas
seulement ce traité de paix qui gonfle ainsi votre
portefeuille, dit madame de Beaulieu en montrant
la serviette du notaire. Vous m'apportez sans doute
quelques documents nouveaux pour notre procès
d'Angleterre ?

— Oui, madame la marquise, oui, reprit Bachelin avec un trouble plus accentué. Si vous voulez bien, nous allons parler affaires...

Et d'un coup d'œil suppliant le notaire montrait à la marquise son fils et sa fille. Madame de Beaulieu comprit. Une vague inquiétude lui serra le cœur. Qu'avait donc de si grave à lui apprendre son homme de confiance, que le huis-clos lui parût nécessaire? Mais c'était une femme résolue que la marquise. Son hésitation fut de courte durée. Et se tournant vers son fils:

— Octave, dit-elle, vois donc si les ordres ont ont été donnés pour qu'on aille au chemin de fer chercher nos cousins qui arrivent à cinq heures.

A ces mots, Claire leva la tête. Son frère tressaillit. L'intention de la marquise était évidente. Elle prenait un prétexte pour éloigner son fils. Il y avait entre ces trois êtres qui se chérissaient si tendrement une préoccupation mystérieuse qu'ils essayaient de se cacher mutuellement. Claire et le marquis, sans faire de questions, adressèrent à leur mère un sourire, et s'éloignèrent chacun dans une direction opposée.

Mademoiselle de Beaulieu lentement descendit sur la terrasse. La pensée que Bachelin apportait des nouvelles du duc de Bligny lui était soudainement venue. Et profondément émue, sentant ses idées tournoyer dans son esprit sans qu'elle pût en fixer une seule, elle marchait sous les grands arbres, n'ayant plus la notion du temps, livrée à un trouble profond.

Dans le salon, la marquise et Bachelin étaient restés en présence. Le notaire ne faisait plus d'efforts pour donner à son visage une expression souriante. Il était maintenant grave et recueilli. Madame de Beaulieu resta un moment silencieuse, comme si elle eût voulu jouir jusqu'à la dernière minute de la tranquillité qu'elle avait encore ; puis prenant sa résolution :

— Eh bien ! mon cher Bachelin, qu'avez-vous à m'apprendre ?

Le notaire secoua tristement sa tête blanche.

— Rien de bon, madame la marquise, répondit-il. Et c'est pour moi, vieux serviteur de votre famille, un sujet de vive affliction. Le gain du procès engagé, de son vivant, par feu M. le marquis de Beaulieu, votre époux, contre ses collatéraux d'Angleterre, est gravement compromis.

— Vous ne me dites pas toute la vérité, Bachelin, interrompit la marquise. S'il y avait encore une lueur d'espoir, vous ne seriez pas si abattu. Parlez, je suis forte, je puis tout entendre. Les tribunaux anglais ont décidé ? Le procès est perdu ?...

Le notaire n'eut pas le courage de répondre. Il fit un geste qui équivalait au plus désolé des aveux. La marquise se mordit les lèvres, une larme brilla au bord de ses cils, aussitôt séchée par le feu qui lui montait au visage. Bachelin consterné se mit à marcher à pas pressés dans le salon. Il avait oublié tout respect. Il ne se souvenait plus du lieu révéré où il se trouvait. Et entraîné par son émotion, gesticulant comme lorsqu'il étudiait une affaire dans son cabinet, il disait :

— La cause avait été mal engagée ! Ces sollicitors sont des ânes ! Et avides ! Ils vous écrivent une lettre, c'est tant... Vous leur répondez, ils lisent la réponse, c'est tant... Si le marquis m'avait demandé conseil encore ! Mais il était à Paris. Et son avoué l'a mal dirigé... Encore des ânes, ces avoués de Paris ! Des gaillards qui ne savent que pousser au papier timbré !

Il s'arrêta brusquement, et frappant dans ses mains : Voilà un coup terrible pour la maison de Beaulieu !

— Terrible, en effet, dit la marquise, et qui entraîne la ruine de mon fils et de ma fille. Il ne faudra pas moins de dix années d'économies pour que sur ma fortune je rétablisse nos finances...

Bachelin avait cessé d'arpenter le salon. Son

calme était revenu, et maintenant il écoutait madame de Beaulieu avec un respect attendri. Il savait que la perte du procès était irrémédiable. Il venait de recevoir le jugement. Et aucun recours, aucun appel n'étaient possibles. La dédaigneuse incurie du marquis avait permis à ses adversaires de prendre de sérieux avantages, et désormais la lutte était insoutenable.

— Un malheur arrive bien rarement seul, reprit la marquise. Vous devez avoir d'autres mauvaises nouvelles à me faire connaître, Bachelin. Pendant que j'y suis, dites-moi tout, ajouta madame de Beaulieu avec un sourire résigné. Je ne crois pas pouvoir être plus gravement atteinte que je ne le suis.

— Je voudrais partager cette confiance, madame la marquise. Ce que j'ai encore à vous apprendre ne me paraîtrait pas si pénible. Mais je connais la délicatesse de votre cœur et je crains que des deux malheurs ce soit la perte d'argent qui vous paraisse le moins sensible...

La marquise pâlit, et une agitation extrême s'empara d'elle. Elle pressentit ce que son homme de confiance allait lui dire, et, incapable de se contenir:

— Vous avez des nouvelles du duc de Bligny ? s'écria-t-elle.

— J'avais été chargé par vous, madame, de m'enquérir des faits et gestes de monsieur votre neveu, dit le notaire avec une nuance de dédain bien caractéristique chez ce fervent adorateur de l'aristocratie. J'ai suivi de point en point vos instructions. Et voici les renseignements qui m'ont été transmis: M. le duc de Bligny est à Paris depuis six semaines.

— Depuis six semaines! répéta la marquise avec stupeur. Et nous l'ignorions!

— Monsieur votre neveu se serait bien gardé de vous le faire savoir...

— Et il n'est pas venu! Et il ne vient pas encore, connaissant le revers qui nous atteint! Car il le connaît, n'est-il pas vrai?

— Il l'a connu, madame la marquise, et des premiers!

Madame de Beaulieu fit un geste de douloureuse surprise. Et avec un accent de profonde affliction :

— Ah! vous avez raison, Bachelin, voici qui me touche plus cruellement que la perte d'argent. Le duc nous abandonne. Il n'est pas venu et ne viendra pas, j'en avais le pressentiment. Ce qu'il voulait de nous, c'était une fortune. La fortune a disparu, le fiancé s'éloigne. L'argent c'est le mot d'ordre de cette époque vénale et cupide. La beauté, la vertu, l'intelligence, tout cela ne compte pas ! On ne dit plus : place au plus digne, on crie : place au plus riche ! Or, nous voilà presque pauvres, on ne nous connaît plus.

Bachelin avait écouté avec tranquillité la violente apostrophe de cette mère ulcérée. Malgré lui, le notaire ne pouvait dissimuler un secret contentement. Il était redevenu très rouge, et frottait machinalement ses mains derrière son dos.

— Madame la marquise, dit-il, je crois que vous calomniez notre époque. Certes les idées positives y dominent et la cupidité naturelle à l'espèce humaine a fait de notables progrès. Mais il ne faut pas condamner en bloc tous nos contemporains. Il y a encore des hommes désintéressés pour qui la beauté, la vertu et l'intelligence sont des biens qui font une femme enviable entre toutes. Je ne dis pas que, de ces hommes-là, j'en connaisse beaucoup. Mais j'en connais au moins un. Et, en l'espèce, un seul suffit.

— Que voulez-vous dire ? demanda la marquise, étonnée.

— Simplement ceci, poursuivit le notaire, qu'un galant homme de mes amis n'a pu voir mademoiselle de Beaulieu sans en devenir éperdument épris. La sachant engagée avec le duc, il n'aurait point osé faire connaître ses sentiments. Mais qu'il la sache libre, et il parlera, si vous daignez l'y autoriser.

La marquise regarda fixement Bachelin.

— C'est de M. Philippe Derblay qu'il s'agit, n'est-il pas vrai ?

— Oui, madame la marquise, de lui-même, répondit hardiment le notaire.

— Je n'ignore point les sentiments que ma fille a inspirés au maître de forges, reprit la marquise. Il ne les cache pas. Pas assez même !

— Ah ! c'est qu'il aime mademoiselle Claire, et sincèrement, lui ! reprit avec feu le notaire... Mais vous ne connaissez pas assez complètement M. Derblay, madame la marquise, pour pouvoir le juger à sa valeur.

— Je n'ignore pas qu'il est fort estimé dans le pays... Mais vous, mon cher Bachelin, vous êtes lié avec sa famille ?

— J'ai vu naître M. Philippe et sa sœur mademoiselle Suzanne. Leur père voulait bien m'appeler son ami... Ceci vous explique, madame la marquise, l'audace avec laquelle je viens de vous faire connaître les sentiments de M. Derblay. J'espère que vous voudrez bien me la pardonner. A mes yeux, mon client n'a qu'un seul défaut : son nom, qui s'é.

crit en un seul mot, sans apostrophe. Mais, en cherchant bien, qui sait ? La famille est fort ancienne. Sous la Révolution, les honnêtes gens se serraient les uns contre les autres, les lettres ont bien pu en faire autant.

— Qu'il garde son nom tel qu'il est, dit tristement la marquise. Il le porte en homme d'honneur, et, dans le temps où nous vivons, cela suffit. Regardez le duc de Bligny qui s'éloigne de Claire ruinée, puis voyez M. Derblay qui recherche une fille pauvre, et dites-moi, du noble ou du roturier, quel est le gentilhomme !

— M. Derblay serait bien heureux, madame, s'il vous entendait.

— Ne lui répétez rien de ce que je viens de vous dire, interrompit gravement la marquise; mademoiselle de Beaulieu ne reçoit de générosités de personne. Et avec le caractère que je lui connais, il est probable qu'elle mourra fille. Plaise à Dieu, mon ami, que le double coup qui va la frapper la trouve forte et résignée.

Le notaire resta un moment interdit. Puis, avec une émotion qui faisait trembler sa voix :

— Quoi qu'il advienne, madame la marquise, souvenez-vous que M. Derblay serait le plus heureux des hommes, s'il lui était jamais permis d'espérer. Il attendra, car lui non plus n'est pas de ceux dont le cœur change. J'entrevois dans ces événements bien des chagrins pour nous tous, car vous permettrez, n'est-ce pas, à un vieux serviteur tel que moi, de se compter parmi ceux qui sont destinés à souffrir de vos tourments. Maintenant, s'il m'était permis de donner un conseil, je vous engagerais à ne rien dire à mademoiselle de Beaulieu. Le duc de Bligny fera peut-être un retour sur lui-même. Et puis il sera, pour mademoiselle Claire, toujours temps de souffrir.

— Vous avez raison. Quant à mon fils, je dois lui apprendre le malheur qui le frappe.

Et marchant jusqu'au perron, la marquise, d'un geste, appela le jeune homme qui, assis sur la terrasse, attendait patiemment la fin de la conférence.

— Eh bien ! dit-il avec gaîté, la séance est-elle levée ? Ou bien m'appelez-vous pour que je siége avec vous ?

— Je veux en effet, répondit doucement la marquise, te faire connaître des nouvelles graves et qui me causent une vive affliction.

Le marquis devint sérieux en un instant et, se tournant vers sa mère :

— De quoi s'agit-il donc ?

— Mon fils, maître Bachelin a reçu une communication définitive de notre représentant judiciaire en Angleterre.

— Au sujet du procès ?

— Oui.

Octave s'approcha de la marquise et lui prenant affectueusement la main :

— Eh bien ? dit-il, il est perdu ?

La marquise stupéfaite, en constatant avec quel sang-froid le marquis acceptait cette désastreuse nouvelle, regarda Bachelin, comme pour lui demander une explication. Mais voyant le notaire rester impassible, elle reporta ses regards sur son fils.

— Mais tu le savais donc ? interrogea-t-elle, en respirant plus à l'aise, comme soulagée par la calme résignation du marquis.

— Je ne le savais pas absolument, répondit le jeune homme. Mais je m'en doutais. Je ne voulais rien vous dire, j'ai respecté vos illusions, mais j'étais parfaitement convaincu que ce procès était insoutenable. Aussi, depuis longtemps, suis-je préparé à sa perte. Je ne la redoutais que pour ma sœur, dont la dot était en jeu. Mais il y a un moyen très simple d'arranger les choses. Vous lui donnerez la part que vous me réserviez dans votre fortune. Et quant à moi, soyez sans inquiétude, je me tirerai d'affaire tout seul.

A ces généreuses paroles, la marquise rougit d'orgueil. Et se tournant vers le notaire :

— De quoi me plaindrai-je, dit-elle, ayant un pareil fils ! Et tendant les bras au marquis, qui souriait doucement :

— Tu es un brave enfant ! Viens que je t'embrasse !

— Je n'ai pas de mérite, dit le marquis avec émotion, j'aime ma sœur et je ferai tout pour qu'elle soit heureuse. Et pendant que nous sommes en train de parler de choses tristes, est-ce qu'à votre avis le silence de notre cousin de Bligny ne se rattache pas à ce procès perdu ?

— Tu te trompes, mon enfant, dit vivement la marquise, en faisant un geste comme pour retenir le marquis... Et le duc...

— Oh ! ne craignez rien, ma mère, interrompit Octave avec une dédaigneuse hauteur, si Gaston hésitait à tenir ses engagements, maintenant que mademoiselle de Beaulieu ne se présente plus à lui avec un million dans chaque main, nous ne sommes pas gens, je crois, à l'aller prendre au collet pour le forcer à respecter sa parole. Et j'estime, en ce cas, que si le duc de Bligny n'épouse pas ma sœur, ce sera tant pis pour lui et tant mieux pour elle.

— Bien, mon fils, s'écria la marquise.

— Bien, monsieur le marquis, appuya Bachelin. Et si mademoiselle de Beaulieu n'est plus assez riche pour tenter un coureur de dot, elle sera toujours assez parfaite pour séduire un homme de cœur.

D'un coup d'œil, la marquise imposa silence à Bachelin. Et celui-ci, heureux de voir finir aussi favorablement une crise qui lui semblait devoir être terrible, ayant présenté ses civilités à ses nobles clients, prit de toute la vitesse de ses vieilles jambes le chemin de Pont-Avesnes.

III

C'était bien M. Derblay, ainsi que l'avait affirmé Bachelin, que le marquis de Beaulieu avait rencontré dans les bois de Pont-Avesnes, vêtu comme un braconnier. Laissant Octave l'appeler à grands cris, il s'était élancé à travers bois, piquant droit devant lui, insensible aux coups de fouet des branches et aux arrachements des épines. Il riait nerveusement, murmurant des mots entrecoupés d'exclamations, joyeux profondément du hasard qui l'avait rapproché de celle qu'il adorait, de loin et en rêve, comme une jeune reine entrevue.

Il descendait la côte qui mène à la vallée, dévorant le terrain avec ses longues jambes, inconscient de la vitesse de sa marche qui lui mettait des

gouttes de sueur au front. Il allait suivant sa pensée qui volait rapide et ailée. Lorsque le marquis saurait à qui il avait eu affaire, car il fi-
nirait certainement par le savoir, il aurait de
la gratitude pour le procédé courtois dont son
voisin incommode, disait-il, avait usé envers lui.
Et qui sait? il s'ensuivrait peut-être un rapprochement. Et il verrait de près cette adorable Claire,
dont le doux visage souriait perpétuellement dans
son souvenir. Il lui parlerait. A cette idée un nuage
passait devant ses yeux. Il lui semblait que les paroles s'étrangleraient dans sa gorge, et qu'il resterait muet devant elle, comme anéanti par l'émotion. Alors il irait se réfugier dans quelque coin
sombre du salon et de là il la regarderait à son aise,
il se perdrait dans sa contemplation, et il serait heureux !

Heureux ! Et comment? A quoi pouvait le mener
cette folle tendresse? A assister plus intimement
au mariage de celle qu'il désirait avec passion. Car
il était certain que le duc de Bligny reviendrait.
Comment un homme aimé d'une telle femme, eût-
il été assez fou pour la dédaigner? Et si ce n'était
le duc, ce serait un autre prétendant qui se présenterait, un brillant gentilhomme, qui n'aurait
qu'à paraître et à se nommer pour être accueilli à

bras ouverts. Tandis que lui, le roturier, il serait
éconduit avec une dédaigneuse froideur.

Une profonde tristesse descendait en lui à cette
pensée. Et ses forces, comme détendues, s'alanguis-
saient. Il ne courait plus maintenant vers Pont-
Avesnes, filant comme un grand fauve sous la
futaie. Il cheminait à pas lents, arrachant machinalement des feuilles aux branches, et les froissant
entre ses doigts. Quel malheur était le sien de ne
pouvoir aspirer à la possession de cette créature
idéale ! Et, pensif, il s'était arrêté au pied d'un
chêne. Debout, le dos appuyé au tronc d'arbre, sans
penser à s'asseoir, il restait là à songer, le visage
grave et pâle, les yeux mouillés par une angoisse
cruelle.

Il repassait dans son souvenir ce qu'il avait déjà
fait dans la vie, et il se demandait si la tâche accomplie par lui ne le rendait pas digne de tous les
bonheurs. Après de très brillantes études, il était
sorti le premier de l'Ecole Polytechnique et avait
choisi le service des mines. Au moment où il venait d'être nommé ingénieur, la guerre avait éclaté.
Il avait alors vingt-deux ans. Sans une hésitation,
il était allé se faire enrôler comme volontaire et
était parti dans un régiment de l'armée du Rhin.
Il avait assisté aux sanglants revers de Frœschwik

ler, et était revenu au camp de Châlons avec les débris du premier corps d'armée. Puis il avait parti-
cipé à la désastreuse marche sur Sedan, et s'était
vu, le soir de la bataille, prisonnier de guerre et
gardé à vue par les uhlans prussiens. Mais il n'était
pas d'un caractère à se laisser prendre ainsi, et,
rampant dans l'obscurité, il avait profité de la nuit
pour traverser les lignes allemandes. Entré en
Belgique, il n'avait pris que le temps de gagner
Lille, et là avait été incorporé dans un des régi-
ments qui se formaient.

La guerre avait continué. Il avait vu lentement
et sûrement l'invasion s'étendre sur le pays comme
une mortelle gangrène. Distingué par le général
Faidherbe, il avait fait, auprès de lui, la campagne
du Nord. Blessé d'un coup de feu à Saint-Quentin,
il était resté pendant six semaines à l'hôpital, entre
la vie et la mort, et s'était réveillé de son long engourdissement pour frémir, en apprenant que Paris
était aux mains de la Commune.

Sa convalescence lui avait épargné la triste obligation de faire le coup de feu contre des Français. Et
il s'était dirigé vers la maison paternelle, souffrant
encore de sa blessure, mais portant sur la poitrine
le ruban de la Légion d'honneur, qui lui avait été apporté par son général lui-même sur son lit d'hôpital.

Une douleur plus vive que toutes celles qu'il avait subies en si peu de temps l'attendait au logis. Il avait trouvé la maison en deuil. Sa mère venait de mourir, laissant privée de ses soins la petite Suzanne, âgée seulement de sept ans. M. Derblay, forcé de partir par d'immenses affaires qui réclamaient sa présence, avait laissé sa fille seule, sous la garde de serviteurs dévoués. L'arrivée de Philippe avait causé un redoublement de douleur et de larmes. La petite Suzanne s'était attachée à son frère avec la tendrese convulsive d'une enfant livrée à l'effarement de l'abandon. Elle se serrait contre lui, comme un pauvre petit être faible qui demande appui et secours. Philippe, cœur simple et tendre, avait adoré cette enfant qui avait si grand besoin d'affection et qui en trouvait si peu entre un père tout entier aux affaires et des domestiques fidèles, mais incapables de ces tendresses délicates, qui sont plus nécessaires que les soins matériels mêmes à la vie des enfants et des femmes.

Il avait fallu cependant s'éloigner et reprendre le collier de travail. Ce départ avait été pour Suzanne une déchirante douleur. Les adieux que lui faisait son frère renouvelaient pour l'enfant les désespoirs qui l'avaient accablée quand elle avait perdu sa mère.

Mais la destinée avait décidé que la séparation ne serait point longue. Six mois plus tard, M. Derblay, foudroyé par l'excès du travail, mourait à son tour, et Philippe et Suzanne étaient désormais seuls dans la vie.

Des devoirs nouveaux s'étaient imposés alors au jeune homme. La liquidation des entreprises paternelles avait été très compliquée et fertile en pénibles surprises. M. Derblay, homme d'une intelligence remarquable, avait un grave défaut : il embrassait plus qu'il ne pouvait étreindre. Il dépensait son activité dans des affaires différentes sans pouvoir réussir à les mener toutes de front avec un égal succès. Le gain de l'une était absorbé par les pertes de l'autre. Il était sans cesse débordé par un flot toujours grossissant de difficultés qu'il surmontait momentanément à force d'habileté et d'énergie, mais qui devait forcément l'engloutir tôt ou tard. Il avait disparu avant la catastrophe, laissant une succession des plus embrouillées.

Philippe avait devant lui une carrière superbe et toute tracée. Il eût pu abandonner les entreprises de son père, liquider le mieux possible et suivre son chemin. Mais c'était la ruine. Toutes les res-

sources paternelle passeraient à sauver le nom. Et
sa sœur resterait sans fortune. Le jeune homme
n'avait pas hésité. Il avait renoncé à son avenir,
donné sa démission, et, chargeant sur ses épaules
le lourd fardeau sous lequel avait succombé son
père, il s'était fait industriel.

La tâche avait été rude. Il y avait de tout dans
l'héritage de M. Derblay: des verreries à Courta-
lin, une fonderie dans le Nivernais, des ardoisiè-
res dans le Var, et les forges de Pont-Avesnes. Philippe s'était jeté à corps perdu dans le gouffre et
avait essayé de rassembler les épaves dispersées.
C'était un travailleur intrépide et, pendant six ans,
il avait donné ses jours et la plus grande partie de
ses nuits à l'œuvre de sauvetage si vaillamment
entreprise. Tout ce qu'il avait trouvé d'argent
comptant, il l'avait employé à remettre les affaires
en état. Puis, à mesure qu'il leur avait rendu le
mouvement d'abord et la prospérité ensuite, il les
avait cédées, ne gardant en définitive que les forges dont il avait compris toute la valeur.

En sept ans, il avait liquidé l'héritage paternel,
et maintenant il n'avait plus que la fonderie du Nivernais qu'il exploitait parallèlement avec l'usine
de Pont-Avesnes, se servant du fer de celle-ci
pour alimenter la production de celle-là. Il était

maintenant hors du péril et maître de ses affaires.
Il se sentait capable de leur donner une considérable extension. Adoré dans le pays, il pouvait se présenter aux élections et être nommé député. Qui pouvait savoir? Cette élévation était de nature à flatter une femme. Et puis l'industrie aussi était une puissance dans ce siècle d'argent.

Et peu à peu l'espérance renaissait dans son cœur. Il s'était remis à marcher. Et déjà il sortait des bois. Les prairies qui couvrent la vallée s'étendaient sur sa droite. A sa gauche, s'étageaient les premières assises de rochers qui servent de base à la colline. Dans ces assises étaient percées les entrées de la mine. Un petit chemin de fer montait en pente douce vers les galeries, conduisant directement le minerai à l'usine.

Philippe, brusquement arraché à ses méditations, résolut d'aller jeter un coup d'œil sur l'exploitation, et, se détournant, il prit le chemin de la mine. Sur un petit mamelon s'élevait la baraque du contre-maître chargé de contrôler les sorties. C'était là que Philippe allait. A mesure qu'il approchait, il lui semblait entendre comme des cris. Une agitation insolite se produisait à l'entrée des galeries. Le maître de forges activa sa marche ; en quelques minutes il fut sur la place et put se rendre compte des causes de ce tumulte inusité.

Un éboulement, amené par des infiltrations d'eau, venait d'avoir lieu sur la voie du chemin de fer. Les wagons s'étaient renversés, et, au pied du talus, un amoncellement de sable et de madriers écroulés avait enseveli le conducteur du train en marche, un enfant de quinze ans. Quelques ouvriers, et beaucoup de ménagères, rapidement venues du village, formaient un groupe animé, au milieu duquel pleurait, en gesticulant, une femme affolée.

Philippe, écartant les assistants, entra vivement au milieu du cercle.

— Qu'est-ce qu'il y a donc? s'écria-t-il avec inquiétude.

— Ah! M. Derblay! fit la femme en redoublant ses gestes et en se mettant à hurler à la vue du maître de forges, c'est mon pauvre gars, mon petit Jacques, qui a été entraîné avec son wagon et qui est là-dessous depuis trois quarts d'heure!

— Et qu'est-ce qu'on a fait pour l'en tirer? interrogea vivement Philippe, en se tournant du côté des mineurs.

— On a déblayé autant qu'on a pu, patron, dit un chef d'équipe en montrant une large excavation,

4

mais maintenant on n'ose plus toucher aux charpentes. Un faux mouvement pourrait tout faire crouler et l'enfant serait sûrement écrasé...

— Il y a dix minutes, il nous parlait encore, s'écria la mère au désespoir, maintenant on ne l'entend plus. Bien sûr il est étouffé! Ah! mon pauvre petit gars! On va donc le laisser là?

Et la malheureuse, éclatant en sanglots, se laissa tomber accablée sur la pente gazonnée du talus.

Jetant son fusil aux mains des assistants, M. Derblay s'était précipité à plat ventre dans la terre, et, la tête au bord de l'excavation, sous les madriers entre-croisés, il écoutait. Le silence s'était fait dans la tombe de sable où gisait l'enfant.

— Jacques! cria M. Derblay, dont la voix sonna sourde et lugubre sous la couche de terre et de bois. Jacques! m'entends-tu?

Un gémissement lui répondit, et, au bout d'un instant, ces paroles faibles et entrecoupées parvinrent jusqu'à lui :

— Ah! patron! C'est vous! Ah! mon Dieu! Si vous êtes là, alors je suis sauvé!

Cette naïve confiance troubla profondément Philippe, qui résolut de tenter même l'impossible pour réaliser l'espoir de l'enfant.

— Peux-tu encore bouger? reprit-il.

— Non, murmura le petit, haletant et presque étouffé, et puis je crois que j'ai la jambe cassée.

Ces mots entendus au milieu d'un silence de mort arrachèrent aux assistants un douloureux murmure.

— N'aie pas peur, mon garçon, nous allons te tirer de là, reprit Philippe. Et se dressant :

— Allons ! vous autres : prenez-moi des étançons et levez ce madrier, dit-il, aux ouvriers, en montrant une longue poutre profondément enfoncée sous les débris et qui formait comme un levier naturel.

— Pas moyen, patron, reprit le contre-maître en secouant tristement la tête. Tout tomberait ! Il n'y aurait qu'un procédé, ce serait de se glisser à trois ou quatre hommes solides dans le trou que nous avons commencé à creuser et d'essayer de dégager le gamin qui ne peut plus remuer. Pendant ce temps-là, avec des crics on soutiendrait, mais c'est joliment risqué. Et il y a bien des chances pour y rester !

— N'importe, il faut y aller, dit résolûment le maître de forges en regardant ses ouvriers. Et comme tous restaient immobiles et silencieux, une flamme monta à son visage.

— Si l'un de vous était là-dessous, que penserait-il de ses camarades qui l'y laisseraient? Allons, puisque personne de vous n'ose, c'est donc moi qui irai.

Et courbant sa haute taille, Philippe se glissa sous les décombres. Un cri d'admiration et de reconnaissance s'éleva de la foule. Et comme s'il eût suffi de donner l'exemple pour rendre à tous ces braves gens leur courage, trois hommes entrèrent à la suite du maître de forges, pendant que tous les assistants, réunissant leurs forces, s'arc-boutaient sous les madriers et les soulevaient avec d'incroyables efforts.

Le silence s'était fait de nouveau. On n'entendait plus que les sanglots de la mère accablée et gémissante et les respirations rudes des sauveteurs écrasés sous le poids supporté. Quelques minutes, longues comme des siècles, pendant lesquelles la vie de cinq hommes était en suspens, s'écoulèrent, puis une clameur de joie s'éleva. Souillés de terre, les mains et les épaules déchirées, les quatre hommes sortaient du trou, et, dans ses bras, Philippe, le dernier, rapportait l'enfant évanoui.

Un craquement effroyable retentit. Les madriers lâchés par les ouvriers venaient de retomber sur la fosse, vide maintenant de son prisonnier. La mère à moitié folle se partageait entre son enfant et le maître de forges. La foule émue, silencieuse, entourait respectueusement le sauveur et le sauvé.

— Allons, emportez-moi ce gamin-là chez lui, dit gaiement M. Derblay, et faites prévenir le médecin.

Puis, rajustant ses habits et reprenant son fusil, le maître de forges se dirigea vers Pont-Avesnes.

La nouvelle du sauvetage avait suivi de près le bruit de l'accident. Et, en arrivant en face de la grille du château, Philippe vit venir au-devant de lui sa sœur escortée de Bachelin. Suzanne, en apercevant son frère, hâta le pas. Elle approchait, vêtue d'une robe claire, balançant sur son épaule une grande ombrelle rose qui, par cette belle journée d'octobre ensoleillée, abritait utilement sa tête charmante. Mademoiselle Derblay avait dix-sept ans, et son frais et gai visage offrait une délicieuse expression de confiance et d'honnêteté. Ses yeux bruns riaient plus encore que ses lèvres. Elle n'était pas régulièrement belle, mais elle avait une grâce tendre et naïve qui la rendait irrésistiblement séduisante. Dans son impatience, elle s'était mise à courir vers son frère, en laissant aller derrière elle sa grande ombrelle qui se gonflait comme une voile. Et comme Suzanne ouvrait les bras pour sauter au cou de son frère :

— Ne me touche pas! s'écria Philippe en repoussant la jeune fille, je suis couvert de boue. Je te perdrais ta robe.

— Qu'est-ce que ça fait! s'écria Suzanne avec un joyeux emportement. Oh! je veux t'embrasser! Tu as sauvé l'enfant! Oh! mon Philippe, comme c'est bien toi toujours qu'on trouve dès qu'il y a à faire quelque chose de beau et de bon!

Et la jeune fille prit à pleines mains la tête brune de son frère et l'embrassa tendrement. Bachelin, distancé par la course de Suzanne, arrivait essouflé.

— Eh bien! mon cher ami, fit le notaire, encore une bonne action à votre actif...

— N'en parlons pas, je vous prie, interrompit Philippe en souriant, cela n'en vaut vraiment pas la peine. Le plus grave de l'affaire, c'est que je crois l'enfant blessé. Tu feras bien de pousser jusque chez lui avec ta pharmacie, Suzanne. Et s'il y a quelques frais à faire, tu y pourvoiras.

— J'y vais, mon frère, dit la jeune fille. J'emmènerai Brigitte avec moi, n'est-ce pas?

— Sans doute. Et nous, mon cher maître, rentrons, ajouta Philippe, en se tournant vers Bachelin. Je suis fait comme un voleur, et j'ai besoin de me changer.

Suzanne s'était dirigée vers les communs du château, Philippe et le notaire traversèrent la vaste cour carrée plantée de vieux tilleuls, au centre de laquelle une large pièce d'eau rectangulaire, entourée d'un parterre de fleurs, lançait dans les airs son jet d'eau, dont les cascades tombaient en poussières fines, chassées par le vent et irisées par le soleil. Ce bassin était le dernier vestige des eaux immenses qui faisaient autrefois une ceinture au château. L'Avesnes avait été détournée de son cours et répandue dans les douves par les anciens seigneurs de Pont-Avesnes. Sous Louis XIII un barrage fut construit à l'endroit de la prise d'eau, et les fossés furent vidés. Le limon qui en garnissait le fond, mélangé à de la terre végétale apportée à grands frais, fut le sol, admirable de fécondité, dans lequel poussèrent les arbres fruitiers qui sont encore aujourd'hui la merveille de Pont-Avesnes. Il y a des poiriers et des pêchers qui ont près de deux cents ans, et qui produisent des fruits uniques dans la contrée. Ces larges douves, dont les murs servent d'espaliers, sont comme des réservoirs dans lesquels le soleil emmagasine ses rayons vivifiants. Il y fait chaud ainsi que dans une serre. Et l'âpre vent d'hiver ne peut y pénétrer pour brûler les arbres et les dessécher.

Le château est posé sur un massif en grès brun, qui l'élève et lui donne de l'élégance. Mais il est noir et triste. Ses grands toits d'ardoise se découpent lugubrement sur le ciel. Philippe ayant pris le parti de se confiner dans une aile de la vaste et froide demeure, le reste est fermé. Et sans les soins de Brigitte, la sœur de lait de Suzanne, qui, malgré son jeune âge, grâce à une précocité heureuse, remplit avec autorité les fonctions de gouvernante, le château serait complètement abandonné.

Mais l'active Jurassienne, animant de son zèle les trois domestiques qui sont sous ses ordres, fait deux fois par mois, un nettoyage complet et entretient en bon état les admirables meubles de l'époque de Louis XIV qui garnissent les appartements de réception.

Lorsque Brigitte ouvre les volets du grand salon et que la lumière entre à flots dans les hautes et larges pièces, c'est comme si le rideau d'un théâtre se levait, montrant une décoration merveilleuse de luxe. Sur les murs, les plus belles tapisseries des Gobelins déroulent toute l'histoire d'Alexandre. Et les grands fauteuils font étinceler les velours de Gênes de leurs dossiers entre les bois dorés de leurs bras solennels. Les grands miroirs de Venise réfléchissent, pour un instant, dans leurs panneaux

biseautés, les fleurs du parterre, le jet d'eau capricieux et un petit coin du ciel. Brigitte passe,
active, avec un plumeau et un balai. Puis, le
nettoyage terminé, les volets se referment et les
richesses artistiques du château retombent dans
l'obscurité.

Dans l'aile habitée, Philippe s'est réservé au rez-
de-chaussée un grand cabinet de travail entouré
de bibliothèques, aux rayons élevés desquelles on
ne parvient qu'à l'aide d'un escalier à roulettes.
Au milieu, une immense table-bureau sur laquelle
les papiers s'entassent dans un désordre plus apparent que réel. Un très bel encrier en bronze représentant deux amours joufflus qui se battent.
Le vainqueur tout riant presse dans la bouche du
vaincu une grappe de raisin. Sur la cheminée une
admirable pendule de la première manière de Boule,
en ébène rehaussé de cuivre. A côté du cabinet de
travail, la salle à manger, sévèrement garnie de
vieux meubles en poirier sculpté. Sur le dressoir
une riche et solide argenterie, dont on ne se sert
jamais. En retour, un petit salon, meublé de la
façon la plus moderne et la plus bourgeoise. Des
tentures de popeline de soie bleue et le meuble ca-
pitonné en étoffe pareille. Une pendule et des che-
nets rocaille. Une petite table en marqueterie, sur

laquelle un ouvrage de broderie commencé semble
attendre le retour de Suzanne. Dans les deux grands
panneaux, deux portraits, ceux de M. et madame
Derblay exécutés, avec plus de conscience que de
talent, par un médiocre élève de Flandrin.

Au premier étage, deux vastes chambres commu-
niquant par leurs cabinets de toilette, celle de Philippe et celle de Suzanne. L'une grave et sombre,
tendue en velours frappé havane, et meublée en bois
noir, n'ayant pour tout ornement qu'une panoplie
d'armes modernes, au milieu de laquelle on remar-
que un bidon d'infanterie percé de trois balles, souvenir de Pont-Noyelles. L'autre, virginale et fraîche
comme celle qui l'habite. Mousseline blanche tendue sur une étoffe bleue, et relevée par des nœuds
roses. Meubles laqués blancs, rehaussés de filets
bleus. Et tous les petits colifichets qui ornent si gentiment une chambre de jeune fille. De sa fenêtre
Suzanne voit les profondes allées du parc qui se
perdent dans un lointain de verdure. Elle y serait
à l'aise pour rêver, si la rêverie pouvait assombrir
un seul instant la vive gaîté de son insouciante jeunesse.

C'était vers son cabinet que Philippe, après
avoir vu sa sœur s'éloigner, entraînait Bachelin. Il
se doutait que le notaire arrivait de Beaulieu, et,

comme tous les amoureux, il était impatient de
connaître les détails, importants ou futiles, que son
vieil ami ne manquait jamais de lui apporter de
chacune de ses entrevues avec les nobles habitantes
du château. Mais ce jour-là Bachelin ne paraissait
pas en humeur de parler. Et, assis dans un fauteuil,
il regardait distraitement le maître de forges qui
se tenait planté devant lui comme un point d'interrogation. Philippe ne put se modérer plus longtemps, et abordant franchement la question :

— Avez-vous fait part de ma proposition d'arrangement à madame de Beaulieu ? dit-il avec un
calme affecté.

— Sans doute.

— Eh bien ! l'a-t-elle trouvée suffisante et acceptable ?

— Parfaitement.

Philippe regarda de travers Bachelin qui s'obs-
tinait à répondre avec un laconisme désespérant.
Puis, se décidant à entrer dans un ordre d'idées
plus intimes :

— Et avez-vous aussi offert la jouissance de ma
chasse ?

— Pourquoi faire ? riposta tranquillement le notaire en lançant au maître de forges un regard railleur.

— Comment! pourquoi faire? s'écria celui-ci étonné.

— Dame! reprit Bachelin, je n'avais pas à faire cette offre puisque vous l'aviez faite vous-même ce matin au marquis, et de la façon la plus romanesque.

Philippe rougit un peu et baissa la tête avec embarras.

— Ah! M. de Beaulieu vous a parlé de notre rencontre? dit-il. Mais il ne savait pas à qui il avait eu affaire?

— Je le lui ai appris. Fallait-il aussi lui déclarer que si vous aviez si bien garni son carnier, c'était par amour pour sa sœur?

— Mon ami!

— Ah! ah! Est-ce que vous vous rétractez? demanda gaîment Bachelin. Est-ce que vous n'aimeriez plus mademoiselle de Beaulieu?

— Plût au ciel! car c'est une grande folie, répondit Philippe. Comment moi, homme de travail, éloigné depuis si longtemps du monde, ai-je pu penser à cette jeune fille, si belle si fière, et, par cela même peut-être, plus tentante? Je l'ai aperçue grave, réfléchie, un peu inquiète sans doute de voir son fiancé éloigné d'elle. Et malgré moi, sans y prendre garde, je me suis laissé aller à l'aimer. J'ai oublié

la distance qui la sépare de moi, je n'ai plus vu la
différence de nos origines. La voix de la raison, les
conseils de l'expérience, je n'ai rien écouté que l'a-
mour qui chantait irrésistiblement dans mon cœur.
Ah ! mon vieil ami, je suis honteux de moi-même,
mais je ne puis résister à cette folle passion qui me
fait éprouver une joie inconnue, une ivresse exquise... qui me donne tout enfin, excepté l'espérance ! Car là s'arrête mon aveuglement, et je n'espère pas, je vous en donne ma parole.

— Vous n'espérez pas. C'est entendu, reprit légèrement Bachelin. Mais enfin, vous aimez, voilà
qui est acquis. J'ai donc eu, n'est-il pas vrai, raison de parler comme je l'ai fait à la marquise ?

— De parler ? balbutia Philippe, très troublée...
Comment !... de parler ? Mais pour quoi dire ?

— Eh bien ! mais ce que vous pensez, ce que
vous venez de m'exprimer, à moi, dans un langage
aussi passionné que persuasif.

Le maître de forges recula d'un pas, ses yeux
s'enfoncèrent sous ses sourcils et devinrent noirs.
Il mordit violemment sa lèvre, et, d'une voix qu'il
s'efforçait de rendre calme :

— Mais vous avais-je prié, dit-il, de faire à madame de Beaulieu de telles confidences ?

— Non, c'est vrai, vous ne m'en aviez pas prié,

reprit Bachelin avec tranquillité. Mais, ma foi, j'ai
trouvé l'occasion bonne, et je n'ai pas hésité...
Voyez-vous ! il n'est rien de tel que les positions
nettes. Vous auriez lanterné encore pendant des
semaines et peut-être des mois, vous vous seriez
enfoncé plus avant dans cette aventure d'amour.
Il valait mieux tout dire une bonne fois, quitte à
être repoussé avec hauteur. Voilà les raisons qui
m'ont déterminé. Est-ce qu'elles ne vous semblent
pas être de poids ?

Philippe resta silencieux. C'était à peine s'il avait
entendu Bachelin. Ses idées tournaient confuses
dans sa tête, il avait perdu la notion de son existence. Il lui semblait qu'il était emporté dans d'immenses espaces par un rapide mouvement. L'air
sifflait dans ses oreilles, et ses yeux ne parvenaient
point à se fixer sur un objet. Il voyait comme au
travers d'un brouillard. Et, dans son cerveau endolori, une voix persistante et qui le fatiguait horriblement répétait comme une vague révélation du
destin : Claire ! Si elle allait être à toi !

La voix de Bachelin le tira de son engourdissement.

— Eh bien ! Pourquoi me regardez-vous ainsi
avec des yeux fixes ? dit le notaire. Vous avez l'air
d'un songe-creux.

Philippe passa la main sur son front comme
pour effacer une impression pénible, puis, souriant
à son ami :

— Excusez-moi. J'ai été troublé à la pensée que
vous aviez joué une si grave partie sans que j'en
fusse prévenu. Je ne vous croyais pas d'humeur à
le faire. Sans quoi je vous aurais prié de garder le
silence. Depuis le jour où j'ai eu la faiblesse de vous
avouer mon amour pour mademoiselle de Beaulieu,
je n'ai cessé de regretter d'avoir si légèrement parlé.
Mais il semble quand on aime que le cœur soit trop
étroit pour enfermer toute la tendresse qu'il doit
contenir, et malgré soi on en laisse échapper plus
qu'il ne faudrait. Les aveux vous montent aux lèvres et il est impossible de les arrêter. A peine
vous avais-je parlé que l'illusion s'était dissipée,
et que la vérité m'apparaissait impitoyable. Mademoiselle de Beaulieu ne m'a jamais fait l'honneur
de s'apercevoir que j'existe. Elle est riche, fiancée
à son cousin, elle sera duchesse. Et il faut que je
sois un véritable insensé pour l'aimer. Aussi je
mérite un châtiment, et je suis prêt à le subir. Dites-moi tout, allez, ne me ménagez pas.

— Eh bien ! je vous dirai d'abord que mademoiselle de Beaulieu n'est plus riche, ne sera probablement jamais duchesse, et que jamais un hon-

nête homme tel que vous n'a eu autant de chances
d'être agréé par elle qu'en ce moment.

A ces mots, Philippe devint si pâle qu'il parut
près de s'évanouir. Il poussa un cri de joie. Et, les
jambes cassées par l'émotion, le jeune homme s'a-
battit sur un fauteuil.

— Oh ! prenez garde ! Ne me donnez pas d'espoir.
Il me serait trop dur après d'y renoncer !

— Eh oui, je vous donne de l'espoir, reprit Bachelin, et en le faisant je trahis pour vous tous les
secrets de la famille de Beaulieu. Mais vous avez
tant d'intérêt à être discret que ce n'est pas vous
qui répéterez ce que je viens de vous dire.

Et comme Philippe lui saisissait les mains, attachant sur le notaire des yeux brûlants de curiosité :

— Mademoiselle de Beaulieu est ruinée par la
perte du procès d'Angleterre, reprit Bachelin, et
elle l'ignore. Le duc de Bligny est à Paris depuis
six semaines et la délaisse, et elle ne s'en doute pas
davantage. Le jour où mademoiselle Claire ap-
prendra qu'elle est abandonnée, il s'élèvera dans
son cœur une tempête effroyable. Et ceux qui seront à portée pourront recueillir bien des épaves !

— Ruinée et abandonnée ! s'écria Philippe, cette
jeune fille accomplie, cette femme adorable ! Et

qu'a-t-elle besoin de fortune ? Le seul trésor qu'il faille attendre d'elle : c'est elle !

— Oui, certes ! Et c'est bien sous cet aspect de pur désintéressement que je vous ai montré.

— Oh ! dites-le bien ! s'écria Philippe avec feu, dites-le à madame de Beaulieu et à elle-même, je vous en supplie !

Puis, s'arrêtant comme assombri par une pensée désespérante :

— Mais non, reprit-il, ne dites rien. Elle est fière et hautaine. L'idée qu'elle peut devoir quelque obligation à l'homme qui sera son époux l'éloigne-rait de moi et la déterminerait à me repousser. Prévenez la marquise, faites-lui approuver mes scrupules et surtout engagez-moi vis-à-vis d'elle. Oh ! je recevrai la main de mademoiselle de Beau-lieu à genoux. Mais je veux qu'elle se croie encore riche, afin qu'elle puisse m'accepter ou me refuser librement. Et dussé-je, en l'épousant, lui assurer tout ce que je possède, ce sera encore elle qui m'aura fait une grâce !

— Là ! là ! fit Bachelin en interrompant Philippe par un geste affectueux. Vous courez la poste ! Que c'est beau la jeunesse et la passion ! Mais il faut aller d'un train plus raisonnable. Il ne s'agit en ce moment que de vous présenter au château. A défaut d'autres satisfactions, vous aurez celle de contempler l'objet de vos désirs, comme on disait au siècle dernier. Soyez grave et calme. Comportez-vous avec la discrétion que comporte votre situation. Et amenez votre sœur. Elle vous servira de paravent, on s'occupera d'elle, et, pendant ce temps-là, vous serez tranquille.

— Et quand faut-il aller à Beaulieu ? demanda Philippe avec un trouble visible.

— Ah ça! Est-ce que vous avez déjà peur avant même d'être parti ? Eh bien! Allez-y demain. Une bonne nuit vous remettra d'aplomb; vous jouirez de tous vos moyens et de tous vos avantages.

Et, se levant lentement, le notaire prit sa serviette, la plaça sous son bras et fit quelques pas vers la porte. Puis, s'arrêtant au milieu du cabinet :

— Regrettez-vous encore que j'aie parlé à madame de Beaulieu sans que vous m'y ayez autorisé? demanda le notaire en regardant le maître de forges avec un air narquois. Il est vrai que dans votre trouble vous ne m'avez pas demandé ce qu'elle avait répondu.

— C'est vrai ! s'écria Philippe.

Et par un revirement soudain, de joyeux qu'il était, redevenant inquiet :

— Qu'a-t-elle dit ?

— Elle a dit ce qu'elle devait dire dans un cas pareil. A savoir : qu'elle n'avait rien à dire, et qu'elle ne contraindrait jamais mademoiselle Claire. Enfin les banalités habituelles. Mais croyez-moi, la force de la position qu'il faut enlever n'est pas du côté de la mère, elle est du côté de la fille. Ainsi bon courage. Et là dessus je m'en vais dîner.

Et serrant affectueusement la main du maître de forges, Bachelin sortit.

Philippe, resté seul, tomba dans une méditation profonde. Il envisagea froidement sa situation et dut s'avouer à lui-même qu'elle n'était pas mauvaise. Mademoiselle de Beaulieu, indignement trahie par son fiancé, devait rester au fond du Jura pendant au moins quelques mois, pour laisser le temps passer sur son humiliante déconvenue. Là, il pourrait la voir, l'entourer de soins discrets, et peut-être arriver à ne point lui déplaire. Suzanne serait sûrement pour lui un utile auxiliaire. Il ne la ferait point rentrer à son couvent de Besançon, les vacances terminées, et la garderait près de lui. Elle deviendrait la compagne de Claire, la gagnerait par sa grâce naïve et tendre. Et peu à peu elle ferait pénétrer la pensée de son frère dans le cœur de mademoiselle de Beaulieu.

Et le songe prenait l'apparence de la réalité. Philippe voyait marcher lentement, sous les ombrages de Pont-Avesnes, les deux jeunes femmes. Elles étaient côte à côte, se tenant par le bras, tout à fait sœurs, l'une grande et fière, l'autre mignonne et douce. Il les regardait, et déjà il lui semblait sentir le parfum discret qui émanait d'elles. Il s'enivrait de cette délicieuse senteur. Il allait les toucher, quand soudain une bouche fraîche, se posant sur son front, l'arracha à son rêve. Et la chère voix de Suzanne murmura à son oreille:

— A qui penses-tu, Philippe?

Comme le maître de forges restait assis, la regardant avec un vague sourire et sans répondre :

— Tu ne veux pas le dire? Faut-il que ce soit moi qui parle? Eh bien! Gageons que tu penses à une belle jeune fille blonde !

Philippe se leva brusquement, et saisissant la main de sa sœur :

— Suzanne ! s'écria-t-il.

Mais sous le regard malicicieux de la jeune fille il perdit contenance, et ne put continuer. Il resta debout, stupéfait, se demandant par quelle étrange clairvoyance cette enfant avait su deviner si bien ce qui se passait en lui.

— Te voilà tout troublé, reprit Suzanne avec

tendresse Tu croyais donc ton secret bien caché ?
Mais depuis un mois tu n'es plus le même, et il ne
m'a pas fallu beaucoup de finesse pour m'apercevoir que ton cœur n'était plus à moi seule. Oh ! je
ne suis pas jalouse, va ! Je t'aime trop pour pouvoir
l'être. Et quand je te vois pensif et absorbé, si je
m'inquiète, ce n'est pas parce que je crains que
tu m'enlèves une part de ton affection, pour la
donner à une autre, mais parce que j'ai peur que
tu aies du chagrin. Je te dois tant, mon Philippe !
C'est toi qui m'as gardée, chérie, élevée, quand je
suis restée seule, sans père ni mère ! Et il me semble que je suis non seulement ta sœur, mais ta fille,
l'enfant de tes soins et de tes peines. Va, aime et
sois aimé ! Tu ne me verras que me réjouir. Car je
ne sais pas de bonheur assez complet sur la terre
pour récompenser un être aussi parfait que
toi.

Deux larmes jaillirent des yeux du maître de forges et coulèrent silencieusement sur ses joues. Les
douces paroles de sa sœur avaient détendu ses
nerfs surexcités. Il se sentait maintenant anéanti.
Et, appuyé à la haute cheminée, il restait immobile,
regardant la jeune fille qui lui souriait.

— Voilà que tu pleures à présent ! dit Suzanne.
Mais voyons, c'est donc triste d'aimer ?

— Ne parle plus jamais de ces folies ! interrompit Philippe d'une voix altérée.

— Des folies ! Et pourquoi donc ? Quelle femme te connaissant pourrait ne pas désirer te plaire ? Puis, se posant devant lui, la mine hardie et le geste résolu :

— Va, je le lui dirai s'il le faut, à celle que tu aimes : Mademoiselle, vous avez tort de ne pas adorer mon frère, car il n'y a pas un homme au monde auquel il ne soit absolument supérieur. Je puis vous l'affirmer, moi, car je le connais bien et depuis longtemps. Et je serai si éloquente qu'elle viendra elle-même au-devant de toi te tendre la main avec une belle révérence et te dire : Monsieur, vous avez pour sœur une petite personne qui est si extraordinaire, que je n'ai pu méconnaître plus longtemps votre mérite. Voulez-vous me faire la faveur d'être mon époux ? Et toi, tu t'inclineras avec grâce en répondant d'un air réfléchi : Mon Dieu, mademoiselle, ce sera donc pour vous être agréable ! Moi, je vous bénirai d'un air protecteur et solennel. Et vous serez bien heureux ! Ah ! tu vois ? Tu ris. Tu es consolé !

Et Suzanne, prenant tendrement par le bras son frère, dont l'émotion n'avait pu résister à tant de vive et folâtre gaité, l'entraîna au dehors en disant :

— Viens faire un tour de jardin en attendant ton mariage !

IV

En descendant du train qui l'avait amené de Saint-Pétersbourg à Paris, six semaines auparavant, le duc de Bligny, fatigué par le trajet accompli d'une seule traite, dans un sleeping-car où il avait été fort secoué, s'était fait conduire au cercle.

N'ayant pas d'appartement préparé, et l'hôtel de sa tante étant fermé, Gaston avait trouvé très pratique de s'installer dans une des chambres que les grands cercles tiennent toujours à la disposition de leurs membres. Il comptait rester huit jours au plus à Paris, juste le temps de finir ses affaires au ministère et de faire quelques achats dans les magasins, puis partir pour Beaulieu.

Depuis près d'un an, il n'était pas venu en France. Il avait vécu dans le grand monde russe de cette vie parisienne artificielle qui est le suprême bon ton à l'étranger, mais qui ressemble à la haute vie mondaine de Paris comme un caillou du Rhin ressemble à un diamant de Wisapoor.

La corruption raffinée des Slaves s'était cependant emparée de lui. Et il avait trouvé une grande douceur à cette existence mélangée de mollesse asiatique et d'activité européenne. Les grandes dames russes l'avaient captivé par la grâce onduleuse et le charme énigmatique de leur beauté. Il avait voulu connaître le secret de ces Sphinx souriants, aux yeux pleins de trouble et aux griffes pleines de menace. Joli garçon, bien élevé et porteur d'un grand nom, il avait été fort recherché. Et peu à peu l'image de sa fiancée, si fidèlement gravée dans son cœur, s'était effacée, comme ces beaux pastels de Latour dont les couleurs pâlissent avec le temps.

Loin de Claire, il se considéra d'abord comme en exil, et voulut vivre sévèrement. Mais le moyen de se cloîtrer quand on est le plus jeune attaché d'une ambassade française, et que, de toutes parts, on se voit l'objet de gracieuses sollicitations? Au bout de huit jours d'une retraite étroitement observée, Gaston ne put se dispenser de paraître à une des réceptions de son chef. Il endossa donc son harnais de fête et fit son entrée dans la grande société pétersbourgeoise.

Dès le premier soir, le jeune duc fut le favori de l'aristocratie russe. Son grand-père, émigré avec le comte d'Artois aux premières heures de la Révolution, avait vécu dans l'intimité des Nesselrode, des Pahlen et des Gortchakoff. Bligny fut accueilli avec la plus flatteuse distinction par les grands personnages de la cour et présenté au czar, qui traita le jeune attaché avec une faveur très remarquée. Du jour au lendemain, la situation de ce diplomate de vingt-cinq ans fut des plus importantes. Et ses supérieurs, assez habiles pour ne pas prendre ombrage de ses succès, songèrent à tirer parti de l'influence que leur subordonné avait conquise en un instant.

Mais si Gaston était un élégant cavalier et un homme du monde accompli, il était un fort médiocre politique. Il se jeta dans le plaisir, et négligea l'intrigue. Et il fut promptement établi que, si la société de Saint-Pétersbourg avait conquis un hôte brillant, la France n'avait pas acquis un serviteur utile.

Voltigeant, bourdonnant, allant de fleurs en fleurs, le duc de Bligny ne fut pas l'abeille laborieuse qui produit le bon miel, il se montra le guêpe brillante qui butine et fait étinceler son corselet d'or au soleil. Il se révéla en quelques semaines viveur intrépide. Ses nerfs bien trempés défièrent les plus écrasantes fatigues. Il tint tête à souper aux buveurs renommés. Et tout le monde sait comment les Russes boivent. Il joua au cercle de la Noblesse une partie de baccara restée légendaire, et au cours de laquelle ses adversaires et lui, pendant trois jours et trois nuits, ne se levèrent de la table que pour réparer leurs forces épuisées. Il vainquit les gros pontes, non par sa veine persistante, mais par le sommeil qui les fit tomber exténués sur le tapis. Il fut l'amant de la ravissante Lucie Tellier, l'étoile française du *Théâtre Michel* et la garda malgré les tentatives de coruption des boyards les plus fastueux. Puis, un beau jour, la trouvant ennuyeuse, probablement parce qu'elle était fidèle, il la rendit à le galanterie moscovite.

Madame de Beaulieu avait deviné juste. Le duc fut le héros de la saison d'hiver. Il n'y eut pas de bonnes fêtes sans lui. Et il lui fut permis d'aspirer à la main des plus riches héritières de Saint-Pétersbourg. Il dédaigna toutes ces ouvertures qui lui furent faites. Et n'en fut que plus ardemment recherché.

Bligny avait du sang de blasé dans les veines.
Au bout de six mois l'existence qu'il menait l'ennuya prodigieusement et il ne trouva de dérivatif
à son spleen que le jeu. Il s'était, dès le premier
coup de cartes, senti joueur jusqu'à l'âme. Il jouait,
et avec un bonheur insolent. Il semblait être entré
en conquérant dans le monde. Et chaque matin,
chargé des dépouilles de ses adversaires, il revenait chez lui le front serré comme dans un cercle
de fer, livide, ayant un goût de poussière sur les
lèvres. Il se couchait comme le jour venait, ce jour
bas et sombre des hivers russes, qui ressemble à
un crépuscule. Et il dormait, épuisé, jusque dans
l'après-midi. Vers quatre heures il se levait et
commençait sa journée à l'heure où le gaz s'allumait dans la ville. Il avait arrangé son existence
au rebours de tout le monde. Il vivait à l'envers...
Et pendant deux ans c'est à peine s'il vit le soleil.
C'était un papillon de nuit. Sa figure, gracieuse e
fine quand il était sorti de sa famille, était maintenant dure et gravée. Ses traits grossis étaient encore fort beaux, mais le charme de la jeunesse,
cette fleur des visages frais et reposés, avait disparu. Il avait le masque d'un viveur. Ses cheveux
bruns, légèrement frisés et coupés ras sur le front,
commençaient à devenir clairs sur les tempes.

L'œil, d'un bleu indécis, était creusé et profond. L'existence enragée qu'il menait laissait sur lui sa trace, plus visible de jour en jour.

Sa tante aurait eu de la peine à le reconnaître. Il n'était plus le jeune homme timide, à la voix douce, qui passait ses soirées si paisiblement entre la marquise et Claire dans le grand salon recueilli du vieil hôtel. Mademoiselle de Beaulieu, résolue et décidée, un peu masculine de caractère, l'appelait alors en riant : Mademoiselle Gaston. Il n'avait plus rien de cette gracieuse mollesse qui le faisait ressembler à une fille. C'était un homme et des plus dangereux. Il s'était découvert des trésors de scepticisme natif. Il ne croyait absolument à rien, et mettait son bon plaisir au-dessus de tout. Le sang paternel, calmé en lui par les paisibles douceurs de la vie retirée, s'était mis à bouillonner. Et cette race des Bligny, ardente et passionnée, qui, depuis Henri III, avait fourni à la cour de France ses mignons les plus voluptueux, ses raffinés les plus hardis, ses menins les plus galants et ses roués les plus débauchés, avait en lui un représentant qui faisait honneur aux ancêtres.

Il y avait une vigueur de géant dans ce frêle corps de jeune homme. Tels autrefois ces seigneurs pleins de mollesse et de langueur qui se cosméti-

quaient la figure et les mains, dérangeaient leur
page plutôt que de se baisser pour ramasser leur
bilboquet, se faisaient porter dans une litière pour
éviter la fatigue du cheval, et qui, aux jours de bataille, chargeaient comme des furieux dans la
mêlée, avec cent livres de fer sur le corps et ac-
complissaient d'héroïques prouesses. Gaston n'aurait certes pas fait un kilomètre à pied dans un
but utile, mais il était homme à chasser pendant toute une journée, à s'escrimer, le fleuret à la
main, pendant des heures, de façon à lasser les
plus infatigables.

C'était au jeu qu'il était vraiment dans toute sa
puissance. Il semblait forcer la chance par sa volonté. Et il gagnait avec une persistance inouïe.
Les mains les plus mauvaises devenaient bonnes
quand il les prenait. La banque en déveine, quand
il l'attaquait, se montrait inexpugnable si c'était
lui qui tenait les cartes. La fortune, pendant deux
ans, le traita en véritable enfant gâté. On ne l'appelait que l'heureux Gaston. C'était vraiment à le
soupçonner, si sa loyauté certaine ne l'avait pas
défendu contre les mauvaises pensées.

Les débris de son patrimoine, augmentés des
ressources que lui fournissait le jeu, le mirent à
même de vivre sur un grand pied. Il eut des che-

vaux merveilleux, un superbe logement, tout le confort luxueux indispensable à un homme aussi lancé qu'il était.

Quand il arrivait au cercle de la Noblesse, la partie prenait un autre aspect. On sentait tout de suite que l'engagement était sérieux et que de grosses sommes allaient tomber sur le tapis. Il ne s'en tenait pas exclusivement au baccara et au lansquenet. Il faisait volontiers une partie de piquet. Il la jouait habituellement à un louis le point, avec cent de queue. C'est à lui que le vieux Narishkine, plus de quarante fois millionnaire, fit cette jolie réponse. Comme Gaston lui gagnait trois mille louis, il se leva de la table en disant : « J'aime mieux m'en aller ; si je continuais, je finirais par perdre de l'argent ! »

Après la représentation de l'Opéra ou du Théâtre-Français, ou bien en sortant de la maison où il avait passé la soirée, il montait en traîneau et se faisait conduire le long de la Perspective. Chaudement enveloppé de ses fourrures, il aimait à sentir le vent glacé de la nuit lui passer sur le visage. Il se raffermissait ainsi les nerfs pour la partie. Et vers deux heures du matin il arrivait au jeu tout frais. Il trouvait ses adversaires déjà excités. Et son audace calculée avait alors raison des plus intrépides.

Assis devant la table, sous l'éclat brûlant des

lustres, il se montrait impassible. Ni le gain, ni la
perte, ne pouvaient triompher de son flegme. De
mémoire de joueur on n'avait vu une plus belle tenue. Et quand, autour de lui, les superstitions les
plus puériles se manifestaient, il restait grave et
comme dédaigneux. Il ne comptait que sur lui, et
les fétiches lui faisaient hausser les épaules.

Il allait beaucoup dans le monde et eut de nombreuses bonnes fortunes, quoiqu'il ne fût pas de
complexion passionnée. Il était trop profondément
égoïste pour aimer. La vérité est qu'il se montra
bon prince et ne désespéra pas les belles qui lui
firent des avances. Il détestait les larmes et n'aurait pas voulu faire du chagrin à qui que ce
fût, dans la crainte des doléances et des reproches.

Une seule fois, il se crut sérieusement atteint,
mais la suite montra bien qu'il s'était flatté. Une
des plus grandes dames de l'aristocratie russe, la
comtesse Woreseff, célèbre par ses cheveux blonds
et ses émeraudes, s'éprit de lui. Très surveillée
par son mari qui était fort jaloux d'elle, la belle
comtesse ne pouvait voir Gaston, ni même lui
écrire. Très pris, le duc en avait presque oublié les
cartes. Il suivait madame Woreseff dans le monde,
valsant avec elle sous les regards enflammés du

comte, mais n'arrivant pas à trouver un expédient pour se rapprocher d'elle en secret.

Pour dérouter le mari, Gaston simula un départ pour Moscou. Il disparut pendant deux jours et rentra secrètement chez lui. Le comte, rassuré, se relâcha de sa surveillance, et la belle Russe put venir trois fois chez le duc. La comtesse laissait sa voiture devant le portail de Saint-Alexis, entrait dans l'église, puis, sortant par un des bas côtés, allait d'un pied léger à son rendez-vous. A la troisième fois, l'alarme fut donnée par le valet de pied qui, ayant sournoisement suivi la comtesse, courut prévenir le comte.

Celui-ci, furieux, arriva chez Bligny, mais dut parlementer avec le valet de chambre, un Parisien, roué comme Mascarille. Pendant ce temps, la charmante comtesse, affolée, cherchait avec Gaston une issue. C'est en cette circonstance que la vigueur nerveuse du jeune indolent se révéla superbement.

La salle de bains de son hôtel donnait sur la cour d'une maison voisine. Mais la fenêtre de cette salle était fermée par des barreaux de fer. En un instant, d'un effort effrayant de ses muscles tendus à se briser, Gaston tordit un barreau, et madame Woreseff put fuir. Quelques secondes plus tard, le comte, introduit auprès de Bligny paisible et sou-

riant, était obligé de constater le mal fondé de ses
soupçons et de se retirer en faisant des excuses.

Le comte dévora sa rage et sut montrer à sa
femme un visage calme. Et, des informations habilement prises ayant fortifié sa conviction, il résolut
de forcer le duc à se battre. Il se rendit au cercle
et prit la banque. Puis, les cartes étant épuisées et
Gaston ayant coupé, le comte, brutalement, déclara vouloir cesser la partie. Le duc demanda
froidement des explications, le comte refusa d'en
donner. Une provocation s'ensuivit.

La conduite de Woreseff fut unanimement blâ-
mée. Mais le résultat que le mari cherchait était
atteint. Le lendemain une rencontre eut lieu. On se
battit, par une jolie gelée, dans un petit bois de
bouleau, au pistolet, à vingt pas, feu à volonté.
Gaston, fort respectueux de sa vie, ne fit pas de générosité au mari de sa maîtresse. Au signal il tira
et logea une balle dans le ventre de son adversaire.
Le comte, étendu sur la neige rougie, se releva
alors sur un genou avec une énergie farouche et,
s'appuyant le coude, ajusta froidement Bligny.
Mais la faiblesse que lui causait déjà la perte de son
sang fit trembler sa main et il n'atteignit le duc
qu'à l'épaule.

Le comte survécut à sa terrible blessure. Quant

à Gaston, au bout de six semaines, il avait repris son train d'existence. Mais, fait singulier, la balle du comte Woreseff sembla avoir coupé la veine extraordinaire du jeune duc. Etait-ce le sang tiré qui avait dérangé l'équilibre heureux de ses facultés ? Ou bien Gaston, favorisé jusque-là, avait-i lassé la fortune ? A partir de ce jour, il fut brouillé avec le succès. Il perdit sans relâche.

Sa superbe assurance le quitta, et il connut les incertitudes du joueur qui flaire la mauvaise carte. Il ne jetait plus son argent sur la table avec un aplomb de vainqueur. Il ne dominait plus ses adversaires par son imperturbable sérénité. Il pâlissait maintenant. Ses mains inconscientes battaient nerveusement, sur le rebord de la table, des marches saccadées. Ses yeux s'enfonçaient tout noirs sous ses sourcils, et ses dents blanches mordaient ses lèvres. Il eut des abandons et des faiblesses. Sa belle tenue d'autrefois s'avachit et se cassa. Il quittait le jeu aux premières lueurs du jour, les cheveux dépeignés, la cravate dénouée sur son col ouvert, le plastron de sa chemise froissé et noirci par le frottement du drap vert des tables.

Il redescendit un à un les degrés de cette montée vers le succès qu'il avait gravis triomphalement. Et l'argent du jeu si promptement acquis fut dis-

sipé avec une terrifiante rapidité. Le duc fut embarrassé. Il se décida à l'emprunt, ce signal de la
culbute prochaine. Ayant besoin des autres, il se
sentit déchu et s'en affecta. Il jouissait autrefois
délicieusement d'être le souverain de ce monde
de viveurs. La chance l'élevait au-dessus de tous
ses compagnons. On le traitait en maître. Et il était
orgueilleux de cette suprématie. Son piédestal
croula en un instant. Du jour où il ne gagna plus,
pour ces joueurs il cessa d'exister. Quand il arrivait au cercle maintenant, on ne l'accueillait plus
par un silence recueilli. Il récoltait à droite et à
gauche quelques poignées de mains banales, nul
ne se détournait du jeu. Il se perdait dans les groupes indifférents : on ne le craignait plus.

Jamais sa passion pour le jeu ne fut aussi violente que dans cette passe difficile. Il mit dans ses
attaques une frénésie aveugle. Il ne raisonna plus
ses coups. Il perdit et gagna en une nuit des sommes énormes. Il n'était plus le cavalier habile qui
dirige sa monture. Il était l'écuyer éperdu, emporté
au galop vertigineux d'un cheval qu'il ne cherche
pas à maîtriser, et qui a plus de chances de se rompre les os que d'atteindre le but. Il n'atteignait pas
le but, en effet. Et pour lui les retours de fortune
étaient inutiles. Il ne savait plus en profiter. Il s'a-

charnaît comme un fou et reperdait tout ce qu'il avait gagné.

Son ambassadeur le sauva d'un désastre inévitable. Il le chargea d'une mission pour le gouvernement de Paris. Le duel avec le comte Woreseff avait fait très mauvais effet. Le diplomate trouva bon d'éloigner le jeune duc pour quelque temps. Et il lui donna un congé de trois mois. Cette mission qu'il n'avait pas sollicitée, par un amour-propre de combattant qui ne veut pas avoir l'air de déserter la lutte, Bligny l'accepta avec joie. Il se sentait usé à Saint-Pétersbourg. Il avait hâte de disparaître, de se recueillir et d'arrêter un plan de conduite.

Il ne lui restait plus qu'une cinquantaine de mille francs d'argent liquide, fond extrême de sa bourse de jeu, qui avait été pendant un temps un véritable trésor. Avec le dénûment, ses idées se modifièrent subitement. Dans le désordre de sa vie à outrance, le souvenir de Claire s'était perdu. Il se remit à penser à sa fiancée. Il revit, dans un mirage délicieux, le salon reposé et calme de l'hôtel de Beaulieu. A la clarté douce des lampes, Claire travaillait, penchée sur sa broderie, et ses beaux cheveux blonds étincelaient, dorés par la lumière. Elle l'attendait patiemment, en soupirant peut-être. Il se reprit à l'aimer et fit le serment de renoncer à la fiévreuse existence à laquelle il avait dû tant d'âpres joies et tant de cruels soucis.

Il pensa que si les débris de fortune que lui avait laissés son père étaient dissipés, mademoiselle de Beaulieu était riche, et qu'avec les cent mille livres de rente de sa dot un jeune ménage pourrait faire honorable figure. La vie à Paris était loin de coûter aussi cher qu'à Pétersbourg, et puis le temps des folies était passé. On resterait six mois dans ses terres pour faire des économies, et on consacrerait la plus grande partie du revenu à mener un train suffisant pendant l'hiver.

Le duc se retrempa dans ces idées, et se sentit redevenir tendre et bon. Il se trouva un autre homme. Et il jouit délicieusement de ce retour à ses premiers rêves de jeunesse. Tout le long de la route, il caressa de charmants projets d'avenir. Et quand le train s'arrêta sous les hangars vitrés de la gare du Nord, il sauta lestement sur le quai de débarquement, reprenant avec joie possession de ce Paris, loin duquel son esprit et son cœur s'étaient si gravement égarés.

C'était le soir. Il prit un plaisir d'enfant à regarder, par la portière de sa voiture, l'enfilade immense de la rue Lafayette, semée de ses innom-

brables becs de gaz. Le mouvement de la grande
ville le saisit. L'allure des passants lui parut avoir
une vivacité, un entrain particuliers. La circulation
dans les rues était bruyante. Au carrefour du faubourg Montmartre, il tomba dans un embarras de
voitures ; les cochers s'apostrophaient vivement,
et, jusque sous la tête des chevaux, les piétons se
glissaient, pressés de passer. Son fiacre repartit et
longea le grand mur en meulière du jardin de l'hôtel Rothschild, puis il tourna par la rue du Helder,
et, tout à coup, le duc se trouva en plein boulevard.

Il éprouva un saisissement. Des équipages se
suivaient à la file, allant à l'Opéra. Au fond des
vastes landaus apparaissaient, dans leurs élégantes
sorties de bal, des femmes, la tête entourée d'échar-
pes de dentelles. Les clartés intermittentes du Ja-
bloschkoff, qui jetait une lumière blafarde sur la façade du théâtre, percée de trous sombres, faisaient
étinceler les casques des municipaux à cheval, en-
veloppés dans leurs manteaux, et qui restaient
plantés immobiles au milieu de la place. C'était à
ce croisement des rues et du boulevard un mouvement énorme. Les devantures des magasins flam-
boyaient dans l'obscurité, les trottoirs étaient noirs
de monde. C'était le tableau magique de Paris la

nuit, qui s'offrait là dans toute sa terrible et puissante splendeur.

Le fiacre tourna dans la rue de la Paix, et, quelques instants après, Gaston était à la porte du cercle. Il descendit de sa voiture, un peu étourdi, les oreilles pleines encore du bruit énervant du chemin de fer, les yeux brouillés par les lumières. Fatigué, il monta dans la chambre qu'on lui avait préparée, et il dormit d'un trait jusqu'au lendemain matin.

Gaston n'était pas resté assez longtemps éloigné de Paris pour que ses habitudes de boulevardier eussent disparu. Il reprit pied tout de suite sur l'asphalte. Son mauvais vernis russe tomba en un instant. Il se retrouva Parisien des talons à la tête. Pendant deux jours cependant il eut l'ivresse de Paris. Il se promena aux Champs-Elysées, au Bois. Il alla flâner à l'Hôtel des Ventes, il fit les mille pas entre la Madeleine et le boulevard Montmartre, heureux de donner des poignées de main et d'échanger des coups de chapeau. Il courut les petits théâtres et se renversa délicieusement dans son fauteuil d'orchestre trop étroit et imparfaitement rembourré. Il trouva exquises des pièces qui étaient idiotes. Il avait un contentement intérieur qui débordait en admirations continues.

Au fond il était comme délivré depuis qu'il avait quitté la Russie. Il avait l'air d'avoir rompu son ban, de s'être évadé du bagne. Il était libre maintenant ; il respirait.

Ses affaires au ministère furent terminées en trois jours. Il décida qu'il partirait à la fin de la semaine. Il voulait surprendre Claire et la marquise, qu'il savait à Beaulieu. D'avance il jouissait de leur surprise, il entendait leurs cris de joie. Pour un empire il n'aurait pas renoncé à ce plaisir d'arriver à l'improviste.

Il était allé, en flânant, rue de la Paix, acheter chez Bassot, le joaillier de la famille, une admirable bague de fiançailles, un énorme saphir entouré de brillants, monté avec une perfection rare. Il se voyait offrant à Claire l'écrin de velours blanc armorié. Celle-ci l'ouvrait et, grave, souriant doucement, elle lui tendait le cercle d'or pour qu'il le passât, lui-même, à son doigt fin terminé par un ongle rose. Et cette fois c'était bien fini, il était son époux, la bague était le premier anneau de la chaîne qui devait les unir.

La veille de son départ, le duc, en rentrant du théâtre, trouva le cercle plus animé que les autres soirs. Il s'informa. On lui apprit que tout ce mouvement, cet éclat, ces lumières, étaient causés par une représentation extraordinaire, donnée dans la salle des fêtes. Un public d'élite était rassemblé pour entendre *l'Education de la princesse*. opérette en deux actes, due à la collaboration de deux hommes de talent, appartenant au meilleur monde, le duc de Féras, pour les paroles, et M. Jules Trélan, pour la musique.

L'interprétation était remarquable. Baron, des *Variétés*, prêtait sa distinction native au rôle du grand chambellan. Daubray, du *Palais-Royal*, interprétait le personnage scabreux du chevalier Alphonse de Rouflaquette. Saint-Germain, du *Gymnase*, avait consenti, pour une seule fois, à se révéler grand chanteur dans le rôle de Pépinster. Le jeune baron Trésorier, membre du cercle, possesseur d'une charmante voix de ténor, avait été chargé du personnage de Triolet. Madame Judic faisait la princesse Hortensia et Suzanne Lagier la Reine-mère.

On s'attendait à un succès formidable. Les valets de pied de service étaient débordés, tout le monde arrivait en même temps pour être bien placé. Et, du large vestibule orné de belles tapisseries Louis XIV, un murmure de voix, un froufrou de robes rajustées par petits coups avec la main, venaient jusqu'au duc avec des bouffées d'air chaud

saturé d'une fine odeur de poudre à la maré-
chale.

Au lieu de monter se coucher, le duc jeta son
pardessus à un valet de pied, et, aplatissant son
gibus, il entra.

Une circonstance bien futile souvent décide
ainsi de la destinée des hommes. Bligny, en allant
écouter *l'Education de la Princesse*, ne se doutait
guère qu'il venait de modifier gravement son
avenir.

La salle des fêtes était étincelante de lumière.
Sur des chaises attachées les unes aux autres, une
nombreuse assistance se pressait. C'était un as-
semblage de satin, de velours, de gaze et de soie,
gamme de couleurs éclatantes, au milieu desquelles resplendissait la blancheur des épaules nues.
Le battement léger des éventails agitait cette foule
énorme d'un mouvement d'ailes. Un bourdonne-
ment de conversations discret et étouffé s'élevait
de temps à autre quand une personne connue
entrait dans la salle. Au fond, le théâtre silencieux, sévère, fermé aux regards par son rideau
rouge.

Le duc se dirigea vers un groupe d'habits noirs
parmi lesquels il venait de reconnaître quelques
amis. Au centre trônait, très entouré, maître Escande,

jeune notaire nouvellement pourvu de sa charge
et futur héritier de parents archi-millionnaires.

Mis avec une élégance irréprochable, il parlait
d'un air d'importance. Mais la vue de Bligny parut
avoir cloué sa langue à son palais. Il resta la bouche ouverte, regardant stupéfait le duc qui approchait en souriant. Et un grand silence se fit, coupé
seulement par cette réflexion : Oh ! c'est vraiment
bien dommage ! poussée d'un air navré par un vieil
homme chauve, de taille élevée, vêtu d'un habit
qui sentait l'ancien négociant, le visage très rouge
encadré de larges oreilles, surmontées de touffes
de cheveux jaunes, le cou maintenu par une haute
cravate blanche, des boutons en diamants à sa chemise et les pieds chaussés d'escarpins vernis dé-
couverts, laissant apercevoir le coton blanc des
bas.

Bligny était entré dans le groupe, et, ayant serré
la main à ses amis, il attendait, très intrigué par
ce silence qui lui semblait extrêmement éloquent.
Il allait demander de quoi il s'agissait, et comment
son apparition pouvait causer un pareil malaise
aux assistants, lorsque le vieil homme, se penchant
vers un des amis du duc, lui murmura à l'oreille,
assez haut pour être entendu et pour qu'un refus
ne fût pas possible : Présentez-moi donc au duc.

L'ami se tourna vers Gaston avec un air très ennuyé et très étonné à la fois, qui signifiait clair comme le jour : Quelle fantaisie étrange a cet olibrius puis, se résignant :

— Mon cher duc, monsieur Moulinet...

— Industriel, ajouta vivement l'homme aux boutons en diamants, ancien juge au tribunal de commerce...

Et, d'un air pénétré, s'emparant des mains du jeune homme, il reprit :

— J'ai l'honneur, monsieur le duc, de connaître votre famille. Mademoiselle Moulinet, ma fille, a été élevée au couvent avec mademoiselle de Beaulieu, votre cousine. Oui, monsieur, au Sacré-Cœur, la première maison de Paris... Pour Athénaïs, je n'ai regardé à rien. Tout ce qu'il y avait de mieux n'était pas encore assez bon pour elle... Et je vous prie de croire que j'ai appris, avec bien du regret, la fâcheuse nouvelle...

Depuis un instant M. Escande se démenait au risque de froisser le devant de sa chemise ou de déranger le nœud artistement construit de sa cravate. Il faisait le télégraphe avec ses bras, il piétinait, il prodiguait les « hem! hem! ». Mais Moulinet, trop lancé pour s'arrêter et, peut-être, ne voulant pas comprendre, — ce qui arriva plus tard pourrait le laisser croire, — poursuivait ses compliments de condoléance...

—- Pardon, fit le duc en fronçant le sourcil, mais je ne saisis pas très bien... Vous me parlez, monsieur, d'une fâcheuse nouvelle qui paraît toucher ma famille et atteindre spécialement mademoiselle de Beaulieu. Je ne sais ce que vous voulez dire. Veuillez, je vous prie, vous expliquer plus clairement.

Maître Escande parut tout à fait contrarié. Et comme Moulinet restait silencieux, la tête baissée, semblant se désintéresser de la question, le jeune notaire prit son parti et s'avançant vers Bligny :

— Mon Dieu, mon cher duc, dit-il d'un ton solennel, je suis fâché que vous appreniez ce soir, et dans un endroit si peu fait pour une semblable confidence, le fait auquel M. Moulinet vient de faire allusion..... Cependant, comme vous sauriez certainement demain à quoi vous en tenir, il n'y a pas d'inconvénients à vous éclairer sur-le-champ. Eh bien! Quand vous êtes entré, j'apprenais à ces messieurs, qu'étant allé pour affaires en Angleterre, j'ai appris, avant qui que ce soit, que le procès engagé de son vivant par le marquis de Beaulieu, et poursuivi par ses ayants droit, venait d'être perdu sans appel possible.....

A cette révélation si inattendue, le duc pâlit. La perte de ce procès, sur lequel madame de Beaulieu fondait de si grandes espérances, c'était la ruine pour Claire. Gaston fit un effort, et, dominant son trouble :

— Permettez-moi, mon cher maître, dit-il avec hauteur, de m'étonner de la facilité avec laquelle vous faisiez à ces messieurs des communications relatives à la famille de Beaulieu. Je ne pensais pas que les affaires des miens fussent de nature à servir de texte aux racontars des indifférents et aux cancans des désœuvrés. Je vous serais très obligé si, à l'avenir, vous vouliez bien montrer moins d'abandon...

Le jeune notaire blêmit à ces mots, la bouffissure de son visage se coupa de petites rides produites par l'agitation de ses nerfs. Il secoua la tête en respirant bruyamment, et, prenant un air froissé:

— Mais, mon cher duc, fit-il, croyez bien...

— Je crois ce qu'il faut, interrompit sèchement Bligny.

Et, toisant son interlocuteur, il s'éloigna lentement, suivi de ses amis silencieux.

Moulinet et Escande, restés en présence, se regardèrent un instant sans parler, puis l'industriel, grimaçant un sourire :

— Rude sang, ces Bligny! Vous avez été vivement ramené, hein! mon cher maître? Et j'ai eu
ma part des éclaboussures. Ça m'est égal, rude
sang! Ruiné, celui-là, hein?

— A plates coutures, dit le notaire avec dédain,
et il fait le grand seigneur, il tranche, il donne des
leçons...

—Parfaitement! Voyez-vous, mon cher, les ré-
volutions auront beau faire, nous ne serons jamais
les égaux de ces gens-là. Et ce duc sera un mari
bien avantageux pour une fille riche.

Les trois coups frappés à intervalles espacés sur
la scène, avec une lenteur solennelle, interrompi-
rent la conversation. Escande et Moulinet s'assirent. Le duc était allé se placer un peu plus loin.
L'orchestre attaquait l'ouverture. Une valse brillante, d'un rhythme caressant, déroulait sa mélodie
légère. Le duc, attentif eu apparence, réfléchissait
profondément. Cette ruine de Claire était un coup
de foudre qui anéantissait son avenir. Il était
fiancé à mademoiselle de Beaulieu, et elle était
pauvre. Pas un instant, il faut le dire à sa louange,
Gaston ne songea à ne point tenir ses engagements.
L'idée ne lui vint même pas qu'il pourrait épouser
une autre femme que Claire. Il se considérait
comme lié. Il avait sur lui, près de son cœur, dans

l'écrin de velours blanc frappé des armoiries des Beaulieu et des Bligny accolées, la bague des fiançailles. Mais il était plus sûrement enchaîné par sa parole qu'il ne l'aurait été par cet anneau.

Cependant, Claire ruinée, c'était la médiocrité pour toute la vie, la nécessité de se confiner au fond d'un château de province et d'y végéter en gentilhomme fermier, comme un vrai loup, sans voir personne, dans la crainte de la dépense. C'était pour le beau, le séduisant, le recherché Gaston, un ensevelissement en pleine force, en plein éclat. Il regretta amèrement d'avoir dissipé les sommes énormes qu'il avait gagnées. Si peu acceptable que fût cet argent du jeu, c'était encore de l'argent. Et vivre sans ressources dans ce siècle si positif, où chacun n'était estimé qu'à sa valeur pécuniaire, ce n'était pas vivre.

Puis il pensait avec attendrissement au désespoir de Claire et de sa mère quand elles apprendraient la fatale nouvelle. Elles l'ignoraient encore, puisque ce sot d'Escande l'avait rapportée toute chaude d'Angleterre. Gaston eût voulu avancer son voyage pour être plus tôt auprès de ces pauvres femmes, se trouver à même de leur adoucir le coup, et de les consoler.

La toile s'était levée, montrant un décor printanier

et vermeil. Dans un paysage ensoleillé le chœur des moissonneurs et des moissonneuses était en scène et chantait à tue-tête, sur un air de bourrée très enlevé, ces paroles d'une faible originalité :

> Chantez, belles filles,
> Glanez, beaux garçons,
> Levez vos faucilles
> Au bruit des chansons !

Et comme si ces banales paroles eussent jeté le duc dans un nouveau courant d'idées, il se voyait à Beaulieu, avec Claire, sous le ciel bleu ; les moissonneurs chantaient dans les blés, une chaleur bourdonnante montait de la terre. Il était pénétré par une langueur délicieuse. Et, auprès de celle qu'il aimait, il se sentait heureux de sa pauvreté. C'était un calme si profond, une douceur si paisible, après les orages de sa courte existence de viveur ! Il en jouissait pleinement, et il entrevit dans cette médiocrité, à laquelle la ruine de Claire le condamnait, des satisfactions inconnues et captivantes.

Sur la scène, la pièce se développait, et le chevalier Alphonse de Rouflaquette chantait son grand duo avec la princesse. La voix caressante et chaude de Judic murmurait avec une ardeur passionnée :

Viens! A ma grandeur pour toi je renonce.
Quittons mon palais, désertons ma cour!

Et Daubray, passant la main sur ses accroche-
cœur blonds, répliquait avec un coup d'œil scé-
lérat :

Non pas ! La grandeur n'exclut pas l'amour !
Richesse et pouvoir, conserve en ce jour,
Conserve tout pour ton Alphonse !

Et l'artiste aimé avait couronné sa phrase d'un
point d'orgue prodigieux qui avait excité des trépi-
gnements d'enthousiasme. L'*Éducation de la princesse* s'annonçait comme un énorme succès. Le directeur des Variétés, devenu rêveur, songeait déjà
à cette petite machine pour l'hiver suivant.

Moulinet, allongé sur sa chaise, dodelinait la
tête, comme un ours qui entend jouer de la flûte. Il
ne songeait guère à suivre les aventures de la princesse Hortensia. Une autre princesse l'intéressait
bien davantage : c'était sa fille, la brune Athénaïs.
Il la voyait au couvent, toute petite avec sa robe
trop courte, ses gros souliers et ses mains rouges,
visage ingrat et imparfaitement dessiné, corps an-
guleux et dégingandé, en plein travail de formation.
Elle venait au parloir, au milieu de ses camarades

élégamment habillées, qui la toisaient avec un air de dédain. Il n'était pas encore riche à cette époque-là, le père Moulinet, il n'avait pas encore fondé sa grande fabrique de chocolat de Villepinte, ni inventé les prospectus sur papier bleu, rédigés en style de dentiste, qui avaient fait connaître ses produits dans les plus petites communes de France.

Il vendait alors des denrées coloniales en gros. Et les nobles mères des camarades d'Athénaïs ne se gênaient pas pour manifester leur étonnement de ce que l'héritière de cet « épicier » avait été admise comme pensionnaire. Les échos des petites intrigues de classe étaient venus jusqu'à lui. Il savait avec quelle arrogance sa fille était traitée par les élèves. Et à la tête de la coterie opposante, les nobles, comme on les appelait, il se rappelait que c'était la fière mademoiselle de Beaulieu qui se trouvait.

Que de fois il avait entendu Athénaïs laisser échapper des paroles de colère à l'adresse de son ennemie ! Elle jurait, en pleurant, qu'elle se vengerait. N'était-elle pas venue, la vengeance, et sans qu'on y mît la main pour la préparer ? Athénaïs Moulinet était maintenant une des plus riches héritières de Paris, et l'orgueilleuse Claire de Beaulieu était une fille sans dot. La fille de « l'épicier »

habillée chez Worth, coiffée à l'air de son visage,
habituée au luxe, s'était dégrossie, transformée, et,
illuminée par son auréole de millions, passait pour
une des plus jolies personnes de la riche bourgeoisie. La fille de la marquise, vêtue d'une petite robe
simple, allait vivre en province, disparaître dans
l'obscurité, et, — qui pouvait savoir? — peut-être
manquer le mariage préparé de longue main pour
elle.

Le duc de Bligny, un si brillant gentilhomme,
porteur d'un si beau nom ! Bien souvent, lorsque le
jeune duc venait avec sa tante, la marquise, voir
Claire au Sacré-Cœur, Athénaïs avait blêmi de rage
en les voyant côte à côte. Elle les devinait destinés
l'un à l'autre. Claire serait duchesse. Et elle,
Athénaïs? Elle épouserait quelque notaire, un
Escande ou un industriel comme son père, et
ferait souche, à son tour, de filles humiliées ou de
garçons regardés de haut.

A cette pensée, Moulinet ébaucha un orgueilleux
sourire. Il se renversa en arrière, et, enfonçant sa
main dans un de ses goussets, qui rendit un son
argentin de pièces remuées, il murmura ces mots :
— Pourquoi donc ça? Est ce que mes moyens ne me
permettent pas de lui payer le mari qui lui plaira ?
Il se retourna d'un air grave, et, fixant ses yeux sur

la foule élégante qui l'entourait, il sembla chercher
le gendre qui lui conviendrait. Il était étayé par ses
millions, et rien ne lui paraissait impossible. Quel
était l'audacieux qui repousserait la main d'Athénaïs quand on la lui présenterait tenant un chèque
dont la valeur serait indéterminée? Etait-ce un
comte, un marquis? Quelle somme fallait-il pour se
le procurer? On n'avait qu'à parler. Moulinet pouvait aussi bien donner dix millions qu'un seul. A
l'encan, le mari! Le père était assez riche pour
acheter un prince à sa fille.

Et son regard devint hardi, presque menaçant.
Il erra vaguement sur tous ces visages inconnus et
vint s'arrêter sur celui du duc de Bligny. Le jeune
homme était sombre. Moulinet se dit : — Il pense à
sa cousine. Et une sourde irritation s'empara de lui.
Dans quel ordre d'idées assez confuses entrait donc
Moulinet? Certes, il n'aurait pu l'expliquer. Cependant un commencement de projet germait déjà dans
son esprit.

Un grand brouhaha se produisit dans la salle.
Le rideau venait de tomber sur le premier acte
de l'opérette. Au milieu des applaudissements et
des rappels, le duc s'était levé, accompagné de ses
amis, et, d'un air indifférent, marchait vers la sortie.
Moulinet le suivit un instant des yeux, puis, quittant

sa place, il prit la même direction que les jeunes gens.

Au second étage, la partie n'avait pas été inter-rompue par la fête. Les salons réservés au jeu étaient restés silencieux et paisibles. C'était à peine si les refrains de l'opérette parvenaient comme un vague murmure aux oreilles des joueurs. Rien n'a-vait pu les distraire. Ils savaient qu'on s'amusait en bas. Mais que leur importait ? Leur plaisir à eux était sur cette table en forme de fer à cheval, sous ce gaz brûlant qui desséchait leurs cerveaux.

Les femmes élégantes et parées, sentant bon dans leurs fraîches toilettes, étaient groupées comme un bouquet de fleurs. Ils ne s'en souciaient guère. La dame de pique et la dame de cœur étaient cent fois plus attrayantes à leurs yeux. Et, insensibles aux séductions de la fête, sourds aux voix qui chan-taient, à l'orchestre qui faisait rage de tous ses ins-truments joyeusement déchaînés, ils restaient là, dans une chaleur lourde et énervante, à jeter de l'ar-gent sur le tapis vert.

Machinalement le duc avait gagné les salons. Il allait sans direction, et comme au hasard. Etait-ce donc sa destinée qui l'amenait encore une fois, après tant de belles résolutions, au bord de cette table ? Le banquier venait de dire : Messieurs, faites vos jeux. Gaston, tirant un billet de mille francs de sa poche, le laissa tomber d'une main distraite. Il gagna. Il laissa échapper un : Tiens! plein de surprise. Il avait désappris le succès. Il fut curieux de voir si sa veine persisterait, et il s'assit.

Moulinet, au même moment, entrait dans la salle de jeu. C'était la première fois qu'il y mettait le pied. Il avait, par principe, horreur des jeux dits de hasard. Il voulait pouvoir corriger la chance par l'habileté. Il jouait volontiers au besigue. Il ignorait le whist. Cependant il s'approcha de la table et, voyant que Gaston laissait ses cent louis sur le tapis, il mit gravement dix francs à côté de la masse du duc. Visiblement Moulinet voulait avoir le droit de surveiller Bligny. Désirant ne pas paraître indiscret, il achetait ce droit en jouant. Moulinet était l'homme des concessions utiles.

La partie continuait, mais la chance avait tourné. Il semblait que les dix francs du vertueux industriel eussent rompu le charme. Bligny pâlissait, repris par sa passion, engageant furieusement ses derniers billets de banque. Moulinet, dédaigneux du gain, continuait à jouer dix francs.

Lorsque, au jour levant, la partie cessa faute de joueurs, le duc perdait quarante mille francs. Depuis longtemps déjà Moulinet, édifié sur le sort du fiancé de mademoiselle de Beaulieu, dormait d'un sommeil paisible dans son superbe hôtel du boulevard Malesherbes.

Gaston, la tête vide, énervé et brûlant, à l'heure où il aurait dû prendre le train pour aller à Beaulieu, monta dans sa chambre et, s'accoudant à la barre d'appui de sa fenêtre, regarda dans la rue de la Paix les balayeurs qui commençaient leur travail matinal. Une fraîcheur exquise le ranima, le ciel pur était légèrement teinté de rose. Le jeune homme se dit : — J'ai fait une sottise cette nuit, mais je partirai ce soir. Au diable le baccara ! Il s'habilla, descendit, prit une voiture et se fit conduire au bois de Boulogne. Le soir il ne partit pas et retourna au jeu.

Pendant ce temps-là, Claire, inébranlable dans sa confiance et immuable dans son amour, attendait le retour de son fiancé.

V

Le soir du jour où Bachelin avait apporté au
château de Beaulieu deux nouvelles également
mauvaises, celle de la perte du procès et celle du
séjour de Gaston à Paris, la marquise, encore
tout étourdie d'un si rude coup, était assise au
fond de sa bergère dans le grand salon donnant
sur la terrasse. Elle réfléchissait profondément,
et ses impressions douloureuses se trahissaient sur
son visage. Le marquis, en entrant brusquement
arracha la bonne dame à ses tristes pensées. Elle
tressaillit, regarda un instant son fils avec inquiétude, comme si elle se fût attendue à un nouveau
malheur. Et le voyant les yeux calmes, la bouche
souriante, elle poussa un soupir :

— Qu'est-ce donc? dit-elle.

— Ce sont nos cousins de Préfont qui arrivent, ma mère, répondit le jeune homme. Le breack vient de passer la grille, il entre dans la grande avenue.

En effet, dans l'air apaisé du soir, le bruit des roues grinçant sur le gravier se faisait entendre. La frileuse marquise se couvrit la tête d'une écharpe en dentelle, s'entoura de son châle et, traversant le large vestibule dallé, meublé de hauts bahuts en poirier sculpté et tendu de vieilles tapisseries à grands personnages, elle s'avança sur le perron. Le breack, décrivant une courbe savante, venait de s'y arrêter. Une tête rieuse, coiffée d'une toque garnie de lophophore, apparut brusquement à la portière. Une main gantée de peau de Suède s'agita violemment, tandis qu'une voix fraîche et sonore criait : Bonjour ! bonjour, tous !

Le jeune marquis était déjà à la voiture. Un flot joyeux en sortit avec une extrême vivacité, laissant apercevoir sur le marchepied une petite bottine en peau mordorée, surmontée d'une jambe charmante, moulée dans un bas de soie gris. Et la baronne de Préfont en personne bondit dans les bras de la marquise, l'embrassant et disant d'une voix entrecoupée :

— Ah! ma tante, que je suis contente! Ah! ma bonne tante! Il y a si longtemps!... Et vous, mes bons amis...

Et se jetant avec expansion dans les bras de mademoiselle de Beaulieu, elle recommença ses tendres exclamations accompagnées de vives caresses :

— Ma chère Claire! Il me semble qu'il y a un siècle!

Puis, sans hésiter, elle passa à Octave, par qui elle se laissa embrasser sur les deux joues. Après quoi elle échangea avec lui de vigoureux shakehands à l'anglaise, en riant, en faisant bruire sa robe, en reprenant respiration au travers de ses cris de satisfaction, enlevant d'assaut en un instant le château et ses habitants, avec une joie affectueuse et débordante. Puis, tout d'un coup, redevenant sérieuse, la baronne s'écria :

— Ah! mon Dieu! Et mon mari? Elle chercha vivement autour d'elle : Est-ce que j'ai déjà égaré mon mari?

Une voix douce lui répondit : Me voici, chère amie; j'attendais patiemment la fin de vos effusions, pour saluer ces dames à mon tour.

Et sortant de l'ombre, un jeune homme d'une trentaine d'années, correctement vêtu d'un costume de voyage, le sac en bandoulière, apparut en pleine lumière, et, avec une politesse souriante et tranquille, s'approcha de la marquise et de Claire.

— Eh bien! saluez! reprit vivement la pétulante baronne. Là! c'est fait! Maintenant, allez surveiller le débarquement de mes caisses. Je vous recommande spécialement la grande boîte noire où sont mes chapeaux. Vous m'en répondez, sur votre tête?

— Oui, chère amie, répondit paisiblement le baron.

Et se tournant vers Octave qui lui serrait la main :

— Dix-neuf colis, mon ami! ajouta-t-il, avec un sourire résigné. Trois cents kilos d'excédant! Je crois que ma femme transporte de l'artillerie!

Les dames rentraient dans le salon. La baronne, se penchant vers la marquise :

— Ah! ma chère tante, chuchota-t-elle avec volubilité, en levant les yeux au ciel, que de choses nous avons à nous dire !...

Et serrant les mains de la marquise d'un air attendri :

— Vous savez que nous vous aimons et que rien de ce qui vous touche ne nous est indifférent...

Et comme madame de Beaulieu regardait avec

inquiétude Claire déjà attentive et prêtant l'o-
reille :

— Oui, je sais... Enfin! Mon mari vous dira
tout...

Et se jetant sur Claire comme pour effacer l'effet de ses imprudentes paroles :

— Nous allons en Suisse, tu sais?... Mais nous
n'avons pas voulu passer si près de Beaulieu, sans
nous y arrêter... Nous vous resterons quelques
jours ; puis nous partirons en voiture, et nous en-
trerons par le défilé des Verrières... Hélas! Notre
pauvre armée de l'Est! Le baron a été blessé à
Joux dans le dernier combat d'arrière-garde avec
les Badois de ce terrible Werder... Vous comprenez? pour moi c'est un pèlerinage... Mon mari s'est
conduit comme un héros... Sur deux cents hommes
que comptait sa compagnie... De pauvres garçons
gelés par la neige, une horreur!... il n'en a ramené
que quatre-vingts... Et on ne l'a pas décoré !... Il
est vrai que nous sommes légitimistes... Ah! ce
gouvernement, mes amis, quelle abomination!...
Par ici croit-on que Gambetta se décidera à accepter le ministère?

Et elle allait, la petite baronne, souriant, s'animant, devenant dramatique, caquetant comme une
perruche, passant d'un sujet à l'autre avec une

mobilité d'idées et une diversité d'expressions stupéfiantes. Un kaléïdoscope vivant, changeant ses dessins et variant ses aspects instantanément.

La marquise et Claire l'écoutaient, étonnées et étourdies. Dans le silence et le calme de la campagne, elles étaient devenues graves et recueillies. L'animation de cette Parisienne avec ses allures bruyantes et envolées leur donnait une sensation de vertige.

Sans attendre la réponse à sa question, la baronne traversa le salon et, s'avançant vers une fenêtre d'où la vue s'étendait au loin sur la vallée pleine d'ombre, au fond de laquelle flambaient les cheminées des hauts-fourneaux de l'usine, jetant dans l'obscurité des lueurs d'incendie, elle s'écria, frappant dans ses mains avec une admiration enfantine :

— Est-ce beau ! On dirait un décor d'Opéra ! Ah ! la nature !... Êtes-vous heureux de vivre au milieu des champs et des bois ! La bonne existence, et comme elle conserve ! Regardez-moi, ma tante, et comparez avec Claire. Nous sommes du même âge, et j'ai l'air d'être sa mère... C'est la fatigue des bals, des dîners, des visites, des spectacles, l'énervement de la vie parisienne, qui fanent de la sorte... C'est un vrai travail que tant de plaisirs !

Vous souriez, ma tante? Vous allez me dire que mon mari et moi nous pourrions faire autrement, et passer quatre mois au moins dans notre terre de Bourgogne... Sans doute. Mais le moyen? Le baron, qui est un savant, a son centre intellectuel dans la capitale. Il a ses assemblées scientifiques, et l'Académie... Ah! Dieu! l'Académie!... Moi j'ai mille obligations, auxquelles je ne puis me soustraire, des relations à entretenir, des œuvres de charité à administrer... Et puis enfin, ma fille... que je ne peux pas toujours laisser seule avec sa gouvernante. Et quand nous avons été deux mois au bord de la mer, deux mois en voyage, deux mois à Nice... vous voyez ce qui reste... Ah! je suis bien excédée, allez!... Si nous nous asseyions!

Et passant comme un tourbillon entre madame de Beaulieu et Claire, la baronne alla s'enfouir au fond de la bergère de la marquise.

— Là, maintenant, parlez-moi de vous. Qu'est-ce que vous faites-ici? A quoi occupez-vous votre temps? Et Octave? Et votre voisin, le maître de forges?... Vous voyez que je me souviens de ce que vous m'écrivez. Oh! Dieu! qu'est-ce qu'on deviendrait si on n'avait pas un peu de tête?

Se pelotonnant dans son large siège, la baronne ferma doucement les yeux, s'apprêtant à écouter

de tout son cœur sa tante et sa cousine... Il y eut
un instant de silence, et, presque sans transition,
comme un oiseau chanteur qui, après avoir lancé
sa dernière roulade, s'endort au bord de son nid,
la Parisienne, fatiguée par le voyage, laissa tomber doucement sa tête alourdie sur le dossier
garni de vieilles guipures, et le souffle léger qui
passait entre ses lèvres entr'ouvertes indiqua
qu'elle cédait au sommeil.

La marquise et Claire échangèrent un bienveillant sourire, et, prenant chacune leur ouvrage, attendirent le réveil de la charmante femme restée
si enfant.

La baronne de Préfont, née Sophie d'Hennecourt, — ironie des dénominations ! — Sophie, ce
nom de sagesse, donné à cette folle ! — était la fille
unique d'une sœur du marquis de Beaulieu. Elle
avait été élevée avec Claire. Elle faisait partie, au
couvent, du clan des nobles si rude aux petites
bourgeoises. Et elle aussi avait connu l'héritière de
M. Moulinet. Cœur d'ange, mais cervelle d'oiseau,
elle passait sa vie à réparer par sa bonté le mal
qu'elle avait fait par sa légèreté. Elle n'avait pas peu
contribué à la haine qu'Athénaïs avait vouée à mademoiselle de Beaulieu. C'était elle qui avait, dès le
premier jour, surnommé mademoiselle Moulinet la

petite Cacao. Et comme une bataille entre ces éco-
lières de treize ans avait failli s'engager, c'était
Claire, grande, forte et plus raisonnable, avec une
nuance de hauteur, qui avait mis le holà.

Athénaïs avait été plus irritée contre celle qui
s'interposait que contre celle qui attaquait. Et puis
mademoiselle de Beaulieu, par la fermeté précoce
de son caractère, imposait à toutes ses compagnes.
Elle était en quelque sorte l'incarnation de cette
aristocratie qui rendait la vie si dure à la petite
Moulinet. Ce fut elle qui, par sa supériorité, attira
la rancune de l'enfant dédaignée.

La vérité était que jamais Claire n'avait rien fait
à Athénaïs. Mais leurs deux natures étaient absolument opposées l'une à l'autre. Tout en cette patricienne offensait et froissait cette bourgeoise : l'é-
légance de sa taille, la blancheur de ses mains, la
riche simplicité de son costume, jusqu'à son papier
à lettres timbré d'initiales coloriées, et les gants
qu'elle portait pendant les récréations.

Claire et ses amies se tutoyaient entre elles.
Athénaïs affecta de les tutoyer toutes. Il y eut de
terribles discussions dans ce petit monde en minia-
ture. Sophie d'Hennecourt, exaspérée, ne voulait pas
supporter le tutoiement et disait : « vous » à la fille
du chocolatier. Claire, riant de ces distinctions qui

lui paraissaient puériles, tutoya Athénaïs. Et celle-
ci vit dans cette familiarité une injure. L'hostilité
de la petite Moulinet n'échappa point à Claire. Elle
affecta de n'en pas tenir compte. Et, à son insu
peut-être, son dédain pour Athénaïs s'accentua.

Entre mademoiselle d'Hennecourt et Cacao, la
guerre était incessante et aiguë. Un jour, Sophie
revenant du parloir arriva dans la cour avec un sac
de chocolat. Elle en offrit à toutes ses compagnes,
et, s'approchant d'Athénaïs avec un air obligeant,
elle le lui tendit en disant : « En veux-tu ? Oh ! tu
peux te risquer ! il ne vient pas de chez toi, c'est du
Marquis ! »

La petite Moulinet blêmit de rage, et, sautant sur
le sac, l'envoya à la volée dans une fenêtre dont la
vitre tomba en éclats sur le sable. Une bousculade
s'ensuivit, au cours de laquelle Athénaïs, violemment poussée, se coupa la main sur un fragment
de verre qui était resté fixé au soubassement du
mur. La violence de sa colère, la peur de voir son
sang couler, firent tomber la petite Moulinet sans
connaissance. Par un revirement de sa nature pri-
mesautière, Sophie saisit Athénaïs dans ses bras,
aida à la conduire à l'infirmerie, en s'accusant et
en pleurant, désolée d'être la cause de tout ce mal.

A partir de ce jour, la scène changea. Athénaïs

se mit ouvertement à la tête du parti des bourgeoises, et la cour fut divisée en deux camps : les nobles d'un côté, les riches de l'autre. Ces enfants grandissaient, et leurs querelles avaient pris une allure discrète et sournoise qui sentait déjà les leçons du monde. Elles n'en étaient plus à se griffer avec les mains, mais elles se déchiraient bien plus cruellement par la parole. Claire, hautaine et dédaigneuse, restait à l'écart et ne prenait pas part à la guerre. Elle n'en était pas moins exécrée. Entre elle et Athénaïs, il y avait une lutte sourde engagée. Il était établi que mademoiselle Moulinet était l'antagoniste de mademoiselle de Beaulieu, et, vraiment, les deux adversaires étaient d'égale force.

Le père Moulinet était en train d'amasser une fortune colossale. On prétendait qu'il avait trouvé un procédé pour faire de la vanille avec du charbon de terre, et qu'il remplaçait dans son chocolat le cacao par des amandes grillées. Cette chimie alimentaire lui rapportait chaque année des sommes immenses. Et dans le monde parisien, l'industriel commençait à compter comme une valeur financière. Il venait d'être nommé juge au tribunal de commerce, et ses amis, quand on parlait de lui, hochaient gravement la tête en disant : C'est un homme très fort.

Moulinet, jovial et familier, disait volontiers en parlant de lui : Papa a le sac ! Au demeurant fort vulgaire, mais pas méchant. Capable de rendre service à condition qu'il eût intérêt à le faire. Très désireux d'élargir le cercle de ses relations et d'épurer sa société, regardant toujours au-dessus de lui et jamais au-dessous. C'était ainsi qu'il avait réussi à toujours aller en montant.

Un beau jour il vint au Sacré-Cœur dans un admirable landau à deux chevaux, fit appeler sa fille au parloir, et Athénaïs ne reparut plus au couvent. Elle avait alors seize ans. Ses compagnes la rencontrèrent le dimanche au Bois dans la superbe voiture de son père. Et, de loin, elle leur adressait des sourires, les reconnaissant avec empressement, comme avide de saluer du haut d'un si bel équipage.

Quelques mois plus tard Sophie et Claire rentrèrent également dans leurs familles. Et la guerre cessa faute d'ennemies.

Cependant la haine s'était conservée vivace dans le cœur de mademoiselle Moulinet. Elle suivait des yeux ses rivales. A l'Opéra, de la loge de seconde que son père s'était procurée à grand'peine, elle voyait avec colère mesdemoiselles d'Hennecourt et de Beaulieu trôner au premier étage dans une loge entre colonnes. C'était pendant les entr'actes un perpétuel va-et-vient de cavaliers élégants. Dans le salon du fond on causait, on croquait des bonbons. Chez Moulinet personne : le vide et le silence.

Athénaïs se disait : Bien certainement, dans le nombre des visiteurs, il y en aura un qui se déclarera et qui épousera Claire. — La beauté de mademoiselle de Beaulieu était devenue adorable. Elle avait une exquise blancheur de blonde. Et quand elle paraissait en robe rose décolletée, sans un bijou, elle soulevait l'admiration.

Ce fut Sophie qui se maria la première. Le baron de Préfont la demanda, et le mariage se fit à Saint-Augustin en grande pompe. Ce fut une messe splendide, à laquelle mademoiselle Moulinet ne fut pas invitée. Cependant, quelques anciennes du couvent prétendirent l'avoir aperçue très voilée, accompagnée d'une femme de chambre, et suivant, d'un des bas-côtés, la cérémonie. Cette reconnaissance offensive ne fut jamais prouvée. L'ombre d'un pilier protéga Athénaïs dévorant du regard ses ennemies. Claire était demoiselle d'honneur et quêtait avec le petit vicomte de Pontac. Lorsqu'elle approcha de la place où mademoiselle Moulinet avait établi son observatoire, celle-ci se perdit dans la foule et s'éloigna. Mademoiselle de Beaulieu, in-

différente, ne remarqua pas ce manège. Elle continua sa quête, en souriant avec douceur, et ne se
douta pas que, si les regards pouvaient tuer, elle
fût tombée morte au milieu de l'église.

Sophie mariée, le duc de Bligny parti pour
Saint-Pétersbourg, l'existence de Claire était devenue très retirée. Et enfin elle venait de passer six
mois loin de Paris. Le souvenir d'Athénaïs était
sorti complétement de son esprit. Et en regardant
sommeiller doucement la baronne de Préfont, dans
la grande bergère, elle ne songeait plus aux querelles dont cette charmante écervelée avait autrefois
donné le signal.

La porte du salon en s'ouvrant éveilla la baronne.
Elle vit entrer son mari et Octave, et, se dressant
vivement sur ses pieds, avec toute sa lucidité en
un instant retrouvée :

— Ah ! ciel ! vous m'avez laissée dormir ! s'écria-
t-elle. Et se mettant à rire : C'est donc ici comme
dans les contes de fées, le château de la Belle au
bois dormant. A peine arrivé, il faut fermer les yeux.
Mais, où est le Prince charmant ? Serait-ce vous, baron ? Non, c'est Octave ! Ma tante, pardonnez-moi !...
c'est l'air de votre pays qui est cause de tout ! Il
m'a fatiguée. On n'est pas habitué à Paris à une
atmosphère de cette qualité.

— Ce n'est rien, dit la marquise, tu as été battue de l'oiseau. C'est le premier effet ; tu t'y feras.

Le baron s'était approché avec sa gravité tranquille :

— Chère amie, je viens d'exécuter vos ordres, j'ai fait rentrer vos bagages : tout le château est encombré.

— C'est bien, répondit la baronne avec l'air d'une reine satisfaite de son peuple.

— Veux-tu que je te montre ton appartement ? demanda Claire en voyant la baronne debout, indécise.

— Volontiers, dit la jeune femme.

Et prenant un sac de cuir rouge timbré de ses armes, qu'elle avait posé sur un fauteuil en entrant, elle adressa un coup d'œil à son mari.

Celui-ci, empressé, s'approcha pour la débarrasser, mais elle, retirant le sac avec vivacité :

— Non, pas vous, dit-elle, vous êtes trop distrait. Et cela veut des ménagements. Tenez, vous, Octave. Et, une seconde fois, du regard elle montra la marquise à son mari.

— Chère amie, très flatté de votre confiance, riposta Préfont avec un sourire. Allez, Octave, mon bon, faites la corvée. Moi je tiendrai compagnie à votre mère.

La baronne, heureuse d'avoir été comprise, fit un petit signe approbateur au baron et, prenant Claire par le bras, comme pour être plus sûre qu'elle ne troublerait pas, en restant, le tête-à-tête qu'elle avait ménagé à son mari avec la marquise, elle sortit en fredonnant un air.

Le baron, grave et recueilli, fit quelques pas en silence. La marquise, enfoncée dans sa bergère, regardait vaguement devant elle. Le salon était sombre. Le feu, que, par cette fraîche soirée d'octobre, elle avait commandé d'allumer, pétillait dans la large cheminée de granit rose, et faisait, par le mouvement de ses flammes, danser de grandes clartés au plafond. La marquise se disait que peut-être les nouvelles apportées de Paris par le baron étaient meilleures que celles données par Bachelin le jour même. Et elle se reprenait à espérer. Déjà, au-dessus du salon, à l'étage supérieur, le pas vif et rapide des jeunes gens parcourant les appartements se faisait entendre. La vieille demeure s'emplissait d'un mouvement inaccoutumé. Et les fredons laissés par la baronne derrière elle, comme une trace subtile, vibraient joyeusement dans l'air.

Enfin la marquise, s'arrachant à sa méditation, leva les yeux, et, voyant le baron planté devant elle,

8

attendant ses ordres, elle adressa au jeune homme un mélancolique sourire.

— Eh bien ! mon neveu, dit-elle, vous avez des confidences à me faire ? Je me doute bien un peu de ce dont il s'agit, et vous m'en voyez fort peinée...

— C'est une triste affaire, en effet, ma tante, répondit soucieusement le jeune homme, et la considération dont jouit notre monde n'en sera pas accrue. Hélas ! Quand un des nôtres manque à son devoir, la faute commise par lui retombe sur tous ses pairs. Nous n'avons plus qu'une seule supériorité sur les autres classes de la société : c'est la fidélité à la chose jurée. On dit encore, en manière de proverbe : « Une parole de gentilhomme ». Bientôt, en voyant que nous ne tenons pas notre promesse comme le premier venu, on ne nous reconnaîtra même plus ce suprême respect de la foi engagée. Et nous aurons perdu notre dernier bon renom.

Une larme brille dans les yeux de la marquise, et, levant ses mains fines et amaigries vers le baron :

— Dites-moi tout, ne me cachez rien : je sais déjà, grâce à l'activité de mon brave Bachelin, que le duc de Bligny est à Paris depuis six semaines.

— Ah ! vraiment, marquise, vous savez tout cela !

dit amèrement le baron, et savez-vous aussi qu'il
y est en train de se marier?

— De se marier! s'écria avec stupeur madame
de Beaulieu en se dressant dans sa bergère, le visage tout pâle sous ses cheveux blancs.

— Oui, ma chère tante. Pardonnez-moi la rudesse
de ma franchise, mais, en pareille matière, je pense
qu'il vaut mieux aller droit au but.

— De se marier! répéta lentement la marquise.

— Le duc a fait tous ses efforts pour que la nouvelle ne s'ébruitât pas. Mais le futur beau-père,
qui est, paraît-il, un bourgeois tout ce qu'il y a de
plus vulgaire, est moins discret. Il exulte, le brave
homme! Sa fille, pensez donc, sa fille, duchesse!
L'histoire m'a été contée par Castéran, un intime
de Bligny, qui sait comment la négociation s'est
engagée. Et j'ai le regret d'être obligé de vous
avouer, ma tante, qu'il n'est rien de plus lamenta-
ble. Imaginez-vous que le duc, à peine arrivé de
Saint-Pétersbourg, s'est engagé dans une fort
grosse partie qui se poursuivait au cercle depuis
quelque temps. Très durement traité par la chance,
il fut bientôt au bout de ses ressources qui étaient
fort maigres. Il eut recours à la caisse du cercle, et
trouva des fonds pour faire face à ses engagements.
Il continua à jouer dans de telles proportions que

dans une seule semaine ses différences se montèrent à deux cent cinquante mille francs. Il paraît
qu'il avait complètement perdu la tête. Il était affolé
par le guignon, et se jetait dans la mêlée en aveugle. En deux soirées, il regagna tout, puis reperdit
cent mille francs. Et enfin resta avec une culotte
définitive de deux cent mille francs.

La marquise regarda son neveu et, d'un ton interrogateur :

— Une culotte? répéta-t-elle.

— Excusez-moi, ma tante, dit le baron avec
flegme, c'est le terme consacré. Pour exprimer
une grosse perte au jeu, on dit une culotte.

— Une culotte de deux cent mille francs, fit la
marquise avec un triste sourire, c'est de l'étoffe
chère !

— D'autant plus que Gaston n'avait pas le premier sou pour payer. Et dans les cercles, ces sortes de dettes s'acquittent dans les vingt-quatre
heures, sous peine d'être affiché et exclu. La situation du duc était donc fort critique. Mon Dieu ! il
aurait pu s'adresser à la famille. Quoique toute notre fortune soit en biens fonds, la baronne et moi
nous lui aurions bien trouvé une partie de la
somme. Il eût pu prendre des arrangements pour
le reste. Gaston ne songea point à s'adresser à

nous, ou plutôt il ne le voulut point. Castéran le
lui avait conseillé cependant. Le malheureux garçon
s'enferma dans sa chambre, au cercle, et se plongea dans de pénibles réflexions. Il se rendait compte
qu'il avait gravement entamé sa position mondaine
et qu'il avait compromis son avenir. C'est alors
qu'intervint la Providence, sous la forme du futur
beau-père, que Gaston, m'a-t-on dit, n'avait jamais
rencontré qu'une seule fois. Celui-ci entra résolument en matière et tint à Bligny à peu près ce langage : « Monsieur le duc, vous devez deux cent
mille francs : il faut que vous vous les procuriez dans
la journée, et vous ne vous les procurerez pas ! »
Et comme le duc se levait vivement pour couper
court à un pareil entretien avec cet inconnu, le vieil
homme l'arrêta net en laissant tomber ces mots :
« Ces deux cent mille francs, je vous les apporte.
J'ai une immense fortune, et je n'ai pas voulu qu'il
fût dit qu'un homme tel que moi, qui donne dix
millions de dot à sa fille unique, a laissé pour dix
misérables mille louis compromettre le nom d'une
des plus nobles familles de son pays ! » — C'es
énorme, ma tante, n'est-il pas vrai ? Vous compre
nez bien que je ne vous garantis pas la rigoureuse
exactitude des termes. Castéran a la langue très
affilée, et il a bien pu broder un peu. Mais c'est

ainsi qu'il m'a conté l'aventure. Le malheureux
Bligny fut ébloui. Il lui sembla qu'il était en face
d'un homme tout en or. Et Jame, la caisse de son
bienfaiteur inattendu étant ouverte, il y mit le petit doigt. La main suivit, et, comme dans un engre-
nage, tout y a passé, titre avec. Voilà comment le
duc se marie.

Il eut un instant de silence. L'obscurité était
tout à fait venue. C'était à peine si, dans l'ombre,
le baron apercevait la tête fièrement levée de la
marquise. Le tic-tac de la vieille pendule Louis XIV
faisait seul entendre sa cadence régulière. Soudain le jeune homme vit un nuage blanc passer
devant le visage de sa tante, et, à un sanglot mal
dissimulé, il comprit qu'elle pleurait. Il fit vivement
quelques pas vers elle et, s'agenouillant aux pieds
de madame de Beaulieu, sur un tabouret de tapisserie, il lui prit tendrement la main, ne trouvant
pas un mot pour consoler cette douleur, qui avait
été plus forte que l'orgueil.

— Ce n'est rien, dit doucement la marquise, je
n'ai pas été maîtresse de mon chagrin, je l'avoue,
et je suis si durement frappée, que je n'ai pu arrêter mes larmes. J'ai tant aimé Gaston ! Il a été un
second fils pour moi. Il est de mon sang. Et tout
ce qu'il a fait de mal me touche doublement. **Je ne**

comprends rien à une pareille ingratitude de sa part, car c'était un enfant généreux et un cœur loyal. Comment a-t-il pu changer si promptement? Le monde a-t-il eu le pouvoir de défaire en quelques mois l'ouvrage de tant d'années? Je l'ai si soigneusement, si tendrement élevé! Et voilà comme il m'en récompense! Ah! l'ingrat! l'ingrat!

Profondément ému, le baron, machinalement, avait saisi sur la table le crochet d'ivoire avec lequel la marquise tricotait des camisoles pour les petits pauvres. Et, d'une main irritée, il perçait avec obstination une grosse pelote de laine grise.

Cependant la marquise avait repris possession d'elle-même. Elle essuyait ses dernières larmes :

— L'important, dit-elle avec fermeté, c'est que nous prenions de grands ménagements vis-à-vis de Claire. Vous la connaissez. Elle est fière, emportée... Son père était ainsi, cœur d'or, mais tête de fer. Elle va être frappée en pleine sécurité. Elle me parlait encore de Gaston, ce matin. L'idée qu'il peut songer à une autre femme ne lui est pas venue un instant. Elle a mis le silence, les retards du duc, sur le compte des nécessités de la situation. Son esprit n'a jamais été effleuré par le doute. Loyale et franche, elle n'attend des autres que loyauté et franchise. Dans une âme comme la sienne, une pareille désillusion peut jeter un trouble bien grave.

— Mais, ma chère tante, ne croyez-vous pas qu'une démarche faite auprès de Bligny ne pourrait modifier singulièrement la situation? Gaston a été entraîné... En lui faisant mesurer l'étendue de la faute qu'il va commettre, il serait peut-être possible de le ramener! Et si vous y consentiez, je serais, moi, tout entier à votre disposition pour cette tentative.

— Non, fit la marquise, avec une grande hauteur. Nous ne sommes point de ceux qui s'humilient et qui implorent. Notre position, pour triste qu'elle soit, est nette et digne. Il ne me plairait point de la changer. J'attendrai, pour apprendre à ma fille la triste vérité, que les engagements de mon neveu, vis-à-vis de sa nouvelle fiancée, soient irrévocables. Car, ajouta madame de Beaulieu en souriant amèrement, avec un homme aussi capricieux que le duc de Bligny, on ne peut répondre de rien, et peut-être changera-t-il encore...

— Comme il vous plaira, reprit le baron; je ne saurais vous blâmer d'agir comme vous le faites. A dire vrai, je m'attendais à vous entendre parler ainsi... Mais j'ai considéré comme un devoir de vous faire une offre de conciliation... Advienne donc que pourra, maintenant ! le beau rôle est de votre côté, et si vous avez l'occasion de verser quelques larmes en cachette, au moins vous n'aurez pas l'occasion de faire la grimace. Je n'en dirais pas autant de Bligny.

Un bruit de pas rapides résonna dans le grand escalier de pierre, accompagné d'un joyeux murmure de voix. Insoucieux et rieurs, Octave et Claire redescendaient avec la baronne, mis en bonne humeur par la remuante et folâtre jeune femme.

La porte du salon s'ouvrit, et, comme une avalanche, madame de Préfont, précédant ses cousins, entra dans la solennelle et sombre pièce.

— Eh ! mon Dieu ! vous êtes sans lumière ! Mais c'est lugubre ! s'écria la baronne. Vous avez l'air de causer au fond d'un tombeau. Il fait noir à ne pas s'entendre parler !... Ma tante, vous nous avez gâtés... Nous avons, le baron et moi, le plus bel appartement du château... Vous savez que nous allons nous trouver si bien que nous ne voudrons plus partir...

— Tant mieux, ma chère enfant ! Mais je pense que vous devez avoir gagné de l'appétit en chemin de fer... Nous allons dîner.

Au même moment, et comme si la parole de

madame de Beaulieu eût été attendue, la porte de
la salle à manger fut ouverte à deux battants, un
flot de lumière fit étinceler les dressoirs chargés
de vieilles porcelaines et de massives pièces d'argenterie, pendant que, d'une voix grave et recueillie, le maître d'hôtel laissait tomber ces paroles :
Madame la marquise est servie.

VI

Le lendemain du jour où M. et madame de Préfont étaient arrivés à Beaulieu, et fort à point pour
jeter un peu d'intérêt dans l'existence de la petite
baronne qui commençait déjà à trouver le séjour
à la campagne vertueusement ennuyeux, M. Derblay, accompagné de sa sœur, se présenta au château.

Assis sous une grande tente de coutil rayé gris et
rouge, les habitants de Beaulieu jouissaient du
charme d'une de ces belles journées d'octobre, derniers sourires de l'année prête à devenir triste et
glacée. Dans les massifs du parc, les oiseaux, trom-
pés par la chaleur du soleil, s'étaient remis à chanter
comme en été. Et sur le sable brillant de la terrasse,

deux merles au bec jaune se disputaient en sifflant des miettes de pain que le marquis avait jetées par la fenêtre de la salle à manger. La marquise, enveloppée dans ses châles, engourdie par l'air doux, écoutait, d'une oreille distraite, Claire et la baronne qui causaient, accoudées à la balustrade de granit rose. Le baron, gravement étendu dans un fauteuil à bascule, poussait vers le ciel bleu, avec une lenteur calculée, les bouffées de son cigare. Le marquis crayonnait sournoisement, sur une page de son carnet, la silhouette des deux jeunes femmes se détachant élégante et gracieuse sur le fond clair de l'horizon. Un calme profond entourait ce petit coin, et peu à peu une lassitude délicieuse, invincible, s'emparant de tout l'être, alanguissait le corps et endormait la pensée.

Le pas du domestique faisant crier le sable de l'allée réveilla tout le monde de cette somnolence physique et morale. La marquise ouvrit les yeux : Claire et la baronne se retournèrent, cessant de regarder vaguement la vallée; le marquis cacha avec précipitation son carnet dans sa poche. Seul le baron, avare de mouvements inutiles, se borna à incliner légèrement la tête.

— M. et mademoiselle Derblay demandent si madame la marquise reçoit, dit le valet de pied...

A ces mots, Claire fronça imperceptiblement
son fier sourcil. Le nom de l'homme, par lequel
instinctivement elle se sentait poursuivie, prononcé là, chez elle, lui déplut. Elle eut comme un
pressentiment que cet étranger aurait une influence sur sa vie, et, d'avance, elle se sentit pleine
de révolte.

Une amertume soudaine troubla son cœur. L'i-
dée confuse de son abandon était déjà cependant
au fond d'elle-même. Et elle se demanda comment
M. Derblay, après ses démonstrations passionnées,
si timides qu'elles fussent, osait se présenter au
château.

Bachelin, il est vrai, avait annoncé sa visite. Il
s'agissait d'une sorte de conciliation sur le terrain
des affaires. Mais la question d'affaires pouvait
n'être qu'un prétexte. Cet homme était-il si hardi,
la voyant momentanément délaissée par le duc, de
concevoir la pensée de s'approcher d'elle? Toutes
ces réflexions, encore fort obscures, passèrent en
une seconde dans son esprit, et furent le point de
départ de son aversion pour Philippe.

— Recevez-le, ma tante, recevez-le, s'était écriée
la baronne. Je suis si curieuse de le voir, ce maître
de forges ! Il va nous amuser, et nous ferons bavarder sa sœur sur ce qui se passe dans le village.

9

Elle a peut-être le costume du pays. Oh! que ce serait gentil!

— Mais, ma chère enfant, je ne demande pas mieux que de recevoir, répondit la marquise en souriant...

Et se tournant vers le domestique qui attendait, immobile :

— Priez M. et mademoiselle Derblay de bien vouloir venir jusqu'ici.

Il y eut un instant de silence, puis la large porte-fenêtre du salon s'ouvrit, et Philippe, accompagné de Suzanne, apparut sur le perron. Un rayon de soleil dorait sa brune et mâle figure. Il se montrait dans toute sa vigueur, tranquille et sévère. Serré dans une longue redingote noire, il semblait plus grand qu'il n'était en réalité. Sa sœur, vêtue d'une très simple robe de drap bleu foncé, se pressait timidement contre lui, le visage animé par l'émotion, inquiète et pourtant résolue, attachant sur son frère le regard de ses grands yeux, comme pour lui donner du courage.

La marquise s'était levée pour aller au-devant des visiteurs.

Philippe, très respectueusement, se courba devant elle, en balbutiant quelques paroles entrecoupées, dont la confusion amena un sourire sur les lèvres de la grande dame. Puis, comme pour couper court à la gêne du jeune homme, avec une grâce charmante prenant la main de Suzanne :

— Dites à votre frère, mon enfant, dit madame de Beaulieu, qu'il est le bienvenu chez moi.

Philippe releva son front penché et, avec un accent de profonde gratitude :

— Je ne sais comment vous remercier, madame la marquise, dit-il, de l'accueil si bienveillant que vous faites à ma sœur. C'est une enfant qui a grandi auprès de moi, sans les soins d'une mère. Elle a besoin de leçons et de conseils. Elle ne saurait les trouver meilleurs qu'auprès de vous, si vous voulez bien lui faire la faveur de vous intéresser à elle.

Madame de Beaulieu regarda plus attentivement Suzanne, et fut touchée de la grâce naïve et tendre de la jeune fille.

— Venez, que je vous embrasse, ma chère belle.

Et effleurant de ses lèvres les cheveux blonds de Suzanne :

— Voilà la paix signée sur le front de cette enfant, ajouta la marquise en se tournant vers Philippe. Tous vos péchés vous sont remis, mon voisin. Maintenant, venez, que je vous fasse faire connaissance avec ma famille...

Et désignant de la main Octave qui s'avançait vers eux :

— Le marquis de Beaulieu, mon fils, dit-elle.

— La présentation est bien inutile, ma mère, dit avec rondeur le marquis, en tendant la main à Philippe. M. Derblay et moi nous nous sommes déjà trouvés en présence. Diable ! cher voisin, vous avez de bonnes jambes, et vos lièvres que je manque si bien ne courent pas si vite que vous, quand vous ne voulez pas qu'on vous rattrape.

— Excusez-moi, monsieur le marquis, répondit Philippe en souriant, si je ne vous ai pas dit qui j'étais... Vous ne paraissiez pas animé de sentiments fort sympathiques à mon égard, et j'ai craint de n'être pas très bien accueilli par vous si je trahissais mon incognito.

— Eh ! parbleu, je ne vous connaissais que par les difficultés que nous avions eues ensemble. Maintenant c'est autre chose, et j'espère que nous serons bons amis... Mais faites-moi donc le plaisir, je vous prie, de me présenter à mademoiselle Derblay.

Le charme de Suzanne agissait. Empressé, attentif, Octave s'était approché de la jeune fille. Madame de Beaulieu, se tournant alors du côté de Philippe et le désignant à la baronne et à Claire :

— M. Derblay, le maître de forges de Pont-Avesnes... Puis, montrant les deux jeunes femmes : la
baronne de Préfont, ma nièce, et mademoiselle de
Beaulieu, ma fille.

Une rougeur brûlante monta au visage de Philippe, et, sans oser fixer ses yeux sur celle qu'il
adorait, il s'inclina si profondément qu'on eût dit
qu'il allait s'agenouiller.

— Mais, ma chère, c'est un monsieur ! chuchota
la baronne à l'oreille de Claire. Moi qui me le figu-
rais les bras nus avec un tablier de cuir sur les genoux et de la limaille dans les cheveux !... Dieu me
pardonne, il est décoré ! Et le baron ne l'est pas ! Il
est vrai que sous le régime que nous subissons !
Enfin c'est bien extraordinaire ! Il ne manie donc
pas le marteau ? Regarde-le donc... C'est incroya-
ble... il est très bien... Il a des yeux superbes !

Claire, qui jusque-là avait détourné ses regards,
fixa presque durement Philippe. Elle était en proie
à une sourde colère. Elle eût voulu trouver des paroles blessantes et des regards offensants pour les
adresser à cet audacieux. Dans sa vigoureuse car-
rure, elle le trouvait vulgaire. Tout en lui la cho-
quait, jusqu'à sa mise sombre et sévère qui lui
donnait un air digne et sérieux. En même temps,
comme dans une rapide vision, la figure du duc

passa devant ses yeux. Elle distingua nettement la tournure élégante et un peu grêle de Gaston, avec son visage allongé, ses cheveux châtains, ses yeux bleus et sa bouche spirituelle, de chaque côté de laquelle tombaient de longues moustaches blondes. Entre Philippe présent et le fantôme du duc, le contraste était complet. L'un incarnait bien dans sa robuste personne la solidité saine de la bourgeoisie ; l'autre était le type achevé de la grâce délicate et légèrement affaiblie de la noblesse.

Sous le regard de la jeune fille, Philippe était resté interdit. Ses pieds semblaient avoir pris racine dans le sol. Profondément troublé, il tenta d'échapper à l'examen hostile de ces yeux. Il voulut faire deux pas vers le marquis, qui causait avec Suzanne, afin de se rattacher à quelqu'un qui lui fût bienveillant : il ne le put pas. Il jeta machinalement un regard sur sa personne, et brusquement il se vit lourd, commun et inélégant. Avec une sourde amertume, il se compara aux deux jeunes gens qui marchaient devant lui, dans la grâce libre et simple de leurs vêtements du bon faiseur, et sa redingote de drap noir d'une coupe provinciale lui parut hideuse. Il pensa qu'il devait être grotesque, avec son chapeau de haute forme à la main, et il souffrit horriblement.

Il eût, dans ce moment-là, donné dix ans de sa vie pour être vêtu, et avoir l'air dégagé, comme le baron et Octave. Il se dit que jamais Claire ne pourrait oublier l'aspect sous lequel il s'était présenté pour la première fois à elle, et que, pour toujours, il resterait dans l'esprit de la jeune fille un souvenir qui lui serait défavorable. Il mesura là nettement la distance qui existait entre mademoiselle de Beaulieu, même ruinée, et le maître de forges de Pont-Avesnes. Et, avec un profond désespoir, il se reprocha d'avoir été assez fou pour lever les yeux plus haut que son ambition ne pouvait jamais espérer atteindre.

La voix d'Octave l'arracha à son étourdissement.

—Mon cher monsieur Derblay, nous avons ici quelqu'un qui, sur la question industrielle, pourra vous tenir tête, dit le marquis ; c'est mon cousin, M. le baron de Préfont, un savant...

— Dites un homme d'études, mon cher Octave, interrompit avec douceur le baron... Le champ de la science est trop vaste pour que j'aie une autre prétention que celle d'en avoir exploré une toute petite partie...

Philippe, revenant à lui, chercha des yeux mademoiselle de Beaulieu. Gracieuse et lente, elle s'était

éloignée et marchait le long de la terrasse aux
côtés de la baronne. Du bout de son ombrelle de
soie rouge, elle frappait machinalement les fleurs
d'un rosier grimpant qui enlaçait ses rameaux aux
balustres de pierre.

Le maître de forges poussa un soupir et se détournant de ce charmant spectacle :

— Ce n'est pas la première fois, dit-il, que j'entends prononcer le nom de M. de Préfont.

Et comme le baron faisait un geste de protestation polie.

— Monsieur n'est-il pas l'auteur d'un très considérable travail sur la cémentation ? Je me suis
beaucoup occupé moi-même de cette importante
question, et j'ai lu avec la plus vive curiosité le
Mémoire que vous avez adressé à l'Académie des
Sciences.

— Oh ! oh ! baron, s'écria gaiement Octave, vous
ne vous attendiez pas à être si connu dans nos
montagnes ?... Allons ! vous êtes en route pour la cé-
lébrité, mon bon, votre nom a pénétré jusqu'au
fond des campagnes, et à votre vieille devise: *For-
tis gladio*, il faut ajouter : *et pennâ*. Et ne croyez
pas que je me moque de vous... Je vous imiterais
si j'en étais capable...

Mais le baron avait bien souci de ce que pouvait

dire le marquis ! Ravi de rencontrer un auditenr
en état de le comprendre, il s'était lancé dans une
dissertation très ardue sur la façon de fondre
l'acier. Et l'intervention de la baronne elle-même
ne l'aurait pas détourné de son sujet. Sa raideur
anglaise avait fait place à un laisser-aller plein
d'expansion. Il tapait dans ses mains, en imitant
le bruit des machines, pour appuyer sa démonstration. Et animé, gesticulant, il avait pris M. Derblay
par le bras, comme pour être bien sûr que celui-
ci ne lui échapperait pas.

Mais Philippe n'avait nulle envie de se soustraire
à l'envahissante familiarité de son interlocuteur.
Bien au contraire, il le poussait, heureux de
trouver un allié imprévu dans cette maison où il
se sentait si mal à l'aise. Et le baron allait, enchanté, parlant d'abondance et appelant déjà Philippe : mon cher monsieur, ce qu'il n'eût certes pas
fait pour tout autre, au bout de trois mois de relations suivies. Mais, en un instant, leur commune
préoccupation scientifique les avait rapprochés et
liés, comme deux francs-maçons qui ont échangé
mystérieusement des signes en se touchant la
main.

— Et vous extrayez vous-même le minerai ?
Comme votre exploitation doit être intéressante !

disait le baron. Il faudra que je descende à Pont-
Avesnes, demain matin, pour que vous me fas-
siez visiter vos ateliers. Vous devez occuper beaucoup de monde ?

— Deux mille ouvriers

— C'est admirable ! Et combien de hauts-fourneaux ?

— Dix qui n'éteignent jamais leurs feux d'un bout
de l'année à l'autre. Vous verrez mon marteau-
pilon. Il pèse quarante mille kilos et se manœuvre
avec une telle précision que vous le feriez descendre sur un œuf, et le toucher, sans casser la co-
quille.

— Mais avec un pareil instrument, vous pouvez
faire concurrence au Creuzot lui-même ?

— Parfaitement, et nous faisons en petit ce qu'il
fait dans des proportions immenses.

— Mon cher monsieur, c'est une bonne fortune
pour moi de vous avoir rencontré, s'écria joyeusement le baron... Je voulais partir à la fin de la semaine avec la baronne, pour aller en Suisse, mais
au diable le voyage!... Je reste, vous comprenez
bien ?... Nous allons faire des expériences... Avez-
vous un laboratoire ? Oui ! Vous êtes chimiste ?
Parfait ! Vous êtes un des hommes les plus agréables que j'aie encore rencontrés.

Et prenant Philippe par le bras, le baron commença à arpenter la terrasse.

— Ah ça ! qu'a donc mon mari? dit la baronne,
en s'approchant avec Claire.

— Il a, ma chère cousine, répondit gaiement
Octave, qu'il est parti sur son dada favori, prenant
en croupe M. Derblay.

— Eh bien! Ils vont aller loin comme ça, si on
n'arrête pas le baron.

— Et pourquoi l'arrêterait-on? fit le marquis.
Est-ce que vous trouvez mauvaise cette confrater-
nité de M. Derblay et de Préfont? Votre mari, ma
chère amie, descendant des preux, incarne dans sa
personne dix siècles de grandeur guerrière.
M. Derblay, fils d'industriels, représente un siècle
unique, celui qui a produit la vapeur, le gaz et l'é-
lectricité. Et je vous avoue que, pour ma part, j'admire beaucoup le bon accord soudain de ces deux
hommes qui confondent, dans une intimité née d'une
mutuelle estime, ce qui fait un pays grand entre
tous : la gloire dans le passé et le progrès dans
présent.

— Octave, mon ami, dit la baronne, on voit que
vous êtes avocat : vous parlez très bien. Mais pour
le fils de votre père, laissez-moi vous dire que je
vous trouve un peu démocrate!

— Eh ! cousine, reprit en riant le jeune homme,
la démocratie nous envahit. Tâchons de constituer
une aristocratie dans la démocratie même. Pour y
arriver, prenons la médiocrité comme niveau, et au-
dessus d'elle, mettons tout ce qui aura du mérite.
Nous fonderons ainsi l'aristocratie du talent, la
seule qui soit digne de succéder à l'aristocratie de
naissance. D'ailleurs, en agissant ainsi, nous ne
ferons qu'imiter ce que firent nos ancêtres. Vous
figurez-vous que les fondateurs de nos maisons
étaient nés nobles ? Ce fut leur courage qui fut la
cause de leur élévation au-dessus des autres
hommes. Le premier des Préfont s'appelait tout
platement Gaucher, ce qui, sans doute, ne l'em-
pêchait pas d'être adroit, car il passe pour avoir
été un rude soldat. Anobli pour ses faits d'armes
et enrichi par son butin, il prit le nom de sa terre,
en revenant de Palestine. Et c'est par la grâce du
capitaine Gaucher, ma chère, que vous êtes baronne.
Pourquoi donc dénierions-nous aujourd'hui à des
hommes qui valent peut-être votre aïeul le droit
de sortir du commun ? Jadis on disait : Honneur
aux plus braves ; maintenant disons : Place aux plus
intelligents !

— Bien pensé et bien parlé, monsieur le marquis,
et je prie madame la baronne de m'excuser si je

me prononce contre elle, dit une voix sonore derrière un massif.

Et Bachelin, très rouge, le chapeau à la main, sa serviette bourrée de papiers sous le bras, comme d'habitude, apparut au coin de la terrasse.

— Eh! Bachelin, vous arrivez à point, s'écria la baronne gaiement. Ah! vous voilà bien, vous autres robins, vous êtes tous du Tiers-Etat. C'est à votre profit qu'on a fait la Révolution. Mais vous apparaissez comme un diable qui sort d'une trappe!,.. Par où êtes-vous donc venu?

— J'ai traversé le parc, je viens de la Varenne, et j'ai laissé mon cabriolet à la petite porte... Mais, pardon...

Et se tournant vers madame de Beaulieu qui s'approchait avec Suzanne.

— Madame la marquise... tout mon respect... Mademoiselle Suzanne, mes hommages... Il fait aujourd'hui une chaleur extraordinaire... Je suis venu en hâte... Je tenais à être ici en même temps que M. Derblay... Mais un acte très important à signer m'a retenu... Un acte qui m'a causé bien des regrets, madame la marquise. Il s'agit de la vente de la Varenne.

— Ah! Les d'Estrelles ont enfin trouvé un acquéreur? interrogea le marquis.

— Oui, un acquéreur, soupira Bachelin, et qui a payé un prix de convenance, je vous en réponds. Mais il tenait tout particulièrement à cette terre... Et il en a donné au moins un tiers de plus qu'on n'en aurait pu trouver, même en la morcelant. C'est un gros fabricant de Paris. Il m'a dit même avoir l'honneur de connaître la famille de madame la marquise. C'est sans doute la raison qui lui a fait rechercher le voisinage de Beaulieu.

— Et peut-on savoir le nom de ce monsieur ? demanda la marquise avec indifférence.

— Il s'appelle M. Moulinet, répondit tranquillement le notaire.

Bachelin ne se doutait certes pas de l'effet qu'il allait produire en prononçant le nom de l'acquéreur de la Varenne. Mademoiselle de Beaulieu se leva brusquement pendant que la baronne, frappant vivement ses mains l'une contre l'autre, s'écriait : Le père d'Athénaïs !

— M. Moulinet avait effectivement avec lui une jeune personne qu'il nommait Athénaïs, ajouta le notaire. Le domaine a été acheté pour elle, et afin de figurer parmi ses propres le jour de son mariage. C'est trente mille livres de rente en sacs, et les baux sont susceptibles d'augmentation.

— Ah ! c'est trop fort ! les voilà vos voisins ! re-

prit la baronne. Et M. Moulinet va jouer au seigneur châtelain. Le pauvre homme ! il aura l'air de
son jardinier !

— Il est, dit-on, fort riche ? interrogea Bachelin.

— Excessivement riche, répondit la baronne, ri-
diculement riche.

— Eh bien ! Octave, voilà où conduisent vos théories, mon cher. La voilà, l'aristocratie de l'intelligence ! M. Moulinet en est un des plus beaux repré-
sentants. Les d'Estrelles, qui ont donné à la France
dix maistres de camp, deux amiraux, un maréchal
et plusieurs ministres d'Etat, qui ont les portraits
de leurs ancêtres à Versailles et leur nom à toutes
les grandes pages de notre histoire, sont mis hors
de leur château par un fabricant de chocolat qui n'a
jamais rendu service pour un centime à sa patrie,
et dont le nom ne figure que sur les prospectus qu'il
fait distribuer au coin de la rue. Voilà votre démocratie, mon cher ! Tenez ! ne me parlez pas d'un
pays où de pareilles abominations peuvent se commettre... C'est un pays perdu !

— Calmez-vous, baronne, dit Octave, je trouve
plorable, comme vous, que les d'Estrelles soient
dépossédés de leur château, mais franchement, que
pouvons-nous y faire ? Faut-il prendre à M. Moulinet son argent pour enrichir nos amis ? Ce serait

un peu bien arbitraire. Et, à moins de lui chauffe
les pieds par-dessus le marché, je ne vois point c
qu'on pourrait lui faire de pis.

— Laissez-moi tranquille, vous êtes insuppor
table, s'écria madame de Préfont. Tenez, je croi
que vous dites tout cela pour me taquiner, et que
vous n'en pensez pas un mot.

Et, prenant le bras de la marquise, elle fit quel
ques pas au-devant du baron qui revenait avec Phi
lippe.

Claire était restée en arrière, immobile et pensive
La brusque apparition de M. Derblay et d'Athénaï
Moulinet dans sa vie si rigoureusement fermée
la troublait étrangement. Élevée dans ce grand
monde, autour duquel la fierté rigoriste de ses aris-
tocratiques habitants a tracé des barrières infran-
chissables, elle assistait, avec une amère stupéfaction, à cette violation inattendue de son intimité
Du moment que M. Derblay entrait à Beaulieu s
facilement et était, de prime abord, traité sur ur
pied d'égalité, il lui paraissait que l'antique maison
devenait banale comme la rue. Elle résolut de réagir
contre cette facilité un peu vulgaire avec laquelle
tous les hôtes du château se prodiguaient envers
des étrangers. Et, les voyant tous si souriants et s
affables, elle se fit sévère et glacée.

Cependant elle devinait dans ce qui se passait autour d'elle quelque chose d'inexpliqué et de menaçant. Le silence prolongé du duc l'inquiétait plus qu'elle ne voulait l'avouer. Et l'attitude contrainte de ceux qui l'entouraient, quelques lambeaux de phrases qu'elle avait saisis au vol, certains silences subits quand elle approchait à l'improviste, une recrudescence de tendresse de la part des siens, avaient achevé de la mettre en défiance. Elle souffrit beaucoup. A cette nature fière et franche l'équivoque était insupportable. Il était dans son caractère d'aller droit à l'obstacle et de l'attaquer de front. En cette circonstance elle n'osa pas. Sa tendresse la rendit timide. Elle eut peur d'apprendre que le duc la trahissait. Et, honteuse pour celui qu'elle aimait, craignant d'être obligée de constater son indignité, elle s'abstint de questionner et garda un douloureux silence.

Philippe la vit donc impassible et hautaine, accueillant ses timides hommages avec un dédain peu dissimulé, et faisant attention à lui juste assez pour lui prouver que sa présence lui déplaisait. Suzanne, décontenancée, ayant vainement essayé par quelques douces paroles de détendre la bouche crispée de mademoiselle de Beaulieu, s'était réfugiée auprès de Bachelin, qui la couvrait de sa paternelle affection.

Les attentions gracieuses du marquis, visiblement gagné par la grâce simple de la jeune fille,
avaient trouvé Suzanne triste et découragée. Les
illusions que la chère enfant s'était faites tombèrent
en un instant. Elle vit le bonheur de son frère gravement compromis. Son précoce bon sens lui fit
mesurer toute la distance qui séparait Philippe de
cette hautaine et imposante Claire. Elle comprit
qu'un événement imprévu pouvait, seul, rapprocher ces deux êtres si dissemblables. Cependant,
elle ne désespéra pas. Et naïvement, avec cette foi
tenace des enfants, elle s'en remit à la Providence
du soin de lever toutes les difficultés.

La marquise, toute pleine des confidences louan-
geuses de Bachelin sur le compte de Philippe, enchantée de l'enthousiasme du baron, qui avait décidément accaparé le maître de forges, et vraiment
surprise d'avoir rencontré à sa porte un homme
tel que M. Derblay, s'était laissé aller à lui demander de rester à dîner au château. Foudroyée
par un regard de sa fille, elle fit un retour sur elle-
même, et se demanda si elle n'avait pas été un peu
vite dans l'expression de sa sympathie. Sa raison
interrogée ne lui reprocha rien. Elle ne dut voir
dans le mécontentement de Claire qu'un accès de
subite sauvagerie. Du reste, M. Derblay offrit de

lui-même à la marquise un moyen de prompt apai-
sement. Il refusa avec une convenance exquise,
s'excusant de ne point profiter de la grande faveur
qui lui était faite, et prétextant le soin d'affaires
accablantes.

En réalité, il avait hâte de s'éloigner. Les deux
heures qu'il venait de passer sur cette terrasse,
écoutant le baron sans le comprendre, les tempes
serrées comme par les mâchoires d'un étau, le cerveau martelé par des pensées tumultueuses, avaient
été pour lui un cruel supplice. Il voulut absolument
s'y soustraire. Cette entrevue, si impatiemment
attendue et dont il se promettait tant de joie, fut
un des plus durs moments de sa vie. Et découragé,
abattu, prêt à renoncer à ses ambitieux projets, il
prit congé des hôtes du château.

Claire ne parut pas attacher plus d'importance à
son départ qu'elle n'en avait prêtée à son arrivée.
Elle resta dédaigneuse et muette, répondant à son
respectueux salut par un léger mouvement de tête.
Juste ce qu'elle eût accordé à un fournisseur.

La retraite de Philippe eût singulièrement res-
semblé à une déroute, si les alliés qu'il avait su déjà
se faire dans la place ne lui eussent pas prêté un utile
secours. Le baron montra, en cette circonstance, à
quel point la passion peut modifier les caractères.

Cet homme, si plein de réserve, accompagna
M. Derblay jusqu'à la grille, et lui secoua la main,
en le quittant, avec la vigueur, le laisser-aller, d'un
compagnon du tour de France. Le marquis, lui,
suivait Suzanne, et prouvait, par les gracieusetés
qu'il prodiguait au frère, tout l'intérêt qu'il prenait
à la sœur. Bachelin, son inamovible serviette sous
le bras, fermait la marche. A la petite porte du
parc, son cabriolet, attelé d'un vieux cheval gris
qui broutait philosophiquement des feuilles de cou-
drier, l'attendait. Il y fit monter Philippe et Suzanne, pendant que le baron poussait la prévenance
jusqu'à tenir le bidet par la bride, précaution d'ailleurs bien inutile, et que le marquis échangeait un
dernier sourire avec la jeune fille. Bachelin passa
son fouet sur le dos de son cheval. Le cabriolet s'é-
branla, et le baron et le marquis crièrent avec une
touchante unanimité :

— Au revoir !

Philippe, d'une voix tremblante, répondit par
un : Jamais ! qui se perdit heureusement dans le
bruit de ferraille qui accompagnait la marche de
la voiture. Le notaire s'était retourné brusquement :

— Jamais ? répéta-t-il, jamais ! Ah ça ! mon bon
ami, est-ce que vous perdez la raison ? Et pourquoi
ne vous reverrait-on jamais à Beaulieu ?

Philippe, questionné, cessa de se contenir, et, ouvrant son cœur, il en laissa couler librement le flot
amer de ses désillusions. A quoi bon persévérer
dans une entreprise qui était fatalement destinée,
tout l'indiquait, à échouer misérablement. Il se
préparait des humiliations imméritées et des chagrins cuisants. Autant valait renoncer tout de suite,
et couper le mal dans sa racine avant qu'il eût pu
s'étendre.

— Eh ! mon cher, interrompit Bachelin avec ironie, qu'est-ce que vous espériez donc ? La violence
de vos regrets me donne à supposer que vous aviez
de bien grandes prétentions. Pensiez-vous que
mademoiselle de Beaulieu allait de but en blanc
vous faire des avances comme une grisette à un
étudiant ? Dans le monde où vous venez de pénétrer, mon cher ami, les sentiments se traduisent
habituellement par des nuances d'une délicatesse
extrême. Il n'y a ni enthousiasmes violemment res-
sentis, ni antipathies nettement déclarées. Tout se
fait avec correction et tenue. Vous avez du premier coup obtenu des résultats incroyables. Les
hommes ont été fanatisés, le marquis est votre
ami et le baron veut être votre préparateur. La
marquise enfin, entraînée par la passion générale,
vous invite à dîner dès le premier jour, comme on

fait pour un ami de vingt ans, et vous vous plai-
gnez? Mais vous êtes injuste entre tous les hommes! A vrai dire mademoiselle Claire vous a fait
froide mine. La belle affaire! Il n'aurait plus manqué qu'elle vous sautât au cou? Ah! vous allez
vite en besogne, vous! Hier vous ne rêviez rien de
plus doux que le bonheur de la voir, de l'approcher pendant quelques instants. Vous venez de
passer deux heures auprès d'elle, et vous poussez
des interjections désespérées, vous accusez le ciel
et la terre! Et vous ne voulez plus reparaître dans
la maison. Vous êtes insensé! D'abord vous ne
pouvez pas vous abstenir de retourner à Beaulieu,
sous peine de passer pour un homme fort mal
élevé. Et puis, est-ce que vous auriez la puissance
sur vous-même de ne pas aller faire vos dévotions
aux pieds de cette adorable Claire? Ah! mon cher,
vous êtes bien heureux d'aimer. Vous êtes jeune,
pleurez, souffrez, c'est ce qu'il y a de meilleur en
ce monde. Il n'y a même absolument que cela,
croyez-en un vieil homme qui, comme notaire, a
reçu bien des confidences depuis quarante ans, et
qui lui-même, à l'heure présente, ne regrette
qu'une chose...

Bachelin, la figure animée, les yeux brillants,
allait sans doute laisser échapper quelque aveu pré-

cieux à enregistrer, mais ses regards tombèrent sur
Suzanne qui, tout en l'écoutant attentivement, ef-
feuillait les pétales d'une admirable rose cueillie
par le marquis sur la terrasse de Beaulieu. Le notaire s'arrêta brusquement et, allongeant un vigoureux coup de fouet à son bidet qui trottinait la tête
entre les jambes :

— Croyez-moi, mon cher ami, retournez chez la
marquise. Mademoiselle Claire aura prochaine-
ment de cruelles épreuves à supporter, et son attitude vis-à-vis de vous pourra être singulièrement
modifiée par les événements. Ah! déjà vous ne
dites plus : Jamais. C'est un progrès ! Demain vous
direz : Toujours. Mais nous voici arrivés à Pont-
Avesnes. Je n'entre pas avec vous. J'ai de la besogne pressée à donner à mes clercs... Allons, bon
appétit, et voyez tout en rose !

Bachelin ayant donné une dernière poignée de
mains à Philippe, ayant galamment baisé les doigts
le Suzanne, enfila rapidement la principale rue du
bourg, et disparut bientôt à l'angle de la grande place.

Philippe poussa un soupir, ouvrit la petite porte
de la cour, et, le front penché, suivi de sa sœur qui
respectait sa silencieuse tristesse, rentra dans sa
maison qu'il avait, deux heures plus tôt, quittée le
cœur palpitant d'espérance.

VII

Le château de la Varenne est une des plus belles constructions féodales qui existent encore en France. Bâti par Enguerrand d'Estrelles, qui s'illustra à Bouvines en relevant le roi Philippe-Auguste, jeté à bas de son cheval par un piquier flamand, il eut l'honneur d'abriter sous ses tourelles aiguës, à toits de plomb ouvragé, l'empereur Charles-Quint, se rendant au siège de Nancy. Renversé à coups de canon par Turenne, pendant une pointe que l'illustre maréchal fit contre les Impériaux, avant de commencer sa sanglante et sauvage campagne du Palatinat, le donjon de la Varenne est resté en ruines pendant les règnes de Louis XV et de Louis XVI.

La Révolution a passé impuissante sur ses décombres. Il n'y avait plus de mal à faire. Les citoyens de Besançon se bornèrent à couper les futaies pour se chauffer, et à voler les pierres pour se construire des maisons. Le manoir, exploité comme une carrière, a fourni les matériaux de plus de vingt habitations. Un ferrailleur du pays a même emporté plus de trois cent mille kilos de plomb provenant des toitures, et les a vendus impudemment. Il a fait sa fortune.

Les d'Estrelles, partis avec le comte d'Artois, n'étaient pas là pour réclamer contre ces déprédations. Ils faisaient le coup de feu devant Mayence, et sabraient, avec cette belle ardeur qui nous valut Fontenoy, les hussards de Biron et les grenadiers de Pichegru. Les vols organisés, dont tout le pays fut complice, sauvèrent, bizarre résultat, les d'Estrelles de la ruine. Jamais la commune de Besançon ne put vendre les terres de la Varenne, comme biens nationaux. Personne n'eût osé acheter le domaine, dans la crainte du mauvais vouloir des paysans et des citadins, habitués à le piller comme un pays conquis.

Sous le Directoire, les d'Estrelles, grâce à la protection de Barras, purent rentrer en France. Ils trouvèrent leur propriété saccagée, mais libre, et ils s'installèrent dans un pavillon de garde auquel

ils firent remettre des portes et des fenêtres. Avec
les débris de leur patrimoine soigneusement admi-
nistré pendant toute la durée de l'Empire, ils se re-
constituèrent une fortune. Et aux premiers jours
de la Restauration, ils reparurent à Paris et purent
y faire figure. Sous la monarchie de Juillet, le dernier des d'Estrelles épousa la fille, riche de deux
cent mille francs de rente, du banquier Claude
Chrétien, fait tout fraîchement baron pour des ser-
vices rendus à la liste civile.

Le gentilhomme était possédé de la passion des
antiquités. Il fit reconstruire à grands frais le château de la Varenne, tel qu'il s'élevait au temps de
sa splendeur. Les hautes murailles couronnées de
terrasses crénelées, les tours superbes aux gar-
gouilles bizarrement sculptées, se dressèrent de
nouveau au-dessus des grands arbres du parc. Le
travail dura dix ans et coûta des sommes immenses.

Le mobilier fut rétabli avec un goût exquis.
M. d'Estrelles, devançant la mode, acheta les vieilles
crédences finement fouillées, les glaces aux cadres
splendides, les boiseries d'églises, chefs-d'œuvre
des tailleurs d'images du moyen âge, et les mer-
veilleuses tapisseries de Flandres. La Varenne devint un véritable musée dans lequel s'accumulè-
rent toutes les richesses artistiques de la province,

alors dédaignées et aujourd'hui si ardemment re-
cherchées. Cette demeure splendide fut un paradis
pour le collectionneur passionné qui y entassa les
trésors.

M. d'Estrelles en mourant laissa cette belle propriété, complètement remise en état, à son fils,
jeune lieutenant aux guides, déjà pourvu d'un conseil judiciaire. En quatre ans, la terre de la Varenne fut hypothéquée aux deux tiers de sa valeur.
Et les inestimables collections d'objets d'art allaient
être emportées à Paris pour être vendues aux en-
chères, quand M. Moulinet se présenta pour acquérir le domaine.

L'industriel, poursuivant son projet d'union entre
le duc et sa fille, avait d'abord songé à racheter la
terre de Bligny en Touraine. Mais le château patri-
monial de son futur gendre était tombé, à la suite
d'assez nombreux changements de propriétaires,
dans les mains d'un riche faïencier de Blois qui
avait dédaigné les offres pourtant bien tentantes de
Moulinet. A défaut de Bligny, le père d'Athénaïs
s'était rabattu sur la Varenne, et, tout compte fait, il
se trouvait enchanté de son acquisition.

Le voisinage de Beaulieu l'avait séduit. On se
trouverait ainsi, pensait-il, en famille, et les rapports de voisinage deviendraient par la suite tout à

fait agréables. Moulinet, fidèle exécuteur des calculs ténébreux qui avaient guidé sa fille dans le
choix de son futur mari, mais ne mesurant pas
toute l'étendue de la perfidie d'Athénaïs, s'attendait bien à rencontrer du côté des parents du duc
quelques résistances à ses familiarités. En somme,
Gaston avait dû épouser sa cousine. Mais avec une
admirable indépendance d'esprit, le père ambitieux
considérait ces fiançailles comme d'agréables jeux
d'enfants. Gaston et Claire avaient été petit mari
et petite femme, à l'âge où le cœur s'ignore et où
l'esprit est sans direction. Il n'admettait pas qu'un
attachement profond eût été, de la part au moins
d'un des fiancés, la conséquence de ces engagements contractés au début de la vie.

Il avait été lui-même lié par d'enfantines promesses à la fille, âgée de treize ans, d'un menuisier
de la rue de la Ferronnerie, alors qu'il était petit
commis chez un droguiste de la rue des Lombards.
La fille du menuisier, absolument oubliée par lui,
avait épousé un boucher de la place des Innocents.
Il l'avait entrevue un jour, grasse et rouge, les bras
ornés de bouts de manche en toile, et les épaules
couvertes d'une palatine en astrakan, pesant des
côtelettes dans une grande balance de cuivre. Et lui,
Moulinet, devenu millionnaire, habitait un admira-

ble hôtel, boulevard Malesherbes. Quel rapport pouvait-il y avoir entre un juge au tribunal de commerce et cette bouchère luisante de santé ? La vie s'était chargée de mettre bon ordre à leurs folles aspirations, et, les séparant, les avait mis l'un et l'autre à leur vraie place. N'en était-il pas de même de mademoiselle de Beaulieu et du duc ?

Unis, ils étaient déplorablement condamnés à une commune médiocrité. Séparés, ils devaient, chacun de leur côté, se tirer admirablement d'affaire. Le duc casé, Claire ne pouvait manquer de trouver une condition digne d'elle. Il y aiderait même, lui, Moulinet, de toutes ses forces.

Et puis, dans son esprit, un argument dominait tous les autres, c'était celui de son bon plaisir. Il avait vu dans le duc de Bligny le gendre qui lui convenait. Ce n'était pas un homme tel que lui, qui avait violenté la fortune, qu'on empêcherait de faire ce qui lui plaisait. Il avait décidé que sa fille serait duchesse, il fallait que ce fût. Et ça allait être.

Le château de la Varenne avait, en outre, par ses proportions grandioses, flatté prodigieusement la vanité de Moulinet. Les tours à créneaux, les machicoulis des poivrières, le beffroi solennel qui sonnait gravement les heures, plurent à ce parvenu. Gonflé par la vanité, le commerçant enrichi se

trouva à sa place dans la haute salle des gardes
sur les murs de laquelle étaient peintes les armoiries de tous les alliés de la vieille famille d'Estrelles.
Dans la chambre, restaurée avec une exactitude
scrupuleuse, où Charles-Quint avait couché, Moulinet eut l'impudence de s'installer.

Avec une satisfaction sans pareille, le marchand
de chocolat coucha à la place même où le vainqueur de Pavie avait dormi. Ayant entendu nommer sa chambre, par les familiers du château, la
chambre de l'Empereur, il oublia la restauration
récente, l'achat des meubles nouveaux. Il se figura
que c'était le même plancher, les mêmes murs entre lesquels le grand homme avait vécu pendant
quelques heures, et il choisit cette chambre pour y
habiter. Il roula sa plébéienne personne dans le lit à
colonnes, élevé sur une pompeuse estrade et garni
de rideaux en point de Venise. Jamais il ne man-
qua de dire avec emphase : « Ma pendule a été
montée autrefois par Charles-Quint ». Il croyait
très sincèrement que le grand empereur s'était
toute sa vie occupé de régler les horloges, comme
il le fit plus tard à Saint-Just pour tromper l'ennui
qui dévorait son vaste esprit.

Athénaïs, elle, moins accessible aux jouissances
de l'orgueil satisfait, ne vit dans le château qu'une

forteresse menaçante, d'où elle pourrait fondre sur
son ennemie. Le plus grand avantage de la Varenne, à ses yeux, était de dresser ses orgueilleu-
ses et splendides tourelles à deux lieues à peine
de Beaulieu. De là elle dominait la situation et allait pouvoir, en toute sécurité, choisir l'heure où
elle frapperait sûrement celle qu'elle haïssait de
toutes les forces de son être.

Elle avait adroitement pris des informations, dès
le lendemain de son installation, qui avait suivi la
signature de l'acte dressé par Bachelin. Elle savait
que la baronne était auprès de Claire. Mais une
adversaire de plus n'était pas pour l'intimider.
Bien au contraire, elle se réjouissait à la pensée de
triompher de la fière mademoiselle de Beaulieu,
sous les yeux de madame de Préfont.

Depuis trois jours, Moulinet et Athénaïs habi-
taient le château. Après avoir fait en détail et plusieurs fois le tour de son parc, de ses potagers et
de ses communs, l'acquéreur de la Varenne en
était arrivé à s'ennuyer furieusement dans sa propriété, quand une dépêche apportée par un exprès
venu de la ville, annonça la venue du duc, qu'on
n'attendait pas si tôt.

Cette prompte arrivée contraria vivement Athénaïs. La jeune fille craignit que le duc ne fût en

humeur de contrecarrer ses projets. Il devait entrer dans la pensée de Gaston de ménager les légitimes susceptibilités de sa famille. Et tout ce que voulait tenter mademoiselle Moulinet pour blesser mademoiselle de Beaulieu rencontrerait forcément de la part du duc une opposition sérieuse. Athénaïs prit donc la résolution d'agir avant que Bligny fût en mesure d'entraver sa liberté. Le fiancé devait arriver à la Varenne le jour même, à trois heures. Il n'y avait pas une minute à perdre.

Moulinet, froissant encore machinalement dans sa main la dépêche, se promenait de long en large dans le superbe parterre à la française qui s'étend devant la façade du château, quand sa fille, dans une délicieuse toilette, vint à lui, déguisant sous une apparence insoucieuse la violence de ses résolutions.

— Eh bien! papa, il va falloir aller au château de Beaulieu, aujourd'hui même, dit-elle avec un doux sourire.

— Et pourquoi donc aujourd'hui? demanda Moulinet surpris. Le duc arrive, ne conviendrait-il pas mieux de l'attendre? Nous serons bien mieux accueillis sous ses auspices... et il nous présentera lui-même à sa famille.

— C'est précisément ce qu'il ne faut pas, répli-

qua Athénaïs avec un visage tranquille. Entre
Claire de Beaulieu et moi il n'est pas besoin d'in-
termédiaire. Et elle pourrait s'étonner à juste titre
de n'avoir pas appris mon mariage de ma bouche
même. Et puis, de toi à moi, la situation de M. de
Bligny serait un peu fausse. Et je crois qu'il nous
saura gré de lui avoir évité les difficultés de la première entrevue. Une fois la situation nettement
posée, il n'y aura plus à revenir sur d'anciennes
idées et tout ira pour le mieux. Je suppose que tu
ne crains pas d'être mal reçu?

— Mal reçu! s'écria Moulinet en se dressant de
toute sa hauteur et en enfonçant avec résolution
ses mains dans les poches de son pantalon. Un
homme dans ma position, un ancien juge au tribunal de commerce, n'est mal reçu nulle part. Si nous
ne vivions pas sous un gouvernement de rien du
tout, et s'il y avait une cour aux Tuileries... ou ai-
leurs, j'irais comme chez moi, sache-le, ma fille!
Mal reçu! Par des gens qui n'ont peut-être plus
seulement soixante mille livres de rentes! Ce serait curieux à voir. Attends un peu! Je vais donner
ordre de prendre la grande voiture à huit ressorts,
et les valets de pied mettront leur livrée de gala.

— Non, mon père, interrompit Athénaïs, la petite
tenue, au contraire, et une victoria. Point d'étalage

de notre fortune. Plus nous sommes riches, et plus il faut nous montrer modestes. On se moquerait de notre luxe, on applaudira à notre simplicité.

— Tu crois? demanda Moulinet avec un accent de regret. Il me semble cependant que la culotte, courte et les bas de soie auraient fait un certain effet... Mais je m'en rapporte à toi : tu es une fille de goût, et tu connais les usages de la haute société... Prépare-toi, je vais jusqu'aux écuries dire qu'on attelle...

Un quart d'heure plus tard, Athénaïs et son père, enlevés au trot de deux vigoureux carrossiers, roulaient dans un flot de poussière sur la route de Pont-Avesnes.

Oublieux des résolutions prises dans un moment de découragement, Philippe était retourné au château. A dire vrai, le baron ne lui avait pas laissé le loisir de s'enfermer dans sa solitude. Cet imitateur de Louis XVI, dans sa passion pour les arts mécaniques, le lendemain même de la visite faite par Philippe à Beaulieu, était arrivé dès le matin à l'usine et, enlevant son habit, retroussant ses manches, s'était mis dans un tel état que le maître de forges avait été obligé de lui donner des vêtements de rechange et de le garder à déjeuner.

Le moyen après cela de ne pas le reconduire à Beaulieu ? Philippe s'était donné à lui-même de si bonnes raisons pour excuser sa faiblesse, qu'il avait revu sans déplaisir cette terrasse où il avait passé la veille deux heures si pleine d'angoisses. Claire s'était montrée aussi froide et aussi indifférente qu'à leur première entrevue. Mais cette dédaigneuse et hautaine attitude de la jeune fille, au lieu de décontenancer le maître de forges, l'avait irrité cette fois. Et plus mademoiselle de Beaulieu affectait de l'ignorer, plus il voulut la forcer à s'occuper de lui.

La marquise était une de ces femmes heureuses entre toutes, que la nature a douées d'une parfaite égalité d'humeur. Telle on l'avait vue la veille, telle on la retrouvait le lendemain. Philippe, dès le premier instant, lui avait plu. Jamais l'opinion qu'elle s'était faite de lui ne devait changer. Elle l'accueillit avec son affabilité habituelle, et le mit complètement à l'aise.

La baronne, curieuse de pénétrer le caractère de celui qu'elle avait d'abord vu dans son imagination sous les traits d'une espèce de cyclope, déploya pour M. Derblay les grâces de son esprit sémillant et frivole. Elle trouva Philippe aimable sans qu'il parût faire d'efforts, et intéressant sans qu'il

y mît de prétention. Elle le déclara un homme solide au moral autant qu'il l'était au physique, et
conçut pour lui une estime toute particulière.

Le marquis, lui, avait rencontré dans Suzanne
la plus agréable des compagnes. Ils engageaient
ensemble de terribles parties de billard anglais et
de toupie hollandaise, auxquelles les gens sérieux
ne dédaignaient quelquefois pas de prendre part.

Le jour même où Moulinet et Athénaïs s'étaient
mis en route, pour aller à Beaulieu, une partie de
crocket acharnée avait été engagée entre la baronne, Octave, Suzanne et le baron. Le champ
de bataille était une pelouse située entre les communs et la grille d'entrée, au milieu de la grande
cour du château. Par les fenêtres du salon laissées
ouvertes, la marquise et Claire, restées indifféren-
tes à la lutte, entendaient retentir les coups de
maillets, et monter joyeuses les exclamations des
joueurs, lorsqu'un coup habile ou malheureux avait
fait pencher la victoire du côté de l'un ou de l'autre
camp. Philippe et Bachelin, constitués arbitres de
la partie, suivaient la marche des boules, et lorsqu'une contestation se présentait, mesuraient gravement les distances à l'aide d'une règle.

Un arbitrage consciencieux et attentivement
suivi allait donner gain de cause au baron et à Su-

zanne, quand une voiture, en s'arrêtant brusquement devant la grille, détourna l'attention des
joueurs et fit oublier en un instant tout l'intérêt
de la partie. Au même moment la cloche de l'entrée, vigoureusement mise en mouvement par le
valet de pied, n'avait pas laissé de doutes aux hôtes du château : c'étaient bien des visiteurs qui arrivaient.

En une seconde, comme un vol d'oiseaux effa-
rouchés, les joueurs se sauvèrent, gravirent le perron et rentrèrent au salon, pendant qu'un domestique, portant une carte, s'approchait de
la marquise. Celle-ci, ajustant son lorgnon, jeta
un coup d'œil sur le carré de bristol, et, levant la
tête d'un air très étonné, laissa tomber ces mots :
— M. et mademoiselle Moulinet.

Il y eut un silence comme si chacun avait pres-
senti que quelque grave événement allait se produire. La baronne se remit la première et, frappant
ses mains l'une contre l'autre, elle murmura :

— Voilà qui est un peu trop fort !

— Que nous veulent ces gens-là? demanda tranquillement madame de Beaulieu.

Comme personne ne répondait, Bachelin prit la
parole :

— Mon Dieu, madame la marquise, il est pro-

bable que M. et mademoiselle Moulinet, étant nouvellement installés dans le pays, ont jugé convena-
ble de faire quelques visites de bon voisinage.
Vous n'ignorez pas que c'est l'usage. Ils ont commencé par le château: cela était juste et naturel.
La famille de Beaulieu est une des plus importantes et des plus anciennes de la province. De plus,
M. Moulinet n'a-t-il point prétendu que sa fille
connaît depuis longtemps mademoiselle Claire?...
Voilà plus de raisons qu'il n'en faut pour expliquer
sa démarche.

— Je suppose, ma tante, s'écria la baronne avec
impétuosité, que vous n'allez pas vous prêter aux
familiarités de la famille Moulinet? Que peut-il y
avoir de commun entre ce personnage et vous?
C'est un homme tout ce qu'il y a de plus ordinaire.
Pour sa fille, je vous la donne comme la plus dangereuse petite peste qu'il y ait en ce monde. Voilà
bien ces parvenus qui s'imaginent qu'ils vont se
procurer des relations, comme ils se sont offert un
château, par la grâce de leurs millions! Ne vous
laissez pas faire, ma tante, et résistez à cette tentative d'effraction!

— Je pense, ma chère amie, dit froidement le baron, que votre tante sait comment elle doit agir, et
que vous n'avez pas besoin de lui donner de conseils.

La marquise hocha la tête avec hésitation. Elle était visiblement très contrariée. Sa nature indolente avait horreur des complications et des difficultés. Puis, se tournant du côté de sa fille qui était restée immobile et silencieuse, comme si elle eût été étrangère au débat qui s'agitait devant elle :

— Claire, dit-elle, que penses-tu qu'il faille faire ?

— Mon Dieu, ma mère, répondit la jeune fille avec calme, il me paraît bien difficile de fermer notre porte à M. et à mademoiselle Moulinet. Il faudrait donner un prétexte. Lequel ? Une absence ? De leur voiture ils ont pu voir jouer ces dames et ces messieurs dans la cour. Nous-mêmes nous étions à la fenêtre. Faire dire tout simplement que vous ne recevez pas, ce serait répondre par une impolitesse à un procédé en somme très courtois. Est-ce digne de nous ? Je ne le crois pas. Il faut recevoir, et, une fois la visite subie, s'en tenir là. N'est-ce pas votre avis ?

— Oui, mon enfant, tu as raison, et c'est ainsi qu'il faut faire. Octave, dis qu'on reçoive.

Un instant après, M. et mademoiselle Moulinet entraient dans le grand salon du château de Beaulieu.

Dans toutes les femmes, il y a l'étoffe d'une comédienne. Malgré sa vive émotion, et quoique le cœur lui battît bien fort, Athénaïs coupa court à l'embarras du premier instant par une manœuvre audacieuse. S'avançant les yeux brillants de joie, le sourire sur les lèvres et les mains tendues vers mademoiselle de Beaulieu, elle lui sauta au cou comme à une amie des plus chères, en s'écriant hardiment : « Ah ! ma belle Claire, que je suis heureuse de te voir. »

L'étonnement que cette effusion causa à mademoiselle de Beaulieu fut si grand, que, malgré son habituelle présence d'esprit, elle ne trouva pas un mot à répondre. Pendant ce temps-là, Athénaïs, profitant de son avantage, s'était tournée vers la marquise, et, la saluant avec une déférence et une modestie parfaites :

— C'est une bien grande joie pour moi, madame la marquise, de me trouver rapprochée de mademoiselle de Beaulieu. Depuis que je la connais, et il y a déjà longtemps, poursuivit-elle, en adressant à Claire le plus affectueux sourire, l'imiter en tout a été ma règle de conduite. Et je crois qu'il eût été difficile de trouver un plus parfait modèle.

— M'imiter seulement? dit Claire avec tranquillité. Tu es modeste.

— Et c'est bien la première fois que cela t'arrive, murmura la baronne en s'avançant.

En voyant madame de Préfont, la joie d'Athénaïs parut ne plus connaître de bornes. Mais mademoiselle Moulinet ne se risqua pas à se jeter dans les bras de la fantasque Sophie. Elle était sortie autrefois trop souvent meurtrie de ces petites mains, pour tenter publiquement l'aventure. Qui pouvait prévoir si cette folle ne lui ferait pas publiquement une de ces avanies qui jettent bas l'échafaudage de projets le mieux construits, et rompent d'un seul coup tous les fils d'une trame savamment ourdie? La prudente Athénaïs se borna à lui donner un vigoureux shake-hand, qui fit sonner ses bracelets, mais elle masqua cette froideur relative par la chaleur de ses tendres protestations. C'était un double bonheur pour elle. Comment! et cette chère d'Hennecourt aussi!

N'ayant pas été invitée au mariage, elle affecta de le tenir pour non avenu et donna à Sophie son nom de demoiselle. Celle-ci, pour couper court à cette adroite équivoque, dut présenter le baron à Athénaïs qui trouva une phrase charmante pour féliciter M. de Préfont d'avoir choisi une si attrayante compagne.

Manœuvrant sur ce champ de bataille, semé d'obstacles et d'embuscades, avec l'adresse et l'aplomb d'un grand tacticien, mademoiselle Moulinet paralysa ses adversaires par son audace, stupéfia son père par sa présence d'esprit et donna à tous une haute idée de son intelligence. Elle parut à Sophie et à Claire une ennemie bien plus redoutable qu'elles n'avaient pu le prévoir.

Cette petite fille s'était, en deux ans, développée d'une façon surprenante. Physiquement, elle était devenue très jolie. Un peu courte et manifestant une certaine tendance à l'embonpoint, qui lui prêtait une nonchalance trompeuse, mais séduisante, elle avait les cheveux d'un noir de jais et des yeux bleus très expressifs. Ses mains, gantées de peau de Suède jusque par-dessus les ruches de sa manche très serrée au-dessous du coude, et ses pieds, que sa robe très courte laissait apercevoir, trahissaient, par une lourdeur regrettable, sa plébéienne origine. Un examen attentif la faisait voir un peu vulgaire. Au premier coup d'œil, on ne pouvait s'empêcher de la trouver agréable.

Moulinet, en extase, était resté muet. Il se confiait à lui-même que sa fille était une petite personne assurément supérieure et incontestablement née duchesse.

L'excès de l'admiration attendrit subitement Moulinet. Il pensa que si sa pauvre défunte voyait Athénaïs, elle serait à la fois bien ravie et bien étonnée. Cette émotion conjugale amena un pleur dans le coin des yeux de l'ancien juge au tribunal de commerce, qui dut tirer un mouchoir large comme une serviette et se moucher bruyamment. Un coup d'œil terrible d'Athénaïs le rappela au sentiment de la situation et lui fit comprendre que, dans le monde où il se trouvait, tout devait se faire avec modération.

Alors, se penchant vers la marquise, les bras arrondis et appuyant son chapeau sur son cœur :

— Mademoiselle de Beaulieu et madame, dit-il en désignant la baronne, ont été les condisciples de ma fille au Sacré-Cœur. Je me suis toujours applaudi, et aujourd'hui plus que jamais, d'avoir mis Athénaïs dans cet établissement, qui est sans conteste le meilleur de Paris... Les jeunes personnes y reçoivent une éducation de premier ordre, et s'y font des relations très avantageuses...

La marquise laissa échapper un sourire, et, regardant Moulinet du haut de sa tête :

— Je m'en aperçois, dit-elle avec une nuance d'ironie que l'industriel ne saisit pas, mais qui fit pâlir Athénaïs de rage impuissante.

— Quant à moi, poursuivit Moulinet encouragé, je suis bien ému, madame la marquise, de la faveur que vous me faites en m'admettant à vous offrir mes hommages. Je vous les devais à plusieurs titres, d'abord comme nouvel arrivant dans ce pays, où j'ai acheté une terre...

La marquise échangea un coup d'œil avec Bachelin. Le notaire fit un geste qui signifiait : « Que vous avais-je annoncé ? » Madame de Beaulieu répondit par un signe de tête qui voulait dire : « Vous aviez raison. »

— Une terre très importante... appuya Moulinet, un moment décontenancé par le muet colloque de la marquise et du notaire. La Varenne... aux d'Estrelles... Je n'y tenais pas. Mais ma fille, qui est fort entendue, m'a fait comprendre que, dans une grande fortune comme la mienne, il faut de la terre... Et puis, laissez-moi vous l'avouer, madame la marquise, comme opinions, je suis libéral, mais comme relations, je ne comprends que l'aristocratie...

Et Moulinet, chiquenaudant le revers de son gilet blanc avec des grâces dix-huitième siècle, adressa à la ronde un sourire plein d'avances. Une stupeur profonde s'était emparée de tous les assistants. La bêtise monumentale de l'ancien juge au tribunal de commerce écrasa Athénaïs, qui, sans forces pour réagir, se laissa aller sur un fauteuil en poussant un soupir. La marquise montra en cette occasion le bon goût d'une maîtresse de maison accomplie, et l'impertinence voilée d'une vraie grande dame.

Elle ne voulut pas que Moulinet s'aperçût de la sévérité avec laquelle on le jugeait, mais ne renonça pas cependant à la satisfaction de lui décocher quelques fines épigrammes. Elle joua alors, pour ceux qui étaient en état de comprendre la situation, une exquise comédie.

— Croyez, monsieur, dit-elle à Moulinet, que je suis très touchée des sentiments que vous m'exprimez avec cette simplicité pleine de rondeur. Ils sont dignes d'un homme arrivé à la position que vous avez su vous faire par votre intelligence.

Moulinet, charmé de la réponse et n'y voyant pas malice, pensa que la marquise était vraiment une bonne femme, et il se promit de lui témoigner des égards tout particuliers. Il vit la connaissance tout à fait ébauchée entre eux et jugea qu'il n'y avait plus qu'à se frapper dans la main.

— Voilà comme je suis ! s'écria-t-il avec expansion. Et si mon caractère vous va, madame la marquise, je crois que nous pourrons trouver quelque agrément à voisiner.

La baronne exaspérée, ne pouvant plus se con-

11.

tenir, s'était levée, et, attirant Philippe dans une embrasure de fenêtre, elle s'était soulagée en murmurant :

— Mais c'est un monstre que cet homme !

Quant à Moulinet, voyant qu'il produisait de l'impression, mais ne se rendant pas compte si c'était en bien ou en mal, il s'était lancé tout à fait :

— Le domaine de la Varenne est très considérable. Vous connaissez sans doute le château ? Vous savez qu'il est historique ? J'y habite la chambre dans laquelle l'empereur Charles-Quint a couché, à ce qu'on m'a dit. Oui, madame la marquise, je couche dans un lit impérial !

Et, faisant un geste de modestie, l'ancien juge au tribunal de commerce ajouta :

— Ah ! mon Dieu ! je n'en suis pas plus fier pour ça !

Cette fois Athénaïs ne put se contenir davantage. Elle vit qu'en quelques minutes son père venait de compromettre sa partie. Et se levant brusquement, la figure changée, un méchant regard dans les yeux, la bouche pincée et la voix sèche :

— Père, dit-elle, demande donc à madame la marquise de te montrer l'admirable terrasse du château : on y jouit, paraît-il, d'une vue merveilleuse.

Et pour couper court aux épanchements paternels, elle se dirigea résolûment vers la porte-fenêtre qui donnait sur le perron. La marquise s'était levée, montrant le chemin à Moulinet, et suivie par ses hôtes. Claire marchait la dernière, soucieuse et comme devinant une catastrophe. Au moment où elle allait sortir et comme elle avançait le pied vers la première marche, elle se trouva face à face avec Athénaïs qui, s'étant très adroitement séparée du groupe, revenait vers le salon. Elle recula. Les regards des deux jeunes filles se croisèrent. Celui de Claire étonné et interrogateur, celui d'Athénaïs sérieux et inquiétant

— Restons, veux-tu? dit mademoiselle Moulinet, en faisant un pas dans le salon.

— Volontiers, dit mademoiselle de Beaulieu avec un subit serrement de cœur. Tu as à me parler?

Avec la certitude que la crise devinée était imminente, Claire retrouva tout son sang-froid et toute son énergie. Sa taille splendide se redressa et, maîtresse de son esprit, sûre de son cœur, elle attendit, avec une superbe confiance, l'attaque de celle qu'elle savait être son implacable ennemie.

— Tu ne peux te douter du plaisir que j'ai à me trouver librement auprès de toi, fit Athénaïs sans

répondre à la question de mademoiselle de Beaulieu. Depuis deux ans que nous nous sommes quit-
tées, j'ai beaucoup réfléchi et j'ai beaucoup vu. Il
m'est venu un peu d'expérience, et mes sentiments
se sont singulièrement modifiés. Ainsi, autrefois,
nous n'étions pas précisément bonnes amies...

— Mais... dit Claire qui fronça le sourcil en faisant un geste de protestation hautaine.

— Oh ! ne dis pas le contraire ! s'écria vivement
Athénaïs, je ne t'aimais pas ! J'étais jalouse de
toi, je puis l'avouer maintenant. Je me suis assez
élevée moi-même, pour avoir le droit d'être franche, sans paraître humble. Instinctivement cependant, je t'admirais, et mon rêve était d'arriver à
t'égaler.

— M'égaler, grand Dieu ! dit Claire avec un amer
sourire. Moi qui suis si peu de chose ! Mais tu me
dépasses, je t'assure, et de beaucoup ! Juge-toi
plus équitablement ! beauté, élégance, luxe, tu as
tout...

— Tout, c'est vrai, dit froidement Athénaïs,
excepté un nom.

— Eh bien ! mais, reprit Claire avec simplicité,
un nom, par le temps qui court, cela s'achète. Il y en
a à tous les prix, des petits, des moyens et des grands.
En conscience, si tu tiens à la noblesse, tu feras

bien de t'offrir tout ce qu'il y a de mieux. Tes moyens te le permettent.

— En effet, répondit Athénaïs en s'efforçant de raffermir sa voix, que la colère commençait à faire trembler. Et justement il est question en ce moment d'un mariage pour moi.

— Ah! mais c'est charmant. Je te fais mes compliments bien sincères.

— J'attends autre chose de toi que des félicitations.

— Et quoi donc? demanda Claire avec étonnement.

— Un avis.

— Un avis, et sur quoi?

— Sur le choix que je vais faire.

— En vérité, tu me combles. Me demander un conseil sur tes affaires de famille? Je t'assure que cela va m'embarrasser. Nous nous connaissons si peu! Est-ce que tu ne pourrais pas te passer de mon suffrage?

— C'est impossible, dit Athénaïs gravement.

— Je ne comprends pas du tout, répliqua Claire avec trouble.

— Ecoute-moi attentivement, reprit mademoiselle Moulinet, le sujet en vaut la peine. Le mariage dont il s'agit pour moi est un très grand mariage,

fort au-dessus de ma condition, et qui dépasse toutes mes espérances. Il serait question pour moi
d'une couronne...

— Royale ? demanda Claire en essayant de sourire.

— Non, ducale seulement, répondit Athénaïs, en
plongeant son regard dans les yeux de sa rivale ; je
serais duchesse.

A ces mots, mademoiselle de Beaulieu frémit. Il
lui sembla qu'un voile étendu sur son esprit se
déchirait brusquement. En un instant elle devina ce
que tous les siens lui cachaient avec soin depuis si
longtemps. Elle ne douta pas une seconde que ce
ne fût de Gaston qu'il s'agît. Son éloignement, son
silence, tout fut expliqué. Et une douleur immense
s'empara d'elle. Un flot de sang gonfla son cœur,
pendant que son beau visage devenait blême, et
qu'un soupir douloureux expirait sur ses lèvres,

Athénaïs assista à ce brusque changement avec
une joie furieuse. Elle se délecta des tortures de
Claire. Elle compta avec ivresse les battements dé-
sordonnés de ses tempes. Elle jouit souverainement du plaisir de rendre en une seule fois à la
fière jeune fille toutes les humiliations dont elle
l'abreuvait depuis un quart d'heure. La voyant immobile, glacée, elle craignit de la voir s'évanouir

et lui échapper. Elle avait encore à lui faire subir la
seconde moitié de sa féroce confidence.

— Tu ne me demandes pas le nom de mon fiancé?
dit-elle à Claire, chancelante, le regard fixe, et les
oreilles pleines de bourdonnements.

— Non, balbutia mademoiselle de Beaulieu, inconsciente de ce qu'elle répondait, abîmée dans ses
douloureuses réflexions.

— Il faut cependant que tu le connaisses. C'est
un devoir pour moi de te le dire, reprit Athénaïs:
Et, prenant bien son temps, comme si elle eût voulu
choisir la place où elle allait frapper :

— C'est le duc de Bligny!

Claire s'attendait au coup, elle n'avait plus aucune illusion, elle était sûre de la trahison du duc.
Cependant ce nom de Bligny, qui devait être le
sien, prononcé par Athénaïs, la fit tressaillir douloureusement. Elle demeura immobile, n'osant pas
faire entendre sa voix dont elle redoutait l'altération,
les mains tremblantes, la bouche aride, les yeux
cernés d'une sombre meurtrissure, épuisant jusqu'au fond la coupe amère de ses désillusions.

— M. de Bligny est ton parent, poursuivit Athénaïs, exaspérée par la morne impassibilité de sa
rivale, ton ami d'enfance. On a même parlé de certains projets d'union entre vous. J'avais à cœur, tu

le comprends maintenant? de venir à toi, loyalement, de t'avertir et de te consulter.

Dans les paroles faussement généreuses d'Athénaïs, mademoiselle de Beaulieu vit luire comme un
rayon d'espoir. Peut-être les choses n'étaient-elles
pas aussi avancées qu'on voulait le lui faire croire.
Elle reprit courage et résolut de se défendre jusqu'au bout.   •

— Me consulter? dit-elle, et sur quoi donc?

— Mais sur la véritable situation du duc vis-à-vis
de toi, répondit mademoiselle Moulinet avec bonhomie. Tu comprends que s'il était vrai que vous vous
fussiez promis l'un à l'autre, tu aurais pu m'accu-
ser de t'avoir enlevé ton fiancé. Le duc m'a demandée en mariage, mais moi je ne l'aime pas : c'est à
peine si je le connais. Lui ou un autre, que m'importe?... Voyons!... sois franche avec moi. L'aimes-
tu? Mon mariage avec lui te froissera-t-il, te dé-
plaira-t-il seulement? Dis un seul mot et je m'en-
gage à rompre...

Peut-être si Claire avait courageusement avoué
son amour, Athénaïs se fût-elle donné la suprême
satisfaction de jouer la générosité, et eût-elle renoncé, pour écraser mieux mademoiselle de Beaulieu, à son rêve d'ambition. En une seconde, la destinée des deux jeunes filles devait se décider. Mais

de tout ce que mademoiselle Moulinet lui avait dit,
Claire n'avait retenu qu'une seule phrase : « Le duc
m'a demandée en mariage ». Une rougeur brûlante
lui monta au front. Et, prête à mourir plutôt que
d'avouer sa tendresse pour le duc, elle sut, par un
un miracle de volonté, commander à son regard,
à sa voix, et se faire une attitude dégagée et tranquille.

— Je te remercie, dit-elle avec un froid sourire.
Mais sois assurée que je ne suis pas une femme
qu'on abandonne et qu'on dédaigne. Si le duc était
engagé envers moi, ne crois pas qu'il en épouserait une autre. Non ! Quand on est enfants, entre
cousins, c'est de règle : la famille vous fiance et
vous marie entre deux sourires. Ce sont jeux du
premier âge, mais on grandit vite, la raison vient,
et les exigences de la vie bouleversent tous ces projets. Le duc a demandé ta main, dis-tu ?... Epouse-le.
Il eût été vraiment regrettable que vous n'eussiez
pas été unis. Vous êtes dignes l'un de l'autre

Athénaïs blêmit sous la flétrissure que lui infli-
geaient ces derniers mots. Claire lui avait rendu
d'un seul coup tout ce qu'elle avait dû endurer. Elle
se regardèrent en échangeant des sourires mortels.
Entre ces deux ennemies, la lutte affectait les formes de la plus exquise politesse. C'était la bataille

à coups d'épingles d'or, s'enfonçant dans la chair, aiguës et dangereuses comme des poignards. Le combat à coups d'éventails maniés en souriant, mais dont les battements perfides étaient insultants comme des soufflets. Guerre de femmes, aux attaques combinées, avec une science raffinée, et dans laquelle la victoire, ardemment disputée, devait laisser les deux adversaires aussi cruellement blessées l'une que l'autre.

— Ainsi ce mariage n'a rien qui te contrarie ? reprit mademoiselle Moulinet, exprimant dans les plaies qu'elle avait faites son plus subtil venin. Comme tu me rends heureuse ! Songe donc quel rêve ! Ta parente, ton égale, cette fois vraiment, et duchesse !

— Tout ce que tu mérites ! dit Claire avec une ironie profonde.

— Laisse-moi t'embrasser ! s'écria Athénaïs, se jetant sur Claire et la saisissant par le cou comme si elle eût voulu la mordre.

Mademoiselle de Beaulieu se laissa faire et Athénaïs put déposer sur la joue de son ennemie le plus hypocrite baiser qu'eût jamais donné une femme. Et, la regardant gravement :

— Sache que tu as en moi une amie sincère et dévouée.

Claire eut encore la force de répondre :

— Tu viens de m'en donner la preuve.

Puis, les jambes cassées, elle se laissa aller sur le canapé

Très heureusement, la baronne, inquiète de ne pas voir reparaître les deux jeunes filles, et soupçonnant quelque perfidie d'Athénaïs, s'était mise à la recherche. Elle entra et, d'un coup d'œil, voyant Claire pâle et brisée, Athénaïs debout et rayonnante, elle pressentit ce qui s'était passé.

— Eh bien ! que faites-vous donc là enfermées toutes deux, dit-elle, depuis une demi-heure ?

Et, anxieuse, se penchant vers Claire :

— Qu'y a-t-il ?

Mademoiselle de Beaulieu ne répondit pas. D'un regard navrant elle montra sa rivale qui rajustait froidement ses gants comme un duelliste qui vient de tuer son adversaire. Ce suppliant appel à l'aide bouleversa la baronne. Elle sentit une terrible colère lui monter à la tête, ses petites oreilles devinrent rouges comme du feu, et, marchant sur mademoiselle Moulinet avec un geste menaçant elle lui montra la porte en commençant cette phrase significative :

— Tu vas t'en aller... !

Athénaïs, avec une grande présence d'esprit,

coupa si nettement court à l'injure, qu'elle eut le droit de paraître ne pas l'avoir comprise.

— Oui, je m'en vais aller... retrouver mon père sur la terrasse, dit-elle. Puis, se tournant vers Claire :

—A. tout à l'heure.

Et, sans se presser, marquant ainsi qu'elle quittait de son plein gré et victorieuse un champ de bataille qui lui appartenait, elle sortit.

VIII

A peine mademoiselle Moulinet eut-elle disparu
que Claire, se levant d'un bond, s'élança sur la baronne, et, les yeux étincelants d'une rage qu'elle
n'avait plus besoin de contenir :

— Tu le savais, toi, qu'il allait se marier ? s'é-
cria-t-elle. Pourquoi ne m'as-tu rien dit ?

Et comme madame Préfont restait interdite :

— Trahie ! Délaissée ! reprit avec éclat mademoiselle de Beaulieu en tordant ses belles mains
dans un paroxysme de désespoir fou. Pour elle !
Pour cette fille ! Et vous m'avez laissée l'apprendre
de sa bouche ! Elle a pu librement me porter un
pareil coup ! Mais vous étiez donc ses complices !
Il n'en est donc pas un seul parmi vous qui m'aime !
Et lui ? Lui !... Pour de l'argent ! le misérable !

Bouleversée par le spectacle de cette douleur débordante et furieuse, la baronne voulut essayer de calmer son amie :

— Par grâce ! Claire, dit-elle, tu me fais peur.

Mais mademoiselle de Beaulieu n'était plus en possession d'elle-même. La violence de son caractère, si longtemps maîtrisée, s'épanchait sans que rien pût l'arrêter. Tous les efforts qu'elle avait faits pendant cet horrible entretien lui semblèrent avoir été autant de lâches défaillances. Elle se demanda avec stupeur comment elle avait pu ne pas jeter à la face de celle qui s'était si impudemment jouée de ses tortures toutes les insultes qui lui montaient maintenant aux lèvres. Elle regretta de ne pas l'avoir frappée et meurtrie. Elle eut des cris de plébéienne exaspérée à qui on vient de voler son amant, une fureur de femme dégagée de toutes les entraves des convenances, et trépignant, enfiévrée, sourde aux conseils de la raison. Le sang des grands barons, ayant droit de haute et basse justice, bouillonna dans les veines de mademoiselle de Beaulieu. Elle rêva des supplices infamants et cruels pour sa rivale. Mais le sentiment de son impuissance la terrassa de nouveau. Elle comprit que toutes ses espérances étaient à jamais perdues, et que tout espoir de revanche lui était interdit. Ses nerfs se détendirent brusquement et, le visage inondé de larmes, avec d'horribles sanglots, elle se laissa tomber dans les bras de la baronne, en balbutiant :

— Ah ! que je suis malheureuse ! Que je suis malheureuse !

Madame de Préfont, désolée, la pressa sur sa poitrine, appuya doucement sa tête alourdie sur son épaule, et, lui parlant ce doux langage que les mères adressent aux enfants pour apaiser leurs chagrins et endormir leurs souffrances, elle s'efforça de ramener uu peu de calme dans ce cœur ulcéré. Claire pleura désespérément. Les larmes entraînèrent le venin dont Athénaïs avait infecté la plaie et en adoucirent les cuisantes douleurs. Mademoiselle de Beaulieu se retrouva elle-même, et rougit de s'être abaissée à un tel excès d'emportement. Elle voulut dominer sa triste situation, et, par un suprême effort de son orgueil, elle y réussit.

Sa mère, en arrivant dans le salon, terrifiée par une naïve confidence que Moulinet venait de lui faire, la trouva sinon résignée — la résignation lui était impossible —, au moins courageuse et digne.

La marquise, suffoquée autant par l'émotion qu'elle venait d'éprouver que par la rapidité avec laquelle elle avait gravi le perron, resta abasourdie devant Claire encore livide et tremblante. Puis,

ayant cherché une phrase que, dans son trouble,
elle ne trouva pas, elle se jeta dans les bras de sa
fille en gémissant :

— Ah! mon Dieu, ma pauvre enfant!...

— Vous savez, ma mère? interrogea Claire, dans
les yeux de laquelle quelques larmes reparurent.

— Le père, à l'instant, m'a tout appris! Et quand
je pense, s'écria la marquise en levant les bras au
ciel avec indignation, que c'est toi qui, pour ne pas
leur faire une impolitesse, as voulu qu'on les reçût!

— J'en suis bien récompensée, n'est-il pas vrai?
fit Claire avec amertume. J'ai été bien imprudente.
J'aurais dû me garer de cette... personne avec
soin. Je connaissais si bien ses sentiments à mon
égard! Si nous lui avons fait autrefois subir des
humiliations, comme elle se venge! Elle n'a jamais
pardonné! Elle a attendu l'heure propice, s'est atta-
quée à la plus heureuse de ses anciennes compagnes,
et l'a frappée au cœur! Elle a brisé ma vie. L'abandon dont je suis victime pèsera toujours sur moi,
et si, après l'humiliation qui m'atteint, j'étais assez
folle pour penser à me marier, qui donc voudrai
de moi maintenant?

— Comment! qui? s'écria la marquise avec vivacité. Mais tous ceux qui auront des yeux pour te
voir et des oreilles pour t'entendre. Ma chère en-

fant, si quelqu'un est atteint, en cette circonstance, ce n'est pas toi, c'est le duc. Et s'il te plaît de te marier, grâce au ciel, tu n'auras que l'embarras du choix, dans notre monde et ailleurs. Une fille comme mademoiselle de Beaulieu ne manque point d'épouseurs. Il n'y a pas six mois, j'ai dû décliner les ouvertures qui m'ont été faites par des familles très honorables. Et certainement les gens qui te demandaient alors ont été trop malheureux de se voir éconduits pour avoir si promptement changé d'avis.

Claire fit un geste de découragement.

— Après le duc de Bligny, ma mère, je n'ai le droit d'épouser qu'un homme qui sera en tout supérieur à lui, ou qu'un homme que je pourrai paraître aimer. Ma seule justification possible aux yeux du monde sera dans la grandeur ou dans l'entraînement de mon choix. Mais, ma mère, vous savez bien que c'est impossible, et qu'une fille telle que moi, après une pareille déception, n'épouse que le couvent!

— Allons! mon enfant, dit la marquise avec douceur, tu déraisonnes. Le couvent? Eh bien! et nous? Non! Tu es trop jeune pour avoir le droit de désespérer. Tu as trop de qualités morales et trop de beauté pour que l'avenir ne te garde pas de sûres revanches. Enfin, si tu veux le savoir, il y a tout près d'ici quelqu'un qui accepterait ta main à genoux...

Mademoiselle de Beaulieu releva ses fiers sourcils, et, se tournant vers sa mère :

— M. Derblay? dit-elle simplement.

— M. Derblay, oui, répondit la marquise, et je ne te parle de lui que pour rassurer ton esprit. Qui pourra t'approcher sans t'aimer?... Veux-tu que nous repartions pour Paris, veux-tu aller en Suisse avec M. et madame de Préfont? Parle, je suis prête à tout ce qui pourra te satisfaire et te consoler. Que désires-tu?

— Ah! le sais-je? s'écria Claire avec abandon. Je voudrais disparaître en un instant, fuir les autres et moi-même. J'ai tout en haine et en mépris. Hélas! que ne puis-je mourir!

— La mort, ma chère enfant, voilà le seul mal auquel il n'y ait pas de remède. Si toutes les femmes qui ont été abandonnées par leurs fiancés ou leurs maris mouraient, mais le monde serait dépeuplé! Il n'y a presque pas d'hommes fidèles, vois-tu bien, et quand ce n'est pas avant qu'ils vous trompent, c'est après!

Comme si, en parlant de l'infidélité des hommes, la marquise eût invoqué l'infidèle même qui venait de faire pousser tant de soupirs et de faire couler tant de larmes, le bruit d'un galop furieux retentit soudain, et, par la grille restée ouverte, le duc de Bligny, sur un cheval blanc d'écume, entra dans la cour.

En un instant, il fut à terre, et, jetant sa bride aux mains d'un domestique stupéfait, il gravit quatre à quatre les marches du perron, et il allait, sans rien demander à personne, entrer tout droit dans le salon, quand le baron et Bachelin qui, sans s'être concertés, accouraient, l'arrêtèrent dans le vestibule. Pâle, les traits contractés, le duc ne se laissa pas barrer le chemin sans résistance.

— M. et mademoiselle Moulinet sont-ils encore ici? demanda-t-il d'une voix altérée.

Et comme le baron répondait affirmativement :

— Ma tante? Il faut que je voie la marquise sur-le-champ. Peut-être n'est-il pas trop tard?

— Détrompez-vous, mon cher, répondit gravement le baron, comprenant les motifs de la précipitation avec laquelle le duc avait agi. Il est trop tard. M. et mademoiselle Moulinet ont parlé.

Le duc laissa échapper un profond soupir, et, se laissant tomber sur une des hautes banquettes sculptées du vestibule, il regarda avec affliction les deux hommes et dit :

— Que puis-je faire, maintenant, pour réparer le mal qui a été fait?

— Ce mal est, hélas! irréparable, monsieur le duc, répondit Bachelin d'un ton de respectueux reproche. Et le mieux que vous puissiez faire maintenant est de repartir sans chercher à voir madame de Beaulieu.

— C'est à quoi je ne consentirai jamais, s'écria vivement le duc en se levant. Je ne puis rester sous le coup du blâme que ma tante a dû jeter sur moi. Il faut que je lui explique ma conduite... que je lui donne l'assurance que je n'ai point trempé dans l'infamie qui vient d'être commise... Je ferai ce qu'elle voudra... Mais je veux la voir, lui parler, pleurer avec elle... Vous voyez bien cependant que je suis désespéré de ce qui arrive...

Le duc montra au baron et à Bachelin un visage tellement bouleversé que ceux-ci, si prévenus qu'ils fussent contre le jeune homme, se sentirent émus.

— Soit, dit Bachelin. M. le baron va avoir la bonté de vous tenir compagnie, monsieur le duc, et moi j'irai demander à madame de Beaulieu s'il lui convient de céder à vos prières.

Laissant les deux cousins en tête-à-tête, Bachelin passa sur la terrasse, et, discrètement, vint heurter à la porte du salon.

Comme s'ils ne se fussent pas doutés du trouble violent qui bouleversait cette maison, dont ils étaient les hôtes, Philippe, Moulinet, Suzanne, Athénaïs et le marquis continuaient à causer paisiblement sur la terrasse. Le soleil baissait à l'horizon, rougissant d'une bande de pourpre le ciel, d'un bleu nuancé de vert. Un calme délicieux descendait, avec le soir, sur la vallée, dont le fond déjà s'emplissait d'ombre. La cloche de l'église de Pont-Avesnes tintait, claire et mélancolique, dans l'éloignement, annonçant pour le lendemain la messe des morts. Une paix si profonde enveloppait cette belle nature, qu'Athénaïs en subit l'influence. Elle se sentit moins violemment aigrie. Et, ayant triomphé si complètement de sa rivale, elle songea à la ménager désormais.

En entrant dans le salon, Bachelin trouva les trois femmes en proie à une émotion inexprimable. Claire, en voyant le duc arriver à toute bride dans la cour, s'était dressée stupéfaite et effarée. Elle essaya de parler : elle ne put y parvenir, et, tendant seulement la main vers le nouvel arrivant, elle fut prise d'un bégaiement entrecoupé d'un rire nerveux. Elle parut devenir folle. La marquise et la baronne furent épouvantées. Elles s'élancèrent vers la jeune fille qui tremblait convulsivement et dont les lèvres étaient devenues toutes blanches. Elles craignirent de la voir tomber en syncope, et voulu-

rent appeler. D'un geste impérieux, Claire les
arrêta. Puis, faisant un effort sur elle-même,
elle parvint, entre ses dents serrées par la crise
qui la secouait si durement, à faire passer ces
mots :

— Rien, personne, laissez-moi, je vais me remettre.

Elle s'assit. Une sueur glacée perla sur son front,
aussitôt essuyée par la baronne. La marquise, arrachant tous ses fichus de laine, se dépouillant de
son châle, en enveloppa sa fille qui grelottait. Un
instant se passa ainsi dans une horrible anxiété.
Claire, le front penché sur sa poitrine, le dos appuyé à des coussins, restait immobile et comme as-
soupie. Ses yeux étincelants et fixés obstinément
sur une rosace du tapis, qu'ils regardaient sans
voir, prouvaient seuls qu'elle ne dormait pas. Elle
réfléchissait profondément, un pli profond s'était
creusé entre ses deux sourcils sous l'effort d'une
pensée absorbante. Au bout de quelques minutes,
le sang remonta à ses joues. Un soupir dégonfla
sa poitrine, et, d'un brusque mouvement, elle
rejeta les vêtements dont sa mère l'avait couverte.

Le bruit de la porte vitrée, s'ouvrant pour laisser
passer Bachelin, lui fit tourner la tête. Elle ne vou-

lut pas avoir l'air de souffrir, et sourit au notaire. Celui-ci, la figure consternée, marchant sur la pointe du pied, comme dans la chambre d'un malade, s'approcha de madame de Beaulieu, et, s'inclinant plus bas que de coutume, comme s'il avait honte de ce qu'il allait demander :

—Madame la marquise, dit-il, pardonnez-moi, mais ce qui arrive est si extraordinaire...

— Je sais, interrompit la marquise avec brusquerie. Le duc est là. Eh bien ?

— Eh bien ! madame, reprit le notaire un peu décontenancé, malgré tout ce que nous avons pu lui dire, il insiste pour vous voir...

— Voilà qui est étrangement hardi ! s'écria la marquise en se dressant avec une vivacité qui ne lui était pas habituelle. Et elle se dirigea vers la porte du salon.

— Où allez-vous, ma mère ? demanda Claire.

— Je vais le faire chasser comme il le mérite ! répondit madame de Beaulieu, rouge d'indignation.

Claire resta une seconde silencieuse, se consultant comme si elle hésitait à prendre une grave résolution. Puis, hochant la tête :

— Non, ma mère, dit-elle, il ne faut pas faire chasser le duc de Bligny. Il faut le recevoir.

— Le recevoir? répéta la marquise avec stupeur, se demandant si, décidément, sa fille avait perdu la raison.

— Oui, et lui faire bon visage. Pour rien au monde, je ne voudrais qu'il pût croire que j'ai souffert de son abandon. Etre pleuré par une fille telle que moi, lui ! Il en serait trop fier. Tout plutôt que son insultante pitié ! Non, recevez-le, ma mère... On peut bien lui ouvrir la porte, puisqu'on ne l'a pas fermée à sa fiancée !

— Mais que vas-tu faire ? demanda madame de Beaulieu, pleine d'inquiétude.

— Me venger ! répondit Claire avec une effrayante expression de colère.

Puis se tournant vers Bachelin :

— Soyez assez bon, lui dit-elle, pour prier le duc de passer sur la terrasse et d'attendre un instant. Vous l'introduirez quand je vous appellerai par la fenêtre. En même temps veuillez m'envoyer M. Derblay.

La baronne et la marquise échangèrent un regard plein d'étonnement. Les raisons auxquelles obéissait Claire leur échappaient. Bachelin, plus perspicace, devinant que ses combinaisons étaient près de réussir, disparut avec la légèreté d'un jeune homme. Un instant après, Philippe entrait dans le salon.

— Ma mère et toi, ma chère Sophie, éloignez-vous un peu, que je puisse causer seule avec M. Derblay.

Madame de Beaulieu et la baronne se retirèrent dans l'embrasure d'une fenêtre, et, fort intriguées, attendirent le résultat de l'entretien. Philippe, très ému, comprenant que sa destinée se jouait en cette seconde, et, d'ailleurs, averti par un mot de Bachelin que la crise était près d'aboutir, restait immobile, le front baissé devant celle qu'il ado-rait.

— Monsieur, dit Claire, s'adressant à lui direc-tement pour la première fois, notre vieil ami, notre excellent conseil, M. Bachelin, a dit, à ma mère que vous me faisiez l'honneur d'aspirer à ma main.

Sans répondre, Philippe s'inclina en signe d'as-sentiment.

— Je vous crois galant homme, poursuivit ma-demoiselle de Beaulieu avec fermeté. Je pense donc que, pour avoir formé de tels projets, vous saviez, comme tous ceux qui m'entourent, et depuis long-temps déjà peut-être, que le duc de Bligny s'était détourné de moi...

— Oui, mademoiselle, je le savais, articula Phi-lippe avec peine, et croyez bien que, même en ce moment, s'il dépendait de moi d'assurer votre bon-

heur en vous ramenant le duc, je n'hésiterais pas,
fût-ce au prix de ma vie.

— Je vous remercie, dit Claire, mais tout lien
entre le duc de Bligny et moi est à jamais rompu.
Et la preuve la plus certaine que j'en puisse donner, c'est que, si vous avez gardé les mêmes sentiments, je suis prête à vous tendre ma main.

En disant ces mots, la voix de mademoiselle de
Beaulieu faiblit, et Philippe les devina plutôt qu'il
ne les entendit. En un instant, le jeune homme se
rappela le jour où, le voyant triste et découragé,
sa petite sœur lui avait dit en riant :

— Tu verras ! Ce sera elle-même qui viendra te
demander de lui faire la faveur d'être son époux.

Ainsi la prédiction de Suzanne s'était accomplie.
L'enfant, éclairée par son affection, avait eu la
prescience du bonheur de son frère. Il ne rêvait pas,
tout était bien vrai : Claire elle-même lui tendait la
main. Une joie immense descendit dans le cœur de
Philippe, et, prenant cette main charmante qu'il
avait tant de fois désespéré de tenir dans la sienne,
le jeune homme, sur le bout des doigts glacés, dé-
posa le plus timide et le plus délicieux des baisers.

— Il me reste une faveur à vous demander, monsieur, reprit Claire. Je désirerais que vous fissiez
tout ce qu'il faudra pour laisser croire que nos pa-

roles sont échangées depuis plusieurs jours. Je n'ai pas besoin de vous expliquer les raisons de cette supercherie. Elles sont nées de mon orgueil. Vous êtes, hélas! sans illusions sur l'état de mon cœur. Mais je puis vous assurer que vous aurez en moi une femme fidèle et loyale. Veuillez me quitter, maintenant, mais ne vous écartez pas, je puis avoir besoin de vous.

Et laissant Philippe s'éloigner, elle fit signe à Bachelin qu'il pouvait amener le duc.

Le notaire avait très habilement occupé Bligny, dont il redoutait la fougue, pendant les quelques minutes qu'avait duré l'entretien de mademoiselle de Beaulieu et de M. Derblay. Il venait seulement de lui ouvrir la porte donnant sur la terrasse, quand Philippe sortit rayonnant du salon.

La stupéfaction de Moulinet et d'Athénaïs fut immense en voyant arriver Gaston. Napoléon attendant Grouchy et apercevant les avant-gardes de Blücher, ne fut pas plus bouleversé que le fut la fille de l'ancien juge au tribunal de commerce. Le duc à Beaulieu, en ce moment critique, c'était tout ce qui pouvait se présenter de plus dangereux pour ses combinaisons. Athénaïs fut saisie d'une angoisse poignante. Sûre de la victoire, allait-elle subir une désastreuse et humiliante défaite? Qu'al-

lait-il résulter de la mise en présence de Gaston et
de Claire? Les cartes étaient-elles assez brouillées
pour qu'une réconciliation fût impossible? Ou bien,
d'un seul regard, les deux fiancés allaient-ils reprendre possession l'un de l'autre, et, dans une
étreinte suprême, échanger le plus solennel et plus
irrémissible des serments ?

Moulinet lui, fut profondément surpris, mais
n'alla pas si loin que le clairvoyant esprit de sa fille.
Il ne comprit pas comment le duc ne l'avait pas attendu à la Varenne, et n'eut pas le moindre soupçon de ce qui l'amenait à Beaulieu. Il s'avança
vers son futur gendre avec un aimable sourire,
lui tendit la main, et resta foudroyé par le coup d'œil
que lui lança Gaston en passant devant lui sans
même saluer Athénaïs. Cependant, il suivit le duc
qui se dirigeait vers le salon.

En un instant, la marquise et la baronne avaient
improvisé une mise en scène. Et lorsque Bligny
entra, il aperçut la marquise pelotonnée, comme
d'habitude, au fond de sa bergère. La baronne, debout auprès de la cheminée, les mains croisées pour
qu'il ne prît pas fantaisie à Gaston de lui tendre
une des siennes, comme il avait coutume de le
faire. Mademoiselle de Beaulieu, assise entre sa
mère et la baronne, tournant le dos au jour afin

que l'altération de ses traits fût moins visible. Ce fut l'admirable chevelure d'or de Claire qui attira tout d'abord les yeux du jeune homme. Il frémit malgré lui, et, saisi par une violente émotion, il fut sur le point de courir à celle qu'il aimait si tendrement encore, et de se jeter à ses pieds, quoi qu'il pût résulter de cette démonstration passionnée. Le regard calme et sévère de la marquise l'arrêta. Et, s'inclinant profondément devant celle qui lui avait servi de mère :

— Madame la marquise, dit-il d'une voix entrecoupée... ma chère tante... Vous voyez mon trouble... mon chagrin... mes regrets ! En arrivant à la Varenne, chez monsieur... Le duc eut honte de prononcer le nom de Moulinet... J'ai appris quelle démarche inqualifiable...

— Mais, monsieur le duc, voulut interrompre l'ancien juge au tribunal de commerce, visiblement froissé.

Le duc, se tournant alors vers son futur beau-père, avec une souveraine hauteur :

— Procédé inconcevable, monsieur, et dont je tiens à déclarer bien haut que je ne suis pas complice... J'ai pu commettre bien des fautes, agir avec légèreté, avec ingratitude. Mais avoir autorisé une si outrageante conduite vis-à-vis des miens, non, cela, sur l'honneur, je ne l'ai pas fait !

— Une simple visite de politesse, murmura Moulinet, dominé par l'énergie du duc. Je ne comprends pas...

— Vous ne comprenez pas ! Interrompit le jeune homme avec un écrasant dédain, c'est là votre seule excuse !

Mais Moulinet était trop infatué de lui-même pour se laisser plus longtemps malmener, même par un homme qu'il considérait comme étant d'une essence supérieure. Il prit un air digne, et, s'inclinant avec gravité :

— Si j'ai des torts, mon gendre, dit-il, je vous prie de me les faire connaître: je suis prêt à les réparer.

Mais en l'appelant « mon gendre », il porta au plus haut point l'irritation du jeune homme. Et, perdant toute mesure, le duc coupa la parole, cette fois définitivement, à l'ancien juge au tribunal de commerce par un « Assez, monsieur! », cinglant comme un coup de cravache. Puis osant, pour la première fois depuis qu'il était entré, regarder Claire qui restait imperturbablement assise :

— Ma tante, je vous dois des explications, souffrez que je vous les donne. Claire, je ne sortirai pas d'ici sans que vous m'ayez pardonné.

A ces mots, qui lui étaient enfin personnellement adressés, et qu'elle semblait attendre, mademoiselle de Beaulieu se leva fièrement, et regardant son fiancé avec une sérénité admirable :

— Mais, duc, vous ne devez pas d'explications, dit-elle tranquillement, et vous n'avez pas besoin de pardon. Vous vous mariez, m'a-t-on dit, avec la fille de monsieur. Et dans ces seuls mots, Claire prodigua des trésors d'impertinence. Vous aviez bien le droit de le faire, il me semble. N'étiez-vous pas libre comme je l'étais moi-même ?

En entendant ces paroles, le duc se demanda s'il n'était pas le jouet d'un rêve. Il regarda Claire, la baronne et sa tante, et les vit sans émotion apparente, sans tristesse et sans colère. Il s'attendait à essuyer des larmes et il ne trouvait que des sourires. Etait-il donc possible que, pendant cette année qu'il avait si fatalement employée, mademoiselle de Beaulieu se fût ainsi détachée de lui ?

— Votre fiancée est venue m'annoncer l'heureuse nouvelle, poursuivit Claire ; cela est fort bien, et je ne veux pas être en reste avec vous.

Faisant alors quelques pas vers la terrasse, elle adressa à Philippe un signe de la main. Dévorée par la curiosité, Athénaïs suivit hardiment le maître de forges et, en un instant, le salon se trouva rempli par tous les hôtes du château.

— Il faut, messieurs, que je vous présente l'un à l'autre, dit mademoiselle de Beaulieu avec un sang-froid effrayant. Et, désignant le duc à Philippe: M. le duc de Bligny, mon cousin, dit-elle. Puis, se tournant vers Gaston et le bravant du regard : Duc, M. Derblay, mon fiancé !

Le tonnerre, en tombant sur le château, n'eût pas produit une commotion pareille à celle que ressentirent tous les spectateurs de cette scène. Le duc, écrasé, chancela. Athénaïs eut le vertige, et son teint vermeil devint couleur de cendre. Le baron et la baronne échangèrent des regards pleins de surprise. Seuls Bachelin et Suzanne ne marquèrent aucun étonnement. Le notaire, parce qu'il avait sourdement travaillé à amener ce dénouement; Suzanne, parce que, dans son adoration pour son frère, elle n'avait point douté que mademoiselle de Beaulieu ne finît par céder au mérite irrésistible de Philippe.

Le duc montra que la pratique de la diplomatie ne lui avait pas été inutile. Il se remit promptement, et, se composant une attitude irréprochable, il adressa à M. Derblay un gracieux sourire.

— Recevez mes compliments, monsieur, dit-il, d'une voix qui ne trembla pas trop ; vous épousez

une femme dont bien peu de nous auraient été dignes.

Si terrassée qu'elle fût par la foudroyante riposte
que lui avait adressée mademoiselle de Beaulieu,
Athénaïs comprit qu'il fallait à tout prix faire bonne
contenance. Elle s'avança à son tour et, regardant
Claire avec attention :

—Toutes mes félicitations, dit-elle. Et, à mi-voix,
avec un perfide sourire : C'est un mariage d'amour!

Mademoiselle de Beaulieu frémit, et, brusquement, toute l'horreur de sa position lui apparut.
L'homme qu'elle adorait était là, devant elle, et il
allait partir avec sa rivale. En ce moment, la révélation inattendue qui venait de lui être faite ayant
dissipé sa colère, il causait à l'écart avec Athénaïs,
lui tenant le bout des doigts, en riant avec l'abandon d'un homme heureux. Et elle, Claire, avait,
dans un mouvement d'indomptable orgueil, décidé
de sa vie, aliéné sa liberté. Elle venait de se pro-
mettre à un homme qu'elle ne pouvait pas aimer,
car son cœur était plein du douloureux et cher souvenir d'un autre. Elle jeta sur le duc un regard
d'angoisse mortelle. Elle fut sur le point de traverser le salon, de l'enlever aux coquetteries voulue
et exagérées d'Athénaïs, et de lui dire toute la vérité. Mais elle le vit si calme, si indifférent, si léger,

qu'un retour de colère et de fierté la sauva de sa
faiblesse. Elle voulut, désespérément, ne pas paraître avoir été abandonnée. Elle sacrifia résolûment tout son avenir à cette victoire d'amour-
propre, et, enveloppant Bligny et mademoiselle
Moulinet dans un même coup d'œil triomphant,
elle murmura :

— Je serai mariée avant eux.

IX

Les apprêts du mariage se firent avec une in-
croyable rapidité. Tout le monde à Beaulieu et à
Pont-Avesnes sembla se faire complice de Claire.
Philippe partit brusquement dans le Berry pour y
chercher des papiers qui lui étaient indispensables.
Le marquis, en même temps, prit le chemin de
Paris. La poste et le télégraphe marchèrent à qui
mieux mieux pour activer les fournisseurs. Une
agitation violente remplaça le calme dans lequel la
marquise vivait depuis un an. L'excellente femme,
étourdie par les événements, accepta, sans trouver
l'autorité nécessaire pour la discuter, la brusque
détermination de sa fille.

Se fiant à Bachelin qui lui avait donné de si favo-
rables renseignements sur M. Derblay, et, de plus,

très touchée de la délicatesse désintéressée avec
laquelle se conduisait le maître de forges, elle vit
d'un œil plus étonné qu'inquiet se décider cette
union. Elle regretta que Claire n'eût pas consenti
à attendre quelque temps afin de choisir un mari
qui fût de son monde. Mais elle se demanda en
même temps si un homme, ayant de la fortune et
un nom, aurait, dans ce siècle positif, consenti à
épouser mademoiselle de Beaulieu sans dot. La
réponse lui parut si douteuse qu'elle en vint à considérer comme une rare bonne fortune la rencontre
de M. Derblay à l'heure critique.

Claire fit tout ce qui dépendait d'elle pour endormir la défiance de sa mère et lui procurer une absolue sécurité. Elle montra un visage rayonnant et
donna à tous l'illusion du bonheur. Seule la baronne fut dans le secret de ses angoisses et de ses
regrets. Elle assista à ses défaillances et calma ses
colères. Enfermée dans sa chambre, Claire passa
des journées sans dire une parole, accablée physiquement et moralement, n'ayant plus la force de
faire un pas, étendue, les yeux sombres et le front
plissé, sur une chaise longue. Dans son cerveau
endolori, elle ressassait sans cesse les cruels épiso-
des de la rupture, ne pouvant pas s'habituer à cet
écroulement soudain de toutes ses espérances. Elle

cherchait comment elle avait pu mériter une telle infortune. Et elle ne trouvait aucun reproche à s'adresser. Tout venait de la haine de sa rivale et de la lâcheté de son fiancé.

Forcée de se considérer comme une victime d'ennemis acharnés, comme une martyre de la destinée implacable, Claire en vint à des pensées de revanche. Elle regarda la vie comme une bataille dans laquelle il fallait être cuirassée de mépris pour ne pas être blessée, et armée d'audace pour vaincre. Elle arracha de son esprit tous les scrupules qui l'avaient livrée, garrottée et sans défense, à ses adversaires. Elle se jura de ne plus s'arrêter devant rien désormais pour atteindre son but. Son cœur s'aigrit et sa raison se troubla. Elle devint implacable et méchante. Ainsi de la noble, généreuse et tendre Claire, il ne resta rien. Elle se fit dure, intéressée et égoïste, prête à tout sacrifier à son bon plaisir. Il sembla que son cœur se fût desséché au feu de la douleur. Sa beauté elle-même se modifia. Elle prit un aspect en quelque sorte marmoréen. Elle eut la majesté et la froideur des statues.

Raisonnant son prochain changement de situation, elle se traça une ligne de conduite qu'elle résolut de suivre sans une déviation. Son indifférence pour M. Derblay était profonde. Elle ne lui su-

aucun gré de son aveugle dévouement. Laissée
dans l'ignorance des généreuses intentions du
maître de forges, elle attribua sa condescendance à
l'unique ambition de devenir son époux. Comment
le jeune homme n'aurait-il pas consenti à tout pour
épouser une fille si riche, et entrer dans une famille si noble? Elle conçut même quelque dédain
pour la facilité avec laquelle M. Derblay s'était
plié à l'humiliante comédie qu'elle avait jouée devant le duc. Ainsi l'admirable générosité de Philippe parut à Claire être de la bassesse. Elle se dit
qu'elle aurait en lui un mari souple et aisé à conduire. Et c'était justement là ce qu'elle voulait. Si
M. Derblay se montrait docile, elle s'intéresserait
à lui, et, s'appuyant sur toutes les influences dont
elle pouvait disposer, elle se chargerait de son
avenir et le ferait arriver très haut. L'importance
du rang qu'occuperait ainsi son mari compense-
rait son manque de naissance. Après tout, on était
dans le siècle des parvenus.

La petite baronne, inquiète du calme terrible
avec lequel sa cousine se préparait à une union
qui ne pouvait être conclue de gaîté de cœur, se
donna la tâche de pénétrer dans la pensée de mademoiselle de Beaulieu. Elle se mit donc à interroger la jeune fille, variant ses questions, les faisant

porter sur différents points, et masquant leur gravité par le ton fantasque et léger qui lui était habituel.

Claire fit de vains efforts pour jouer l'indifférence. L'amertume montait malgré elle à ses lèvres. Elle laissa voir à la baronne la plaie cruelle qui saignait au fond d'elle-même. Et, s'étant confiée à son amie, elle éprouva un immense soulagement. La baronne connut ainsi toutes les tortures de la fière jeune fille. Elle put admirer son courage et, en même temps, pressentir ses résolutions. Avec l'expérience que trois ans de mariage lui avaient fait acquérir, elle comprit toute la gravité de la conduite de mademoiselle de Beaulieu. Elle essaya de lui faire entrevoir la réalité des choses. Mais elle se heurta à une volonté invincible.

Claire avait promulgué à son usage une sorte de loi du talion. Elle avait souffert par les autres, les autres souffriraient par elle. Tant pis s'ils étaient innocents. Est-ce qu'elle était coupable ? Puisque l'injustice était la règle de l'humanité, elle n'aurait aucun souci du droit et du devoir, et sacrifierait tout à son bon plaisir. Dans sa pensée les êtres devenaient des moyens d'action. Elle était décidée à les faire marcher, hommes et femmes, comme des pions sur un échiquier, afin de gagner une partie

triomphale. Se venger d'Athénaïs et humilier le
duc, tel fut son but. Elle résolut de sacrifier tout à
cette triste satisfaction. Et la première victime fut
ce passionné et généreux Philippe qui, lui, rêvait
de rendre à celle qu'il adorait le calme troublé et
le bonheur perdu.

Madame de Préfont ne put se retenir de blâmer
sévèrement ces intentions despotiques. Cette
cruelle confusion du juste et de l'injuste, faite froidement par mademoiselle de Beaulieu, au profit de
son égoïsme, parut tellement insensée à la jeune
femme, qu'elle la mit sur le compte d'une exagéra-
tion de sentiments, destinée à tomber avec le
temps.

Elle fit cependant entendre à son amie que tyran-
niser les créatures pensantes et agissantes, n'était
point aussi facile qu'elle paraissait le croire. Certes, M. Derblay ne pouvait être que très flatté
d'entrer dans la famille de Beaulieu, et peu de sa-
crifices devaient lui coûter pour obtenir l'honneur
ambitionné d'épouser Claire. En échange du service que Philippe avait rendu à la jeune fille, en
lui permettant d'accabler ses ennemis au moment
même où ils la croyaient humiliée et vaincue, elle
lui donnait sa main. C'était fort bien. Mais quel
avenir allait-elle faire à cet homme ? Et quelle se-

rait l'attitude de Philippe, quand, venant à sa femme
les bras ouverts, et des paroles de tendresse sur
les lèvres, il la trouverait grave et froide? Mademoiselle de Beaulieu attribuait la recherche du maître de forges à l'ambition. Mais ne pouvait-elle
être expliquée par l'amour? Certes, les spécula-
tions avaient actuellement une part dans les accords
matrimoniaux. On s'occupait volontiers de l'avoir
de sa future épouse. Mais, enfin, on voyait encore
des maris qui aimaient leurs femmes. Pourquoi
M. Derblay ne serait-il pas au nombre de ces phé-
nomènes?

Claire n'avait envisagé qu'un côté de la question,
et la baronne le lui déclarait en y insistant. Dans
le mariage, la femme était rarement la souveraine,
et l'homme était généralement de caractère enclin
à la domination. Si M. Derblay, qui paraissait
savoir aussi très bien ce qu'il voulait, allait se révolter et vouloir renverser tous les plans dressés
par Claire? Que résulterait-il du choc de ces deux
volontés? Il ne s'agissait pas là d'une alliance de
quelques heures, comme il s'en contracte, derrière
l'éventail, pour mener à bien une intrigue de salon
ou déjouer une machination mondaine. C'était toute
la vie qui était engagée. Et il n'était pas possible
de congédier son auxiliaire en lui donnant comme

récompense, pour le concours prêté, le bout de ses doigts à baiser. C'était un mari, c'est-à-dire un être auquel elle serait indissolublement liée. Il fallait y réfléchir avant de pousser les choses plus avant. Une fois mariée, il n'y aurait plus à s'en dédire, ce ne serait pas une comédie qu'on dénouerait en cinq minutes. Cela pouvait tourner au drame, pour peu qu'on n'y veillât pas. Et peut-être valait-il mieux s'arrêter pendant qu'il était temps encore.

Toutes ces raisons laissèrent mademoiselle de Beaulieu insensible. Elle se montra prête à tout risquer plutôt que de modifier ses projets. Elle avait voulu paraître abandonner le duc, elle avait résolu d'être mariée avant lui. Le jour du mariage était fixé. Rien ne pouvait la faire reculer. Elle comprit cependant qu'elle avait été imprudente en laissant la baronne lire si complètement dans sa pensée. Et elle jugea nécessaire de lui donner le change. Elle détendit les muscles crispés et durcis de son visage, et parvint à sourire. D'une voix légère elle plaignit plaisamment le pauvre M. Derblay, qui était condamné à ce triste sort d'épouser une fille comme elle, et qui ne trouverait pas assez d'avantages dans l'alliance qu'il contractait pour que l'humeur capricieuse et un peu tyrannique de sa femme lui parût compensée.

La baronne fut prise au piège que lui préparait son amie. Elle compta sur l'avenir pour dissiper la noire mélancolie, et calmer l'irritation inquiétante de Claire. En elle-même, elle se dit que le mariage est plein de surprises pour une jeune fille, et que la possession alanguit bien les plus violents caractères. Une fois en tête-à-tête avec son mari, la plus récalcitrante est obligée de revenir à la raison. Un homme qui n'est pas sot et qui est très amoureux, peut singulièrement modifier les idées d'une femme. Et puis, s'il arrive un enfant, voilà la situation changée du tout au tout, et la tigresse devient la plus douce et la plus tendre des brebis.

Toutes ces réflexions calmèrent la baronne. Elle n'était pas femme, d'ailleurs, à suivre longtemps la même idée. Et, ayant eu de la gravité et de la pénétration pendant une journée, elle se mit bien vite à divaguer pendant le reste de la semaine.

Cependant, Philippe était revenu de son voyage, et avait rapporté la bague des fiançailles : un admirable rubis d'un rouge sombre, entouré de brillants. Ce fut en tremblant que le pauvre garçon demanda à mademoiselle de Beaulieu la permission de la lui passer au doigt. Claire n'eut qu'un dédaigneux regard pour ce bijou princier. Elle tendit sa

blanche main à M. Derblay avec une fierté pleine
d'indifférence, et ne lui adressa pas un mot de remercîment. Cet anneau pour elle, était le symbole de son
engagement : il lui fut odieux. Et, le lendemain, Philippe, avec un affreux serrement de cœur, remarqua qu'elle ne le portait plus. Il n'osa rien dire.
Il était si timide devant elle ! Mais ses yeux, fixés
sur la main de mademoiselle de Beaulieu, eurent
une telle éloquence, que la jeune fille ne put s'empêcher de lui dire : « Vous m'excuserez, je ne
porte jamais de bagues. »

Ces mots rassurèrent le maître de forges. Il avait
cru voir, dans la mise à l'écart de ce bijou, une sorte
de répulsion manifestée par mademoiselle de Beaulieu pour tout ce que viendrait de lui. Il savait à
quoi s'en tenir sur les sentiments de la jeune fille.
Il avait assisté à la crise prédite par Bachelin.
Il n'ignorait pas qu'il n'avait été accepté que par
dépit. Mais il se sentait si pénétré de passion, si
plein de tendresse, qu'il se croyait sûr de ramener
à lui ce cœur égaré. Comment une femme pourrait-
elle être insensible à une affection de tous les instants, attentive, délicate, dévouée ? Mademoiselle
de Beaulieu, déçue dans ses espérances, s'était
douloureusement repliée sur elle-même. Mais comment à vingt ans le cœur se fermerait-il pour tou-

Jours? En pleine jeunesse vouloir demeurer insen-
sensible et glacée. Avoir les oreilles fermées à tous
les appels de la vie, les yeux bouchés à tous les
sourires de l'espoir. Est-ce que c'était croyable?
Philippe, éperdument épris de Claire, ne douta pas
d'arriver à se faire aimer d'elle. La jeune fille
croyait son cœur mort, il n'était qu'endormi. Peu à
peu il se ranimerait, il se reprendrait à battre. Et
pour qui, sinon pour celui qui l'aurait arraché à sa
léthargie? Philippe, ayant sauvé cette âme, n'aurait-
il pas des droits sur elle? Et Claire, revenue à la
vie, les yeux dessillés, faisant la différence entre
l'affection qu'elle avait perdue et celle qu'elle avait
gagnée, ne récompenserait-elle pas Philippe de sa
délivrance, par toute une existence de bonheur ?

Ainsi pensait Philippe pendant ses heures de
contemplation muette. Forcé dès sa jeunesse de se
jeter dans les absorbantes occupations d'une affaire
très lourde, il n'avait pas eu le temps d'aller dans
le monde. Il était resté très timide. Les femmes en
général le troublaient fort. Mademoiselle de Beaulieu, elle, le fit trembler Il ne l'approcha jamais
sans une horrible palpitation. Cette froide et grave
Claire n'avait qu'à diriger sur lui ses yeux tranquilles, pour qu'il perdît aussitôt contenance.

En gravissant la côte qui conduisait de Pont-

Avesnes à Beaulieu, Philippe développait à Suzanne tous ses projets pour l'avenir; il lui indiquait les réformes qu'il rêvait dans l'aménagement du châ-teau, il lui disait enfin combien il aimait sa fiancée. Suzanne, avec un sourire, l'écoutait, animée, les yeux brillants, la parole colorée. Elle comprenait qu'il répétait sa leçon, qu'il s'entraînait avant de se présenter devant Claire. Et quand, quêtant une ap-probation, son frère lui adressait un : « N'est-ce pas?» interrogateur, elle lui répondait malicieu-sement :

— Mais ce n'est pas à moi qu'il faut raconter tout cela, Philippe, c'est à elle. Moi, tu comprends, je trouve tout ce que tu dis si sage, et tout ce que tu fais si bien, que je suis toujours de ton avis. Mais mademoiselle de Beaulieu...

— Aussi vais-je lui parler aujourd'hui, s'écriait le maître de forges avec résolution... Oh! j'ai tant de choses à lui dire !

Et arrivé au château, aussitôt en présence de Claire, sa belle hardiesse disparaissait. Il balbu-tiait pour dire bonjour. Et, désolé, il s'asseyait à l'écart, regrettant de ne pouvoir, par un miracle, ouvrir son cœur, comme un écrin, afin de faire voir à la jeune fille, tous les trésors mystérieux qu'il contenait.

Le froid était venu avec les premiers jour de novembre. Et maintenant on ne pouvait plus se répandre par groupes sur la terrasse. Les hôtes du château se renfermaient dans le grand salon. Phippe trouva dans cette intimité plus resserrée quelques occasions de parler avec avantage, non pas de sa passion : il continuait à avoir les lèvres fermées quand il s'agissait de lui-même ; mais sur les questions générales, habilement secondé par Octave et par le baron, il put montrer la rectitude de son jugement et la solidité de ses connaissances. Claire, assise auprès de sa mère, qui écoutait distraitement en se pelotonnant au coin de la cheminée, dans laquelle flambait un grand feu, travaillait sans que ses yeux quittassent sa broderie. Par la porte grande ouverte de la salle de billard, les éclats de rire de Suzanne et du marquis, passionnément acharnés à une partie de crocket de salon, arrivaient par joyeuses bouffées. Ils étaient les seuls qui jetassent un peu d'animation sur le tableau. Du premier jour ils s'étaient appareillés et ils s'amusaient ensemble, comme deux enfants.

Athénaïs, furieuse d'avoir vu échouer son artificieuse combinaison, était repartie pour Paris, entraînant son père et le duc.

Moulinet était revenu faire une visite d'adieu et

avait été très convenablement reçu par la marquise. A la prière de Claire, madame de Beaulieu avait déridé son front, déplissé ses lèvres et accueilli l'ancien juge au tribunal de commerce comme devait l'être le futur beau-père d'un neveu tendrement aimé.

Ainsi cette mère elle-même consentit à jouer son rôle dans la comédie préparée par sa fille outragée. Les Moulinet et le duc de Bligny durent donc ajouter foi à la déclaration si hautement faite par mademoiselle de Beaulieu, et rejeter loin d'eux la pensée qu'ils l'avaient blessée. Le duc fut étonné de se trouver aussi innocent après s'être cru si coupable. Athénaïs admira la force d'âme de sa rivale, et, se sentant battue, elle qui croyait battre, se promit de terribles représailles.

Le mariage qu'elle avait projeté de célébrer à la Varenne, en grande cérémonie, dans la superbe chapelle du château, dut décidément se faire à Paris. Elle comprenait bien que la bourgeoisie parisienne, conviée par son père, ne viendrait pas en province pour lui faire cortège, et elle soupçonnait que les grandes familles du pays, invitées par le duc, pourraient bien s'abstenir de se faire représenter. Elle craignit un échec, et ne s'y exposa pas. Elle promit de revenir pour le mariage de sa

ıture cousine, de sa « bonne Claire », comme elle
ffectait d'appeler mademoiselle de Beaulieu, et
artit.

Ce départ fut un soulagement pour Claire. Sa rı-
ale s'étant éloignée, il lui sembla que l'air qu'elle
espirait devenait plus pur. Son beau visage s'é-
laira, et elle eut comme un mouvement de joie.
'hilippe avait secrètement mis les ouvriers à Pont-
۱vesnes et fait restaurer les appartement du châ-
eau, un peu dégradés par le temps. Il profita de
e rayon de bonne humeur pour proposer à madame
le Beaulieu de venir visiter la future résidence de sa
ılle. La partie fut acceptée, et le lendemain, dans
ın grand breack, tous les habitants de Beaulieu
lescendirent à Pont-Avesnes.

L'impression produite par l'entrée fut favorable.
。a grande cour plantée de vieux tilleuls, la pièce
l'eau, le château entouré de ses douves pleines
l'arbres fruitiers, plurent à Claire. Le parc, avec
ıes allées profondes et noires, lui promit le recueille-
nent et le silence. La solennelle tristesse des vases appartements parut à la jeune fille, s'harmoniser
ıvec sa propre mélancolie. Cette habitation sans
vue, entourée de grands arbres, eût semblé un tom-
ɔeau à toute autre. Mademoiselle de Beaulieu la
ırouva à son gré.

La baronne, parcourant toutes les pièces des appartements de réception, poussait des cris de surprise et de joie en admirant les richesses anciennes réunies par le père de Philippe. Les meubles Louis XIV au petit point la transportèrent, et elle resta en extase devant les hautes portières de Beauvais représentant les batailles d'Alexandre. L'amour des antiquités, si répandu aujourd'hui, a fait de toute personne qui se respecte une manière d'expert. La baronne avait beaucoup couru les ventes, et c'étai merveille de lui entendre évaluer les crédences sculptées portant les gaudrons de Henri III, et les bonbonnières de vieux Saxe. Elle avait une façon tout à fait amusante de frapper un petit coup sec sur les plats en faïence pour constater s'ils étaient intacts. Et elle discourait, allait d'un salon à l'autre, avec une vivacité et un abandon de jeune perruche, assourdissant sa tante qui ne comprenait pas un mot à ses locutions de bric à brac. Seule, Brigitte apprécia l'enthousiasme de la baronne pour le mobilier qu'elle avait soigné pendant si longtemps, et fit honneur à sa propreté des éloges de la jeune femme.

Suzanne et Octave n'étaient même pas entrés dans le château. Il avaient parcouru en causant les allées correctes du parterre à la française, puis

Suzanne avait soudainement pris en courant le
chemin de la cuisine, et, rapportant un énorme
chanteau de pain, s'était mise avec le marquis à le
jeter par morceaux aux carpes de la pièce d'eau.
Depuis une demi-heure il étaient là, s'amusant des
efforts faits par les gourmandes pour entraîner
une large croûte qui surnageait. Quant au baron,
le voisinage de l'usine ne lui avait pas laissé sa
liberté d'esprit, et, passant par une petite allée
qu'il connaissait bien, il s'était dirigé vers les ateliers.

Claire, pendant que la baronne inventoriait le
mobilier de Pont-Avesnes et que Philippe faisait à
madame de Beaulieu les honneurs de sa maison,
était restée en arrière. Une porte-fenêtre, s'ouvrant
sur un perron, donnait dans le parc. Elle l'ouvrit
et seule descendit. Dans l'éloignement, les marteaux de l'usine sonnaient gaîment sur les enclu-
mes, les hauts fourneaux ronflaient, jetant vers le
ciel leur fumée épaisse. Le parc était recueilli, profond et mystérieux. Ce bruit et ce silence formaient
un contraste qui séduisit Claire. Elle s'engagea
sous la voûte des arbres aux feuillages déjà rougis
par les grands vents de l'automne. Et, marchant à
pas lents sur la mousse des allées, elle se perdit
dans une grave rêverie.

Ce parc sombre et désert lui parut être le cadre bien choisi dans lequel devait être renfermée sa vie. Les branches mortes qui craquaient sous son pied s'étaient détachées des arbres comme ses espérances étaient tombées de son cœur. Elle allait écarter d'elle ses rêves comme elle dispersait les feuilles desséchées. Ainsi que ces grands bois sourds et désolés, tout en elle était inerte et froid. Elle suivit ainsi l'allée obscure, constatant avec une âpre joie la tristesse de la nature. Soudain, au détour du chemin, elle aperçut, par une large percée, la campagne ensoleillée étendant au loin ses plaines fécondes. Ce fut comme un tableau brusquement découvert. Claire ressentit une violente impression. Elle s'était, depuis un instant, si complètement identifiée avec ce qui l'entourait, que son esprit fut frappé. Ainsi la gaieté succédait en un instant à la tristesse. Après ce parc lugubre et noir, ces champs fertiles et pleins de vie. En serait-il donc ainsi d'elle? Et les sentiments qu'elle éprouvait pourraient-ils donc changer? La jeune fille se détourna avec colère du riant spectacle qui s'offrait à elle. Et, rentrant dans la solitude, dans la tristesse, dans l'ombre, elle repoussa les promesses que lui faisait l'avenir.

Lorsque, étonnés et un peu inquiets de sa longue

bsence, la baronne, Philippe et madame de Beau-
ieu se mirent en quête d'elle, ils la virent revenir
. pas lents par l'allée silencieuse. Elle était calme
t souriait. Seuls, ses yeux, encore humides des
armes secrètement versées, témoignaient des dou-
oureux combats qui s'étaient livrés dans son cœur.
Le baron, arraché à ses attachantes observations
scientifiques, Suzanne et Octave, descendus de la
barque sur laquelle ils avaient sillonné la pièce
l'eau, la marquise remonta en voiture, emmenant
Philippe et sa sœur dîner à Beaulieu.

Huit jours seulement séparaient Claire et Philippe
lu jour tant désiré par l'orgueil de l'une et par
'amour de l'autre. A mesure que la date fixée approchait, la jeune fille devenait plus nerveuse,
plus agitée. Tous ceux qui la virent, pendant cette
dernière semaine, purent croire qu'elle était heureuse de cette union, tant elle se montra pressée
de la conclure. Elle paraissait craindre qu'un obstacle survînt au dernier instant.

Les paquets ne cessaient pas d'arriver au chemin de fer, et le service de la poste était sur les
dents. Au château, les sonnettes avaient la danse de
Saint-Guy, et les domestiques, habitués au calme et
tranquille service de la province, devenaient enragés.

Puis, au moment d'envoyer les invitations, mademoiselle de Beaulieu prit deux résolutions qui stupéfièrent tout son entourage. Elle déclara qu'elle voulait que la cérémonie nuptiale eût lieu à minuit, sans la moindre pompe, dans la petite église de Pont-Avesnes, et que personne n'y fût présent, si ce n'est la famille. Les bras de la marquise se tendirent vers le ciel, la baronne se laissa tomber avec abattement dans un fauteuil et resta dix minutes sans parler. Octave demanda tout net à sa sœur si elle devenait folle. Philippe ne fit pas connaître sa manière de voir.

Claire, sans fournir de raisons, maintint ses volontés et supporta sans fléchir l'assaut de tous les siens. Se marier à minuit! C'était déjà passablement étrange, quoique cette mode régnât encore au Faubourg Saint-Germain. Une messe noire! Sans doute, Claire se considérant comme veuve du duc, c'était de deuil! A la rigueur, on pouvait passer sur le mariage à minuit, mais, par-dessus le marché, n'inviter personne? On aurait donc l'air de se cacher? Mademoiselle de Beaulieu paraîtrait donc rougir de son mari? Et puis cela pourrait porter malheur.

Cette dernière considération fut risquée par la baronne, et n'eut pas plus de poids que les autres arguments.

Philippe, pressé de rompre le silence et de donner son avis, enleva l'affaire en déclarant que tout
ce que mademoiselle de Beaulieu désirait lui paraissait excellent, et que, pour son compte, il ne
voyait aucun inconvénient à ce que satisfaction lui
fût accordée sur tous les points.

Le principal intéressé ne faisant pas d'objec-
tions, l'opposition tomba en un instant. La baronne,
très vexée, — elle avait fait venir de Paris une
magnifique robe pour la circonstance, — dit en
riant que ce serait un mariage comme on en voyait
dans les drames, à la Porte-Saint-Martin, quand le
condamné à mort reçoit du roi la faveur d'épouser, dans la prison, celle qu'il aime, avant de monter sur l'échafaud.

La signature du contrat eut lieu la veille du
grand jour. Bachelin, forcé de choisir entre ses
deux clients, puisqu'il était à la fois le notaire de
M. Derblay et de mademoiselle de Beaulieu, s'adjoi-
gnit un de ses confrères de Besançon et représenta
la noble famille pour laquelle ses pères et lui offi-
ciaient depuis des siècles. Le vieux praticien esca-
mota la lecture du contrat avec une extrême habileté. Et Claire, même si elle eût écouté attentivement le grimoire ânonné par Bachelin, n'eût
certes pas pu s'éclairer sur sa situation. La jeune

fille resta donc dans la plus complète ignorance de
sa ruine, et quand elle se vit présenter la plume
par Bachelin, qui était certes plus tremblant et
plus ému qu'elle, elle signa l'acte qui faisait tomber
dans sa main, sans qu'elle s'en doutât, la moitié
de la fortune de M. Derblay.

Philippe, une fois le contrat dûment parafé, se
sentit plus léger, mais il avoua depuis qu'il n'avait
été vraiment tranquille que, lorsque à la question
posée par le maire à mademoiselle de Beaulieu :
Consentez-vous à prendre M. Philippe Derblay
pour époux? — il avait entendu Claire, d'une voix
ferme, répondre : oui.

X

Il était bien près d'une heure du matin lorsque Suzanne, tout en blanc, ayant quitté la sacristie avant la fin des signatures, arriva comme un coup de vent dans l'appartement des nouveaux mariés. Devant la haute cheminée de grès sculpté du petit salon, la fidèle Brigitte à genoux, soufflait d'une main vigoureuse pour activer la combustion d'un grand feu, dont les lueurs éclairaient la plaque de fonte fleurdelisée du foyer. En entendant la porte se refermer, la brave fille s'était retournée, et sans se lever, le soufflet à la main, elle avait adressé un large sourire à mademoiselle Derblay.

— Quoi, mademoiselle Suzanne, vous voilà déjà revenue de l'église? dit-elle. Le mariage est-il donc fini?

14.

— Fini! Tout ce qu'il y a de plus fini, ma bonne,
et j'ai laissé tout le monde avec notre cher curé,
pour venir donner ici mon dernier coup d'œil
Nous avons une nouvelle maîtresse de maison,
Brigitte. Il faut qu'elle se plaise chez elle.

— Eh! mon Dieu, comment ne s'y plairait-elle
point, s'écria Brigitte, du moment qu'elle y sera
avec notre Philippe? Et puis si l'oiseau est joli,
la cage est assez belle!

Et la servante jeta un coup d'œil plein d'admiration sur le magnifique et sévère mobilier Henri III
qui garnissait la haute pièce, caressant du regard
les larges fauteuils aux dossiers scupltés, les crédences trapues à pieds tournés, et les tentures en
vieux cuir de Cordoue, dont les ors brunis par le
temps étincelaient discrètement dans l'ombre. Une
porte entr'ouverte donnait dans la chambre à coucher, vaguement éclairée par une lampe, dont la
lumière se reflétait dans les triples panneaux d'une
superbe armoire à glace de style Louis XVI.

— Et par là, tout est-il en ordre? demanda
Suzanne en désignant la chambre.

— Tout, j'en réponds, j'ai voulu faire la besogne
moi-même. La noce tourne la tête à nos domestiques, il n'y a rien à obtenir d'eux, les fai-
néants!

Puis, s'approchant de la jeune fille, les yeux pleins de malice :

— Quand on pense, mademoiselle, que dans un an ou deux ce sera votre tour de tout mettre sens dessus dessous à la maison!

Suzanne rougit, et, se détournant avec un peu d'embarras :

— Il n'en est pas question, ma bonne, heureusement!

— Heureusement? reprit la servante. Ah! tant mieux! Mais quel est donc ce gentil monsieur à qui vous donniez le bras au départ, et qui avait l'air si attentionné pour vous?...

— C'est M. Octave de Beaulieu, répondit la jeune fille, en affectant de tourner autour du salon comme pour passer une suprême revue, le frère de mademoiselle Claire...

— Eh! eh! dit Brigitte avec un gros rire, voilà un garçon d'honneur qui a joliment l'air de respirer nos fleurs d'oranger!

— Allons, ma bonne, tu ne sais pas ce que tu dis, fit Suzanne, rouge jusqu'à la racine des cheveux...

Le bruit de plusieurs voitures, roulant sur le sable de la cour, interrompit fort à propos le caquet de Brigitte. Suzanne s'était précipitée à la fenêtre.

Dans l'obscurité, des lanternes brillaient, éclairant
la verdure sombre des arbres.

— Voilà notre monde qui arrive, s'écria la jeune
fille. Et, ouvrant la porte, elle passa dans le grand
salon au moment où la baronne, encapuchonnée et
vêtue comme pour une expédition au Pôle-Nord,
entrait, suivie d'Octave et du baron, en s'écriant :

— Ne vous dérangez pas! C'est nous! Il y a du
feu ici, quel bonheur! Je suis un vrai glaçon!

Et tirant un fauteuil à elle, la jeune femme s'installa devant la cheminée, relevant sa robe et expo-
sant à la flamme ses deux petits pieds chaussés de
souliers en satin noir. Puis, poussant un soupir,
elle repoussa son manteau de fourrure qui tomba
à la taille, et dit : Ah ! cela va mieux!...

Les voitures, maintenant, se succédaient rapidement devant le perron, amenant les parents de mademoiselle de Beaulieu, les témoins de M. Derblay
et quelques intimes qu'il n'avait pas été possible
de laisser à l'écart. M. Moulinet, Athénaïs et le
duc avaient assisté à la cérémonie. La fameuse
berline de gala et les livrées de grande tenue des
valets de pied avaient servi en cette circonstance.
Malheureusement l'obscurité était profonde et la
splendeur de cet éclatant équipage n'avait pas produit tout son effet. Moulinet aurait donné cent

rancs pour qu'il fît au moins clair de lune : l'as-
re des nuits avait été incorruptible et ne s'était pas
nontré.

L'ancien juge au tribunal de commerce était, du
este, en plein désenchantement. Venu de Paris,
royant assister à un mariage dans le grand monde,
l était tombé au travers de la plus bourgeoise des
érémonies. Il espérait voir les plus nobles familles
eprésentées à cette noce, et dans le salon, en ce
noment, il apercevait... qui? Le notaire qui lui
vait vendu la terre de la Varenne, les parents et
es témoins des mariés. C'était une dérision !

Cependant Moulinet avait eu un instant de véri-
able émotion et il avait trouvé que la cérémonie
renait des proportions grandioses. C'était, quand,
n descendant de Beaulieu, pour se rendre à l'é-
lise, les voitures avaient dû traverser la foule
ompacte des ouvriers de M. Derblay, rangés en
ilence sur la place. Les braves gens n'avaient pas
té invités à la messe, mais ils n'avaient cependant
as voulu laisser leur cher patron aller à l'église
ans qu'ils fussent là pour tirer leurs chapeaux à sa
eune femme. Et, vêtus de leurs habits des diman-
hes, ils s'étaient groupés devant le portail, atten-
ant le cortège. Dans la nuit, cette masse de quinze
ents ou deux mille individus, hommes, femmes et

enfants, recueillis, parlant bas, paraissait énorme.
Et quand, sur le passage des voitures, tous les front
se découvrirent, Moulinet éprouva une violente
oppression. Il voulut sourire et saluer comme il
avait si souvent vu les personnages officiels faire
aux jours de fête, mais brusquement saisi et troublé, il avait senti sa gorge se serrer et il s'était mis
à rire sans savoir pourquoi.

Rappelé à lui par un regard irrité d'Athénaïs, il
avait mis pied à terre avec une grande dignité,
prenant des airs de tête superbes, et redressant les
plis de son pantalon gris-perle un peu froissé. L'é-
glise lui parut étroite et sale. Il s'assit avec une
grimace sur les stalles de bois qui garnissent le
chœur et jeta sur ce qui l'entourait des regards do-
minateurs. Il n'y avait pas vingt cierges allumés à
l'autel, et le bon curé avait mis les mêmes orne-
ments sacerdotaux qui lui avaient servi huit jours
auparavant pour marier la fille du menuisier. Moulinet avait un vieux fond voltairien d'ancien abonné
du *Siècle.* Il s'était senti en humeur de railler, et
se penchant vers le duc, il avait voulu entamer
une conversation. Celui-ci, levant les yeux, l'avait
regardé d'une si étrange façon, que le père d'Athénaïs n'avait pas cru devoir insister. Il avait reporté
son attention sur la cérémonie qui se poursuivait,

simple, comme pour un pauvre. L'orgue, seul, touché par une main savante, avait accompagné de ses chants les paroles du prêtre. Et sous ces voûtes froides et nues, les sons graves de l'instrument avaient résonné avec une mélancolie profonde.

Le duc, pâle et le sourcil froncé, semblait gravement absorbé. Ce chant lui fit mal. Par un retour subit de sa mémoire, il se retrouva dans la sombre église de Saint-Germain-des-Prés, assistant à l'enterrement de son père. C'étaient les mêmes sons plaintifs de l'orgue, la même obscurité piquée de points éclatants par la flamme des cierges. La même odeur de cires allumées et d'encens évaporé, qui porte au cœur et étouffe. Il avait alors à ses côtés sa tante qui pleurait en le regardant, et Claire et Octave, vêtus de noir comme lui, qui lui serraient tendrement les mains. Et maintenant, il était seul. Ces êtres chers qui l'avaient entouré, consolé, qui avaient été si bons, il s'était séparé d'eux et pour jamais. Les liens qui l'attachaient à eux il les avait rompus, et volontairement. Cette Claire qu'il avait adorée était la femme d'un autre; et lui, il allait être le mari d'une étrangère dont il avait servi, il s'en rendait bien compte, les haineux projets. Une immense tristesse s'empara de lui et il déplora amèrement sa faiblesse. Il avait rendu

le mal pour le bien à ceux qui l'avaient recueilli,
aimé, quand il était resté orphelin. Il avait ainsi
payé sa dette. Mais ne s'était-il pas puni lui-même?
Et, en abandonnant Claire, n'avait-il pas renoncé à
son bonheur?

Il fut alors amené à comparer la conduite de
Philippe à la sienne, et il ne put s'empêcher de reconnaître qu'autant il avait été ingrat et égoïste,
autant le maître de forges s'était montré dévoué et
généreux. Et il avait pu, lui, épouser la femme qu'il
aimait quoiqu'elle fût sans fortune. Il travaillait. Le
duc regretta amèrement son inutilité. Il n'était
dans le monde qu'une valeur négative. Comme un
zéro, pour qu'il eût une signification, il était nécessaire qu'on mît un chiffre devant lui. Pour qu'il
trouvât à tirer parti de lui-même, il avait fallu
qu'un riche bourgeois s'entichât de son grand nom,
Mais par lui-même que pouvait-il? Rien. Il était
un homme de luxe. On se l'offrait comme on achète
un joli cheval de parade.

Ces réflexions, qu'il n'avait jamais faites, lui ins-
pirèrent une horreur profonde pour Moulinet. Il se
vit son esclave. Furieux, il résolut de se révolter
contre son pouvoir et de le dominer. En même
temps, Athénaïs lui apparut ce qu'elle était en réalité,
une petite bourgeoise sans largeur dans les idées.

sans grandeur dans le caractère, bassement en-
vieuse et méchante. Il la regarda agenouillée sur
son prie-dieu, guindée dans sa superbe robe trop
luxueusement ornée pour une jeune fille, bayant distraitement avec un air assommé. Puis ses yeux se
dirigèrent vers Claire qui, inclinée sous ses voiles
blancs, semblait abîmée dans une prière obstinée.
Et, au mouvement de ses épaules, le duc devina
qu'elle pleurait.

Auprès d'elle, debout, immobile et le visage sévère, Philippe dressait sa haute taille. Etait-ce
donc là l'homme qu'elle aimait et qu'elle avait préféré au duc ? Bligny, en un instant, découvrit le sens
des actions de mademoiselle de Beaulieu. La situation qui depuis quinze jours était obscure pour
lui devint lumineuse. La véritable position du maître de forges lui apparut. Et voyant Claire si belle
dans sa douleur, une pensée traversa son esprit
qui amena un fugitif sourire sur ses lèvres. Le Bligny sincère et tendre qu'il avait été pendant deux
semaines disparut pour toujours, et il redevint le
blasé sceptique et froid que la corruption russe
avait fait.

Ce M. Derblay, le principal artisan de l'humiliation qui lui avait été infligée, il se promit de tirer de
lui une très douce vengeance. Ce batteur de fer, en

possession définitive d'une adorable femme telle
que Claire, était-ce possible à supporter ? C'était
bien ce qu'il ferait voir avant qu'il fût longtemps.
Elle pleurait, se dit-il : elle déteste cet homme et
elle m'aime encore.

Toute son assurance lui était revenue. Jusqu'à
ce moment, il avait eu l'air penaud et gêné. Se
sentant sur un bon terrain, il reprit son attitude
fière et dégagée de grand seigneur sûr de sa supériorité. La baronne s'étant tournée de son côté, à
la fin de la messe, il lui lança un coup si chargé
d'ironie qu'elle fronça le sourcil, avec cette hostilité instinctive des chiens de garde qui devinent les
gens mal intentionné.

Quand, la messe terminée, on passa dans l'étroite
et pauvre sacristie, et que la mariée, relevant son
voile, s'offrit aux regards de ses amis et de ses
parents, le duc chercha vainement sur le visage
de Claire la trace des larmes qu'il lui avait vu verser
en silence. Le feu de son orgueil les avait séchées,
et, calme, souriante, elle parlait avec une liberté d'esprit complète. Le duc fut mécontent ; il eût voulu
la voir abattue. Il pensa que la fière jeune femme
se défendait contre lui, et qu'il y aurait lutte. Il se
promit donc de combattre, et il ne désespéra pas
de triompher.

Remonté dans la superbe berline avec son futur beau-père et Athénaïs, il lui fallut supporter le flot des observations que Moulinet avait dû contenir pendant la cérémonie. C'était quelque chose de gai que ce mariage à minuit dans une église sépulcrale où le froid vous tombait sur les épaules comme un manteau de plomb. Il ne comprenait pas du tout les mariages de cette façon-là, l'ancien juge au tribunal de commerce. Dans trois semaines il mènerait sa fille à l'autel, et là on verrait ce que c'était pour lui qu'une noce. La messe aurait lieu à la Madeleine. Il avait commandé tout ce qu'il y avait de plus cher. Tout le chœur illuminé, des fleurs, des arbres verts, et enfin des chœurs et des solos...

— Soli, interrompit le duc, que cet étalage de splendeur commençait à agacer.

— Solos, soli... reprit Moulinet, qui n'attachait pas grande importance à l'exactitude de la terminaison. Enfin, des chants, exécutés par des artistes de l'Opéra, M. Faure, tout ce qu'il y avait de mieux... Il en aurait pour quinze mille francs! Mais qu'est-ce que ça pouvait lui faire? Moulinet ne mariait pas tous les jours sa fille, et il faudrait qu'on en parlât pendant longtemps...

— Monsieur, si peu qu'on en parle, on en parlera

toujours trop, interrompit le duc d'un ton tranchant comme une lame de couteau...

— Mais, mon gendre... voulut répondre Moulinet vexé...

— Mais, Monsieur, interrompit encore une fois le duc, je ne suis, d'abord, pas encore votre gendre, et ensuite vous m'obligerez fort en ne vous servant jamais vis-à-vis de moi de cette appellation qui est tout ce qu'il y a de plus commun, de plus boutiquier. Enfin je vous ferai remarquer que nous voici arrivés chez M. Derblay, et je vous prierai en grâce, dans notre intérêt à tous, de parler le moins possible...

Et descendant lentement de la voiture qui venait de s'arrêter, le jeune homme offrit gracieusement la main à mademoiselle Moulinet, pour l'aider à mettre pied à terre, pendant que l'ancien juge de commerce, complètement interloqué, se demandait avec inquiétude si le duc le prenait pour une bête.

Dans le grand salon de Pont-Avesnes, la marquise écoutait, assise au fond d'un large fauteuil, Bachelin qui lui parlait à voix basse. Madame de Beaulieu avait le matin même prié le vieux notaire de demander à Philippe l'autorisation d'apprendre à Claire sa véritable situation de fortune. Le mariage étant conclu, la marquise avait pensé qu'il

serait juste de faire connaître à la jeune femme et
sa ruine et le tendre désintéressement de son mari.
Le maître de forges recevrait ainsi la juste récompense de sa délicatesse.

Philippe, avide d'épargner tout souci et toute
amertume à Claire, s'y était refusé. Il ne voulait
pas que la jeune femme, en mettant le pied dans sa
maison, pût croire qu'elle y entrait en quelque sorte
amoindrie. Assombrir cet esprit délicat et sensible?
Et pourquoi? Pour s'assurer à lui une jouissance d'a-
mour-propre? Pour s'attirer de la part de Claire un
remercîment confus et peut-être humilié? Il lui sembla
indigne de lui d'user de pareils moyens pour gagner
l'affection de mademoiselle de Beaulieu. Il voulait
plus que sa reconnaissance. Il aspirait à son amour.

— Mon cher Bachelin, je ferai ce que M. Derblay
désire, avait répondu la marquise. Mais je ne sais
pas si, à sa place, je montrerais tant de raffinement.
En toutes circonstances, il m'étonne, je vous l'a-
voue. Il a une largeur de vues, une élévation de
caractère surprenantes. C'est vraiment un homme
extraordinaire.

— C'est ce que j'ai eu l'honneur de vous dire
madame la marquise, quand je vous ai parlé de
lui, souvenez-vous-en, répondit Bachelin. C'est
un véritable gentilhomme.

— Oui, oui, nous avons eu la main heureuse, ajouta la marquise, et c'est à vous que nous devons cet heureux résultat. Espérons que ma fille saura comme nous apprécier son mari... Elle est bien pâle, Bachelin !...

Le vieux notaire se retourna. Claire, blanche comme une morte, sous sa coiffure de fleurs d'oranger, lui apparut telle que Juliette se relevant de sa couche de marbre à la voix adorée de Roméo. Le duc venait de s'approcher d'elle, et, se courbant avec un mélancolique sourire :

— Nous allons nous éloigner, Claire, disait-il, et avant, j'ai tenu à vous parler. J'ai le cœur profondément triste et troublé. D'un mot, vous pourriez me rendre la tranquillité. Soyez bonne, dites-moi que vous me pardonnez...

Claire releva le front avec orgueil et, jetant au duc un regard triomphant, elle répondit d'une voix qui ne tremblait pas :

— J'ai tout oublié. J'aime mon mari. Adieu, duc.

Bligny tressaillit, et, rendant bravade pour bravade :

— Je souhaite qu'en parlant ainsi vous soyez sincère, fit-il.

Puis, avec un ton presque menaçant, il ajouta :

— Au revoir, Claire.

Et, s'inclinant de nouveau, il s'éloigna.

— Eh bien, duc, vous partez? dit le baron en arrêtant le jeune homme au passage.

— Oui, répondit le duc froidement. Je n'ai plus rien à faire ici. C'est le tour du mari.

— Eh! eh! dit le baron, vous paraissez n'être pas sans quelque amertume. En voyant Claire mariée, avouez que vous avez des regrets!

D'un coup d'œil railleur, le duc montra Claire qui se soutenait à peine :

— Des regrets? fit-il. Est-ce moi qui en ai?

— Mon cher, voilà une réponse assez prétentieuse et passablement ridicule, reprit M. de Préfont. Mais, puisque vous vous croyez un tel vainqueur, faites-moi un plaisir... Regardez M. Derblay, et dites-moi s'il a l'encolure d'un mari à qui on prend sa femme?...

Le duc dévisagea Philippe qui, dans un coin du salon, dressait sa haute taille. Son visage, bruni par le grand air, respirait l'énergie. La colère d'un tel homme devait être terrible.

— Peuh! fit le duc d'un ton léger, depuis Vulcain, les forgerons n'ont pas de chance.

— Eh bien! répondit avec gravité le baron, croyez-moi, gare au marteau!

Bligny haussa les épaules avec insouciance, et,

rejoignant M. Moulinet dans une embrasure de porte :

— Nous nous en irons quand vous voudrez, lui dit-il.

— Ce n'est pas moi qui vous retiendrai, murmura l'ancien juge au tribunal de commerce. Quelle réception! mon cher duc... On n'a pas seulement offert un verre d'eau! Chez nous autres bourgeois, on appelle ça une noce sèche. Vous verrez comment, moi, je ferai les choses... Je donnerai deux dîners et un bal qui feront sensation... Et quand nos invités sortiront de chez moi, je vous réponds qu'ils n'auront pas l'estomac dans les talons!

Moulinet aurait pu continuer à énumérer les splendeurs qu'il projetait : le duc ne l'écoutait pas. Il regardait Athénaïs qui faisait ses adieux à la mariée. La jeune fille s'était approchée de Claire et, lui prenant les mains, elle se livrait à de bruyantes démonstrations de tendresse.

— Nous serons tout près l'une de l'autre pendant l'été, disait-elle. La Varenne n'est qu'à une lieue. Mais, pendant l'hiver, comme tu vas me manquer!... Ah! sans toi, Paris me semblera vide! Est-ce que M. Derblay t'enfermera à Pont-Avesnes, sans pitié, sans rémission? Je sais bien qu'ici tu n'auras rien à désirer : tu es aimée, tu aimes... Promets-moi que

tu penseras à moi dans tes joies et dans tes tristesses, si tu en avais. Tu sais que 'j'en prendrai
toujours ma part.

Ces perfides et cruelles paroles trouvèrent Claire
impassible.

— Sois sûre, répondit-elle, que j'apprécie ton
amitié à sa juste valeur. Mais, tu sais, le bonheur
ne cherche pas de confidents. Je serai heureuse
sans le dire.

Athénaïs, la rage dans le cœur, désespérant de
dompter son intrépide ennemie, voulut au moins
ne lui épargner aucune vexation.

— Embrasse-moi, veux-tu? dit-elle.

— Bien volontiers, répondit sans hésiter Claire.
Et ses lèvres douces et brûlantes se posèrent sur le
front d'Athénaïs.

Mais la jeune femme était au bout de ses forces.
Et, prenant vivement le bras de la baronne qui se
trouvait près d'elle, elle l'entraîna hors du salon en
disant:

— Sortons, j'étouffe !...

La marquise inquiète avait suivi sa fille. En un
instant le visage de Claire se décomposa. Ses yeux
s'enfoncèrent dans leurs orbites. Sa bouche se tira,
et elle parut près de défaillir. Mais l'énergie de son
âme dompta encore une fois la faiblesse de son

15.

corps, et, regardant avec tendresse sa mère penchée anxieusement sur elle :

— Ce n'est rien, dit-elle, un peu de fatigue et d'émotion... Mais je me sens déjà mieux...

Et, en effet, le rouge de la fièvre montait à ses joues, et ses yeux brillaient. La marquise, que sa fille avait tenue avec soin dans l'ignorance des tourments qui l'avaient agitée, eut, en ce moment, le vague soupçon que Claire l'avait trompée. L'union qui la satisfaisait si complètement allait-elle donner à sa fille le bonheur qu'elle méritait? Était-ce avec un esprit calme et un cœur confiant que mademoiselle de Beaulieu s'était engagée? L'excellente femme, en une seconde, réfléchit plus qu'elle ne l'avait fait en quinze jours, et elle se posa une foule de questions, auxquelles elle ne put répondre. Habituée à subir la volonté des autres, ayant pris autrefois son parti des infidélités de son mari, s'étant pliée au tendre despotisme de sa fille, subissant tout, elle ne s'était jamais préoccupée de la responsabilité. Elle était de ces créatures sans caractère qui s'accommodent de toutes les situations et ne comprennent pas qu'on essaye de modifier sa destinée. Elle avait laissé Claire faire ce qui lui avait plu. Mais, à cette heure grave, elle se demanda, pour la première fois, si elle avait agi avec prudence. Très troublée, elle chercha une approbation dans les yeux de sa fille. Et, la prenant dans ses bras :

— Tu es heureuse, mon enfant, n'est-ce pas? lui dit-elle... Vois-tu! mon rôle de mère est terminé... Tu vas être maîtresse de ta vie... Dis-moi que j'ai bien fait tout ce qui dépendait de moi pour que tu sois heureuse!

Claire vit dans les yeux de sa mère l'angoisse qui l'avait saisie. Elle fit un dernier effort pour la tromper, et, l'embrassant tendrement :

— Oui, mère chérie, tu m'as faite heureuse. N'aie aucun souci et aucune inquiétude.

Et comme la marquise, à ces paroles, s'était mise à fondre en larmes :

— Ne m'attendris pas, ajouta la jeune femme d'une voix étouffée... On pourrait croire... Elle ne compléta pas sa pensée... et, serrant nerveusement sa mère une dernière fois dans ses bras :

— Va, dit-elle, il faut nous séparer... va... A demain...

Madame de Beaulieu, rassurée par ce calme apparent, retrouva sa sécurité un instant troublée, et rentra dans le salon sans la moindre préoccupation.

Au même moment Suzanne revenait dans l'appar-

tement de madame Derblay avec Brigitte. La jeune
fille, peu confiante dans la dextérité de la fidèle Jurassienne, avait voulu l'accompagner pour suppléer
aux défaillances de son service. La douce enfant
allait, légère comme un oiseau, tournant dans l'appartement, se préoccupant des moindres détails,
veillant à tout. Claire l'avait regardée en silence,
mécontente, soupçonneuse, et pensant avec irritation qu'elle aurait, dans la sœur de son mari, une
surveillante de tous les instants, dont les yeux, éclai-
rés par l'affection, ne perdraient pas une de ses pâ-
leurs, pas un de ses abattements. Elle vit dans Suzanne un espion naturel, et, emportée par l'exagé-
ration de ses sentiments, elle se prit à la haïr.

Cependant la jeune fille avait enlevé le voile et
la couronne de Claire et, délicatement, les tournait
dans ses doigts, faisant bouffer les plis du tulle,
redressant les fleurs, visiblement tourmentée par
un secret désir, mais hésitant à le faire connaître.

Enfin, s'avançant vers madame Derblay :

— Ma sœur, dit-elle en rougissant, on croit, dans
notre province, que la fleur détachée de la couronne
d'une mariée que l'on aime porte bonheur. Je vous
aime bien tendrement : voulez-vous me permettre
de prendre une de ces fleurs ?

Claire regarda froidement la jeune fille, et, d'un brusque mouvement, arrachant la guirlande qui ornait sa robe, elle la jeta à ses pieds en s'écriant :

— Si ces fleurs portent bonheur, elles me sont inutiles ! Tenez, les voilà, prenez-les toutes !

Suzanne recula étonnée, le bouquet tomba à ses pieds et, tournant vers Claire ses yeux pleins de larmes :

— Vous paraissez n'y pas tenir à ces fleurs, dit-elle doucement. Et pourtant c'est mon frère qui vous les a données...

Claire fut troublée par la plainte de cette enfant. Elle fit un rapide retour sur elle-même. Mais l'emportement de sa nature prit aussitôt le dessus, et sa main, qu'elle avait tendue à Suzanne, retomba froide et fermée à son côté.

— Laissez-la, ma chère petite, disait en même temps la baronne à mademoiselle Derblay. Elle a besoin d'un peu de calme... Ne vous faites pas de chagrin, et [reprenez votre petit bouquet. Il vous servira de modèle un de ces jours...

Et montrant à Suzanne une figure souriante, elle la reconduisit, rassurée et confiante, jusqu'à la porte du salon. Puis, revenant à Claire, qui était restée assise, les yeux fixes, sans parole, plongée dans ses douloureuses pensées :

— Eh bien ! ma chère, à quoi penses-tu donc ? dit la baronne. Tu viens de faire de la peine à cette pauvre petite, et bien gratuitement ! Comment ne parviens-tu pas à gouverner tes nerfs ? Franchement, écoute, ajouta-t-elle, en essayant de plaisanter, on te conduirait au supplice, sur l'air de la marche funèbre du cinquième acte de *la Juive*, que tu n'aurais pas l'air plus bouleversé.

Claire jeta à son amie un regard si chargé de reproches que celle-ci redevint grave en un instant.

— Voyons, parle-moi, dit-elle, qu'y a-t-il ?

Claire se leva, marchant devant elle comme au hasard, puis, revenant à la baronne dont elle prit les mains avec angoisse :

— Mais tu ne vois donc pas combien je souffre ! Tu ne comprends donc pas que je deviens folle ? Dans un instant, vous tous qui m'aimez, vous serez partis. Et je resterai seule dans cette grande maison inconnue. A quoi me retenir, vers qui me tourner ? Tout ce qui m'attachait au passé se brise, tout ce qui pouvait m'attirer vers l'avenir a disparu !

— Tu te désoles, dit la baronne, comme si tu étais une véritable abandonnée. N'auras-tu pas toujours les affections anciennes ? Et n'en vas-tu pas avoir de nouvelles, sincères et dévouées ? Ton mari est là, il t'adore, aie confiance

La baronne s'arrêta.

A ces mots « ton mari », elle avait vu Claire frémir.

— Oh! si tu savais ce qui se passe en moi! murmura la jeune femme. Ce mariage que j'ai voulu, malgré tout, avec l'emportement d'un orgueil révolté, maintenant qu'il est accompli, il me fait horreur. Cet homme qui est mon mari, je voudrais le fuir. Tiens! ne me quitte pas, reste là, il n'osera pas venir tant que tu seras auprès de moi... Oh! cet homme! Cet homme qui m'inspire la première crainte de ma vie, comme je le hais!

— Mon Dieu! mais tu m'épouvantes, s'écria la baronne vraiment effrayée. Ta mère n'est peut-être pas encore partie : veux-tu que je l'appelle?

— Non! répondit vivement Claire. C'est d'elle surtout que je veux me cacher. Tu as vu comme je me suis contenue devant elle. Il faut qu'elle ignore mes craintes, qu'elle ne se doute pas de mon désespoir. Bonne mère! c'est par amour pour moi, par faiblesse, qu'elle m'a encouragée, aidée à conclure ce mariage... Si elle pouvait penser!... Oh! non! c'est assez de moi pour souffrir! Tout ce qui été fait, c'est moi qui l'ai voulu, moi seule dois en supporter la peine... Mes défaillances sont sans excuses, elles sont indignes de moi. Sois tranquille elles ne se renouvelleront pas...

Et, montrant à la baronne qui l'observait, inquiète de l'âpreté de sa voix, de la violence de ses paroles, un visage impénétrable :

— Va rejoindre ton mari, ajouta la jeune femme, sans arrière-pensée, sans inquiétude. Embrasse-moi, et que tout ce qui vient de m'échapper soit oublié par toi quand tu auras passé le seuil de cette chambre. Me le promets-tu?

— Je te le promets, dit la baronne. A demain.

Et étouffant un soupir, jetant un dernier regard sur son amie, madame de Préfont sortit en murmurant : « Pauvre Claire ! »

XI

Dans la grande chambre Claire resta seule. Ses yeux errèrent vaguement autour d'elle. Cette pièce était sévère et recueillie. Les lampes éclairaient doucement les vieilles tapisseries dont les murs étaient recouverts. C'était l'admirable série des amours de Renaud et d'Armide. Sous une tente de pourpre et d'or, le chevalier, couché aux pieds de l'enchanteresse, souriait en levant d'un bras alangui une large coupe ciselée. Plus loin, les deux chevaliers libérateurs traversaient la forêt enchantée, écartant à l'aide du bouclier magique les monstres qui tentaient de leur barrer le passage. Et enfin, dans la bataille livrée par les Chrétiens aux troupes du Soudan sous les murs de Jérusalem, Armide, debout sur son char traîné par des licornes blan-

ches, lançait avec rage contre Renaud, couvert du
sang des infidèles, les redoutables traits de son
carquois. Un merveilleux bahut de la Renaissance,
en ébène incrusté de marbres polychromes, se dressait dans un panneau, faisant face à un très beau
lit à colonne, en poirier sculpté, dont le ciel était entouré d'un lambrequin en velours de Gênes, fond
maïs à larges bouquets de fleurs. Un admirable
coffre à tiroirs de style Louis XIII, en bois noir, orné
de cuivres, remplaçait la banale et ridicule com-
mode. Une superbe glace, encadrée dans une bordure de bronze très finement découpée en forme
de feuillages, réfléchissait les clartés mourantes du
feu qui brûlait dans une haute cheminée en grès,
dans le rétable de laquelle était enchâssée une remarquable toile de l'Ecole espagnole, représentant
une infante blonde, guindée dans la roideur de son
costume, le menton appuyé sur une fraise de dentelles, et respirant une rose avec un mélancolique
sourire. De grandes appliques en cuivre attachées
aux murs, et un lustre flamand, tombant du plafond à caissons, complétaient ce simple et riche
mobilier.

Claire resta indifférente à ce qui l'entourait. Elle
songeait. Tant qu'elle avait été entraînée par l'ardeur
de son désir, elle s'était fait illusion sur la situation

dans laquelle elle allait se trouver. Elle n'avait pas voulu penser à ce qui arriverait après la conclusion du mariage. Elle s'était hâtée de le conclure fiévreusement, avide de consommer l'acte qui, aux yeux du monde, devait la relever de l'injure que le duc de Bligny lui avait faite. Et voilà que, brusquement, elle se trouvait en face de la réalité brutale. Les charnelles nécessités du mariage lui apparaissaient tout à coup, révélées par cette chambre qui devait lui être commune avec son mari, par ce grand lit qu'elle allait partager avec cet homme, presque un inconnu pour elle.

Sa pudeur se révolta à cette pensée. Elle eut horreur de Philippe et d'elle-même. Elle se trouva, elle, insensée d'avoir rêvé cette union. Elle le trouva, lui, indigne de s'y être prêté. Ses idées confuses tournèrent désespérément dans son cerveau. Elle alla à la fenêtre et l'ouvrit. La fraîcheur de la nuit lui rendit un peu de calme. La lune s'était dégagée des nuages et éclairait les grands arbres du parc. Son disque se reflétait dans la pièce d'eau. Tout était silencieux et recueilli. Claire se demanda s'il ne vaudrait pas mieux disparaître à jamais dans cette tranquillité pure et profonde, que de lutter contre les embarras honteux et répugnants de la vie. Elle eut un instant la pensée de descendre au

bord de ces eaux immobiles et, brillantes,
et dans la virginité immaculée de son unique
amour, de se confier à elles, comme la pâle fiancée
d'Hamlet.

Mais le souci de l'opinion du monde, cette préoccupation du qu'en dira-t-on, qui avait eu une si funeste influence sur toutes ses résolutions, la détourna de cet acte désespéré. Elle sourit amèrement
à la pensée qu'Athénaïs pourrait dire qu'elle s'était
tuée par amour pour le duc. Elle eut le dégoût du
bruit que cette fin romanesque ferait dans son
entourage. Enfin, elle ne voulut pas désoler les
siens et leur imposer l'horreur presque dégradante de ce suicide. Elle adressa un dernier regard
ami aux eaux dormantes et lumineuses, et, refer-
mant sa fenêtre, vint s'asseoir près de la cheminée.

C'en était fait, elle le comprenait bien, elle ne
s'appartenait plus. Il lui fallait vivre, et vivre liée
à un homme qui allait venir armé de ses droits,
et pouvant dire : «je veux ! » à elle jusque-là toujours libre, toujours obéie. Elle éprouva à la fois
de la crainte et de la colère. Son orgueil protesta
contre cette sujétion qui lui était imposée. Elle ne
voulut pas s'y soumettre et chercha les moyens par
lesquels elle pourrait obtenir de son mari qu'il lui
rendît sa liberté.

Elle en était arrivée à rêver une sorte d'état ma-
trimonial dans lequel chaque époux resterait maître
de sa destinée. Que Philippe fût fidèle, elle s'en
souciait peu, pourvu qu'il fût respectueux et soumis.
Qu'il fît ce que bon lui semblerait, à la condition de
la laisser maîtresse d'elle-même. Serait-il donc si
difficile d'obtenir du maître de forges, un ambitieux
sans doute, qu'il eût quelques complaisances pour
une femme qui allait apporter dans sa maison une
fortune considérable et le faire bénéficier de sérieuses influences de famille. Il l'aimait cependant,
elle l'avait bien compris. Mais elle ne voulut pas
tenir compte de ce sentiment. Avec son despotisme
de femme habituée à tout plier à son caprice, elle
écarta cet amour qui la gênait, et résolut, si Philippe se montrait exigeant, de lui tenir tête. Elle
était énergique et fière, capable de discuter et de
lutter. Elle ne douta pas un instant qu'elle ne pût
vaincre même de sérieuses résistances, et ne pensa
pas une seule fois, dans son égoïsme implacable,
aux blessures qu'elle allait faire au cœur de cet
homme qui l'adorait.

Un bruit de pas, retentissant dans la pièce voisine, la fit soudain tressaillir. Tout son sang lui
monta au visage. Incapable de rester en place, elle
se leva et, s'accoudant frissonnante à la haute ta-

blette de la cheminée, elle murmura : C'est lui

Philippe, ayant fait les honneurs de la maison
ses parents et à ses amis, et les ayant vus s'éloigner
les uns après les autres, était resté seul. Il s'étai
dirigé presque machinalement vers sa chambre de
garçon. Celle qu'il devait habiter avec sa femme
était l'ancienne chambre de son père et de sa mère.
Il pensa avec un trouble délicieux que, tout près,
séparée seulement par quelques portes, plus émue
encore que lui, dans sa blanche toilette, celle qu'il
aimait attendait sa venue. Il avait souvent pensé à
l'heure adorable qui mettrait dans ses bras cette
jeune fille si belle, et il avait frissonné de volupté.
Il s'étonna de trouver ses sens engourdis. Aucun
désir ne l'entraînait. Il était grave, préoccupé et
très attendri. Son amour pour Claire s'était doublé
d'une sorte de tendresse protectrice. Il se jugeait
appelé à guérir ce cœur faible. Et il se sentit repris
de cette affection qu'il avait eue pour sa sœur
quand elle était enfant. En lui-même, il remercia
la providence qui lui avait accordé la possession
du trésor si ardemment convoité. Et il se promit
d'être digne de la faveur qui lui était faite, en as-
surant le bonheur de Claire.

Il se surprit ainsi dans sa chambre, assis dans un
fauteuil, rêvant et très absorbé, une demi-heure

après le départ de ses derniers invités. Il sourit et
se trouva un peu sot. Puis, se levant vivement, il
passa dans son cabinet de toilette. La grande glace
de son armoire lui renvoya son image et, se voyant
vêtu de son costume de marié, il pensa qu'il serait
souverainement ridicule à lui de se présenter devant sa femme avec cet habit noir et cette cravate
blanche. Il mit un costume du matin bleu foncé. Et,
le cœur palpitant, ressaisi pâr une émotion inexprimable, il se dirigea vers la chambre de Claire.
Ayant traversé le petit salon, il frappa du bout du
doigt contre le bois de la porte, sans recevoir de
réponse. Pensant avoir suffisamment annoncé sa
présence, il entra.   .

Claire, encore vêtue de sa robe de mariée, était
debout, muette, grave, le coude appuyé à la haute
cheminée. Elle ne tourna pas les yeux vers lui, elle
baissa seulement un peu la tête, et Philippe vit la
torsade épaisse de ses cheveux blonds étinceler
sur sa nuque blanche.

Il s'avança lentement, et, parlant avec effort :

— Voulez-vous me permettre de m'approcher de
vous ? dit-il.

De la main, Claire fit un geste d'assentiment.

Profitant de l'autorisation, Philippe se glissa
jusqu'à la chaise longue et s'assit, courbé. presque

aux pieds de la jeune femme. Il la regarda attentivement. Son visage crispé et dur l'étonna. Il lui
connaissait cette expression farouche et menaçante
il la lui avait vue quand elle se trouvait en présence
du duc. Il fut inquiet de voir Claire ainsi ramassée
sur elle-même, comme prête à la lutte. Il ne pouvait deviner les projets de la jeune femme, mais,
instinctivement, il pressentit une résistance. Il
voulut pénétrer enfin dans ce cœur si obstinément
fermé, avoir le mot de l'énigme, et, autant il était
ému un instant auparavant, autant il devint calme.

Ce changement dans l'esprit de Philippe était
inquiétant pour Claire. Elle eût pu avoir facilement
raison d'un mari troublé et hésitant. Le mettant
sur ses gardes, elle lui rendait toute sa clairvoyance
pour deviner, toute son énergie pour combattre.

— Pour la première fois, nous voici seuls, dit
Philippe à voix basse, et j'ai pour vous bien des
choses dans le cœur. Jusqu'ici, je n'ai pas osé parler... J'aurais mal exprimé mes sentiments... Toute
ma vie s'est passée dans le travail... Aussi je vous
supplie d'être indulgente... Ce que je ressens,
croyez-le bien, vaut mieux que ce que je dis... Bien
souvent vous m'avez vu venir à vous, balbutier
quelques paroles, puis garder le silence. J'avais
peur de vous paraître trop hardi ou trop timide...

Et cette crainte me paralysait. Alors je me bornais à vous écouter, et votre voix était douce à mon oreille comme un chant. Je me perdais dans votre contemplation, oubliant tout pour vous suivre des yeux quand vous marchiez sur la terrasse, dans un rayon de soleil. Vous êtes entrée ainsi profondément en moi : je vous ai adorée. Vous êtes devenue ma pensée unique, mon espérance, ma vie... Aussi, jugez de mon ivresse, maintenant que je vous vois là, près de moi, tout à moi!

Et, saisissant la main de Claire entre les siennes, Philippe la posa passionnément sur son front enflammé. La jeune femme fit un mouvement et retira sa main.

— Par grâce, monsieur... murmura-t-elle avec lassitude.

Philippe releva vivement la tête, et regardant Claire, plein d'étonnement :

— Qu'avez-vous? dit-il... Suis-je assez malheureux pour que mes paroles vous déplaisent?

— Ne me les dites pas en ce moment, répondit Claire avec douceur... Je vous en prie... Vous le voyez : mon trouble est profond...

Philippe fut ému par l'accent douloureux de la jeune femme, et hochant tristement la tête :

16

— Mais oui, vous êtes pâle, tremblante... Est-c
donc moi qui en suis cause?

Claire détourna les yeux pour cacher deux larme
qui coulaient sur ses joues, et, d'une voix trem
blante, répondit :

— Oui.

— Rassurez-vous, je vous en supplie, reprit Phi
lippe. Ne sentez-vous pas que mon seul désir es
de ne point vous déplaire? Que faut-il que je fasse
Exigez. Tout me sera facile. Je vous aime tant!

La jeune femme tressaillit de joie. Une lueu
d'espoir brilla dans l'obscurité où elle se débattait
L'ardeur passionnée de son mari lui fit comprendr
quel pouvoir sans bornes elle exerçait sur lui. Et
sans pitié, elle résolut d'en abuser. Elle se fit co-
quette, et, pour la première fois, regardant le maître
de forges avec un fin sourire :

— Si vous m'aimez, dit-elle, alors...

Elle n'acheva pas. Mais elle fit un geste d'autorité que Philippe comprit bien.

— Désirez-vous que je vous laisse? dit-il avec
soumission, est-ce là l'épreuve qu'il vous plaît de
m'imposer? Je m'y résignerai, si c'est votre volonté.

Claire respira avec délices. Elle se sentit maîtresse absolue de cet homme qui lui avait causé

une si grande frayeur. En un instant l'expression de son visage changea; elle montra à Philippe un front rayonnant.

— Eh bien, oui, dit-elle, je vous en saurai gré. Les émotions de cette journée m'ont fait mal. J'ai besoin de calme. Il faut que je me recueille. Et demain, plus tard, plus en possession de ma pensée, plus sûre de moi-même, je vous expliquerai...

Philippe resta un moment silencieux. Dans les paroles de Claire quelques mots lui avaient paru sonner faux. Cet atermoiement embarrassé lui sembla suspect. Il y avait là un mystère qu'il résolut de mettre à jour.

— Que me direz-vous demain, ou plus tard, que je ne puisse entendre aujourd'hui? reprit-il. Ma vie et la vôtre ne sont-elles pas désormais inséparables? Notre chemin est tout tracé. A vous d'être confiante et sincère. A moi d'être dévoué et patient... J'y suis prêt, je vous l'assure. Etes-vous dans les mêmes dispositions?

Le langage de Philippe était net et ferme. Il avait regardé sa femme bien en face. Celle-ci craignit de s'être avancée trop vite. Elle voulut aller en arrière.

— Laissez-moi vous dire que la confiance ne se gagne pas en un moment, reprit-elle. Voilà deux

heures seulement que je suis mariée. Ma vie,
hélas, date de plus loin. Cette vie, on me la faisait
heureuse. J'avais le droit de penser tout haut,
j'étais libre de me taire. Je n'ai jamais été forcée
de mentir. Mes peines, et j'en ai eu, vous le savez,
on les devinait. On comprenait que le souvenir ne
pouvait s'en effacer instantanément. J'ai été très gâtée... On ne m'a jamais demandé de sourire quand
j'avais le cœur triste... S'il faut que je me résigne
à dissimuler auprès de vous, de grâce laissez-moi
le temps de m'habituer à cette contrainte.

Claire, avec une extrême habileté, avait déplacé
la question pour se dispenser de répondre. Elle se
posa en victime. Philippe, en insistant, eût paru
cruel. Il le sentit.

— Je vous en prie, n'ajoutez pas un mot, s'écria-
t-il, allant au-devant du sacrifice. Vous me faites
injure... Vous n'aurez jamais, sachez-le, d'ami
plus tendre et plus dévoué que moi. En vous
épousant, j'ai pris ma part de vos peines, et je
prétends vous les faire oublier. Fiez-vous à moi, je
suis responsable de votre bonheur. Si le passé vous
a déçue, espérez tout de l'avenir. Loin de moi la
pensée de vous imposer mon amour! Ce que je
vous demande, c'est de me laisser essayer, à force
de soins et de tendresses, de vous conquérir sur

vous-même. Voilà toute mon ambition. Et puisque vous avez besoin de repos, de solitude, restez chez vous, libre et rassurée comme vous l'étiez hier. Je me retire; c'est bien là, n'est-ce pas? ce que vous souhaitez? Qu'il soit fait selon votre désir.

La jeune femme, en entendant ces paroles, fut à la fois irritée et inquiète. Le maître de forges se montrait si fier et si grand, que toutes les combinaisons préparées d'avance par elle pour conquérir sa liberté menaçaient de manquer misérablement. Philippe venant au-devant de ses désirs avec une bonté inattendue, allait-elle donc pouvoir demeurer séparée de lui? Il l'adorait et il prétendait essayer de se faire aimer d'elle. Comment, sans injustice et sans cruauté, repousser éternellement un homme si loyal et si généreux? La douceur et la tendresse de son mari lui rendraient, le lendemain, la résistance impossible sans brutalité. Elle comprit le danger qu'elle courait, et résolut d'y échapper en brisant résolument tous les liens qui l'unissaient à Philippe.

Celui-ci, voyant Claire rester silencieuse et immobile, s'avança vers elle. Il pencha la tête, et sa bouche vint effleurer le front blanc de la jeune femme :

— A demain, dit-il.

Mais en respirant le parfum de cette blonde

16.

chevelure, en sentant sur ses lèvres cette chair frémissante, Philippe fut étourdi par une soudaine
ivresse. Il cessa d'être maître de lui. Oubliant ses
promesses, il ne pensa plus aux susceptibilités du
cœur troublé qui palpitait si près du sien. Il vit
une femme adorable qu'il désirait follement et qui
lui appartenait. Dans un transport irrésistible, il
la saisit dans ses bras, et, les yeux ardents :

— Si vous saviez, murmura-t-il, comme je vous
aime !

Claire, surprise d'abord, devint livide. Elle courba
sa taille et, appuyant ses mains sur les épaules de
son mari, elle s'efforça de fuir un contact qui lui
était odieux :

— Laissez-moi ! cria-t-elle avec colère.

Les bras de Philippe se desserrèrent. Il recula.
Et, regardant la jeune femme qui était devant lui
tremblante, le visage décomposé par l'angoisse...

— Comment ! dit-il d'une voix troublée, vous ne
me donnez même pas le droit d'effleurer votre front
de mes lèvres ? Vous me repoussez avec violence,
presque avec horreur ! Que se passe-t-il en vous ?
Ce n'est pas là seulement l'effroi de la pudeur?...
C'est de la répulsion !... Vous me haïssez donc ? Et
pourquoi ? Que vous ai-je fait ? Tenez ! vos paroles
de tout à l'heure me reviennent à l'esprit, et main-

tenant je crains de les mieux comprendre. Après cette déception dont vous avez souffert, il est resté plus que de l'amertume dans votre cœur. Il y a du regret, peut-être...

— Monsieur ! protesta sourdement Claire.

Mais Philippe s'était animé. Un commencement de colère avait fait monter le sang à ses joues, et marchant avec agitation :

— Madame, les protestations vagues, entre nous, sont maintenant inutiles. L'heure des explications nettes et franches est venue. Vous me donnez, par votre attitude, des soupçons qu'il faut que vous éclaircissiez. Une femme ne repousse pas son mari sans motifs. Pour me traiter comme vous le faites, il faut...

Philippe s'arrêta. Sa voix s'était étranglée dans sa gorge, il était devenu très pâle, et ses mains étaient agitées d'un tressaillement nerveux. Il respira avec force et, se tournant vers sa femme de façon à ne pas perdre un mouvement de son visage :

— Cet homme, dit-il, qui vous a si lâchement abandonnée, est-ce que vous l'aimeriez encore ?

Claire comprit que l'occasion de cette rupture tant désirée par elle se présentait certaine, irrémédiable. Elle hésita cependant à la saisir. Philippe, avec sa colère puissante et lucide, lui faisait peur.

Elle resta devant lui, les sourcils froncés, incertaine, le cœur bondissant, comprenant bien que sa destinée tenait à un fil.

Son silence acheva d'irriter Philippe qui, perdant toute mesure, lui saisit le bras avec force, et, la regardant avec des yeux enflammés :

— Vous m'avez entendu ? Répondez-moi ! Il le faut ! Je le veux !

La main de Philippe sur le bras de Claire produisit l'effet d'un doigt posé sur la détente d'une arme à feu. Le coup partit. La hautaine jeune femme, froissée et entraînée par cette violence, regarda fixement son mari :

— Eh bien ! Si cela était ? dit-elle avec audace.

A peine ces mots étaient-ils prononcés qu'elle les regretta. Le maître de forges s'était dressé formidable. En un instant sa taille grandit, son visage prit une expression terrible, et, levant le poing, comme un de ses lourds marteaux à battre le fer :

— Malheureuse ! cria-t-il.

Claire ne recula point d'un pas. Elle baissa le front et laissa tomber ses mains avec abandon comme une martyre prête à recevoir la mort. Philippe la vit, poussa un soupir, fit quelques pas au hasard, saisit avec rage son poing droit dans sa main gauche, comme s'il eût voulu le briser pour le punir de

s'être dressé menaçant sur le front de cette femme
adorée, puis, reprenant son calme :

— Voyons, dit-il à Claire, mesurez bien vos paroles... Ce que vous m'avez répondu ne doit pas
être vrai?... C'est impossible ! Je rêve, ou bien vous
avez voulu m'éprouver. C'est cela, n'est-ce pas ?
Oh ! ne craignez pas de me l'avouer, je vous pardonne d'avance, quoique vous m'ayez fait bien
mal... Il ne faut pas abuser d'un cœur comme le
mien, vous le saurez un jour... C'est un jeu cruel,
je vous assure...

Il s'efforça de sourire, mais ses lèvres restèrent
crispées. Claire demeurait sombre et insensible,
comme butée, avec la force d'inertie d'un bloc de
pierre.

— Mais parlez donc ! reprit Philippe suppliant.
Dites-moi quelque chose ! Vous vous taisez ?...
C'est donc vrai ?

Elle ne dit pas une parole, s'abandonnant à la
destinée qu'elle s'était préparée, ayant vaguement
conscience qu'elle commettait un crime, mais, dans
son implacable orgueil, décidée à aller jusqu'au
bout. Philippe, frappé de stupeur, s'était dirigé
vers la fenêtre, et, appuyant son front brûlant à la
vitre, il cherchait à reprendre un peu de sang-froid.
Il comprenait que l'explication horrible qu'il avait

entamée avec sa femme ne faisait que commencer. Il voulut savoir jusqu'où Claire était décidée à
pousser son audacieuse révolte.

Il revint vers elle.

— Ainsi, c'est le cœur plein d'un autre que vous
avez consenti à m'épouser? dit-il. Après l'indignité
de sa conduite, après l'affront qu'il vous a laissé
subir, vous l'aimez encore! Et vous osez me le
dire! Vous m'aviez donné votre parole d'être femme
loyale et fidèle. Voilà comment vous avez tenu vos
engagements! Et c'est sans rougir que vous avez
placé votre main dans la mienne! A quel degré de
dépravation morale êtes-vous tombée?

— Monsieur, je ne me défends pas, dit Claire,
est-ce généreux à vous de me faire souffrir?

— Vous souffrez! s'écria Philippe. Et moi, je ne
souffre donc pas? Moi qui vous aime de toutes les
forces de mon âme. Moi qui étais prêt à tout pour
vous plaire et qui ne vous demandais, en échange,
qu'un peu d'indulgence et d'affection. Pour satisfaire votre orgueil blessé, pour qu'on ne soupçon-
nât pas votre dépit, vous m'avez sacrifié, spécu-
lant sur ma confiance, riant peut-être de mon aveuglement. Savez-vous que c'est atroce ce que vous
avez fait là?

— Eh! Vous n'avez donc pas vu que depuis

quinze jours je suis folle? s'écria Claire, cessant de se contenir. Mais vous ne comprenez donc pas que je me débats dans un cercle dont je ne puis sortir? J'ai été entraînée à ce que j'ai fait par une fatalité irrésistible. Je dois vous paraître une créature misérable. Vous ne me jugerez jamais aussi sévèrement que je me juge. J'ai mérité votre colère et votre mépris. Tenez! prenez tout de moi, excepté moi-même... Ma fortune est à vous, je vous l'abandonne. Qu'elle soit la rançon de ma liberté!

— Votre fortune? Vous m'offrez?... A moi!... s'écria Philippe.

Il fut sur le point de parler et, dans son indignation, de lui apprendre cette ruine qu'il avait mis tant de soins et de délicatesse à lui cacher. Quelle vengeance à tirer de la hautaine Claire! Et comme elle était sûre, rapide et cruelle! Il repoussa bien loin cette pensée. Il la trouva indigne de lui. Et, tout à fait calmé par la satisfaction qu'il éprouva en se trouvant si supérieur moralement à la jeune femme, il put la regarder sans colère.

— En vérité, dit-il froidement, est-ce que vous me prenez pour un homme qui se vend? En vous épousant, dans votre pensée, j'aurais donc fait une spéculation? Vous vous trompez, madame! vous croyez avoir encore affaire au duc de Bligny.

Le coup atteignit directement Claire, et, bondissant, comme si, en outrageant le duc, on l'eût outragée elle-même :

— Monsieur! cria-t-elle, en foudroyant Philippe
d'un regard.

Mais aussitôt, comme honteuse, elle garda le
silence.

— Eh bien! Pourquoi vous arrêter? reprit le
maître de forges avec amertume. Défendez-le donc!
C'est le moins que vous puissiez faire pour lui...
Vous êtes parfaitement en mesure de l'apprécier.
Votre conduite ressemble tout à fait à la sienne!...
Calcul et duplicité, telle est votre règle, n'est-ce
pas? Oh! je vois clair maintenant. Vous avez voulu
prendre pour époux un homme qui fût en votre
dépendance, et vous l'avez choisi bien épris et bien
confiant. Une union avec moi était une mésalliance,
mais ma docilité devait compenser la bassesse de
mon origine. Si, par hasard, je songeais à me révolter et à faire valoir mes droits, on avait de quoi
me fermer la bouche... Un sac d'écus! Et, en effet,
que pouvais-je dire ? Mari d'une femme si noble et
si riche! Moi, un être vulgaire et cupide! Voilà ce
que vous avez combiné! Et quand venez-vous
me l'avouer? Honnêtement sans doute, une heure
avant la cérémonie? Assez à temps pour que je

puisse refuser le marché ? Non pas ! Vous ne me laissez comprendre que quand je ne puis plus me rejeter en arrière, quand tout est fini, signé, irrévocable, quand je suis bien sûrement votre dupe, et que vous n'avez plus à craindre que je vous échappe ! Et moi, aveugle qui n'ai pas vu le piège ! Niais, qui n'ai rien soupçonné de cette piquante intrigue ! Moi qui suis venu tout à l'heure, palpitant, tremblant, faire ici ma déclaration d'amour ! N'étais-je pas plus qu'insensé, plus que grotesque ? N'étais-je pas cynique et ignoble ? Car enfin, j'ai votre fortune, n'est-il pas vrai ? je suis payé ! Je n'ai pas le droit de réclamer !

Et Philippe, éclatant d'un rire effroyable, s'abattit sur le canapé et cacha son visage dans ses mains crispées. Claire avait écouté, sans protester, cette terrible apostrophe. Elle fut plus blessée par les reproches de son mari qu'elle ne fut touchée par sa douleur. Elle s'était mise hors du droit. Et la vérité l'irritait sans l'éclairer. Elle n'entendit pas le cri de souffrance de Philippe, elle ne retint que l'ironie de ses paroles.

— Monsieur ! dit-elle avec hauteur, brisons là, épargnez-moi d'inutiles railleries...

Philippe écarta vivement ses mains, et montrant à la jeune femme un visage inondé de larmes :

— Je ne raille pas, madame, dit-il, je pleure, sur mes espérances trompées, sur mon bonheur perdu. Mais c'est assez de faiblesse. Vous vouliez m'acheter votre liberté, tout à l'heure. Je vous la donne pour rien. Croyez que je ne la troublerai jamais. Entre nous, tout lien est rompu et rien ne doit plus nous être commun. Toutefois, une séparation publique causerait un scandale que je ne mérite pas de subir et que je vous prie de m'épargner. Nous vivrons l'un près de l'autre, l'un sans l'autre. Mais comme je ne veux point d'équivoque de vous à moi, écoutez bien ce que je vais vous dire. Vous apprendrez un jour la vérité. Vous saurez que vous venez d'être encore plus injuste que cruelle. Et peut-être aurez-vous alors la pensée de revenir sur ce que vous avez fait. Je vous déclare dès à présent que ce sera inutile. Je vous verrais maintenant vous traîner à mes pieds en implorant votre pardon que je n'aurais pas pour vous une parole de pitié. J'aurais pu être indulgent pour votre colère. Il me sera impossible d'oublier votre sécheresse de cœur et votre égoïsme. Adieu, madame : nous vivrons comme vous l'avez voulu. Voici votre appartement. Voici le mien. A compter d'aujourd'hui vous n'existez plus pour moi.

Claire, sans prononcer une parole, inclina la tête

en signe d'assentiment. Philippe, le cœur serré, jeta un dernier regard sur la jeune femme, espérant un retour, une défaillance qui la lui rendît au moment où il allait la perdre pour toujours. Il la vit insensible et glacée. Ses yeux n'eurent pas un regard, ses lèvres pas une parole.

Il traversa la chambre, ouvrit la porte avec lenteur et la referma comme à regret, s'arrêtant encore pour écouter si un cri, un sanglot ou un soupir ne lui donnerait pas, à lui, meurtri, humilié, un prétexte pour revenir le premier et offrir de pardonner pendant qu'il en était temps encore. Il n'entendit rien.

Alors, se tournant vers cette porte derrière laquelle restait seule l'implacable jeune femme :

— Créature orgueilleuse qui ne veux pas plier, dit-il, je te briserai.

Et reprenant le chemin qu'il avait parcouru une heure avant, le cœur si plein d'espoir, il rentra dans sa chambre de garçon.

XII

La flamme des lampes avait baissé. Le feu s'était
éteint. La grande chambre demeura dans une demi-
obscurité. Claire, clouée à la même place, debout
devant la haute cheminée, chercha à rassembler
ses idées. Elle était sortie triomphante de la lutte.
Elle se sentait cependant brisée comme si elle avait
été vaincue. Une torpeur pesante l'accablait. Sa
tête lui paraissait si lourde qu'elle dut la soutenir
avec sa main. Elle eut dans les oreilles des tinte-
ments qui l'assourdirent. Et, devant ses yeux troublés, tout sembla tourner avec une affreuse rapidité.
Son cœur lui monta aux lèvres, une sueur glacée
perla à ses tempes. Et elle resta égarée, inerte,
souffrant horriblement, se sentant défaillir et n'ayant
ni la force de bouger, ni la volonté d'appeler.

Elle se laissa tomber sur sa chaise longue, mais elle dut se relever aussitôt. Des douleurs violentes tiraient les muscles de ses jambes, et elle ne put se tenir immobile. Il fallut qu'elle marchât de long en large dans la chambre, malgré la lourdeur de sa tête, qui lui semblait enflée et vide. Au-dessus du sourcil gauche, elle éprouvait une souffrance aiguë, comme si on lui avait enfoncé un clou dans le front. Une fièvre horrible faisait battre ses artères. Et courbée en deux, gémissant tant elle avait de mal, elle marchait dans la chambre, ressassant dans son cerveau troublé les mêmes idées obsédantes et insupportables. Eveillée, elle était en proie à une sorte de cauchemar. Et elle allait, marmottant maintenant des paroles confuses, entrecoupées par un claquement de dents terrible.

Elle souffrit ainsi pendant deux heures, sombre, entêtée, ne voulant pas appeler, s'imaginant que si elle ouvrait seulement sa porte, son mari croirait qu'elle demandait grâce, et reviendrait. Confiante cependant dans sa loyauté, elle n'avait même pas tourné la clef dans la serrure, ni poussé le verrou. Triste conquête à faire, hélas! et qui eût épouvanté Philippe, car elle avait tant changé en si peu de temps, sous l'influence de la fièvre qui la dévorait, que le seul sentiment qu'elle eût pu inspirer eût été la pitié.

Les premières lueurs de l'aube la trouvèrent marchant toujours dans sa chambre, pour tromper par le mouvement les douleurs grandissantes de ses jambes. Elle se traînait, très pâle, les yeux éteints, les deux côtés du front maintenant pris et martelés. Elle n'en pouvait plus. Elle regarda un instant le ciel qui devenait rose. Elle voulut ouvrir la fenêtre, espérant que l'air pur du matin la rafraîchirait et la calmerait. Sa main défaillante ne put tourner la crémone, et, poussant un cri, elle tomba évanouie sur le tapis.

Vers neuf heures, Brigitte, en approchant de la porte à pas de loup pour écouter si sa maîtresse dormait encore, entendit un gémissement. La fidèle servante eut peur, et, sans hésiter, elle entra. Claire, étendue à la même place où elle était tombée, gisait sans mouvement. Elle parlait tout haut d'une voix inintelligible. Son visage était rouge et ses pieds glacés. Brigitte, en un tour de main, sans se demander comment madame Derblay se trouvait ainsi par terre, et toute vêtue, l'enleva comme une plume, la déshabilla, la coucha ainsi qu'un enfant et, la voyant calmée par l'exquise sensation de bien-être que lui avait procurée la fraîcheur des draps, elle courut chercher Philippe.

Celui-ci s'habillait dans sa chambre. D'un coup d'œil la Jurassienne vit le lit défait, lut la tristesse sur le visage de son maître, et, prenant près de l'oreiller un mouchoir humide de larmes, elle hocha tristement la tête.

— Ah! monsieur Philippe, dit-elle, quel malheur! Voilà que vous avez pleuré. Et elle...

Le maître de forges devint livide. Il trembla. L'idée lui vint que Claire s'était livrée à quelque acte de désespoir et qu'elle était morte.

— Eh bien? interrogea-t-il avec un geste d'effrayante angoisse...

Brigitte comprit sa pensée.

— Non, dit-elle, mais... si malade!

Philippe n'entendit pas un mot de plus. Sans prendre le temps de mettre sa redingote, courant comme un fou, il s'était dirigé vers la chambre de Claire. Sur le tapis, la robe blanche, les jupons froissés, les petits souliers à talons cambrés et le corset de satin blanc parfumé étaient jetés en désordre.

Pourpre, les yeux brillants sous leurs paupières demi levées, Claire était étendue dans le grand lit à colonnes. Graves, tenant leurs lances les guerriers de la tapisserie semblaient veiller sur elle.

Philippe put s'approcher : elle ne le reconnut pas. Elle souriait doucement, et ses lèvres décolorées laissaient voir ses dents blanches. Il lui prit la main, et la trouva brûlante. Un engourdissement profond succédait à l'agitation incessante de la nuit. Philippe fut épouvanté ; il écrivit promptement un mot pour le meilleur médecin de Besançon qu'il envoya chercher en voiture. En même temps, il faisait prévenir à Beaulieu.

Il s'installa au chevet de Claire, plongé dans de désolantes pensées. Allait-elle donc mourir, et tout était-il fini ? Elle restait immobile, les yeux ouverts maintenant et louches. Une contraction douloureuse semblait forcer ses regards à se croiser. Elle fronçait les sourcils et, de temps en temps, portait la main à sa nuque en gémissant. Elle souffrait horriblement : c'était visible. Et le délire s'emparait d'elle plus complètement de minute en minute.

Toutes les pensées de rancune du mari tombèrent devant ce triste spectacle. Superstitieux pour la première fois de sa vie, Philippe pensa que, si Claire surmontait son mal, ce serait un signe qu'ils devaient, lui et elle, finir par être heureux. Dès lors, il n'eut plus qu'une idée : la sauver. Il l'adorait encore follement, malgré ce qu'elle lui avait fait souffrir, à cause de cela peut-être. Philippe passa, assis au pied de ce lit, deux des heures les plus cruelles de sa vie, qui avait cependant déjà connu beaucoup d'épreuves. L'arrivée de madame de Beaulieu et d'Octave fut pour lui un immense soulagement. Il se sentit déchargé d'une partie de sa responsabilité. La marquise, stupéfaite et épouvantée, fut heureusement silencieuse. Elle ne poussa pas de cris violents, ne versa pas de torrents de larmes et n'invoqua pas le ciel. Elle interrogea discrètement son gendre, prescrivit quelques soins élémentaires, et pâle, grave, resta auprès de sa fille qui ne se doutait pas de sa présence. Octave, bouillant d'impatience et d'inquiétude, avait pris un cheval et était parti à fond de train au-devant du médecin.

Vers midi, celui-ci arriva. C'était un homme jeune encore, ancien interne des hôpitaux, très au courant des progrès de la thérapeutique et parfaitement en situation de formuler un diagnostic sérieux. Il n'eut d'ailleurs pas besoin de clairvoyance pour deviner la maladie. Elle s'annonçait d'elle-même par le délire, par les douleurs à la nuque et dans le front, par la contracture bi-latérale. Il interrogea le pouls et constata cent vingt pulsations. Le thermomètre, placé sous l'aisselle, accusa quarante degrés. La fièvre était d'une extrême intensité. Le médecin hocha la tête et murmura. ces mots :

— Très sérieux !

Et comme la mère, le frère et le mari l'interrogeaient anxieusement du regard, il ajouta :

— Méningite...

Et se penchant vers la blanche poitrine de Claire, dans laquelle une respiration haletante sifflait douloureusement, il écouta longuement et soigneusement. Puis, se relevant :

— Quelques troubles au cœur, conséquences d'un état nerveux fort grave.... Il faudrait envoyer immédiatement chercher douze sangsues et de la glace.

Suzanne, qui écoutait du seuil de la chambre, fit un signe à Brigitte, et la servante partit en courant. L'aimable enfant depuis deux heures attendait dans le salon, tremblante, agitée, soupçonnant un événement inexplicable, et n'osant pas entrer. Elle se glissa auprès du lit, ne parlant pas pour qu'on n'eût pas l'idée de l'éloigner, retenant son souffle et regardant avec terreur le visage rouge et les lèvres pâles de Claire. Il lui sembla qu'on étouffait dans cette grande chambre. Et, sans rien demander, guidée par cet instinct qui fait de toutes les femmes d'adorables garde-malades, elle alla sur la pointe du pied ouvrir la fenêtre. Le médecin la regarda du coin de l'œil, sourit et dit: Bien. Philippe, qui n'avait même pas aperçu sa sœur, tant il était absorbé, se tourna vers elle avec des yeux attendris, et, ne pouvant se retenir, il lui tendit les bras en fondant en larmes. Les nerfs du pauvre garçon étaient trop tendus depuis vingt-quatre heures. Suzanne mêla ses larmes à celles de son frère. Et se penchant sur son épaule :

— Va, ne crains rien, murmura-t-elle, entre nous deux, il ne peut rien lui arriver. Nous la sauverons !

Mais si Claire pouvait être sauvée, ce ne devait pas être par Suzanne. Philippe demanda à sa sœur, comme un grand sacrifice, de consentir à retourner à son couvent. Le maître de forges se défiait du délire de la jeune femme. Elle parlait avec une affreuse animation, et sans cesse le nom du duc de Bligny revenait sur ses lèvres. Elle l'appelait avec rage, l'accablant de reproches, et montrant à découvert la cruelle plaie que l'abandon de son fiancé lui avait faite au cœur. Philippe aussi lui apparaissait dans ses hallucinations, mais toujours sous une forme menaçante. Il venait armé pour la frapper après avoir tué le duc. Elle lui voyait du sang aux mains, et elle le sup pliait de l'envoyer rejoindre celui qu'elle aimait.

Si Philippe, muet et immobile, dut écouter ces paroles de démence, au moins il voulut que Suzanne les ignorât. Il eut assez de confiance dans l'avenir pour épargner à sa sœur la connaissance de son malheur. Il jugea que ce présent douloureux s'effacerait un jour, comme un mauvais rêve. Il ne devait donc pas s'élever l'ombre d'un pénible souvenir entre Suzanne et Claire.

Suzanne pleurant amèrement, mais obéissant comme toujours aux ordres de son frère, partit pour Besançon, sous la conduite de la fidèle Brigitte. Et Philippe resta seul dans sa maison, en possession complète de la malade adorée. La marquise, dès le premier instant, en voyant avec quelle décision, quelle sagacité et quelle attention de tous les instants son gendre combattait la maladie, le laissa libre d'agir, et se borna à l'assister de sa présence. Elle passait toutes ses journées dans la chambre de sa fille. Le soir venu, Philippe s'installait dans un fauteuil auprès du lit, et, dans la demi-clarté d'une lampe placée à l'écart, il veillait.

Le délire n'avait pas cessé. Vainement, le mari avait vu, en pâlissant, le sang de Claire couler goutte à goutte, le long de son cou charmant, traçant un

sillon rougeâtre sur sa peau blanche. La folie, qui
s'était emparée de ce pauvre cerveau affaibli, avait
continué à le troubler. Les jours et les nuits se passaient, la fièvre continuait, étendant ses ravages.
Le visage de la jeune femme s'était amaigri, ses
dents faisaient saillie sous ses joues creuses. Les
membres, sans cesse en mouvement, frottaient
douloureusement contre les plis du drap. Et un
murmure de paroles indistinctes, tant la faiblesse
était devenue grande, se faisait entendre dans
l'ombre des rideaux.

Une seule pensée lucide persistait dans le cerveau de Claire. Elle avait la conscience que, pendant
qu'elle était étendue là, Athénaïs se mariait. Par
une sorte de double vue, le jour même où sa rivale
gravit triomphalement les marches de la Madeleine,
couvertes de fleurs par la magnificence de M. Moulinet, à l'heure exacte où la foule entrait dans l'é-
glise sur les pas des mariés, Claire eut comme un
réveil. Une lueur de raison passa dans ses yeux,
elle se souleva et, d'une voix très nette, elle dit :

— C'est en ce moment qu'ils se marient, et moi
je vais mourir.

La marquise, qui s'était approchée, essaya de lui
parler, de la tromper ; elle ne voulut rien entendre.
Son délire l'avait reprise. Elle entra dans un accès

terrible, criant, se tordant les bras, les lèvres brû-
lées par la fièvre, et la sueur coulant dans ses beaux
cheveux emmêlés. Philippe épouvanté envoya chercher le médecin qui ne devait venir que le soir.
Celui-ci constata une élévation nouvelle de la tem-
pérature du corps. Les artères, comme des con-
duits où la vapeur est surchauffée, étaient près d'é-
clater. Encore un degré et c'était la fin.

Cette journée-là fut horrible. Philippe attendit
dans une angoisse mortelle l'issue de la crise. Il
sentait que sa vie se décidait pendant ces heures
interminables. Dans sa tête brisée par la fatigue et
le chagrin, sans cesse cette pensée tournait, impé-
rieuse comme un arrêt : « Si elle vit, nous finirons
par être heureux. » Il y croyait, et il aurait donné
volontiers de sa vie à lui pour prolonger celle de la
mourante.

Le soir était enfin venu, et le calme passager que
la nuit apportait habituellement à Claire ne s'était
pas produit. Les sourcils froncés, la mâchoire
serrée, appelant toujours le duc avec des accents
déchirants, la pauvre femme était étendue dans son lit
en désordre. Philippe s'était levé et se penchait vers
elle, croyant qu'elle ne le voyait pas. Les yeux de
la malade s'ouvrirent, et, pleins d'horreur, se fixè-
rent sur lui.

Elle fit un effort pour lever le bras et, d'une voix sourde :

— Vous l'avez tué, dit-elle ; qu'attendez-vous donc pour me tuer moi-même?

Philippe, le cœur déchiré en se voyant si cruellement méconnu, épuisé par tant d'efforts, devint, en un instant, faible comme un enfant. Il appuya son front au bois sculpté du grand lit et se laissa aller à pleurer amèrement. Lentement ses larmes tombèrent goutte à goutte sur le front brûlant de Claire. Ce fut comme une rosée bienfaisante. Il sembla que ces larmes, venues du cœur de Philippe, fussent un philtre souverain. Les traits de la jeune femme se détendirent. Elle soupira doucement, se souleva avec peine sur le côté pour écouter. Philippe sanglotait dans l'ombre, sans contrainte, auprès de cet être sans pensée. Une main se posa sur la sienne, et, en même temps, la voix faible de la malade murmura :

— Qui donc pleure auprès de moi? Est-ce toi, mère?

Le maître de forges releva la tête, et vit les yeux de Claire dirigés de son côté. Il s'approcha. La jeune femme le reconnut. Une ombre douloureuse passa sur son front, comme si elle se souvenait. Une larme brilla dans ses yeux agrandis, et tendant

la main vers l'homme qu'elle avait tant fait souf
frir :

— Oh ! c'est vous ? dit-elle... Toujours vous, gé
néreux et dévoué... Oh ! pardon ! Philippe, pardon !

Le maître de forges tomba à genoux et baisa pas
sionnément ces yeux qui, pour la première fois,
l'avaient regardé sans colère. La jeune femme sourit
tristement, puis une contraction douloureuse rendit
à son visage sa terrible dureté, et le délire s'em
parant d'elle, de nouveau elle se mit à balbutier
des mots sans suite.

Depuis trois semaines elle était entre la vie et la
mort. Cette crise fut la dernière. A partir de cette
nuit, la maladie entra dans une phase nouvelle. L'a
gitation violente fit place à un engourdissement in
vincible.

— Période comateuse, dit le médecin avec tran
quillité. Nous avons fait jusqu'ici tout ce que nous
avons pu pour endormir madame Derblay : main
tenant nous allons faire tout ce que nous pourrons
pour la réveiller.

Philippe comprit bien que Claire, sauf rechute
ou complication nouvelle, était sauvée. Mais avec
l'espérance qu'elle vivrait, le grave souci de régler
son existence lui vint. Tant que la jeune femme
avait été en danger, il n'avait pensé qu'à la dis-

puter à la mort. Maintenant il allait falloir la dis-
puter à la vie.

Claire, retrouvant sa raison, allait, bien probablement, retrouver ses répugnances. Dans l'abattement
de la maladie, elle avait pu s'attendrir, avoir un
instant de faiblesse, et demander pardon. Rentrée
en possession d'elle-même, se montrerait-elle encore humble et soumise ?

Philippe avait appris à connaître le caractère altier
de sa femme. Il redouta quelque retour de son in-
traitable orgueil. Il trembla à la pensée qu'elle pût
croire qu'il était décidé à profiter de sa convalescence pour rompre le pacte qu'ils avaient fait dans
cette affreuse nuit de noces. S'il paraissait manquer
de dignité en revenant sur les engagements pris par
lui-même, et de son propre mouvement, il pouvait
déchoir aux yeux de Claire, et pour toujours. La
rigueur lui parut donc nécessaire. Et avec la force
de caractère qu'il possédait, il était certain qu'il ne
s'en départirait point. Il s'était juré à lui-même de
briser l'orgueil de sa femme. Il se prépara à tenir
son serment.

On était en janvier : l'hiver avait été rude. Le travail de l'usine, suspendu en partie pendant la période aiguë de la maladie de Claire, avait repris son
activité. Le bruit des marteaux sonnant sur les en-

clumes égaya la jeune femme. Sa longue convalescence fut très douce. Elle se reprit à vivre avec délices. Elle éprouva une joie profonde à fixer ses
yeux sur tout ce qui l'entourait. La grande chambre
sévère et un peu sombre, avec ses panneaux en
vieilles tapisseries et ses meubles anciens, lui plut
beaucoup. Tout y était calme, harmonieux et reposé. Devant son lit, sur la tenture, une nymphe,
aux cheveux dénoués, laissait couler d'une urne
qu'elle portait sur l'épaule une eau qui se répan-
dait dans la plaine, et formait un fleuve. Il lui
sembla que cette belle figure formait une allégorie,
et que de son urne complaisamment penchée elle
lui versait la vie.

Par les larges fenêtres, elle voyait les arbres du
parc, encore couverts de neige, étinceler au soleil.
Les oiseaux venaient battre de l'aile contre la vitre,
comme pour demander asile. Elle les regardait avec
plaisir et leur fit jeter du pain. Elle s'intéressa á
tout. La force lui revenait peu à peu et elle éprouva
de vives jouissances à se sentir renaître physiquement et moralement. Elle se trouva bien dans sa
maison. Elle s'allongeait paresseusement dans son
lit, restant des heures à écouter le tic-tac de la pendule, sans une idée dans la tête, perdue dans un
vide exquis.

Elle passait toutes ses journées en tête-à-tête avec la marquise. Philippe maintenant ne venait plus que deux fois, dans la journée et le soir. Il s'informait soigneusement de sa santé, lui demandait s'il pouvait lui procurer quelque chose qui lui fît envie. Et, après être resté cinq minutes assis au pied de son lit, il s'éloignait gravement. Et elle écoutait son pas qui se perdait dans le lointain des appartements. Elle attendait ses visites, les trouvait trop courtes, et commençait à s'irriter légèrement contre lui.

Elle trouva une occasion de se fâcher et en profita avec un laisser-aller d'enfant. Elle eut la fantaisie d'avoir des fleurs dans sa chambre. Les serres de Beaulieu en étaient pleines. La marquise arriva un jour les bras chargés d'une botte de lilas blanc admirable. Philippe se présenta sur ces entrefaites et trouva Claire respirant les tiges odorantes. Il fit doucement observer que le parfum des fleurs pouvait faire beaucoup de mal à la jeune femme, et, prenant le bouquet, il se disposa à l'emporter dans le salon.

— Mais je vous assure que je me sens très bien, dit alors Claire avec vivacité, vous pourriez parfaitement me laisser ces fleurs...

— Vous êtes comme toutes les convalescentes,

répondit Philippe en souriant, vous vous exagérez vos forces... Mais il faut que nous ayons de la raison pour vous...

— Je vais tout à fait bien puisque vous vous risquez à me contrarier, reprit la jeune femme avec une moue pleine de coquetterie. Quand j'étais vraiment malade, vous étiez tout autre.

Philippe devint aussitôt très grave, et, sans répondre, il jeta à Claire un regard triste et sévère. La jeune femme poussa un soupir, et, d'une voix altérée:

— Vous avez raison, dit-elle, emportez ces fleurs. Je vous remercie.

Ce jour-là, elle fut pensive.

Peu à peu elle retrouvait la force de réfléchir. Et dans son cerveau raffermi, le souvenir du passé revenait. Elle prit sur elle de s'interroger. Elle fut étonnée de ne plus trouver dans son cœur la moindre trace de son amour pour le duc. Comme un mauvais fruit, sa tendresse était tombée. Elle n'avait pas de haine non plus contre Athénaïs. Elle la plaignait, la devinant destinée à souffrir d'une incurable envie. Elle ne s'informa pas du mariage. Elle le supposa accompli. On évitait avec soin autour d'elle de prononcer le nom de Bligny. Précaution inutile. Elle l'eût entendu sans émotion. Son cœur avait fait peau neuve.

Sa convalescence fut très longue. Quand elle voulut se lever pour la première fois, elle s'évanouit, et il fallut la recoucher. Philippe, anxieux, reparut à son chevet et recommença à la soigner avec le même dévouement impassible et silencieux. Elle souffrait toujours du front. Il semblait qu'elle eût quelque désordre persistant dans les méninges. Quand elle agitait sa tête, elle disait qu'elle sentait sa cervelle remuer douloureusement comme le battant d'un grelot.

— J'étais déjà un peu folle avant ma maladie, ajoutait-elle en souriant. Que sera-ce maintenant?

Il y avait juste cinq mois qu'elle était mariée, quand, par une belle journée d'avril, elle put descendre dans le jardin, soutenue par sa mère et par l'excellente Brigitte.

Elle fit lentement le tour de la pièce d'eau, s'arrêtant de temps en temps pour reprendre des forces sur les bancs de pierre chauffés par le soleil.

En la voyant marcher ainsi à petits pas sur le sable du parterre, il aurait été impossible de reconnaître la fière et orgueilleuse jeune fille de laquelle sa mère disait : « C'est un garçon manqué ». Ses traits s'étaient fondus et adoucis, ses yeux brillaient plus doux. Elle s'était féminisée, et n'ayant plus le

même port de tête superbe et altier, elle semblait
plus petite.

A partir de ce jour l'attitude de Philippe ne
changea plus. Doux, aimable et prévenant pour
Claire en présence d'étrangers, il se montrait froid,
poli et grave, quand ils étaient seuls. Sa conduite
fut si habilement calculée que, dans son entourage,
il passa pour un mari modèle. La marquise n'eut
pas le moindre soupçon. Elle était habituée à la
galanterie calme et correcte des époux de son
monde. Et d'ailleurs le marquis de Beaulieu ne l'a-
vait pas gâtée par ses effusions. Elle trouva donc
que le ménage de sa fille allait à merveille, et se
tint quitte de toute surveillance. Complètement
rassurée sur la santé de Claire, elle annonça un
beau matin qu'elle partait pour Paris, où son fils
Octave, depuis le mois de janvier, était installé.
Fidèle à ses théories égalitaires, le jeune marquis
se disposait à jeter son blason aux orties et à se
faire une bonne clientèle d'avocat.

Claire resta donc en tête-à-tête avec son mari.
Elle le vit juste à l'heure des repas. Après avoir dîné,
il la conduisait au salon, s'asseyait cinq minutes,
puis se levait, lui disait bonsoir, et se retirait dans
son cabinet. Elle eut un soir la curiosité de voir ce
qu'il y faisait. Et du dehors, dans la nuit, bien cou-

verte d'un manteau, elle l'épia. Elle vit sur le rideau de la fenêtre éclairée, passer et repasser son ombre, á laquelle le jeu de la lumière donnait une hauteur gigantesque. Il marchait de long en large sans s'arrêter, lentement, comme pensif. Claire rentra dans le château et gagna, sur la pointe du pied, la pièce voisine du cabinet de travail. Elle s'assit dans l'obscurité, regarda la raie de lumière qui passait sous la porte, et écouta les pas réguliers de Philippe foulant sourdement l'épais tapis. Il marcha ainsi jusqu'à minuit. Puis, quand les dernières vibrations de la sonnerie se furent perdues dans le silence, elle l'entendit ouvrir la porte de sa chambre et la raie de lumière disparut.

A quoi songeait-il ainsi pendant cette marche prolongée et presque inconsciente ? Quelles pensées l'absorbaient pendant ces longues heures solitaires ? Claire eût donné beaucoup pour le savoir.

Ayant un désir, elle n'était pas femme à se contenir longtemps, et un soir que Philippe prenait congé d'elle, comme d'habitude :

—Que faites-vous donc, lui dit-elle, seul, enfermé si avant dans la nuit?

— Je règle des comptes arriérés, répondit tranquillement le maître des forges. Et, tenez, justement, j'ai de l'argent à vous remettre.

En parlant ainsi, il tirait de sa poche une liasse de billets de banque.

— De l'argent ? fit Claire avec étonnement... à moi ?

— Les revenus de votre fortune pendant six mois..

Et Philippe, posant l'argent sur la table, ajouta froidement :

— Veuillez vérifier, je vous prie, si le compte est exact.

Claire fit un pas en arrière ; un flot de sang lui monta au visage, et le cœur serré, la main tremblante :

— Reprenez, monsieur, s'écria-t-elle.... Reprenez, je vous en prie... Je ne dois pas accepter cet argent...

— Il faut cependant que vous le preniez, dit le maître de forges, et, d'un geste dédaigneux, il poussa les billets vers la jeune femme.

Celle-ci se redressa, prête à lutter. Le geste et l'accent de Philippe l'avaient froissée jusqu'au plus profond d'elle-même. Ses yeux étincelèrent : en un instant elle redevint l'orgueilleuse et violente Claire d'autrefois.

— Je ne veux pas... commença-t-elle, en fixant audacieusement son mari.

— Vous ne voulez pas? répéta-t-il avec une sourde ironie.

Leurs regards se croisèrent. Et celui de Philippe était si ferme, si droit et si puissant que la jeune femme ne put le soutenir. Sa résistance se détendit soudainement, sa main fièrement levée retomba et, vaincue, elle garda un douloureux silence. Le maître de forges s'inclina silencieusement et sortit.

Pour la première fois, Claire heurtait sa volonté à celle de Philippe. Elle sortit de ce choc étourdie et brisée. Elle fut forcée de reconnaître la supériorité du caractère de son mari et elle en éprouva une irritation mêlée de joie. Elle conçut pour lui une profonde estime. Et, très attirée par cette nature énergique, elle se mit à l'étudier attentivement. Dans l'expansion de son retour à la vie, elle avait résolu d'être bonne et d'accorder une franche amitié à Philippe. Elle constata avec dépit qu'elle était décidée à accorder plus qu'on ne lui demandait. Quand elle était prête à aller jusqu'à l'amitié, son mari s'en tenait à l'indifférence. Il ne boudait pas. S'il avait boudé, il y aurait eu de la ressource. Il ne s'occupait pas du tout d'elle, la laissant vivre à sa guise, comme elle l'avait demandé, et lui montrant une froideur glaciale. Claire, humiliée de cette

inattention un peu dédaigneuse, s'ingénia à la combattre. Elle était essentiellement militante. Il lui fallait toujours une difficulté à vaincre.

Quand Bachelin venait dîner à Pont-Avesnes,
Philippe passait la soirée au salon. La jeune femme
invita le notaire deux fois par semaine régulièrement. Elle se mit à jouer au whist et fit le mort,
comme une douairière. Devant Bachelin, le maître
de forges causa, joua, mais, le convive parti, redevint sévère et silencieux. Malgré ses efforts, la jeune
femme ne gagna rien sur la volonté de son mari.

La puissance de Philippe sur lui-même exaspéra
Claire. Seule dans sa chambre, elle se laissa aller
à de violentes colères. Elle frémissait de se sentir
dominée. Cet homme était son maître. Il la menait comme il lui plaisait. Et quand elle essayait
de se révolter, d'un regard il savait la faire rentrer
dans l'obéissance. Elle le vit froid et dur comme le
fer qu'il travaillait. Il martelait le caractère de la
jeune femme et il était évident qu'il pourrait, à son
gré, lui donner la forme qu'il lui plairait. Claire
pleura de honte en constatant son impuissance. Un
dernier reste d'orgueil lui permit de cacher ses
tourments à Philippe. Elle se montra alors telle
qu'elle devait être, résignée sans amertume et digne sans raideur

Cependant, si elle était indifférente à ce qui se passait loin de Pont-Avesnes, ceux des siens qui étaient à Paris ne lui permettaient point d'oublier. La baronne, depuis qu'elle savait son amie revenue à la santé, lui écrivait, avec une passion intermittente, des lettres pleines de détails incohérents, mais curieux. Par elle, Claire eut des nouvelles du duc, de la duchesse et de M. Moulinet.

Athénaïs avait fait son entrée dans le monde avec un éclat tapageur. Elle avait généralement plu aux hommes, mais elle avait déchaîné contre elle toutes les femmes par ses allures libres et garçonnières. Le duc ne faisait du reste aucune attention à elle. Trois mois après son mariage, il passait pour être séparé de sa femme, autant qu'il est possible de l'être. Il rendait des soins à la belle comtesse de Canalheilles, une Irlandaise aux yeux bleus, profonds et troublants comme la mer. Quant à la duchesse, elle flirtait avec une demi-douzaine de jeunes élégants à bandeaux frisés et à plastrons irréprochables, sans lesquels on ne la voyait nulle part. Elle appelait cette petite phalange de galants « son attelage à six ». Elle le conduisait d'une main sûre sans risquer de verser jamais. La sécheresse de son cœur et la pauvreté de son tem-

pérament la mettaient d'ailleurs à l'abri d'une surprise.

Moulinet, lui, depuis qu'il était débarrassé de sa
fille, semblait mûrir des projets considérables. Il
avait pris un secrétaire, et s'enfermait tous les jours
pendant plusieurs heures dans une belle pièce de
son appartement, baptisée par lui bibliothèque,
quoiqu'elle ne contînt pas le moindre livre. Il y
avait porté, sur une grande table-bureau, un traité
d'économie politique. Et sa fille prétendait que, de
deux à cinq, il s'endormait dessus avec conscience.
La baronne assurait que l'ancien juge au tribunal
de commerce devait préparer quelque candidature.
On l'avait rencontré, disait-elle, avec des gens de
médiocre apparence qui ne pouvaient être que des
journalistes. Enfin il avait fait plusieurs voyages
dans le Jura. Il bâtissait une école laïque dans sa
commune et, secrètement, il faisait restaurer l'é-
glise. De la main gauche il caressait les radicaux
et de la droite il flattait les conservateurs. Ce fabricant de chocolat se montrait machiavélique.

La vérité était que M. Moulinet sur le tard s'e-
tait senti mordre par l'ambition. Il avait pensé
qu'ayant si bien dirigé ses affaires, il excellerait à
diriger celles des autres. Et il s'était demandé si à
la Chambre il y avait un seul homme qui pût ap-

puyer une situation politique sur une fortune plus
considérable que la sienne. Il s'était avoué franchement à lui-même que non. Et, ayant payé à sa fille
un mari « tout ce qu'il y avait de mieux », il ne
crut pas devoir hésiter à se payer à lui-même un
mandat électoral.

Il hésita quelque temps entre le Sénat et la
Chambre. Sénateur! Ce titre lui paraissait très majestueux. Il avait conservé une sorte de fétichisme
pour ce corps, composé autrefois des hommes
les plus éminents du pays. Mais, d'un autre côté,
député ne sonnait point mal. Et la Chambre lui
semblait plus vive, plus remuante. Avec un sens
très fin il comprit qu'il y trouverait assez de gens
médiocres pour qu'il lui fût facile de devenir promptement un homme important. Et il commença sa
campagne, décidé à ne reculer devant aucun sacrifice pour assurer son succès.

C'était pour poser ses premiers jalons qu'il était
allé à la Varenne. Son arrondissement était limi-
trophe de celui de Besançon et de celui de Pont-
Avesnes. L'influence de M. Derblay devait être
grande dans le pays. Il résolut de se la concilier. Il
alla visiter le maître de forges, et, très madré, se
fit patelin et bonhomme. Il ne sonna pas mot de
ses projets, annonça son retour au château pour la

18.

saison d'été, et trouva moyen de faire croire à Claire qu'il était plus naïf que mal intentionné, et que, dans l'affaire du mariage, il n'avait été que l'agent inconscient d'Athénaïs.

En même temps, Moulinet fondait à Besançon un journal à un sou intitulé : *le Courrier Jurassien*, et destiné à soutenir sa candidature. Le rédacteur en chef était un des individus de médiocre apparence qu'on avait rencontrés avec l'ancien juge de commerce. Il avait pris le plus présentable. Et celui-ci lui ayant offert un lot de convictions politiques à choisir, Moulinet s'était arrêté à une bonne petite opinion républicaine, flottant entre le centre gauche et le centre droit. Assez foncée pour les exaltés, assez claire pour les timides. Quelque chose comme les paroles de la *Marseillaise* sur l'air de la reine Hortense.

Du reste, la couleur de sa candidature l'inquiétait peu au fond. Comme argument décisif, il comptait sur son sac, et il n'avait pas tort. Les projets de M. Moulinet mécontentèrent extrêmement le duc de Bligny. Celui-ci pensa que son beau-père, ayant su gagner une si belle fortune, ne devait plus avoir d'autre occupation que de l'en faire jouir. Il s'en ouvrit à lui avec cette familiarité légèrement impertinente qui était le ton habituel de sa conversation avec l'ancien juge au tribunal de commerce.

— Quelle mouche vous pique de vous lancer dans la politique? lui dit-il... Ne trouvez-vous pas que nos affaires vont assez mal? Singulière rage qu'ont les gens tranquilles d'aller se fourrer bénévolement dans des bagarres! Savez-vous que les électeurs seront peut-être assez bêtes pour vous nommer?

— Mais, mon cher duc, j'y compte bien.

— Nous verrons ce qu'il vous en coûtera.

— Que vous importe?

— Il m'importe beaucoup! J'ai épousé une fille unique, et voilà que vous lui donnez une sœur.

— Une sœur?

— Certainement une sœur : la politique! Et une sœur qui aura beaucoup d'enfants : tous vos courtiers, agents, aides, protecteurs, défenseurs, sans compter les électeurs qui vont tous vous gruger à l'envi, et Dieu sait où ça s'arrêtera!

Moulinet fit un geste majestueux, et frappant sur son gousset, par une habitude déplorable dont il ne put jamais se défaire :

— Mon gendre, mes moyens me permettent toutes les fantaisies. Je n'ai que la soixantaine, je pourrais entretenir des danseuses...

— Je ne vous en ferais pas un crime! Au moins,

voilà des folies que je comprends! Un petit pied,
une jolie jambe, une taille ronde, emprisonnée
dans le cercle d'or des Égyptiennes du ballet de
Faust, et des yeux noirs ou bleus qui vous cherchent
aux fauteuils d'orchestre, parfait! La chose en vaut
la peine! Si vous voulez que je vous présente au
foyer de la danse, je vous y présenterai. Mais
tourner des déclarations, offrir des bouquets, et
faire des rentes à Marianne? Monsieur Moulinet,
vous m'affligez sérieusement. Voyons, laissez-vous
plutôt aller aux danseuses!

— Désolé, mon cher duc, mais j'ai des mœurs!
Je préfère la politique...

— Grand bien lui fasse! Quand vous serez nommé,
parlerez-vous?

— C'est fort probable...

— Ce sera très gai! J'irai vous entendre, et j'y
mènerai des amis... Mais tâchez de ne pas devenir
ministre: vous finiriez par me compromettre!

Moulinet dédaigna le persiflage de son gendre et
poursuivit l'exécution de ses plans. Il alla au commencement du printemps s'installer à la Varenne
et commença à travailler la matière électorale.

La marquise était, à peu près à la même époque,
revenue à Beaulieu, et Suzanne avait été retirée du
couvent par son frère. Claire n'avait point été étran-

gère à cet événement. La jeune fille apporta un peu
d'animation dans la maison, et elle détendit, en
apparence, les rapports des époux. Philippe dut
jouer la comédie devant Suzanne et se montrer
tendre pour sa femme. Il s'acquitta parfaitement
de cette tâche et ne fit pas naître le moindre soupçon dans l'esprit candide de la jeune fille. Celle-ci
crut son frère parfaitement heureux. Elle ne recon-
naissait pas Claire. La fière et sombre mademoiselle de Beaulieu était devenue simple et souriante. Suzanne aima passionnément sa belle-
sœur. Elle trouvait en elle une affection prévoyante
et douce qui était à la fois d'une mère et d'une
amie.

La jeunesse de Claire, comprimée un instant par
les inquiétudes, les soucis et le chagrin, repartait
vigoureuse comme la sève d'un arbre. Les deux
sœurs ne se quittèrent pas. Suzanne avait recom-
mencé, dès sa rentrée à Pont-Avesnes, ses tour-
nées dans les maisons des ouvriers. Claire l'accompagna partout, comme une fée bienfaisante. Elle
prit sans scrupule l'argent que Philippe lui avait
remis et en usa pour le soulagement des malheureux. On les rencontrait toutes deux à pied par les
chemins de Pont-Avesnes, simplement vêtues,
abritées sous leurs larges ombrelles, suivies du

grand griffon roux de Philippe, et tout le monde se découvrait sur leur passage.

En quelques mois, Claire devint l'idole de cette population ouvrière. On s'était beaucoup occupé d'elle dans les chaumières, au moment de son mariage. Les ouvriers de Pont-Avesnes la connaissaient bien. Ils l'avaient vue autrefois passer à cheval, indifférente, absorbée, pensant au duc, et touchant distraitement son chapeau à long voile du pommeau de sa cravache, quand on la saluait. On la disait fière. Et, dans leur langage familier et un peu malveillant, les ouvriers l'appelaient « la marquise », comme sa mère. Etant devenue madame Derblay, elle restait la marquise. A tous ces hommes elle semblait être d'une race supérieure. Elle était si blanche, si fine, si élégante même avec sa robe de laine, de couleur sombre, que, dans les rues boueuses de Pont-Avesnes, ou sur le seuil des masures, elle apparaissait comme une jeune souveraine. Mais on l'adorait.

Octave, au mois de juillet, était arrivé à Beaulieu, et alors les parties avaient commencé. Suzanne faisait atteler un petit panier que Claire conduisait très habilement elle-même. Le marquis suivait à cheval, et c'étaient dans les bois de Pont-Avesnes des promenades délicieuses. Sous la voûte

sombre des grands arbres, dans la fraîcheur des
herbes, ils allaient lentement. La voiture suivait, en
penchant, les ornières profondes creusées par les
charrettes des marchands de bois qui exploitaient
les coupes de l'année. Quelquefois il fallait descendre. Octave poussait le panier, tandis que Suzanne tenait le cheval par la tête. Et la jument de
selle du jeune homme suivait Claire comme un
mouton, la regardant de son grand œil humide, et
tendant le cou vers elle comme pour demander le
morceau de sucre accoutumé.

C'étaient d'heureuses journées. Claire oubliait sa
tristesse. Mais, le soir, quand elle se retrouvait
seule dans sa grande chambre, elle avait de profonds découragements. Elle avait brisé sa vie et
sans ressources. Elle connaissait maintenant assez
Philippe pour comprendre qu'il ne reviendrait jamais à elle. Il était fidèle à la convention conclue
entre eux. Il lui avait rendu sa liberté, et il la lui
laissait tout entière. Avec quelle joie elle la lui aurait sacrifiée! Fougueuse et altière, elle avait eu affaire à plus fort qu'elle. Et elle éprouvait maintenant une âpre jouissance à se sentir dominée.
Un homme était venu qui lui avait mis la main
sur l'épaule et l'avait courbée. C'était celui-là
qu'elle aimait, par cela même qu'il lui avait fait

sentir le poids de sa volonté. Il était son maître.

Dans les longues heures qu'elle passait seule, elle se reprocha amèrement de n'avoir pas, autrefois, su discerner quel être supérieur était celui qu'elle allait épouser. Elle voyait maintenant combien était grande sa situation dans le pays. Elle découvrait chaque jour, avec étonnement, une des sources nombreuses de la fortune du maître de forges. Elle ignorait totalement, avant la rentrée de Suzanne à Pont-Avesnes, l'existence des forges du Nivernais. Elle interrogea alors adroitement sa belle-sœur, et apprit avec surprise que son mari était en passe de devenir un des princes de l'industrie, cette force dominante du siècle.

Elle eut honte d'elle-même. C'était à un pareil homme qu'elle avait offert sa fortune, comme un dédommagement du mal qu'elle lui faisait ! Qu'était sa fortune, confondue dans les vastes capitaux du maître de forges ? Une goutte d'eau perdue dans un lac. Elle sentit combien son orgueil avait été à la fois odieux et ridicule. Elle jugea que Philippe devait la mépriser et elle en éprouva un violent chagrin. Elle sut le cacher cependant, suivant en cela l'exemple que son mari donnait, avec une force d'âme admirable.

Pourtant, la tendresse qu'elle avait pour Philippe

se trahissait malgré elle dans de petits détails. Elle
l'accueillait avec une joie qui éclatait sur son visage,
elle n'avait de regards que pour lui et s'ingéniait à
faire tout ce qui pouvait lui plaire. Suzanne lui était
précieuse pour ses épanchements.

Un jour que, sur la terrasse, la jeune fille, après
le déjeuner, s'était amusée à passer doucement un
brin de folle avoine sur le cou de sa belle-sœur,
celle-ci la saisit par-dessus son épaule et l'attire
vers elle. Philippe dégustait une tasse de café de
l'air le plus indifférent, suivant des yeux le vol des
martinets qui se poursuivaient dans le ciel bleu avec
des cris aigus. Claire avait pris la tête de la jeune
fille entre ses mains, et la regardait avec des yeux
attendris. Elle poussa un soupir, et, posant doucement ses lèvres sur les boucles légères qui frisaient
sur le front de Suzanne :

— Chère enfant, murmura-t-elle, comme tu res-
sembles à ton frère !

Philippe avait entendu. Il tressaillit. Jamais rien
de si direct n'avait jailli du cœur de Claire vers le
sien. Il resta un instant immobile, puis, sans prononcer une parole, il s'éloigna. Madame Derblay
essuya une larme qui perlait dans ses yeux. Suzanne se jeta sur elle avec une furie d'affection :

— Vous pleurez, lui dit-elle, vous pleurez ! Qu'a-

19

vez-vous? Oh! parlez!... Vous savez combien je
vous aime... Philippe vous aurait-il fait de la peine?
Ce serait sans le vouloir, et il suffirait de lui dire
un mot... Voulez-vous que je le lui dise?...

— Non! répondit vivement Claire en s'efforçant
de sourire. Je suis un peu énervée... Philippe est
parfait pour moi, et je suis bien heureuse, ajouta-
t-elle sérieusement, en regardant Suzanne, comme
pour faire entrer plus profondément cette conviction
dans l'esprit de la jeune fille. Puis, se levant :

— Allons faire un tour, dit-elle gaîment.

Et elles allèrent dans le parc, courant comme
deux folles, et riant comme s'il ne se fût rien passé.

Ce fut un des derniers jours relativement heureux
de Claire. Le lendemain, le duc et la duchesse de
Bligny arrivèrent à la Varenne.

L'annonce de leur présence mécontenta la jeune
femme. Elle espérait ne plus jamais les revoir.
Elle remarqua que Philippe l'observait avec plus
d'attention. Elle s'efforça de se faire un visage im-
muablement calme. Le soir même, Philippe, après
que Suzanne se fut retirée, aborda la discussion des
relations à établir avec les habitants de la Varenne.

— Le duc de Bligny est votre plus proche parent,
après votre frère, dit-il d'une voix tranquille. Aucune rupture apparente n'a eu lieu entre lui et votre

famille. Vous vous êtes même appliquée à maintenir les bons rapports au moment de notre mariage. Je ne pense pas qu'il serait habile aujourd'hui de modifier cette façon d'agir. Si le duc et la duchesse de Bligny se présentent ici, je suis d'avis qu'il faut les recevoir comme vos parents, c'est-à-dire de notre mieux. Si nous ne les accueillons pas, nous nous exposons à des commentaires que je désire éviter. Cependant je ne prétends pas vous imposer ma manière de voir. Vous êtes plus intéressée que qui que ce soit dans la question. Dites-moi quels sont vos désirs, je m'y conformerai.

Claire resta un instant silencieuse. L'intervention nouvelle du duc et d'Athénaïs dans sa vie lui parut devoir être le signal des plus grands dangers. Elle eut l'instinct que le malheur complet, irrémédiable, entrerait avec eux dans sa maison. Elle fut sur le point de parler, d'ouvrir son cœur, de demander grâce, peut-être. Elle n'osa point, et, aveuglément, accepta tout ce qu'avait résolu Philippe.

— Il faut les bien accueillir, vous avez raison, dit-elle, et je vous remercie de vous imposer cette contrainte. La présence du duc me sera aussi pénible qu'à vous; je vous prie de n'en pas douter.

Philippe fit un signe de tête qui ne voulait dire ni oui ni non, et la conversation en resta là.

XII

Le duc n'était pas venu de son plein gré s'instal
ler à la Varenne. Il ne pouvait supporter la campa
gne. Parisien dans l'âme, les platanes des boule-
vards et les marronniers des Champs-Élysées lui
semblaient une verdure très suffisante. Son cercle,
où il passait ses après-midi et la plupart de ses
soirées, formait le fond de sa vie. Il n'était en aucune façon contemplatif et détestait la lecture.

Lorsque son beau-père le conduisit avec orgueil
dans la serre de la Varenne et lui montra une superbe collection d'orchidées, que son jardinier, un
homme auquel Moulinet parlait avec déférence,
avait commencée à grands frais, le duc jeta un regard distrait sur les pots symétriquement rangés,
murmura un : « Très joli », indifférent. Puis, du bout

des doigts,.détachant de sa tige une fleur merveilleuse, il la passa à sa boutonnière.

Le jardinier fut saisi, en voyant prendre avec un
pareil sans-façon une fleur dont la création avait
coûté beaucoup d'argent et de peines. Il laissa échapper un pot de begonia qu'il s'apprêtait à montrer.
Et, lançant à Moulinet un regard sévère, il sortit
en silence.

— Vous savez que c'est une fleur de quinze louis
que vous venez de cueillir? dit en souriant l'ancien
juge au tribunal de commerce.

— Ah? fit le duc avec tranquillité. Eh bien, mais
je ne la trouve pas trop chère pour moi.

Moulinet regarda son gendre de travers, mais il
n'osa rien dire. Au fond, il le craignait. Le duc avait
une façon de le toiser qui lui imposait. Il l'avait dit
un soir au joli maître Escandre : « Nous aurons
beau faire, nous ne serons jamais les égaux de ces
gens-là ! » Et quoi qu'il eût, surtout depuis ses vi-
sées électorales, des tendances égalitaires, il ne se
sentait pas de plain-pied avec le duc.

Ayant peu réussi avec ses serres, il espéra faire
plus d'effet avec ses écuries. Il avait réuni là une
douzaine de chevaux de selle et d'attelage, dont
son cocher lui avait dit grand bien et qu'il avait
payés en conséquence.

Les communs de la Varenne sont grandioses. Ils ont été construits en briques dans un style mauresque qui plut énormément à l'ancien juge au tribunal de commerce. Quand il en parle, il dit volontiers : Cela ressemble beaucoup à l'Alhambra et au nouveau collège Chaptal.

La cour, de deux cents mètres de largeur, est entourée sur ses quatre faces par les bâtiments affectés aux écuries, aux remises, à la sellerie, et aux approvisionnements de fourrage. Une porte monumentale, surmontée de deux piliers en pierre, ornés de têtes de chevaux en bronze, donne accès dans la cour. Des arcades courent tout le long des bâtiments, formant un promenoir dallé, large de trois mètres. Des barrières de bois peint en blanc séparent chaque arcade et permettent de s'appuyer pour voir manœuvrer les chevaux.

La duchesse, en robe de foulard, sa jolie tête brune entourée d'un col de point de Venise, maniant, d'une main chargée de bagues, une large ombrelle rouge, accompagna son père et son mari aux écuries. Elle foula de son petit soulier la bordure de paille soigneusement tressée des litières, regardant chaque cheval en liberté dans son box, au haut duquel une plaque était préparée pour le nom. L'aménagement des écuries obtint les suffrages du duc, mais les chevaux le laissèrent froid. Le premier cocher quêta vainement des compliments. Le duc trouva d'un coup d'œil le défaut de chaque bête, et donna fortement à réfléchir à M. Moulinet.

Le soir, il y eut une explication sérieuse, de laquelle il résulta, pour le cocher, que le gendre de M. Moulinet s'y connaissait trop bien pour qu'il fût désormais possible de faire payer six mille francs des chevaux qui n'en valaient pas plus de dix-huit cents. Le duc résuma son opinion d'une façon qui acheva de lui conquérir l'estime de l'homme d'écurie.

— Volez votre maître, mon brave, dit-il, c'est tout naturel, mais ne l'enrossez pas !

Ayant fait visiter au duc ses serres et ses écuries sans plus de succès pour les unes que pour les autres, l'ancien juge au tribunal de commerce se trouva au bout des distractions qu'il réservait à son gendre. Celui-ci, entre sa femme et M. Moulinet, s'ennuya d'une façon supérieure. La solitude lui devint précieuse. Et il s'enferma chaque jour, après le déjeuner, dans le fumoir. Là, étendu sur le large divan de cuir havane, il dormit à poings fermés. Au bout d'une semaine de cette existence, ne pouvant plus y tenir, sentant les impertinences se pres-

ser bourdonnantes et irritées sur ses lèvres, le duc
allait annoncer à sa femme et à son beau-père
qu'une affaire pressante l'appelait à Trouville,
quand Athénaïs offrit d'aller faire visite à Pont-
Avesnes.

Cette proposition surprit le duc et, au premier
abord, elle lui fut désagréable. Le souvenir de
Claire s'était peu à peu effacé de son cœur, mais celui
du maître de forges y était resté fort net. La femme
lui était devenue à peu près indifférente, mais il
avait gardé rancune au mari. De quoi? Il eût été
bien embarrassé de le dire. Peut-être de ce qu'il
avait été complice de l'affront que Claire lui avait
fait subir publiquement. Peut-être de ce qu'il était
tout l'opposé de sa propre nature. Enfin il était
instinctivement hostile à celui qu'il continuait à
appeler « le forgeron ».

Il fut cependant curieux de voir comment avait
tourné ce mariage conclu dans des conditions si
bizarres. Et il accompagna son beau-père et sa
femme chez M. Derblay sans se faire trop tirer l'o-
reille. Il se disait à part lui : « Mon voyage n'en sera
retardé que d'un jour. Et je puis témoigner quelques égards à cette pauvre Claire. Je lui dois bien
cela ».

Il la plaignait et s'était fait, de la vie de celle qu'il

avait dû épouser, une idée très singulière. Il se la figurait étroite et mesquine, occupée exclusivement par le souci des affaires. Pour un peu il se fût imaginé sa fière cousine tenant les livres de son mari avec des manchettes en percaline noire au bout des bras.

Il n'avait vu Pont-Avesnes que le soir dans l'obscurité. Il fut étonné, en entrant en plein jour dans une belle cour d'honneur, ornée d'un élégant parterre à la française, de l'aspect grandiose et sévère du château. Les domestiques lui parurent bien stylés et ne sentant pas du tout la province. Les salons se montrèrent à lui dans toute leur luxueuse splendeur. Et il fut forcé de s'avouer à lui-même que le train de la maison de M. Derblay était des plus enviables. L'apparition de Claire le troubla.

Ce n'était plus elle. La femme qu'il avait devant les yeux n'était pas plus belle que celle qu'il avait connue. Elle était autre : simple, grave, avec une autorité dans le regard qui le gêna. M. Derblay était trop bien pour ne pas déplaire considérablement au duc. Pour la première fois, celui-ci s'aperçut que le maître de forges était décoré. Plongé dans de soudaines réflexions, Bligny parla peu, avec à propos, et dut à cette réserve de ne pas éveiller, dès le premier jour, les soupçons de Philippe.

Pendant le trajet de Pont-Avesnes à la Varenne, le duc se montra taciturne. A dîner, il fut trop gai, parlant avec une abondance fébrile, plaisantant M. Moulinet, et se montrant le meilleur fils du monde. Son apathie avait brusquement cessé. Il ne songea plus le lendemain à parler de la fameuse affaire pressante qui l'appelait à Trouville.

Mais il s'enferma plus que jamais dans le fumoir. Seulement, il n'y dormit pas. Étendu sur le divan, il fuma, une partie de la journée, ces cigarettes du Levant qui poussent à la rêverie. Il regardait monter lentement vers le plafond les spirales bleues, semblant poursuivre, au travers de leurs anneaux légers et flottants, une forme fugitive. Dans une demi-obscurité, le visage de Claire, telle qu'il venait de la voir, lui apparaissait. Il fermait les yeux et il la voyait toujours.

Obsédé par cette vision, il voulut lui échapper par le mouvement. Il fit seller un de ces chevaux que M. Moulinet avait payés si chers et qui valaient si peu d'argent. Et par le parc il s'en alla, laissant flotter les rênes sur le cou de sa monture.

Il était quatre heures et le bois commençait à s'emplir de bruits vagues. La course des lapins vaga-

bonds faisait remuer les feuilles dans les taillis, et
de temps à autre une pie effrayée s'envolait du
haut d'un grand chêne, poussant son cri strident et
battant l'air de ses courtes ailes. La journée avait
été brûlante. Une fraîcheur délicieuse descendait
avec le soir. Des odeurs exquises sortaient de la
terre et le soleil, s'abaissant vers le couchant, trouait
de ses rayons d'or le feuillage de la futaie.

Secouant son engourdissement, le duc fit sentir
l'éperon à son cheval qui partit au galop. Sans s'en
apercevoir, il était sorti du parc et, maintenant, il
courait en pleine forêt. Toujours le fantôme charmant, qui hantait son esprit, fuyait devant lui,
l'entraînant à sa suite. Son cheval l'avait conduit à
la lisière de la plaine. Un grand mur bas, par-dessus lequel les branches alourdies se penchaient,
attira son attention. Une large coupée, bordée par
un profond saut de loup, s'ouvrait dans la masse
épaisse des arbres. Le duc, machinalement, se dirigea de ce côté. Un large tapis de gazon se déroulait devant les yeux, et, tout au bout, une vaste
construction blanche s'élevait. Le duc tressaillit.
Il venait de reconnaître Pont-Avesnes.

Ainsi, le hasard le ramenait vers celle qu'il s'efforçait de fuir. La fatalité voulait-elle donc réunir
ceux qu'elle avait séparés?

Bligny se prit à sourire. Il se rappela ce qu'il avait dit au baron le soir du mariage : « Depuis Vulcain, les forgerons n'ont pas de chance ! » Il oublia ce terrible marteau dont son interlocuteur l'avait menacé. D'ailleurs, était-ce la crainte qui pouvait empêcher le duc de chercher à satisfaire une de ses fantaisies ? Il remit son cheval au trot. Et, sa résolution étant prise désormais, l'esprit soulagé, il rentra à la Varenne.

Rien ne pouvait être plus menaçant pour le repos de M. Derblay que les intentions nouvelles du duc. Prise entre la gravité froide de Philippe et la grâce câline de Gaston, la jeune femme devait être dans un grand embarras, sinon dans un sérieux danger.

Il était évident que le maître de forges, en montrant au duc une si tranquille cordialité, avait une arrière-pensée. Rien n'eût été plus aisé pour lui que d'éloigner, peu à peu, les parents de sa femme et de restreindre les relations intimes, qui s'établirent dès les premiers jours, à de purs et simples rapports de bon voisinage. Philippe n'était pas facile à entamer, et ce qu'il avait décidé s'exécutait habituellement de point en point. Si donc il se livrait ainsi à l'envahissante tendresse du duc et de la duchesse, c'est qu'il entrait dans ses projets de leur ouvrir sa maison toute grande.

Pendant les longues heures que Philippe avait passées au pied du lit de Claire mourante, il avait repris un à un tous les événements qui avaient précédé son mariage. Il s'était rendu compte de l'acharnement avec lequel Athénaïs avait poursuivi sa rivale. Il fit à la duchesse sa part de responsabilité. Et plus il la trouva coupable, plus il fut porté à excuser Claire. Cependant il jugea nécessaire de ne pas se départir de la rigueur avec laquelle il avait jusqu'à ce jour traité sa femme.

La lutte qu'il avait engagée avec elle devait se terminer par sa victoire à lui. Il fallait qu'il fît subir à l'orgueilleuse Claire une épreuve décisive, et qu'il prît une revanche terrible de l'affront immérité qu'elle lui avait infligé. Il pressentit qu'Athénaïs était destinée à jouer son rôle dans cette dangereuse partie. La bataille devait se livrer entre la duchesse et Claire, entre le duc et lui. Il la prévit acharnée, pleine d'embûches perfides et de redoutables surprises. Il n'était pas impossible qu'elle se dénouât par la mort d'un homme.

Philippe n'eut pas une hésitation. Après tout, qu'avait-il à perdre? Sa vie était compromise et son bonheur perdu. Il ne pouvait que gagner à tenter l'aventure. Seulement, prudent autant qu'il était résolu, il voulut prendre ses précautions et

faire tout pour s'assurer le succès. Trouvant Claire
trop isolée, puisqu'en apparence il ne pouvait
prendre sa défense, il pensa à lui donner une fidèle alliée. Il invita la baronne à venir avec son
mari passer quelques semaines auprès d'eux. Les
forces se trouvant ainsi équilibrées, et les deux
partis en présence, il n'y avait plus qu'à attendre
l'engagement.

Dès les premiers jours, il fut facile de voir que la
duchesse de Bligny avait formé le projet de révo-
lutionner ce petit coin paisible de la province. La
Varenne devint un centre joyeux qui retentit sans
cesse des éclats de la fête par laquelle Athénaïs fut
jalouse de signaler sa présence. Étant implantée
depuis peu dans le pays, elle prétendit en devenir
la souveraine incontestée, à force de faste, d'entrain et d'excentricité.

Elle avait fait venir de Paris deux de ses suivants,
le gros La Brède et le petit du Tremblays, la paire
de trotteurs la plus brillante de son fameux attelage
à six. « La Brède et du Tremblays, avait-elle dit en
riant, ça suffira pour la campagne. On les attellera
en poste, et avec beaucoup de grelots, ils feront illusion !... »

En effet, La Brède et du Tremblays, ces deux
inséparables qui, assez ternes pris l'un sans l'autre,

étaient surprenants une fois en groupe, leurs deux uullités se faisant valoir, de même que deux négations valent une affirmation, étaient arrivés avec un cotillon, un lawn-tennis et un polo dans leurs bagages. Et comme si le diable de Paris était sorti de leurs valises, à peine avaient-ils mis le pied à la Varenne, que la vie y était devenue enragée.

Besançon trouva un orchestre de dix musiciens à fournir à la duchesse, car on dansa tous les samedis au château. La jeunesse jurassienne apprit avec stupeur que madame de Bligny avait l'intention de divertir tout le pays. De tous les châteaux environnants, les berlines, les briskas, les chars à bancs, toute une carrosserie bizarre, dont certains modèles remontaient à la Restauration, se répandirent sur la route de la Varenne avec un bruit de ferrailles. Les hobereaux hauts en couleur, aux muscles durs comme les rochers de leurs montagnes, se mirent à lancer les balles du lawn-tennis, à pousser au galop sur les pelouses la boule du polo, en se donnant de grands coups de râteaux sur la tête, et à valser des soirées entières avec une vigueur infatigable.

— Dites donc, duchesse, ils sont d'un bon bois, vos provinciaux, put s'écrier le gros La Brède : ils enlèvent leurs danseuses comme des plumes, et ils

ne se reposent jamais ! J'ai presque envie, pour ma
saison d'hiver à Paris, d'en importer quelques
uns... Ils nous corseraient nos cotillons... Et je
crois qu'ils feraient prime sur la place...

— Oui mais voilà le malheur, dit le petit du
Tremblays. Le provincial musculeux et sanguin
réussit généralement mal chez nous. Au bout de six
mois il se décolore et devient beaucoup plus mou
que le Parisien lui-même... Mauvaise espèce pour
l'acclimatation !...

Et pendant que les deux Parisiens se livraient à
ces considérations profondes sur l'élevage des dan-
seurs de province, les dix musiciens faisaient rage
dans les salons de la Varenne. La jeunesse de Besançon et des environs, insoucieuse des apprécia-
tions, et dédaigneuse des critiques, dansait avec
une conviction qui réjouissait le cœur de Moulinet.

L'ancien juge au tribunal de commerce s'était
épanoui en voyant sa fille remuer avec cette ardeur
passionnée la haute société de son arrondissement.
Le candidat se dit : « Autant d'invités, autant d'é-
lecteurs ». Il poussa donc la duchesse dans cette
voie, en lui ouvrant des crédits illimités. Et pendant que les filles et les femmes dansaient, lui,
il entreprit les pères et les maris. Moulinet eut
cependant un souci : ni le préfet, ni le général com-

mandant la place de Besançon, ne vinrent aux soirées de la Varenne. Peut-être le milieu parut-il trop aristocratique au représentant de l'administration civile. Quant au chef de l'administration militaire, il venait d'être réprimandé pour avoir toléré que la garnison portât les armes à la procession. Il crut prudent de s'abstenir de montrer ses étoiles dans les salons de la duchesse.

— Qu'est-ce que cela peut te faire que le préfet ne vienne pas, demanda Athénaïs à Moulinet très inquiet, si tous ses administrés sont pour toi? Fais-le empoigner par le *Courrier*. Qu'on raconte une histoire bête sur son compte! Tiens, veux-tu que je te fasse faire l'article par La Brède? Ce sera drôle. Quant au général, c'est un zéro : ses soldats ne votent pas!

Athénaïs avait un bien plus grave sujet de mécompte que son père. Madame Derblay s'était fait excuser de ne pas venir aux soirées du samedi. Elle se disait encore trop souffrante pour veiller. La duchesse, dont le seul but, en donnant ses fêtes, avait été de contraindre Claire à y assister, dévora difficilement sa rage. Elle eut des mouvements d'humeur qui troublèrent la gaîté de tout son entourage. Ne pas écraser sa rivale de tout son luxe, ne pas lui enfoncer mille poignards dans le cœur, en se montrant à elle appuyée sur le bras de celui qu'elle avait dû épouser, ne pas la voir tressaillir chaque fois qu'on l'appelait madame la duchesse, c'était perdre tout le plaisir qu'elle se promettait. La haine de la jeune femme, qui eût peut-être été calmée par le spectacle de l'abaissement de Claire, par la révélation de ses tortures, fut au contraire exaspérée par la résistance que celle-ci sut opposer, par le calme hautain qui resplendit sur son front.

Claire vint dîner une fois à la Varenne, et son attitude fut composée avec une extrême habileté. La pétulante et envahissante duchesse, auprès de cette noble et élégante femme, parut ce qu'elle était en réalité : une petite personne assez mal élevée, faisant et disant tout ce qui lui passait par la tête, avec une audace de parvenue millionnaire. On put faire la différence, et tout l'avantage fut pour Claire.

Athénaïs le sentit, et elle se promit de terribles représailles. Cette jeune femme brune, au visage charmant, à l'œil vif et au sourire gracieux, était tout ce qu'on pouvait rêver de plus mauvais sur la terre. Elle eût été capable, n'eût été la grave responsabilité à encourir, de jeter du vitriol à la face de cette adorable Claire, afin de la défigurer une bonne fois, et de brûler sans remède possible les beaux yeux purs et tranquilles dans lesquels elle lisait tant de dédain.

Ce qui irrita surtout la duchesse, ce fut le bon accord qui parut exister entre M. et madame Derblay. Le mari était prévenant, tendre et attentif; la femme était pleine de déférence et d'affection. Il n'y avait pas à se tromper au sourire de Claire, quand Philippe était auprès d'elle, et qu'il la protégeait de toute son autorité : elle aimait. Et certainement, elle était aimée. Comment le maître de forges n'eût-il pas adoré une créature aussi parfaite, réunissant dans un ensemble exquis la grâce physique et la beauté morale? D'ailleurs, ne l'avait-il pas épousée par amour? Passant sur toutes les humiliantes étrangetés de la situation, acceptant une femme ruinée, et abandonnée par le duc. Et cela simplement, heureux de pouvoir la posséder, comme si vraiment elle eût été un rare trésor!

Ainsi, il était dans la destinée de Claire d'être toujours aimée. Tandis que le sort avait décidé qu'Athénaïs laisserait les hommes indifférents. Sans doute on la courtisait. Mais qu'étaient-ce que ces adulations, ces galanteries de salon, ces passagers caprices qu'elle inspirait, comparés à l'amour sincère, profond, inaltérable, que Claire avait le don de faire naître?

Dans l'emportement de sa jalousie, Athénaïs

s'occupa particulièrement de M. Derblay. Elle se
ût sérieuse pour lui plaire, et l'accapara pendant
une partie de la soirée. Elle trouva réellement le
maître de forges très bien. Avec son teint bronzé
par le grand air, ses cheveux noirs coupés ras sur le
front et ses grands yeux bruns, il ressemblait à un
Arabe. Athénaïs se sentit soudainement très troublée. Jamais aucun homme ne lui avait fait
éprouver une telle émotion. Elle pensa que si jamais elle était capable de s'éprendre de quelqu'un,
ce serait de Philippe. Et enragée, à la pensée de la
douleur qu'elle causerait à Claire, elle se laissa aller
à sa coquetterie naturelle avec une verve qui la surprit elle-même.

Elle éprouva aussitôt une joie diabolique en
voyant Claire s'assombrir, s'agiter et suivre avec
angoisse le manège auquel elle se livrait. Athénaïs
lut la souffrance sur le front de celle qu'elle haïssait et, dès lors, elle comprit qu'elle venait de découvrir le défaut de la cuirasse, par lequel il lui
serait possible de frapper un coup mortel.

A la vérité, l'attitude de Philippe avait été celle
d'un homme bien élevé, qui se voit l'objet des distinctions flatteuses d'une maîtresse de maison. Il
accueillit avec une aisance parfaite les avances très
accentuées de la duchesse. Il lui laissa prendre son

bras pour parcourir les salons, et causa avec grâce.
Il fut juste assez empressé pour paraître très agréable, et juste assez froid pour qu'on ne pût pas dire qu'il avait été avec la duchesse autrement qu'avec toutes les autres femmes.

Cependant, si maître qu'il fût de lui, un observateur attentif eût pu découvrir qu'il était en proie à un trouble violent. Pendant que la duchesse faisant la roue comme un jeune paon, s'était emparée de lui, et lui montrait le salon, les serres, il avait vu Bligny s'approcher doucement de Claire, se pencher par-dessus le dossier du fauteuil, et parler en souriant. C'était la première fois qu'il voyait Gaston et Claire l'un près de l'autre, échangeant leurs pensées sans témoin. Il frémit, et une rougeur ardente monta à ses tempes. Pendant une minute, il souffrit si cruellement que son bras se crispa, serrant violemment la main de la duchesse. Celle-ci le regarda avec étonnement. Ils étaient dans une petite serre que Moulinet appelait « les tropiques », et dans laquelle se développaient, superbes au milieu d'une chaleur humide, les plantes vénéneuses de l'Inde et de l'Afrique.

— Qu'avez-vous donc ? demanda la duchesse en rendant au bras de son cavalier une légère pression

Et elle se mit à sourire.

— L'odeur violente de ces arbustes et la chaleur de la serre m'étourdissent, répondit le maître de forges, reprenant son calme. Rentrons dans le salon, si vous le voulez bien?

Et, conduisant la duchesse à pas lents, il revint, tenant sous son regard le duc et Claire, qui continuaient à causer.

Depuis le dîner, le duc n'avait point paru. Il avait emmené ses convives dans le fumoir et les avait mis en face de la collection la plus variée de cigares et de cigarettes. Au bout d'une demi-heure, il avait prétexté ses devoirs de maître de maison et avait laissé les fumeurs au milieu d'un nuage épais. Il voulait se rapprocher de Claire. Mais, connaissant le caractère emporté de la jeune femme, il ne se hasarda pas à l'aborder en face. D'ailleurs, il se sentait gêné vis-à-vis d'elle, et quelque audace qu'il eût, il hésitait à parler, sentant bien que les premiers mots qu'il allait lui adresser auraient une importance capitale sur leurs relations à venir.

Peut-être eût-il mieux valu s'abstenir encore et laisser le temps consolider le terrain avant de s'y aventurer. Mais Bligny en était venu à ce point de cynique égoïsme de ne pouvoir retarder la satisfac-

tion d'un de ses caprices. Il s'avança donc, parlant
à ses amis, faisant de courtes stations auprès des
femmes, resserrant, comme un oiseau de proie, les
cercles qu'il décrivait autour de Claire. Il était
arrivé ainsi derrière elle. Il fit un pas, et, se penchant vers la jeune femme, dont il aspira le tiède
parfum :

— Vous sentez-vous tout à fait bien ce soir? lui
dit-il d'une voix caressante. Je viens presque en
tremblant vous demander de vos nouvelles, car je
crains d'être assez malheureux pour que vous ne
me voyiez pas m'approcher de vous sans déplaisir.

Claire se retourna vivement, et regardant le duc
bien en face :

— Et pourquoi vous verrais-je avec déplaisir?
répondit-elle hardiment. Serais-je venue chez vous,
si j'avais à votre égard les sentiments que vous
m'attribuez?

Le duc hocha mélancoliquement la tête :

— Voilà la première fois que nous avons le loisir
de parler librement, depuis votre mariage, reprit-
il, et je vois bien que nous n'allons pas encore dire
la vérité. Ce sera une des douleurs de ma vie,
m'étant mal conduit envers vous, de ne pouvoir
pas vous expliquer les raisons qui peuvent peut-
être me faire absoudre.

— Mais vous n'avez pas besoin d'absolution, croyez-moi, dit Claire avec tranquillité... Vous ai-je fait des reproches? Et croyez-vous vraiment que vous en méritez? Laissez-moi vous dire que ce serait faire preuve d'une étrange fatuité.

— Vous soulagez ma conscience d'un poids très lourd, reprit le duc. Mon mariage a été une des fatales nécessités de l'existence parisienne. Je me suis trouvé un jour dans une telle situation qu'il m'a fallu choisir entre mon bonheur et mon honneur. J'avais deux dettes à acquitter. Mais, en satisfaisant à l'une, il fallait manquer à l'autre. J'ai sacrifié mon amour, pour sauver mon nom. Voilà, Claire, ce qu'il me fallait vous apprendre...

— En d'autres termes, M. Moulinet vous a tiré d'une affaire épineuse, et vous, par reconnaissance, vous avez épousé sa fille... avec plusieurs millions de dot!... Allons, duc, la pénitence est douce, comme dit la chanson... Et de plus, si je vous ai bien compris, vous avez, pour vous soutenir dans cette épreuve, le sentiment du devoir accompli... Vous devez donc être heureux... Et vous m'en voyez charmée...

Sous l'aiguillon de ces ironiques paroles, le duc tressaillit :

— Et vous? dit-il brusquement, êtes-vous heureuse?

— Vous êtes le seul qui n'ayez pas le droit de me le demander! riposta fièrement Claire.

Au même moment, la duchesse revenait avec Philippe. Le duc, d'un mouvement de tête, montra à la jeune femme son mari au bras d'Athénaïs. Et voyant Claire se troubler et pâlir, il lui jeta un regard profondément railleur :

— Vous méritiez d'être mieux aimée, dit-il.

Et, s'étant incliné, il s'éloigna lentement.

Claire frémit à la pensée que le duc avait pu deviner son secret. Ainsi, il mettait en doute le bonheur qu'elle avait voulu affirmer au prix de tant de dissimulation. Elle pressentit quels dangers elle aurait à courir, si le duc était assez mal inspiré pour s'occuper d'elle. Comment pourrait-elle continuer l'œuvre de la conquête de son mari? Comment pourrait-elle empêcher son mari de s'émouvoir des poursuites du duc? Et elle-même, aux prises avec ce dangereux assaillant, comment trouverait-elle la liberté de combattre la duchesse, dont elle voyait déjà l'audacieuse coquetterie enlaçant Philippe?

Elle résolut de fuir. Et faisant à son mari un signe qui l'amena aussitôt auprès d'elle, elle le pria de faire demander la voiture. Puis, coupant court aux caressantes protestations d'Athénaïs et adressant un froid salut au duc, la jeune femme entraîna Philippe avec autant de précipitation que si le château eût été en flammes.

Quand ils furent dans leur coupé, roulant sur la route sonore, dans une nuit transparente et douce, Claire se crut sauvée. Elle ne craignit pas d'interroger Philippe, et, se tournant vers lui :

— Comment avez-vous trouvé la duchesse?

— Charmante... répondit Philippe distraitement.

La jeune femme s'enfonça dans son coin avec un geste de dépit que l'obscurité cacha à Philippe. Ce mot seul l'avait frappée : charmante. Elle n'avait pas noté l'accent de profonde indifférence avec lequel il avait été prononcé.

— Nous ne retournerons plus à la Varenne, se dit Claire. Je souffrirais trop.

Au même moment, Philippe, plongé dans une profonde rêverie, voyait passer devant ses yeux l'élégante figure du duc se courbant devant Claire, et, avec un perfide sourire, murmurant à ses oreilles de tendres paroles. Et la gorge sèche, les yeux menaçants, le maître de forges serra ses robustes poings.

Ils ne retournèrent point à la Varenne. Ils rendirent à M. Moulinet, au duc et à la duchesse, dans la quinzaine suivante, le dîner qu'ils avaient reçu, et opposèrent des refus persistants aux envahissantes politesses de leurs voisins.

Athénaïs, exaspérée, trouva La Brède sans entrain et du Tremblays sans fantaisie. Elle valsa sans plaisir avec les gentilshommes fermiers de son voisinage. Moulinet prononça vainement au concours horticole de la Varenne, dont il avait réussi à se faire nommer président, un discours qui plongea dans un assoupissement profond ceux des assistants qu'il ne mit pas dans une douce gaîté.

Il y eut des feux d'artifice, des joutes à la lance sur l'Avesnes, on couronna des rosières, avec accompagnement de fanfares par la *Lyre* de Besançon. On mena la vie gaie, bruyante, fatigante, qu'adorait Athénaïs. Rien ne put la satisfaire. Madame Derblay n'était pas là pour recevoir le contre-coup de ses triomphes.

La vieille marquise, fixée sur les hauteurs de Beaulieu, comme une tourterelle solitaire et plaintive, n'avait pas mis les pieds chez sa nièce par alliance. L'absence de M. et de madame Derblay commençait à être remarquée. Les commentaires allaient leur train. Et la baronne de Préfont, cette bonne langue, étant arrivée chez Claire, Athénaïs prévoyait le moment où on allait croire à une brouille entre la Varenne et Pont-Avesnes. Il fallait à tout prix briser la glace qui s'épaississait, en menaçantes banquises, entre les deux jeunes ménages. Un divertissement presque public, auquel serait conviée toute la bonne société du pays, pouvait seul servir de prétexte.

Ce fut La Brède qui, sans y mettre de malice, comme tous les hommes inspirés, fournit à la duchesse l'occasion tant cherchée. Il proposa un rallye-paper, à courre dans les bois de la Varenne et de Pont-Avesnes. On convoquerait les autorités civiles et militaires. Les officiers de la garnison recevraient des invitations et tout le monde suivrait la chasse, soit à cheval, soit en voiture. Un gigantesque lunch serait préparé au rond-point des Etangs. En un mot on donnerait une fête sportive dont il serait parlé jusque dans les journaux de Paris.

Peu s'en fallut qu'Athénaïs n'embrassât La Brède pour cette trouvaille de génie. Et lançant son père en avant pour les invitations, mettant toute la maison à couper des petits papiers, la duchesse alla elle-même à Pont-Avesnes et revint rayonnante avec une réponse favorable.

XIV

Le rond-point des Etangs est situé à la lisière des bois de Pont-Avesnes et de ceux de la Varenne. Une suite de mares, couvertes de joncs et de plantes aux larges feuilles, étendant leurs tiges luisantes à la surface des eaux, comme des serpents endormis, se prolonge pendant quatre ou cinq cents mètres et a donné son nom au rond-point. Les basses branches des chênes se penchent comme avides de fraîcheur. Et les feuilles tombées tous les ans à l'automne ont fait, en pourrissant le long des berges, une épaisse vase dans laquelle les sangliers viennent le matin se rouler avec délices. Des barrières peintes en blanc, coupant, en temps ordinaire, les chemins de la forêt, enferment un carrefour large de deux cents mètres, couvert

20.

d'un gazon épais et moelleux comme du velours.

Des hêtres énormes, au tronc grisâtre, au feuillage épais, entourent ce rond-point, et répandent sur lui une ombre glacée. Les huit chemins, larges de vingt mètres, qui aboutissent au carrefour, se perdent, droits et bordés de bruyères aux tons rouges, dans l'épaisseur des bois. C'est un lieu plein de silence et de mystère. Le soleil fait miroiter les eaux plissées par la brise et dans lesquelles le ciel mire son tranquille azur. Quand on chasse en forêt, la place est excellente. Les chevreuils, lassés par l'ardente poursuite des chiens, viennent rafraîchir dans les mares leurs jarrets tremblants et y puiser en buvant une nouvelle vigueur. Un tireur posté sur la berge, derrière un des grands chênes, peut trouver là l'occasion ambitionnée de crier : hallali !

M. Moulinet, amant passionné de la belle nature, séduit par la beauté du paysage, a déshonoré le site en y faisant construire un kiosque chinois.

Au milieu de ce vaste carrefour, une table dressée en plein air, servie par des valets de pied en grande tenue, offrait aux invités de la duchesse tous les réconfortants désirables avant d'entreprendre une longue chevauchée. Depuis une heure, La Brède, hardé de son fidèle Du Tremblays, parcourait les taillis, semant les petits papiers qui devaient indiquer la piste, prenant de l'avance, coupant ses voies, multipliant les contre-pieds, préparant les défauts avec une conscience éreintante.

Par toutes les routes conduisant au rond-point, arrivaient les cavaliers, les amazones, les breacks et les calèches. Les toilettes claires des femmes s'abritant sous leurs ombrelles multicolores, les dolmans bleus et les pantalons rouges des hussards, faisaient des taches gaies sur la verdure sombre des arbres. Les chevaux, tenus en main par les gardes habillés de drap vert, la tête couverte de la cape ronde, tendaient vers le sol, couvert d'herbes fraîches, leur bouche gourmande ; les étriers sonnaient entre-choqués, un hennissement clair éclatait, et les bouchons du champagne sautaient gaîment, laissant couler la mousse dans les verres.

Serrée dans son amazone noire à jupe courte, agitant, dans sa main gantée, une cravache dont le pommeau était orné d'un énorme œil de chat, Athénaïs, avec une gaîté, une aisance et une grâce surprenantes, faisait les honneurs de la forêt à tous les arrivants.

Sur les coussins du grand mail-coach du duc, jetés le long des talus gazonnés, les dames s'étaient assises. Moulinet, vêtu d'un habit bleu et ganté de gris perle, à dix heures du matin, avait accaparé le baron pour lequel il s'était repris d'une tyrannique affection. Le duc avait arboré la grande tenue anglaise, habit rouge, culotte de peau blanche, la cape de velours noir ornée par derrière d'un nœud vert : ses couleurs, son blason portant champ de sinople. Philippe, habillé de noir comme à son ordinaire, avait seulement mis une culotte de velours gris, prise dans des houseaux pareils.

Claire et la baronne, comme si elles eussent endossé un uniforme, portaient l'amazone de drap bleu avec chapeau rond orné d'une plume noire. Elles étaient adorables ainsi. Madame de Préfont, élégante dans sa petite taille, Claire, élancée et superbe, ses belles épaules et sa poitrine admirable moulées par l'étoffe simple et sans une broderie de son corsage.

Suzanne, servie par Octave, trempait un biscuit dans un verre de malaga, ne perdant pas de l'œil sa ponnette, dont son frère, avec une attention paternelle, resserrait la sangle et examinait la gourmette, pendant que Bachelin, dételant tranquillement son cheval à deux fins, aidait un garde à lui passer la selle qu'il avait apportée dans le coffre de son cabriolet. Le soleil dorait les bois, jetant une lumière éclatante sur ce brillant tableau. L'air était léger et frais. Il faisait bon vivre.

—Monsieur Derblay!... s'écria subitement Athénaïs, laissant là le préfet tant désiré avec qui elle causait.

Et comme Philippe venait à elle, posément, sans précipitation :

— Est-ce que vous ne croyez pas le moment venu de nous mettre en marche? Il y a au moins une heure que ces messieurs sont partis avec leurs papiers, et s'ils ont été à une bonne allure, il va falloir galoper ferme pour les rejoindre.

—Mon Dieu, madame, répondit Philippe, je vous avouerai que je suis peu au courant de ce genre d'exercice. Je craindrais de donner un avis. Adressez-vous plutôt à Pontac qui, en sa qualité de louvetier, doit être ferré sur la matière...

Et, du geste, Philippe désignait un grand jeune homme vêtu d'un habit de veneur galonné d'argent du style le plus pur, coiffé d'un tricorne, ayant le couteau de chasse au flanc et la trompe à la Dampierre à l'épaule. Comme s'il n'eût attendu qu'une occasion de se produire, le vicomte de Pontac s'avança au milieu du rond-point et, s'inclinant devant madame de Bligny avec une raideur anglaise :

— Duchesse, je suis à vos ordres, dit-il. Et si vous voulez me confier la direction de la chasse, je me fais fort d'avoir mis, avant deux heures, MM. La

Brède et Du Tremblays sur leurs fins. Vous plaît-il
que nous sonnions le départ? J'ai là mon piqueur...
Ho ! Ho ! Bistocq !

Un grand diable, vêtu d'une veste galonnée, guê-
tré de cuir fauve, un nez rouge éclatant au milieu
de sa face tannée comme une fraise sur du terreau,
sortit d'un groupe de domestiques, traînant la
jambe et tirant derrière lui une grande bique de
cheval, mal peigné, dont la bride était passée dans
son bras. Arrivé à six pas de M. de Pontac, il s'arrêta, et, prenant la position du soldat sans armes,
il mit la main à la visière de sa cape, et attendit
qu'on lui demandât son rapport.

— Désirez-vous que je l'interroge? demanda le
vicomte à la duchesse.

— Mais, sans doute, répondit Athénaïs, très enchantée de la solennité du procédé.

— Ma chère, regarde-la donc ! murmurait la baronne entre haut et bas, se donne-t-elle des airs de
souveraine ! Et Pontac, qui prend au sérieux son
rôle ! Tout ça pour courir après des petits papiers !
Est-ce amusant !

— Le lancer se fera à la Héronnière, disait Bistocq; c'est là que commence la piste. Il y a un mor
ceau de papier large comme ma main. Pas besoin
de brisée ! Ces messieurs ont sans doute peur qu'on

ne les trouve pas assez facilement!... Ils auraient dû mettre un journal... Les animaux... excusez... ces messieurs se sont donné de l'air par la futaie, ils ont sauté le Pavé-Neuf, ont pris la plaine à la Vente-au-Sergent, sont rentrés en forêt à Belle-Empleuse, se sont forlongés au pied de la côte de la Haie, ont pris leur contrepied à la Boulottière...

— Halte ! dit M. de Pontac en riant, si on te laissait aller, tu nous donnerais tout l'itinéraire de la chasse...

— Y aurait des chances ! fit le piqueur en clignant de l'œil. Faut pas croire qu'une personne naturelle peut imiter comme ça les cerfs... Il n'y a que par la tête que ça soit facile ! murmura-t-il avec un air goguenard. Et encore, pour y arriver, il faut se mettre deux !

La duchesse se mit à rire, et se tournant vers Pontac :

— Il est drôle, votre bonhomme, dit-elle. Papa, donne donc un louis à ce brave garçon... Grâce à lui, La Brède et Du Tremblays vont avoir besoin de se développer, sans quoi ils vont être pris vivement...

— Hallali courant ! dit Pontac... Duchesse, faut-il sonner le départ ?

— Sonnez, vicomte.

Pontac, faisant tourner sa trompe avec la main gauche, se posa au milieu du carrefour, et enflant ses joues comme s'il eût voulu faire crouler les arbres de la forêt, il jeta à l'écho les notes retentissantes de la fanfare.

— Mes compliments, vicomte, dit la duchesse, vous avez un remarquable talent...

— C'est héréditaire dans ma famille, répondit Pontac, avec une gravité rêveuse. Depuis trois siècles, nous sonnons de la trompe de père en fils !

Et agitant la tête avec des airs d'homme supérieur, le vicomte se dirigea vers sa monture.

En un instant toute l'assemblée fut en mouvement, les cavaliers le pied à l'étrier, les curieux qui suivaient en voiture, sur les coussins de leurs véhicules de toutes sortes. Un élan général entraîna la masse des assistants vers les grandes allées qui longeaient la Héronnière. Le roulement sourd des sabots des chevaux, lancés au galop sur la mousse du chemin, s'éloignait déjà rapidement, pendant que Bistocq, guidant les chasseurs, sonnait, au grand trot de sa bique, la phrase triomphante du lancer.

—Monsieur Derblay, vous qui connaissez si bien le pays, dit la duchesse avec un sourire, voulez-

vous être assez aimable pour vous faire mon guide ?
Laissons partir le gros de la chasse. Vous avez une
bête vigoureuse, moi aussi, nous couperons à travers la forêt, et nous prendrons l'avance...

— Mais, duchesse, n'avez-vous pas Pontac qui
saura vous conduire bien mieux que moi ? dit Philippe.

— Non, reprit gaiement la duchesse, c'est vous
que je veux, à moins que vous ne me refusiez ? Mais
je ne crois pas que vous en soyez capable...

Le maître de forges s'inclina sans répondre.
Claire, debout à quelques pas, avait assisté, en
tremblant de colère, à l'audacieuse tentative d'Athénaïs. Des larmes de douleur vinrent à ses yeux, et,
sans y penser, elle serra convulsivement le bras
de la baronne stupéfaite.

— Tu es des nôtres, n'est-ce pas ? dit alors la duchesse en se tournant du côté de Claire.

La jeune femme inclina doucement son beau visage assombri, et d'une voix calme :

— Non ! j'avais trop présumé de mes forces en
pensant pouvoir suivre la chasse à cheval... J'irai
avec la voiture...

Et Claire, lançant un douloureux regard à son
mari, parut le supplier de ne pas l'abandonner.

— Est-ce que cela te contrarie que je t'enlève

21

ton mari? demanda la duchesse avec une fausse sollicitude. Puis, riant : Est-ce que tu serais un peu jalouse?

— Non ! répondit Claire, ne voulant pas avouer, si ouvertement, et son impuissance et sa douleur.

— Alors, à cheval ! dit joyeusement Athénaïs, pressée de consommer sa victoire.

Claire, le cœur serré, regardait partir son mari; elle eut un moment la pensée de l'appeler, de le retenir. Elle cria :

— Philippe !

Le maître de forges se retourna vivement, et venant à elle :

— Qu'avez-vous? lui dit-il. Seriez-vous souffrante ? Désirez-vous quelque chose?

Sans doute, si la jeune femme eût dit un seul mot, son mari serait resté auprès d'elle. Peut-être bien des tourments auraient-ils été ainsi évités. L'orgueil, plus puissant encore que l'amour, arrêta la parole suppliante sur les lèvres de Claire. Elle hocha la tête, et, l'air dur, les lèvres crispées, faisant un geste de dédain :

— Non, dit-elle, je n'ai rien, je ne veux rien ! Allez !

Philippe s'éloigna. En ce moment, Claire l'enveloppa dans la haine grandissante qu'elle amassait contre Athénaïs. Elle fut prise d'une de ces rages pendant lesquelles on tue.

Posant un pied sur le talus du fossé, la duchesse avait relevé sa jupe. Sa jambe, prise dans une botte de daim gris, apparaissait fine et élégante. Du geste la jeune femme montra à M. Derblay la courroie de son éperon qui s'était défaite. Le maître de forges se baissa, et, sans dire un mot, fixa sur le cou-de-pied cambré la lanière de cuir ornée de chaînons d'acier, et rattacha la boucle placée près du talon. Provocante et hardie, la duchesse s'appuyant lui touchait l'épaule du pommeau de sa cravache, comme pour bien établir son pouvoir.

— Ah ça! mais qu'est-ce que cela veut dire? murmura la baronne.

Et, fixant les yeux sur son amie, elle la vit si pâle et si tremblante, qu'elle n'osa pas continuer son interrogation.

Enlevée dans les robustes bras de Philippe, la duchesse venait de sauter en selle. Elle rassembla les rênes, fit de la main un geste orgueilleux à sa rivale écrasée, et lançant son cheval au galop, elle lui fit franchir d'un bond le fossé qui séparait le carrefour de la futaie. Philippe suivit, et, au bout d'un instant, leur silhouette vague se perdit dans la profondeur de la forêt.

— Voulez-vous que je reste auprès de vous? murmura doucement une voix auprès de Claire, restée immobile, anéantie, regardant fuir les deux cavaliers, comme s'ils eussent emporté son bonheur en croupe. La jeune femme se retourna. Le duc était à ses côtés. Elle étouffa un cri de colère, et arrachant ses gants, le front lourd, les yeux baissés :

— Laissez-moi, dit-elle, je veux être seule.

Et prenant le bras de la baronne, elle remonta vers les Mares pendant que le duc se dirigeait, au pas de son cheval, vers le gros de ses invités, guidé par le cor qui résonnait dans le lointain.

Octave et Suzanne, marchant à pas lents, insoucieux de la chasse, suivaient en causant la berge verdoyante. Leurs chevaux, attachés au même arbre, se caressaient le cou en folâtrant, ou tiraient avec effort, de leur bouche barrée par le mors d'acier, les jeunes pousses des branches. Le baron, livré à lui-même, s'était assis à l'écart, et, à l'aide d'un petit marteau, cassait des échantillons de minéraux qu'il venait de ramasser au bord du chemin.

Les deux jeunes femmes, sans parler, arrivèrent

au kiosque. Des bancs l'entouraient. Elles s'assirent. Un silence profond, succédant au mouvement et au bruit, s'étendait sur le bois. Une légère brise agitait les roseaux au milieu desquels les libellules passaient étincelantes dans leur vol incertain. La baronne leva les yeux sur son amie. Claire avait repris possession d'elle-même. Un léger tremblement des lèvres indiquait, seul, l'agitation encore persistante de ses nerfs. Craignant d'avoir été devinée, même par la baronne, elle baissait le front et détournait le regard, froissant le sable du pied, d'un air indifférent.

— Eh bien ! qu'est-ce que tout cela signifie ? s'écria la baronne, incapable de se contenir plus longtemps. J'arrive chez toi croyant trouver des gens en possession de la tranquillité biblique. et je tombe au milieu de discussions, de tiraillements. Ton mari galope avec Athénaïs, le duc vient humblement t'offrir sa compagnie...

— C'est comme dans le quadrille, dit Claire, riant nerveusement, on change de dames...

La baronne devint grave et, prenant la main de sa cousine :

— Pourquoi essaies-tu de me tromper? Me crois-tu si étourdie que je ne puisse comprendre ce qui se passe en toi? Claire, tu n'es pas heureuse !

— Moi! Et comment ne le serais-je pas? Je vis au milieu du luxe, du bruit, de l'animation. J'ai une famille qui m'adore, des amis qui m'entourent, un mari qui me laisse ma liberté... Tu sais que c'est là ce que j'avais rêvé. Comment ne serais-je pas heureuse?

— Eh bien! ma pauvre chère, ce que tu avais rêvé autrefois, fait ton désespoir aujourd'hui. Ton mari te laisse ta liberté, mais il a repris la sienne. Et quand tu le vois auprès d'une autre, ton cœur se déchire... Par fierté tu voudrais nier, mais ta douleur te trahit. Non, tu n'es pas heureuse! Et tu ne peux pas l'être, car tu es jalouse!

— Moi! cria Claire avec rage...

Elle partit d'un éclat de rire douloureux, qui se termina par un sanglot. Ses yeux s'emplirent de larmes et, s'abattant dans les bras de son amie, le visage rougissant de honte, elle pleura amèrement.

La baronne la laissa dégonfler son cœur plein de tristesse. Puis, la voyant plus calme, elle lui arracha le triste secret de sa rupture avec Philippe.

La jeune femme resta stupéfaite. Elle comprit les tortures qu'endurait Claire, et soupçonna celles que supportait le maître de forges. Elle devina l'horreur du contraste qui existait entre l'existence extérieure de ces deux êtres et leur vie intime. Au dehors l'éclat, les apparences de la gaîté et de la tendresse. Au dedans le silence, la froideur et la solitude. En public ces deux malheureux jouaient un rôle. Et ils étaient tenus de le jouer bien. Dès lors, la baronne n'eut plus qu'une pensée : travailler à la réconciliation de ces deux époux séparés par une déplorable folie. Et elle voulut pénétrer jusqu'au fond de la pensée de Claire.

— Mais lorsque ton mari t'eut soignée avec ce dévouement, dit-elle, est-ce que tu n'eus pas un instant la pensée d'aller à lui et d'essayer de renouer les liens brisés?

— Oui, répondit Claire en rougissant. Je ne sais ce qui s'était passé en moi. Je ne me sentais plus la même. Etait-ce de la reconnaissance pour ses soins, ou une plus juste appréciation de son caractère qui m'attirait à lui? Mais quand il n'était pas là, involontairement je le cherchais. Quand il était près de moi, je ne le regardais pas, et cependant je le voyais. Il était si sévère, si triste, que je n'osais lui parler... Oh! s'il m'avait encouragée!

— Il ne l'a pas fait?

— Non! il est aussi orgueilleux que moi, et plus résolu... Va, il n'y a rien à espérer, et nous sommes séparés pour toujours!

— Du reste, il en prend gaiment son parti, à ce

que je vois. Et notre belle petite duchesse Moulinet...

— N'accuse pas Philippe ! interrompit vivement
Claire... C'est elle qui se jette à sa tête impudemment... Elle me poursuit sans relâche... Après mon
fiancé, mon mari ! Quel triomphe ! n'est-il pas vrai ?
Et comment le lui arracher ? Que faire pour me défendre ? En ai-je le droit seulement ? Est-ce qu'il
est à moi ?

— Dame, franchement, il est un peu plus à toi
qu'à elle !

— Oh ! Mais qu'elle prenne garde ! dit Claire
avec violence. Je n'ai déjà que trop souffert par
elle. La patience la plus longue a des bornes. Et si
elle me force à les franchir, je ne sais pas ce que
je ferai, mais ce sera quelque folie qui nous perdra
l'une ou l'autre.

— Là ! ma belle, calme-toi. Me voici maintenant
dans ton jeu, et je te réponds que nous viendrons
à bout de cette délicieuse Athénaïs... C'est une ac-
capareuse, vois-tu ! Elle tient ça de famille. Son
père faisait autrefois des rafles sur les sucres. Elle,
sa spécialité, ce sont les maris. Il les lui faut tous !
Mon Dieu ! que je voudrais donc qu'elle se mît en
tête de séduire le baron ! Comme je m'amuserais !

Et, de la tête, la jeune femme montrait à son amie

le cher Préfont, toujours planté à la même place, charmant les longueurs de l'attente en récoltant des petits cailloux, dont il bourrait ses poches. Claire ne put s'empêcher de sourire. L'image de Philippe passa devant ses yeux. Il n'était pas, lui, un docile et patient serviteur, mais un maître impérieux et redoutable.

— La situation, il ne faut pas se le dissimuler, est grave, reprit la baronne. Si on pouvait s'expliquer, un accommodement serait facile. Mais en parlant, on s'expose à une rebuffade, et alors, va te promener, tout est fini !... Il faut donc user de diplomatie... Rien ne m'ôtera, à moi, de l'idée que ton mari t'adore, mais ne veut pas te le laisser voir. Les hommes tels que lui n'aiment qu'une fois et c'est pour toute la vie. As-tu bien regardé M. Derblay ? C'est un obstiné. Il a une tête faite pour enfoncer les murailles... Avec un pareil caractère, tu ne le désarmeras qu'en t'humiliant devant lui.

— Ah ! je n'hésiterai pas à le faire... Rien ne me coûtera pour le conquérir. Mais s'il allait voir, dans ma démarche, un caprice nouveau?

— Aussi faut-il attendre, pour jouer cette importante partie, une occasion favorable. Si elle ne se présente pas, nous la ferons naître. Mais pour Dieu, ne garde pas cette mine morne et désespérée. Tu pré-

pares trop de joie à notre chère amie. Souviens-toi
que pour tout le monde tu es heureuse, et donne-
toi l'apparence du bonheur en attendant que tu en
aies la réalité.

Claire poussa un soupir. Elle, l'indomptable qui,
jadis, prétendait surmonter tous les obstacles, maintenant elle doutait de sa puissance et se défiait de
sa volonté.

— Il me semble que, depuis une demi-heure, nous
causons d'une façon bien sérieuse, dit la baronne;
cette psychologie conjugale m'a fort alourdi la tête.
Si tu veux m'en croire, nous galoperons un peu. Et
puis je voudrais aller voir ce que notre belle petite
duchesse Moulinet fait de ton époux... Viens-tu?

— Non, répondit Claire assombrie, je suis lasse.
Je resterai ici. Mon frère et Suzanne n'ont pas l'air
plus en train que moi de suivre la chasse... Ils me
tiendront compagnie.

Octave et la jeune fille revenaient à pas lents. Ils
ne parlaient plus. Le marquis, un peu plus sérieux
que de coutume. Suzanne, le front penché, et souriant à d'heureuses pensées. Ils arrivèrent ainsi
jusqu'à la place où leurs chevaux étaient restés. Le
jeune homme détacha les brides, et se tournant
vers Suzanne :

— Vous me permettez de le dire à ma sœur?

Suzanne baissa la tête en signe d'assentiment et dit :

— Parlez-lui, je le désire. Vous savez combien elle nous aime. Elle va être joyeuse !

— Eh bien ! partez avec le baron et la baronne. Je vais rester avec Claire et je lui confierai notre secret.

Et présentant à Suzanne ses deux mains croisées dans lesquelles elle posa son petit pied, il la mit vivement en selle. La jeune fille leva les yeux, regarda Octave, un peu plus longtemps qu'il n'aurait fallu peut-être, échangea avec lui un serrement de main par lequel elle exprima tout ce qu'elle n'osait lui dire. Et touchant de la cravache l'encolure de sa jument, d'un bond elle fut au milieu du rond-point.

Le cor, se rapprochant, sonnait dans la forêt, donnant des ailes à La Brède et à Du Tremblays.

— Allons, baron, à cheval ! dit madame de Préfont à son mari.

— Je suis à vos ordres, ma chère amie, répondit l'aimable homme en s'arrachant à la contemplation de ses minéraux... C'est très curieux : imaginez-vous que je ne serais pas étonné que les roches de ce massif continssent de l'alun. Il faudra que j'en parle à M. Derblay. On pourrait peut-être faire concur-

rence aux alunières d'Italie... Vous savez?... près
de Civita-Vecchia... Je vous les ai fait visiter pendant notre voyage de noces... Ce serait une bonne
affaire. Il faut tant de sulfate d'alumine pour la fa-
brication du papier...

— Oui, baron, oui, dit la jeune femme, avec un
attendrissement subit, vous êtes un ange, vous ! Et
qui plus est, un ange savant! Tenez, baisez ma
main !

— Avec plaisir, dit le baron, sans rien perdre de
sa belle tranquillité.

Et il porta à ses lèvres la main finement gantée
de sa femme. La baronne jeta un regard circulaire
autour d'elle, fit piaffer tumultueusement son cheval, salua de la main Claire et Octave; puis, se
tournant vers Suzanne :

— Y êtes-vous, Suzanne ?... Oui?... Alors, en
route !...

Et, suivie de son mari et de la jeune fille, elle partit à fond de train.

Octave et Claire, immobiles, les regardaient s'é-
loigner. Il y eut un instant de silence. Le jeune
homme, recueilli et un peu oppressé par l'émotion
de la confidence à faire, La jeune femme, songeant
encore à ce que lui avait dit la baronne, et pesant
avec une angoisse vague les chances qu'elle avait

de réussir dans sa difficile entreprise. La voix de son frère la tira de sa méditation.

— Claire, dit-il, j'ai une grande nouvelle à t'apprendre.

Et comme sa sœur faisait un geste de surprise, l'interrogeant du regard :

— Suzanne et moi nous nous aimons, ajouta-t-il d'une voix plus basse.

Le visage mélancolique de Claire s'illumina comme un ciel d'orage subitement traversé par un rayon de soleil. Elle tendit les deux mains à son frère et, l'attirant vivement, elle le fit asseoir auprès d'elle, les nerfs délicieusement agités, l'esprit tendu, avide de tout savoir, et voyant poindre déjà peut-être cette occasion favorable qui devait lui faciliter un rapprochement avec Philippe. Et là, dans le silence, avec ravissement, Octave lui raconta le roman si simple, et déjà long cependant, de ces deux cœurs qui s'étaient peu à peu emparés l'un de l'autre. Amours candides et recueillies, pleines de pures ivresses, et nées doucement, sans efforts, sans secousses, comme de belles fleurs, sous le ciel bleu.

— Tu as tant d'influence sur Philippe, dit le marquis à sa sœur: parle-lui pour moi, obtiens qu'il me donne Suzanne. Il connaît depuis long-

temps mes idées. Il sait que je compte pour rien
l'avantage de la naissance, et que je compte faire
ma position moi-même. Enfin, sois éloquente, sache
le convaincre, car tu as mon bonheur dans les
mains.

Claire redevint soudainement grave. Cette influence que son frère lui attribuait, elle ne la possédait pas. Jamais, depuis la nuit fatale, point de
départ de tant de douleurs, elle n'avait échangé une
seule parole sérieuse avec Philippe. A Pont-Avesnes,
ils ne se voyaient qu'à l'heure des repas. Et devant
les domestiques, ils parlaient peu et toujours de
choses banales. Et de but en blanc, sans prépara-
tion, sans encouragement, il allait falloir aborder
un sujet si sérieux! Elle n'hésita cependant pas: sa
belle confiance lui était revenue. Elle eut comme
un pressentiment de victoire.

Inquiet déjà du silence de Claire, le marquis,
prompt à voir des difficultés comme tous les amoureux, s'écria :

— Tu ne refuses pas au moins de te charger de
ma cause?

— Non, certes, répondit la jeune femme avec un
vaillant sourire, et sois tranquille, je la plaiderai
comme si elle était mienne.

— Oh! que je te remercie! dit Octave.

Et, prenant sa sœur par les épaules, il l'embrassa tendrement,

— Ce sont mes honoraires ? fit-elle avec une gaîté que depuis un an on ne lui connaissait plus. On voit que tu as confiance : tu paies d'avance. Allons, va la retrouver, maintenant que tu as avoué ton crime. Tu sais que je ne crains pas la solitude. Et puis j'ai besoin de réfléchir à tout ce que tu viens de me dire.

Déjà le jeune homme courait à son cheval. D'un bond il fut en selle. Et envoyant de la main un baiser à Claire qui le regardait en souriant, il partit avec toute la fougue d'un homme qui sait que celle qu'il aime est au bout de la route.

XV

Restée seule, Claire oublia le lieu où elle était, ce qui se passait autour d'elle, et se mit à penser. Une rumeur lointaine, accompagnée de la fanfare du Bien-aller, montait de la forêt. Sur le pavé de la grande route, les voitures roulaient sonores. La jeune femme se fit aveugle et sourde à tout ce qui n'était pas Philippe. Elle se plut à reconstituer sa vie telle qu'elle aurait dû être. Elle remonta le courant du passé et fit le compte des jours de bonheur dont elle s'était volontairement privée. Eloignée de cette époque funeste, elle avait peine à comprendre les sentiments auxquels elle avait obéi. Cette espèce de délire d'orgueil auquel elle s'était trouvée en proie était vraiment inexplicable.

Cette préoccupation d'être mariée avant le duc, coûte que coûte, lui sembla tellement mesquine qu'elle en rougit. Etait-ce donc entraînée par de si vulgaires motifs qu'elle avait compromis toute son existence?

Elle se dit que Philippe, si gravement outragé qu'il eût été, ne pouvait pas se montrer inexorable. Elle avait cependant encore devant les yeux son profil sévère et hautain. Elle avait encore dans les oreilles le son de sa voix quand il avait dit : Vous apprendrez un jour la vérité, vous saurez que vous venez d'être encore plus injuste que cruelle, vous pourrez alors vous traîner à mes pieds, en implorant votre pardon : je n'aurai pas pour vous une parole de pitié.

Ces terribles engagements ne lui avaient-ils pas été dictés par la colère? Etait-il homme à les maintenir, sans faiblesse et sans indulgence? Elle le revit, le front penché dans ses mains, brisé par la douleur, puis se relevant et lui montrant son visage inondé de larmes. Certes, il l'adorait, et ce soir-là il eût donné sa vie pour une parole d'espérance, pour un regard de tendresse. Huit mois s'étaient écoulés. Par la cruelle blessure que la main de la jeune femme avait faite, l'amour de Philippe était-il parti tout entier?

Claire, du bout de son pied, traça machinalement quelques lignes sur le sable.

— Quand on a aimé profondément, dit-elle à haute voix, comme si elle eût voulu poser la question qui l'agitait au bois, au vent, à l'espace, à la nature tout entière qui l'entourait mystérieuse et recueillie, quand on a aimé comme il m'aimait, peut-on oublier?

— Quand on a aimé profondément, lui répondit une voix railleuse, qui semblait descendre vers elle, on n'oublie jamais.

Claire se dressa vivement, et levant la tête, elle vit le duc qui, entré depuis un instant dans le kiosque, la regardait en souriant, accoudé à la balustrade.

— Convenez que j'arrive à point pour vous répondre? fit-il gaîment. Etait-ce à moi que vous pensiez au moins?

Claire le regarda en fermant à demi les yeux avec une souveraine impertinence.

— Ma foi non, répondit-elle.

— Tant pis !

— Et vous ? demanda la jeune femme, qu'est-ce que vous venez chercher ici?

Le duc descendit les six marches du perron, et s'approchant de Claire:

— C'est vous que je cherche, dit-il en s'inclinant.

— Dans quelle intention ?

— Dans l'intention de causer à cœur ouvert.
Vous m'avez assez mal accueilli, il y a une heure,
quand je vous ai offert ma compagnie. J'ai pensé
que vous seriez peut-être devenue plus sociable. Et
me voilà. Etes-vous en humeur de me répondre ?

— Mon Dieu, mon cher duc, je crois bien que
nous n'avons rien à nous dire.

— En êtes-vous sûre ? Je constate avec douleur
que vous êtes devenue extrêmement dissimulée.
Vous avez du chagrin et vous ne voulez pas en con-
venir.

Claire haussa dédaigneusement les épaules :

— Et moi je constate, dit-elle, que vous baissez
intellectuellement d'une façon visible. Vous revenez
sans cesse aux mêmes idées, avec un petit air pleu-
rard qui fait peine à voir. Rassurez votre cœur
trop sensible. Je n'ai pas de chagrin, et ne suis
point disposée à en avoir pour vous faire plaisir.

— Soit ! reprit le duc avec bonhomie. Je ne demande qu'à m'être trompé. Je m'étais fait à votre
sujet des idées qui me paraissaient justes. Mais il
faut croire, comme vous le dites si bien, que j'aurai
perdu ma lucidité. Ce matin, il m'avait semblé que

vous étiez nerveuse, agitée. Cette partie de chasse
était très attrayante. Vous n'avez pas voulu y
prendre part. Vous avez passé votre temps à observer votre mari...

— Eh bien? dit Claire, en réprimant un mouvement.

— Eh bien! continua le duc, chose singulière,
M. Derblay n'avait pas du tout l'air de s'occuper de
vous. Il était tout à la duchesse qui l'avait réclamé
comme cavalier servant. Et vous, au lieu d'être satisfaite de lui voir faire galamment son devoir, vous
lui lanciez des regards foudroyants.

— D'où vous avez conclu? demanda Claire froidement.

— Que le bon accord que vous prétendez exister
entre lui et vous n'est pas réel, qu'il n'apprécie pas
à sa valeur le trésor que le hasard, ou plutôt ma
mauvaise fortune, lui a donné. Alors, que vous
dirai-je? mille petits faits, autrefois négligés, se sont
groupés dans mon esprit. Je me suis rappelé l'é-
trange attitude que vous aviez le jour de votre mariage. J'ai commenté vos tristesses, analysé vos
colères. Et, ayant pesé le pour et le contre, je suis
arrivé à cette conclusion que vous n'avez pas,
quoi que vous en disiez, tout le bonheur que vous
méritez.

L'attaque était brusque et directe. En un instant, le duc avait tourné les défenses si patiemment élevées par Claire. Audacieusement, il lui faisait comprendre que, comme une place qui n'a point de secours extérieur à attendre, il allait bien falloir subir un siège régulier. La jeune femme ne voulut point reculer d'un pas ; elle alla même au-devant de la bataille, et, avec une amertume qu'elle ne cachait plus :

— Alors, vous, âme compatissante et généreuse, dit-elle, vous avez pensé que le moment serait peut-être favorable pour m'offrir quelques consolations ?

Le duc, avec une grande expérience de cette petite guerre, ne consentit pas encore à suivre Claire sur le terrain qu'elle lui offrait si hardiment. Il eût à jamais perdu sa cause en avouant si promptement le calcul qu'il avait fait. Il voulut paraître entraîné par un sentiment profond et sérieux. Et quittant le ton de persiflage sur lequel il avait parlé jusque-là :

— Vous me jugez mal, Claire, dit-il avec tristesse ; j'ai fait, croyez-le bien, tout ce qui a dépendu de moi pour vous oublier. Quand je suis arrivé ici je croyais ne plus vous aimer. J'ai pensé que je pourrais vous revoir sans danger. On disait que

vous étiez heureuse. Et je m'en réjouissais. Ah!
pauvre fou que j'étais! Après tant de déceptions et
d'épreuves, je croyais mon cœur usé et mort. Avec
une profonde douleur, je l'ai senti se ranimer et renaître. En un instant j'ai retrouvé tous mes souvenirs.
Je vous ai revue, hélas! si soucieuse, malgré les
efforts que vous faisiez pour dissimuler vos soucis
et votre tristesse! Vous auriez pu tromper un autre
que moi. Mais depuis longtemps votre visage ne
sait plus rien cacher à mes yeux. Heureuse, voyez-
vous? je vous aurais adorée de loin, sans qu'une
parole de moi vînt troubler votre repos... Mais
vous souffriez! Alors, je n'ai plus été maître de ma
volonté. Je me suis senti entraîné vers vous par
une puissance irrésistible, et j'ai compris qu'il n'y
avait pour moi, en ce monde, d'autre femme que
vous.

Claire avait écouté avec étonnement ces paroles
passionnées. Pas une fibre de son cœur n'avait
tressailli. Cet homme qui lui parlait si tendrement
était-il bien celui qu'elle avait aimé au point d'en
perdre la raison? Sa voix, qui la faisait autrefois
tressaillir, la laissait maintenant froide et un peu
irritée. Elle vit en lui un de ces adroits comédiens
qui bouleversent l'esprit et ébranlent les nerfs des
femmes mal équilibrées. Elle ne pensa pas un seul

instant qu'il pût être sincère et ne vit dans sa poursuite que le désir assez bas de satisfaire un soudain
caprice.

— Savez-vous que vous ne manquez pas d'impudence ? dit-elle avec âpreté. Ayant eu autrefois à
choisir entre une femme que vous disiez aimer, et
une fortune qui vous tentait, vous n'avez pas hésité:
vous avez fermé votre cœur et ouvert votre caisse.
Puis, aujourd'hui que vous avez l'argent, vous ne
seriez peut-être pas fâché d'avoir la femme. Et vous
venez me faire des avances! Ah! mon cher duc,
vous êtes trop ambitieux! Pas tout! Ce serait du
cumul !

Le duc hocha la tête avec mélancolie :

— Comme vous me parlez durement ! dit-il. Je
savais bien que vous m'en vouliez toujours.

Claire fit un brusque mouvement, ses yeux bril-
lèrent d'indignation, et, d'une voix tranchante :

— Vous en vouloir ! s'écria-t-elle. Vous vous
flattez, mon cher ! Si j'éprouvais pour vous un sentiment quelconque, ce serait de la reconnaissance,
car enfin, si je suis la femme de M. Derblay qui est
aussi utile que vous êtes incapable, aussi dévoué
que vous êtes égoïste, aussi généreux que vous
êtes mesquin, en un mot qui a toutes les qualités que vous n'avez pas, et aucun des défauts

que vous avez, n'est-ce pas à vous que je le dois?

Le duc se mordit les lèvres; chacun des mots de cette violente apostrophe l'avait atteint en plein visage comme un soufflet.

— M. Derblay, dit-il, en essayant de dominer Claire du regard, est sans doute parfait. Mais il a un léger travers qui rend sa perfection inutile... pour vous, du moins : il ne vous aime pas! Il y a quelques mois seulement qu'il est votre mari. S'il vous appréciait à votre valeur, il devrait être à vos côtés, attentif et tendre ! Où est-il? Près de la duchesse '

— Votre femme ! s'écria Claire avec violence.

Puis, faisant un effort sur elle-même et reprenant son calme :

— Eh bien ! Pourquoi en serais-je émue, quand cela ne vous trouble pas ?

— Oh ! moi, je ne suis pas jaloux, répondit le duc d'un ton léger. Et puis je connais la duchesse. C'est une admirable poupée, couverte de dentelles et ornée de bijoux. Sous cette parure, ni tête ni cœur. Où la passion irait-elle se loger? Tandis que votre mari...

Il se rapprocha, et parlant de près à la jeune femme, comme s'il eût craint que le venin de ses paroles, en passant dans l'air, perdît de sa perfide âcreté :

— Vous l'avez vu près d'elle, il n'y a qu'un instant... Oh! l'ingrat qui méconnaît son bonheur! L'imprudent qui risque de le perdre! Allez! laissez-le avec la duchesse : ils se valent. Et souffrez que je reste près de vous, moi qui vous apprécie, moi qui vous comprends, moi qui vous aime.

Claire fit un pas en arrière, comme pour mettre une distance plus grande entre elle et le duc. Puis, oppressée, voulant paraître calme, et ne le pouvant pas :

— Ce que vous me dites là, fit-elle, tenez, je veux en rire...

— Oui, comme dit Figaro, pour ne pas être obligée d'en pleurer, reprit Bligny, car, au fond, c'est profondément triste. Vous voilà liée à un homme qui, pour vous, ne sera jamais moralement qu'un étranger. Tout, en lui et en vous, se combat et se repousse. C'est un plébéien et vous êtes une patricienne. Je suis sûr qu'il a des principes égalitaires, et vous, vous êtes aristocrate jusqu'au bout des ongles. Il est rude comme tout ce qui émane du peuple, et cela vous choque. Vous êtes fière comme tout ce qui tient à la noblesse, et cela le froisse. Les deux races dont vous êtes sortis sont ennemies

22

nées l'une de l'autre. Les aînés de ce monsieur ont
fait gaillardement couper la tête de vos grands parents, ma chère. En un mot, tout vous dispose
à vous haïr, et rien ne vous entraîne à vous aimer.

Claire releva superbement la tête et, bravant le
duc :

— Je l'aime, cependant dit-elle, vous le savez
bien !

— Vous vous imaginez que vous l'aimez ! reprit
Bligny avec douceur, et comme s'il essayait de
faire entendre raison à un enfant. Parce que vous
êtes jalouse ! Mais il y a des jalousies de toutes
sortes. Il y a celle qui naît de l'amour et il y a aussi
celle qui naît de l'orgueil. C'est de celle-là, j'en
jurerais, que vous souffrez. Votre mari vous né-
glige, et, si peu que vous teniez à lui, cela vous
irrite. C'est très naturel ! Et vous vous attachez à
lui par esprit de contradiction. Toutes les femmes
sont ainsi faites. La crise que vous traversez, eh !
mon Dieu, je la connais sur le bout du doigt !

Claire, silencieuse, pleine d'étonnement et de
dégoût, écoutait le duc développer son audacieuse
analyse. Bligny prit pour de la curiosité ce qui
n'était que de la stupeur. Et, avide de poursuivre
l'œuvre de démoralisation qu'il croyait avoir si
bien commencée :

— Tenez, je joue franc jeu avec vous, poursuivit-il en riant, cartes sur table : La crise se compose de quatre phases, comme le mouvement de la lune. En ce moment vous êtes dans la première, dite phase de la résistance. Votre mari vous échappe, vous vous acharnez à le reconquérir : c'est une idée fixe. Lui, il résiste, et bientôt vous vous apercevrez que vos efforts sont inutiles. Ce galant homme, qui se bornait à marivauder, va en venir résolument à l'infidélité. Et vous allez entrer dans la seconde phase, dite de la désillusion. Tout s'écroule, vos illusions sont perdues, votre tranquillité détruite. Vous tombez dans un abattement profond et vous vous tournez tout d'abord vers Dieu, seul consolateur des grands désespoirs. Mais comme votre époux poursuit le cours de ses succès, votre foi commence à s'aigrir. Cet heureux homme est trop gai, et vous êtes trop triste. Après tout, vous n'avez que vingt-deux ans, et vous avez droit à l'amour. On ne peut pas vivre toujours seule. Une sourde irritation s'empare de vous, et vous entrez dans la troisième phase, dite de la colère. Un voile est tombé de vos yeux, vous voyez votre mari, tel qu'il est en réalité, c'est-à-dire maladroit, commun et sot. Vous êtes étonnée de l'avoir regretté une minute. Et vous vous découvrez des aspira-

tions vagues à certaines compensations. Ah ! cette
fois, gare à l'époux volage, car la fin de la crise approche ! Vous voilà rougissante encore, mais résolue, qui mettez votre joli pied dans la phase de
la consolation. Regardez devant vous : tout y est
rose, tout y est fleuri, tout y est gai. On y oublie
admirablement ! Allons, encore un pas et vous y
êtes. Vous hésitez ? Madame, permettez que je vous
offre la main pour vous faire les honneurs de cette
phase, à laquelle je vous attends, avec un peu d'espérance et beaucoup d'amour.

Le duc voulut prendre la main de Claire. Brusquement la jeune femme le repoussa, et lui montrant un visage assombri et menaçant :

— Vos calculs sont ingénieux, dit-elle, et témoi-
gnent d'une longue étude des femmes. Seulement
je regrette de voir que si vous avez consciencieuse-
ment observé les folles et les dépravées, vous avez
négligé de tenir compte de celles qui sont honnêtes.
Il y a, je suis fière de vous l'apprendre, des femmes
malheureuses qui ne perdent pas la raison, qui re-
fusent de se venger, et qui se trouvent suffisamment consolées quand elles gardent l'estime d'elles-
mêmes et méritent le respect d'autrui.

— Bien, bien ! fit le duc, vous êtes dans votre rôle:
phase de la résistance.

— Si vous persistez, je ne pourrai que vous haïr !

— Je persiste parce que je ne puis que vous aimer !

— Ce que vous appelez votre amour est une persécution indigne ! Quel homme êtes-vous donc pour vous exposer à ma haine, après avoir mérité mon mépris ?

Le duc resta un instant silencieux, regardant Claire debout, frémissante et farouche. Une tresse de ses blonds cheveux s'était détachée et flottait éclatante sur son épaule. Sous son amazone de drap bleu, sa poitrine se soulevait, sa main, crispée sur sa cravache, agitait la mince tige de cuir tressé comme une arme. Elle était admirable ainsi.

Un désir furieux s'empara de Bligny. Il devint pâle, ses yeux se troublèrent, et, marchant vers la jeune femme, les bras ouverts :

— Rien ne me coûtera pour vous obtenir, balbutia-t-il.

Il la touchait. Elle sentit son souffle brûlant passer sur son visage. Elle se rejeta en arrière, et les sourcils bas, la bouche serrée :

— Prenez garde ! cria-t-elle : si vous faites un pas de plus, je vous traite comme le dernier des lâches, et je vous coupe le visage !

Il la vit le bras levé, énergique et redoutable, prête à frapper, et recula d'un pas.

Alors, fière d'avoir triomphé, redressant sa haute taille, mais tremblante encore de la résolution prise:

— En suis-je donc venue à ce point que vous osiez m'insulter ainsi? Suis-je donc si publiquement abandonnée qu'on puisse inpunément me faire subir de tels outrages? Si j'avais près de moi un homme pour me défendre, m'attaqueriez-vous de la sorte? Donc, je suis seule, et on peut tout se permettre! Eh bien! vous voyez que suis capable de me défendre moi-même!

Le duc, redevenu calme, s'inclina devant la jeune femme.

— Vous changerez, dit-il, l'avenir est à moi. Je suis patient, j'attendrai.

Cette froide et audacieuse réponse exaspéra Claire. Elle regarda le duc avec des yeux égarés, et, la voix entrecoupée par la violence de son émotion:

— Sachez-le donc, s'écria-t-elle, fussé-je la plus malheureuse des femmes, dussé-je, ce qui est impossible, devenir la plus indigne et me perdre! Eh bien! Vous êtes arrivé à m'inspirer tant d'aversion et de dégoût, que je prendrais n'importe qui, un inconnu, un passant, plutôt que vous!

Ce cri de fureur laissa le duc très froid. Et, avec le même sourire confiant qui avait le don de mettre Claire hors d'elle, il dit :

— Nous verrons !

La jeune femme ne se donna même pas la peine de répondre. Elle se détourna de lui, et, montant vers le carrefour dont elle était séparée par un rideau mouvant d'aulnes et de trembles, elle se rapprocha de l'endroit où les valets de pied de M. Moulinet préparaient, pour les chasseurs, un appétissant en-cas.

Au fond d'elle-même, un sentiment de crainte était resté de la brusque agression du duc. Elle l'avait vu les yeux étincelants, les mains tremblantes, le visage blême, avide de la saisir. Elle eut horreur de la lutte à laquelle, grâce à son énergie, elle venait une première fois d'échapper. Et n'ayant plus confiance en l'honneur de ce gentilhomme, qu'elle avait pendant si longtemps adoré comme un Dieu, avec une tristesse immense, elle vint se mettre sous la protection des laquais.

— Attention, dit le premier maître d'hôtel à ses aides, voilà notre monde qui arrive.

Par toutes les routes de la forêt, comme une bruyante avalanche, les voitures revenaient, roulant sourdement sur le tapis vert du gazon. Les cavaliers suivaient sur les bas-côtés. Et c'étaient de joyeux appels de toute cette jeunesse échauffée par une course folle. Ils étaient encore à plus de cinq cents mètres et le bruit de leurs voix animées arrivait distinctement. Libres de tous soucis, livrés tout entiers à la douceur de l'heure présente, ils jouissaient complètement de cette belle journée. Claire fit entre cette gaieté et sa mélancolie un douloureux rapprochement. Elle en voulut à la nature entière d'être en fête, quand elle était si triste, ne se souvenant pas, hélas ! qu'elle était elle-même l'unique auteur de son mal.

Une voiture, en entrant dans le rond-point, l'arracha à ses désolantes pensées. La marquise était assise au fond, comme dans sa vaste bergère, un petit châle de dentelle sur les épaules. Claire alla à elle comme vers le salut. L'air lui sembla purifié par la présence de cette noble femme. Auprès d'elle, en un instant, elle retrouva la tranquillité. Madame de Beaulieu, indolente comme à son ordinaire, n'avait pas mis de hâte à descendre dans la forêt. C'était surtout pour voir sa fille à cheval qu'elle s'était arrachée à sa douce paresse et qu'elle avait fait atteler sa grande calèche.

— Eh quoi ? dit-elle, tu es ici, toute seule ! Où est donc ton mari ? Et Sophie, que fait-elle ?

— La baronne vient de me quitter à l'instant, répondit Claire sans se troubler, et, quant à Philippe, j'ai exigé qu'il suivît la chasse. Il ne faut pas qu'un mari s'affiche en public avec sa femme, cela ferait jaser...

Elle était rieuse et paisible. La marquise la contempla avec une satisfaction profonde. Jamais le soupçon n'avait effleuré son esprit un peu superficiel.

— Vous êtes assez heureux pour vous donner le luxe de cacher votre bonheur, dit madame de Beaulieu. Ah ! ce Philippe, c'est la perle des gendres !...

Le gros des cavaliers, arrivant au grand trot, coupa la parole à la marquise, et permit à Claire de dissimuler l'embarras que lui causaient les éloges de sa mère. La Brède et Du Tremblays, sur leurs chevaux blancs d'écume, l'un rouge et comme près d'éclater, l'autre très pâle et semblant sur le point de défaillir, étaient bruyamment entourés par l'escadron joyeux, répandant à profusion les paroles d'éloges sur la vigueur avec laquelle les deux jeunes gens avaient soutenu la poursuite. Pontac, sa trompe à la Dampierre à la bouche, sonnait à pleins poumons l'hallali par terre, pendant que son piqueur Bistocq, à pied, les bras ballants, arrondissant le dos d'un air maussade, tirait derrière lui sa grande bique rouge et mâchonnait entre ses dents des critiques violentes, à l'adresse des amateurs qui jouaient à la chasse, esquintant les braves bonnes bêtes de chevaux, pour courir après des morceaux de papier, sauf votre respect, comme si on était des chiffonniers !

D'un coup d'œil, Claire vit Philippe qui revenait avec Suzanne et la baronne. Sophie, prenant les devants, s'arrêta auprès de son amie et lui jeta dans l'oreille ces mots qui mirent des roses sur les joues de la jeune femme :

— Quand nous sommes arrivés, il n'était déjà plus auprès d'Athénaïs. Il l'avait plantée là tout net, la laissant à cet imbécile de Pontac, qui ne sait que faire du bruit dans un cor de chasse. Un joli talent qu'il a, ce grand benêt ! Et agréable en société !

Elle se mit à rire, regardant, en clignant des yeux, avec l'insolence involontaire des myopes, Athénaïs qui arrivait assourdie par la trompe de son compagnon, mais n'osant rien dire, dans la crainte de paraître manquer de solidité.

En apercevant Claire, Athénaïs mit cependant son cheval au galop, et adressant un geste ironique au duc immobile et indifférent, debout à quelques pas de la calèche de madame de Beaulieu :

— Eh bien ! duc, vous voilà retrouvé ? En même

temps que madame Derblay, hein ? C'est très aimable à vous d'avoir tenu compagnie à votre cousine !

Athénaïs lança un regard diabolique à Philippe, essayant de faire pénétrer une injurieuse pensée dans son esprit. Elle voulait ainsi prendre sa revanche de l'abandon un peu humiliant dans lequel il l'avait trop promptement laissée. Le maître de forges, pris à partie, s'avança ferme et presque menaçant. Claire pâlit. Les deux hommes allaient-ils se trouver lancés l'un contre l'autre par l'implacable haine de la duchesse ?

— Je n'ai pas été assez heureux pour pouvoir tenir compagnie à ma cousine, comme vous le dites si bien, répondit le duc en s'inclinant respectueusement devant madame Derblay. Quand je suis arrivé ici, ma tante m'avait devancé.

— Alors, mon cher, c'est que vous avez un mauvais cheval, il faudra le changer, reprit la duchesse.

Et, les dents serrées par la colère en voyant sa méchanceté déjouée, elle donna un violent coup de cravache sur les oreilles de sa jument qui bondit de côté et se cabra, secouant avec fureur son mors blanc d'écume.

Le duc s'avança froidement, saisit la bête par la bride, l'arrêta sur place, et, aidant Athénaïs à descendre :

— Rien n'est de plus mauvais goût que de faire
ainsi pointer son cheval, ma chère, dit-il de près,
avec son air impertinent. Sans compter que vous
montez médiocrement, et que vous pourriez vous
faire désarçonner... Ce qui serait d'un effet fâcheux!
Croyez-moi, défaites-vous de ces façons-là : elles sen-
tent la boutique à plein nez !

Et laissant la duchesse blême de rage, de son
même pas tranquille, Bligny alla rejoindre ses
amis et toaster avec eux au succès de la journée.

Claire, frissonnante et glacée, était montée dans la
voiture de sa mère, et l'avait priée de la reconduire
à Pont-Avesnes. Elle avait comme un poids sur le
cœur. La réponse faite par le duc à Athénaïs, et
qui avait si à propos empêché la périlleuse intervention de Philippe, lui paraissait l'avoir engagée
dans une sorte de complicité. Elle fut sur le point
de tout dire à son mari, préférant son blâme, sa
colère, à cette odieuse connivence avec l'homme
qui l'avait outragée. Cependant elle n'osa point
parler. Et soupirant, elle se vit condamnée éternellement à ce mensonge qui lui causait une si violente
répulsion, obligée de tromper, partout et toujours,
et de montrer un visage souriant quand elle avait
ce désespoir dans l'âme.

Elle jeta de timides regards sur Philippe qui chevauchait à côté de Bachelin remonté dans son cabriolet. Le maître de forges montrait un visage tranquille. Il causait avec le vieux notaire, sans que sa voix trahît aucune émotion. Claire pensa qu'elle avait pu se tromper, en croyant voir dans ses yeux une lueur de colère, quand il s'était avancé vers le duc. Mais elle connaissait le pouvoir de Philippe sur lui-même. Peut-être, en ce moment, se contraignait-il à paraître insouciant.

Claire espéra qu'il était jaloux. Au risque de sa vie, elle en vint à désirer le voir s'emporter en menaces, lever la main sur elle, comme il l'avait fait une fois dans la nuit terrible. Elle n'accepta pas de rester plus longtemps dans l'incertitude. Elle se promit de lui parler dès le lendemain pour son frère, et de pénétrer enfin dans la mystérieuse pensée de son mari. Sa résolution étant prise, elle voulut être gaie, elle fit effort pour dissiper les nuages qui voilaient son front, et, comme le comédien qui entre en scène pour débiter un rôle, elle se fit un masque souriant.

Au loin, sous la feuillée, on entendait le murmure affaibli de la joyeuse compagnie, et, éveillant les échos des bois, la trompe de Pontac qui sonnait la mort du cerf, incarné dans les dissemblables personne du gros La Brède et du petit Du Tremblays.

XVI

Dans son **grand** cabinet aux meubles sévères,
Philippe était en train de travailler. Son bureau
était couvert de papiers, sur lesquels il jetait rapidement un coup d'œil. D'un trait de plume, il appo-
sait une signature sur la pièce examinée, et actif,
sans une distraction, il passait à une autre. Il était
dix heures. Le soleil brûlant tombait d'aplomb sur
la façade du château. Un rayon indiscret, en venant se poser sur le front du maître de forges, interrompit son travail. Il se leva, et allant à la fenêtre, il laissa un instant ses yeux errer sur le jardin.

Au bord de la pièce d'eau, abritée sous une tente
de coutil rayé, Suzanne, vêtue d'une robe blanche,
pêchait distraitement. Sa ligne plongeait dans le

bassin, et son flotteur, agité par les tiraillements d'un poisson qui avait saisi l'hameçon, dansait, faisant onduler l'eau en cercles brillants. La jeune fille, les yeux perdus dans l'espace, semblait suivre avec satisfaction une pensée heureuse. Elle restait immobile, le visage radieux, perdue dans son rêve.

Un sourire passa sur les lèvres de Philippe. Il ouvrit doucement sa fenêtre et, s'adressant à la jeune fille :

— Suzanne, dit-il, tu sais que ça mord !

L'enfant tressaillit, et se tournant vers son frère avec une gracieuse moue :

— Oh ! Philippe ! dit-elle, tu m'as fait peur.

— Tire donc ta ligne, dit le maître de forges ; il y a dix minutes qu'une perche se débat au bout. Ce n'est pas bien de faire souffrir ainsi les bêtes !...

Instinctivement Suzanne amena le mince roseau, dont le scion pliant fit jaillir hors de l'eau le poisson, comme un éclair d'argent. La jeune fille, de sa main gantée, décrocha la perche et la fit tomber dans une poche en filet qui baignait près de la rive sous les herbes.

— J'en ai douze, s'écria fièrement Suzanne, en montrant à son frère le filet rebondi.

— Ça fera une friture, dit gaîment le maître de

forges. C'est égal, elles y mettent de la bonne volonté !

Il regarda un instant sa petite sœur qui, gravement, embrochait un ver rouge avec son hameçon. Sous ce ciel bleu, dans la pénombre de la tente, elle apparaissait si rose, si fraîche, qu'un attendrissement subit s'empara de son frère. Un soupir gonfla sa poitrine : il envoya à l'enfant adorée un silencieux baiser. Et, laissant tomber le store qui devait le garantir du soleil, il referma sa fenêtre. Le cabinet se trouva plongé dans une demi-obscurité fraîche. Derblay, revenant à son bureau, allait s'asseoir, quand un coup discrètement frappé à la porte l'arrêta.

— Entrez, fit-il avec indifférence.

La porte s'ouvrit, et Claire, rougissante, très émue, mais décidée, parut sur le seuil.

— Je ne vous dérange pas ? demanda-t-elle en s'approchant, pendant que Philippe, très surpris de cette demande inattendue, lui avançait courtoisement un fauteuil.

— Pas le moins du monde, répondit-il, simplement. Et, s'adossant à la cheminée, il attendit.

Claire assise, la tête un peu renversée sur le dossier de son siège, regarda un instant autour d'elle. Elle n'entrait jamais dans cette pièce qui était tout à fait personnelle à Philippe. Sa gravité un peu froide, qui était comme un reflet du caractère de celui qui l'habitait, lui plut. Elle examina chaque objet avec complaisance. En réalité, elle n'était pas fâchée de retarder le moment où il faudrait parler. Le cœur lui battait très fort, et elle avait les tempes serrées.

Philippe debout, sur ses gardes, l'observait. Ce fut lui qui, le premier, rompit le silence.

— Est-ce que vous avez quelque chose à me demander? dit-il.

Claire tourna ses yeux vers son mari, et avec une nuance de tristesse dans la voix:

— Nous vivons si éloignés l'un de l'autre, qu'il faut que j'aie en effet une demande à vous adresser, pour que je me risque à vous déranger.

Philippe fit un geste de dénégation polie et, s'inclinant devant sa femme, comme pour l'encourager:

— Je vous écoute.

La jeune femme pencha le front, comme si elle voulait se recueillir. Elle tremblait et sa bouche était sèche. Jamais partie plus grave ne fut engagée avec plus d'angoisse.

— Ce dont j'ai à vous entretenir, dit-elle, est des plus important, et vous intéresse au moins autant que moi.

— Voyons.

Claire jeta à son mari un regard si chargé de muettes prières, que celui-ci eût dû tomber à genoux. Il resta circonspect, attendant.

— Avant tout, reprit la jeune femme, dites-moi, vous portez quelque intérêt à Octave, n'est-ce pas ?

— Mais, je ne crois pas, dit le maître de forges, un peu étonné, que votre frère ait eu jusqu'ici le droit d'en douter.

La réponse était ambiguë. Claire fronça légèrement le sourcil.

— Cet intérêt, si vous aviez occasion de le lui prouver ?

— Il est probable que je la saisirais.

C'était à ce point précis que Claire avait voulu amener son mari, en lui tendant le piège de ses questions. Il n'y avait plus qu'à indiquer le but de cet entretien. Emportée par la fièvre de la lutte commencée, la jeune femme n'hésita plus.

— Eh bien, dit-elle, cette occasion vient de se présenter : désirez-vous la connaître ? Je dois vous dire qu'elle est sérieuse et, qu'en cette circonstance, il ne s'agit pas que de mon frère...

— Que de détours ! interrompit le maître de forges. Ce que vous avez à me demander vous paraît-il si difficile à obtenir ?

Claire regarda son mari bien en face, comme si elle avait voulu ne pas perdre un mouvement de sa physionomie, puis, hardiment:

— Jugez-en, dit-elle. Octave aime votre sœur, et m'a chargée de vous la demander pour lui.

Philippe laissa échapper une sourde exclamation. Son visage était devenu sombre. Pour dissimuler son trouble, il fit quelques pas vers la fenêtre, devant laquelle il resta silencieux, soulevant de la main le store léger. Au bord de la pièce d'eau, Suzanne, inconsciente de ce qui se passait, continuait à rêver, laissant sa ligne baigner dans l'eau miroitante. Le maître de forges regarda cette enfant, candide et douce. Elle était faite pour le bonheur.

Claire, dévorée par l'anxiété, marcha au-devant de son mari et, le voyant pensif et absorbé:

— Vous ne répondez pas ? dit-elle.

Philippe se retourna et, parlant lentement, comme si ce qu'il avait à dire lui coûtait:

— Je suis désolé pour votre frère, mais ce mariage est impossible.

— Vous refusez? s'écria Claire, en proie à un trouble horrible.

— Je refuse, répéta le maître de forges froidement.

— Pourquoi?

Philippe regarda fixement sa femme comme s'il eût voulu lui faire entrer sa réponse jusqu'au fond du cœur :

— Parce qu'il y a déjà, dit-il, une personne malheureuse dans ma famille, du fait de la vôtre, et que je trouve que c'est assez !

— Prenez garde, reprit vivement Claire, de faire plus sûrement le malheur de Suzanne en la refusant à mon frère.

— Comment cela ? dit le maître de forges avec une soudaine animation.

— Elle l'aime.

Dans le jardin, la voix joyeuse de Suzanne, rangeant, aidée de Brigitte, tout son attirail de pêche, se faisait entendre.

Philippe s'arrêta un instant à l'écouter.

— Elle l'aime, répéta-t-il. Cela est en effet un grand malheur. Mais ma décision n'en sera pas changée. Si, la veille du jour où je devais vous épouser, quelqu'un m'en avait empêché, quitte à me briser le cœur, il m'aurait rendu un immense service. La cruelle expérience que j'ai faite, au moins aura servi à quelque chose. Si ma sœur doit pleurer, elle pleurera libre, et elle ne verra pas, comme moi, devant elle, un avenir irrémédiablement perdu.

Claire fut si rudement atteinte qu'elle ne put conserver son sang-froid.

— C'est une revanche que vous cherchez! dit-elle avec violence.

— Une revanche? fit le maître de forges avec hauteur. Croyez-vous qu'il me convienne d'en accepter une? Non! C'est une précaution que je prends, et tout me la conseille.

Claire se laissa tomber sur son fauteuil. Elle sentait dans les paroles de son mari un tel dédain et une telle résolution qu'elle renonça à combattre. Elle ne songea plus qu'à supplier.

— Voyons, dit-elle, je vous en prie, ne me rendez pas responsable du malheur de ces enfants... Je suis bien assez accablée moi-même. Que faut-il que je fasse pour vous fléchir! J'ai eu envers vous des torts graves, je le sais...

Philippe se mit à rire amèrement :

— Vous avez eu des torts graves envers moi? dit-il ; en vérité? Et vous daignez l'avouer? Mais voilà, il me semble, de grandes concessions que vous me faites!

Claire ne releva pas les paroles ironiques de son mari ; elle était décidée à ne se laisser rebuter par rien, et à aller jusqu'au bout :

23.

— Oui, je vous ai fait bien du mal, reprit-elle, mais vous me le faites durement expier...

— Moi? interrompit Philippe. Et comment? Vous ai-je adressé un reproche? Vous ai-je jamais dit une parole blessante? Ai-je manqué d'égards envers vous?

— Non! Mais combien j'aurais préféré votre colère à cette indifférence hautaine avec laquelle vous me traitez. Autour de moi j'entends tout le monde vanter mon bonheur. Partout où je vais on m'envie, on me fête. Je rentre dans notre maison. Où est-il mon bonheur? Je le cherche, et je ne trouve que la solitude, l'abandon, la tristesse.

Philippe redressa sa haute taille, et dominant la pauvre femme qu'il sentait si complètement tombée en son pouvoir:

— Il n'a pas dépendu de moi, dit-il, qu'il en fût autrement. Vous avez vous-même décidé de votre vie. Elle est telle que vous l'avez faite.

— C'est vrai, reprit Claire d'une voix brisée, mais au moins étais-je en droit de compter sur le repos, et je n'ai même pas pu l'obtenir...

Elle se leva, et, les mains crispées, gémissante, égarée:

— Cette misérable femme qui me hait, vient me poursuivre jusqu'ici, et vous le souffrez et vous

vous prêtez à ses manœuvres !... Elle vous affiche, elle vous compromet ! Et vous n'avez même pas pour moi assez de pitié pour m'épargner ses outrageantes bravades !... Oh ! mais je suis à bout de patience, cela ne peut durer plus longtemps, je ne le veux pas !

— Vous ne le voulez pas ? répéta Philippe.

Et comme Claire redisait avec une obstination furieuse :

— Non ! non ! Je ne le veux pas !

— Vous oubliez, dit sévèrement le maître de forges, qu'ici il n'y a que moi qui ai le droit de dire : Je veux !

Tout le sang de la fière jeune femme lui monta au visage. Elle se révolta. Et, aveuglée par la colère, emportée par la jalousie :

— Prenez garde ! cria-t-elle. Ne me poussez pas à bout ! Je puis subir votre indifférence, mais un dédain aussi insultant, un abandon aussi public... Je ne m'y résoudrai jamais !

Philippe s'arrêta devant elle, et, la regardant avec une railleuse curiosité :

— Comme c'est bien vous ! dit-il : comme vous êtes bien restée la même ! Toujours l'orgueil ! Vous vous inquiétez de ce que votre entourage va penser. L'opinion publique, voilà ce dont vous vous préoccupez par-dessus tout. C'est pour faire bonne figure aux yeux du monde que vous vous êtes jetée comme une folle dans l'aventure de notre mariage. Et aujourd'hui encore, exaspérée à la pensée qu'on peut vous critiquer, vous railler, vous perdez toute mesure, et vous vous oubliez jusqu'à me menacer!

— Oh! Non! je ne menace pas, interrompit Claire, ne pouvant plus retenir ses larmes, je supplie. Ayez pitié de moi, Philippe. Soyez généreux... Ne serez-vous donc jamais las de frapper si durement sur mon cœur? Vous êtes bien vengé, allez! vous pouvez être indulgent... Si vous ne voulez rien changer aux conditions de notre existence, au moins assurez ma tranquillité, délivrez-moi de la duchesse... Eloignez de moi le duc...

Elle avait prononcé ces derniers mots à voix basse, comme si elle avait honte de les laisser tomber de ses lèvres...

— De quoi vous plaignez-vous? reprit le maître de forges. Je les supporte bien, moi, lui et elle... Ce sont vos parents! Que dirait le monde, ce monde à l'opinion duquel vous subordonnez tout, si, sans raison, nous leur fermions notre porte? Il faut attendre patiemment et subir les nécessités de notre triste condition. La vie ne se modifie pas, au gré

du caprice d'une enfant gâtée. Tout y est grave et
sérieux. Et le malheur ne vient que trop facilement.
Il n'est pas besoin d'aller au-devant de lui. Vous le
savez maintenant. Jetés l'un et l'autre, par vous,
hors des chemins battus, notre devoir est de marcher en avant, puisque nous n'avons pas le droit de
revenir en arrière.

— Ainsi, dit Claire, je n'ai plus rien à attendre
de vous, rien à espérer?

— Rien ! dit froidement Philippe. Et souvenez-
vous que c'est vous qui l'avez voulu ainsi.

Claire regarda son mari. Les traits du maître de
forges étaient altérés. Ses yeux s'enfonçaient sous
ses sourcils. Il était pâle. Mais sa voix était ferme.

Elle eut un instant la pensée de se jeter à ses
pieds, de lui ouvrir son cœur, de lui avouer qu'elle
l'aimait. Elle marcha vers lui, elle étendit les mains
vaguement, la poitrine oppressée, étouffant... Mais
un dernier reste de fierté l'arrêta. Elle poussa un
profond soupir, et resta immobile.

Philippe vint à elle.

— Je suis obligé d'aller à l'usine, fit-il, calme
comme si rien ne se fût passé entre lui et cette
femme qu'il adorait. Excusez-moi de vous quitter.

— Que répondrai-je à mon frère ? demanda timidement Claire.

— Dites-lui que je compte sur sa loyauté pour ne pas dire un seul mot de mon refus à Suzanne. Je m'arrangerai, d'ici huit jours, pour éloigner momentanément cette enfant.

Et passant comme une ombre dans le cabinet obscur, il fit à Claire un signe de tête plein d'indifférence et sortit.

La jeune femme resta pendant quelques minutes seule dans la vaste pièce. Elle s'abandonna là à sa douleur, sans contrainte. Renversée sur le divan, elle mesura toute l'étendue de son malheur. Ainsi, c'était irrévocable. Vainement elle avait montré à Philippe la plaie saignante de son cœur : il n'avait jeté sur elle qu'un regard distrait. Elle n'existait plus pour lui. Il le lui avait dit, et il tenait sa promesse. Implacable, il ne voulait pas lui pardonner son égarement passager. Il la repoussait quand elle venait à lui. Elle s'accusa d'avoir perdu l'avenir de son frère. C'était par défiance de ce sang des Beaulieu, dont elle lui avait prouvé la fatale violence, que le maître de forges refusait Suzanne à Octave. Comment allait-elle lui apprendre cette désolante nouvelle ?

La voix de Suzanne résonnant dans la pièce voisine la fit se dresser sur ses pieds, avec la rapidité d'un chevreuil qui entend les aboiements de la

meute, elle redouta d'être surprise pleurant seule
dans le cabinet de son mari, et elle courut s'enfermer dans sa chambre. Elle donna ordre, à l'heure
du déjeuner, de dire qu'elle était souffrante et ne
descendrait pas. Puis, vers deux heures, quand elle
eût vu par la fenêtre Suzanne s'enfoncer dans les
massifs ombreux du parc, elle gagna furtivement
l'escalier, et, sortant par la petite porte de la cour,
elle partit à pied pour Beaulieu.

Le marquis, impatient de connaître le résultat
de la négociation engagée par sa sœur, faisait les
mille pas sur la terrasse, se doutant bien que la
jeune femme ne le laisserait pas longtemps dans le
doute. De loin, il vit Claire qui montait le chemin
assez raide qui conduit au château. Il fut douloureusement frappé de son attitude. Madame
Derblay suivait lentement le talus gazonné de la
route, le front penché, oubliant de s'abriter, quoique
le soleil, perçant de temps en temps entre les
nuages, fût très piquant. Son allure avait quelque
chose d'alangui et de détendu qui annonçait la défaite. Elle ne venait pas triomphante et alerte
comme une messagère de bonne nouvelle.

En un instant, le jeune homme arriva jusqu'à
Claire. Ils échangèrent un regard. Celui du frère
anxieux et troublé, celui de la sœur morne et désespéré.

— Mon Dieu, que s'est-il passé? murmura O
tave en prenant Claire convulsivement par le bra
et l'entraînant vers un rond-point entouré de banc
duquel la vue était admirable. Une odeur exquis
de tilleuls en fleurs venant jusqu'à Claire achev
de l'énerver, et, tremblante, les yeux pleins d
larmes, elle resta devant son frère sans prononce
une parole.

— Voyons, Claire, par grâce, reprit le marquis
qu'y a-t-il? Parle, tout vaut mieux que ton silence

Madame Derblay eut pitié de l'anxiété de so
frère, et, faisant un pénible effort :

— J'ai, mon pauvre ami, une triste réponse à
faire à la demande dont tu m'avais chargée, dit-elle.
Un mariage entre Suzanne et toi est impossible.

Octave recula d'un pas, comme si à ses pieds il
eût vu s'ouvrir un gouffre. Il regarda sa sœur avec
égarement, ne comprenant pas bien, et répéta

— Est impossible?... Comment?

Claire hocha la tête avec abattement :

— Philippe a refusé, dit-elle.

— Quelle raison ton mari a-t-il donnée? demanda le marquis.

Claire resta muette. Son embarras était extrême.
Qu'allait-elle répondre à son frère? Pouvait-elle lui
révéler le secret de sa douloureuse existence? Quel

prétexte inventer pour donner au refus de Philippe
une valeur acceptable? Et il fallait répondre, sans
paraître hésiter. Octave la tenait sous son regard,
cherchant la vérité sur le visage de sa sœur, dans
son moindre geste.

— Il n'a point donné de motif, balbutia Claire
rougissant de honte, il a refusé de s'expliquer.

— Sans motif? dit le marquis plein d'étonnement;
sans explication? Lui, Philippe, que j'aime tant! Il
n'a pas hésité à me faire un pareil chagrin?

Très ému, Octave s'essuya les yeux vivement, et
sa pensée active poursuivant ce motif que Philippe
n'avait pas voulu donner, et qui lui échappait, il
s'assit en silence, cherchant, désespéré. Brusquement il poussa un cri : une lueur venait d'illuminer
son esprit. L'argent!... Ce ne pouvait être que l'argent. Il était sans fortune et sans position. C'était
là sûrement la raison pour laquelle Philippe lui refusait Suzanne. Il se leva vivement.

Claire le regardait avec inquiétude. Le marquis
fit quelques pas, et, parlant tout haut, répondant à
sa pensée, sans s'en apercevoir, le front rayonnant
de confiance et d'ardeur :

— Sans position, c'est vrai, mais je m'en ferai
une, dit-il. Sans fortune... Eh! Philippe sait comment on s'enrichit... Je ferai comme lui...

Il s'arrêta, stupéfait, presque épouvanté. Claire venait de se dresser, lui saisissant la main avec force. Un mot l'avait frappée, un seul, dans ce qu'avait dit son frère : Sans fortune ! Mais il avait suffi pour la jeter dans un trouble inexprimable. Et, oubliant ses préoccupations, ses soucis, ses douleurs, de toutes les forces de son être, elle voulait qu'Octave le lui expliquât.

— Sans fortune, toi ? répéta-t-elle.

Et, d'un geste impérieux, menaçant même, elle réclamait une réponse. Octave embarrassé, confus, essaya de se détourner. Mais, avec une violence terrible, soupçonnant un mystère qu'il lui fallait à tout prix pénétrer, Claire le prit par l'épaule, et le dévorant des yeux :

— Que voulais-tu dire ?

— Je viens de prononcer imprudemment, répondit Octave, des paroles que tu n'aurais jamais dû entendre..... Tu ignorais la perte de ce procès. Tu devais l'ignorer toujours... Et moi, niais que je suis, j'ai trahi le secret que j'avais promis de garder !

Mais Claire n'écoutait plus le marquis : elle pensait. Le procès perdu, c'était la ruine. Son frère sans fortune, elle était sans dot. Un doute horrible la saisit ; elle frémit, ses yeux s'agrandirent, et, se tournant vers Octave :

— Quand je me suis mariée ?... dit-elle seulement, achevant sa phrase par un geste.

— Le désastre était accompli.

— Et mon mari... Philippe? Le savait-il?...

—Il le savait. Et il avait défendu qu'on t'en parlât. Il ne voulait pas voir une ombre sur ton front. Il a été, en cette circonstance, d'une générosité et d'une délicatesse admirables...

Claire poussa un cri, et battant l'air de ses bras, comme une folle, la voix entrecoupée :

— Il a fait cela ! cria-t-elle. Et moi !... Moi ! Oh ! malheureuse que je suis !

Dans une évocation subite, la chambre aux hautes tapisseries, sur lesquelles les guerriers souriaient silencieusement aux déesses, lui apparut, telle qu'elle était le soir de son mariage, avec le grand feu qui brûlait dans la cheminée à laquelle elle s'accoudait frémissante. Elle revit Philippe pâle et tremblant, presque à ses pieds, puis relevant fièrement le front quand elle lui avait crié : Prenez ma fortune !... Sa fortune ! Comme il avait souri avec dédain ! Elle comprenait pourquoi, maintenant. Et dans son désespoir la vérité, si navrante et si humiliante, lui montait aux lèvres. Il fallait qu'elle parlât, qu'elle s'accusât. Hors d'elle-même, et prise d'un désir furieux de se frapper pour punir sa chair, ne pouvant châtier son âme :

— Oh ! j'ai menti, balbutia-t-elle, tout à l'heure, quand je t'ai dit que je ne savais pas pourquoi il t'a refusé sa sœur. C'est à cause de moi, créature indigne, qui cause le malheur de tout ce qui m'approche !

Et, tout d'un élan, elle fit à son frère sa triste confession, n'atténuant rien, appuyant sur ses torts, et montrant dans toute son horreur l'acte qu'elle avait commis.

— Et lui, reprit-elle, si fier, si désintéressé, si bon, même dans sa colère, car il m'a épargnée ! D'un mot il pouvait m'écraser. Il ne l'a pas pas fait ! Et moi, je l'ai entendu me supplier. Je l'ai vu pleurer, et je suis restée insensible. Je n'ai pas compris tout ce qu'il y avait dans ce cœur d'amour sincère et profond !

Puis, transfigurée par la douleur, rayonnante de passion :

— Mais si tu n'avais pas parlé, malheureux, ma vie était à jamais perdue ! Qu'est-ce que je devenais ? Et c'est par hasard que tu m'as tout dit ! Oh ! béni sois-tu !

Elle prit son frère dans ses bras et l'embrassa

avec une reconnaissance éperdue. Et les paroles, comme un flot trop longtemps contenu, débordaient de ses lèvres.

— Claire, je t'en prie, calme-toi! dit Octave effrayé.

— Ne crains rien, va, tout est sauvé maintenant, reprit-elle, pleine d'exaltation. Je réparerai le mal que j'ai fait, j'assurerai ton bonheur... Philippe! Oh! je me mettrai à ses genoux. Tout me sera facile et doux pour réussir... J'ai encore été aujourd'hui bien peu adroite avec lui. Mais je n'étais pas maîtresse de moi, vois-tu! je l'aime tant!

Un nuage passa sur son front. Le souvenir inquiétant de la duchesse lui revenait. Elle fronça les sourcils, et sourdement :

— Oh! je ne veux pas qu'on me le prenne maintenant! Il faut qu'il revienne à moi, ou je mourrai!

— Claire! s'écria le marquis...

Mais. avec une mobilité extrême, elle était, de la tristesse, passée à la joie. Et le visage rasséréné :

— N'aie donc pas peur, reprit-elle, en riant gaîment. Nous recevons demain, c'est ma fête... Tous nos amis seront là... Je veux être belle, et lui plaire... Je triompherai, j'en suis sûre! Et je le verrai de nouveau près de moi, confiant et tendre...

Ses nerfs qui, seuls, la soutenaient, soudain se détendirent. Elle chancela et vint tomber dans les bras d'Octave qui la porta sur le banc de gazon. Des sanglots déchirants soulevèrent sa poitrine. Et pendant longtemps elle resta accablée, écoutant, sans dire une parole, les affectueuses consolations de son frère.

Quand elle eut repris possession d'elle-même, elle resta grave, assise près du marquis, regardant la vallée qui s'étendait devant elle, verdoyante et recueillie, traversée par l'Avesnes qui courait dans les prés comme un ruban argenté. Le parc étendait jusqu'au pied des collines les sombres massifs de ses grands arbres que le château dominait de ses toits aigus. Les grandes cheminées de l'usine traînaient dans le ciel leurs fumées lourdes, et le clocher de la petite église se dressait, surmonté de son coq qui brillait, frappé par les rayons obliques du soleil à son déclin.

C'était dans ce coin tranquille que Claire rêvait de vivre. Elle se rappela qu'autrefois elle l'avait, de cette même place, regardé avec dédain et colère. Maintenant, pour elle, il représentait le paradis. C'était là qu'était Philippe.

XVII

La Sainte-Claire était justement tombée cette
année-là un dimanche. La Sainte-Suzanne, par un
rapprochement heureux, était la veille. Philippe
qui, depuis le naufrage de son bonheur, subor-
donnait toutes ses actions aux nécessités de sa position, n'avait pas cru pouvoir se dispenser de célébrer ce double anniversaire. Il n'avait point reçu
depuis qu'il était marié. La maladie de Claire
avait pris tout l'hiver, et sa convalescence s'était
prolongée assez avant dans le printemps pour que
le maître de forges pût, aux yeux mêmes des plus
soupçonneux, être excusé d'avoir laissé sa maison
fermée.

L'agitation morale de Claire s'étant, à différentes

reprises, trahie assez visiblement, le maître de forges avait résolu de faire montrer publiquement de sa tendresse pour sa femme, en donnant une fête en son honneur. Depuis dix jours les invitations étaient lancées quand la tentative de rappprochement, faite par la jeune femme sur son mari, avait porté à l'état aigu la situation douloureuse qui existait entre eux à l'état chronique.

Philippe, découragé, songea un instant à décommander ses invités. Mais on était à la veille du jour choisi. Il compta sur l'énergie de Claire. Il savait que, par fierté, elle était capable de montrer un front riant à tout son entourage. Et le cœur ulcéré, mécontent des autres et de lui-même, le maître de forges se prépara de son côté à faire gaîment les honneurs de Pont-Avesnes.

Enfermée, depuis le matin, avec la baronne, dans son appartement, Claire se prépara à la lutte. Elle voulait plaire. Elle resta étendue dans un demi-jour, se reposant pour avoir le teint vermeil. Elle se soigna, comme une courtisane qui veut faire la conquête d'un Nabab, ne négligeant aucun des artifices de la toilette, et rehaussant, par le charme de sa mise, son incomparable beauté.

Elle fit choix d'une robe blanche, garnie de Valenciennes et ornée de bouquets de roses naturelles. Le corsage demi montant dans le dos, laissait voir l'adorable naissance des épaules, et par-devant décolleté, montrait la superbe poitrine, dont la blancheur était encore relevée par le ton éclatant d'une guirlande de roses, partant du haut du bras, et descendant jusqu'au bas de la jupe, entourant la jeune femme tout entière de ses replis embaumés. Ses admirables cheveux blonds étaient massés sur le haut de sa tête, découvrant hardiment sa nuque de neige et portaient pour tout ornement un piquet de roses du Roi. Elle était si belle ainsi, que Brigitte et Suzanne, qui l'avaient habillée elles-mêmes, saisies d'admiration, se mirent à battre des mains. Claire jeta dans la glace un coup d'œil reconnaissant, et, frémissante, l'heure étant venue de paraître, elle descendit.

Dans le grand salon Louis XIV, Philippe, en habit noir et en cravate blanche, et le baron, les manches de sa jaquette retroussées et les mains toutes jaunes, causaient sous le feu des lustres allumés. La baronne, qui entrait avec Claire, poussa un cri de désespoir.

— Ah ! mon ami, d'où sortez-vous, dans cet état et à une pareille heure ? Et quelles mains avez-vous ?

— Excusez-moi, chère amie, dit le baron, rou-

gissant comme un écolier pris en faute, je me suis
un peu attardé au laboratoire... Et c'est un bain
d'iode, que j'ai renversé par mégarde, qui m'a
légèrement teinté les doigts...

— Légèrement ! s'écria la jeune femme, mais
c'est une horreur, vous ne serez pas présentable...
Vous avez l'air d'un photographe !...

Le baron se mit à rire :

— Cela va s'en aller très bien, je vous assure.

Et il se dirigeait du côté de sa femme.

— Ne m'approchez pas ! dit celle-ci en reculant
avec effroi ; j'ai une robe neuve ! Vite, allez vous ha-
biller. Vous avez juste le temps !

Le baron, heureux d'en être quitte à si bon
compte, disparut comme un sylphe.

Philippe regardait Claire. Dans toute la splendeur de sa beauté, elle s'avançait vers lui. Elle était
rayonnante, et nulle trace de ses soucis ne se voyait
sur son visage. En lui-même, le maître de forges
admira la fermeté d'âme de la jeune femme. Il
pensa qu'elle était vraiment vaillante, et il lui sut
gré de faire si brillamment son devoir. Lui adressant un sourire qui la fit pâlir de joie, il s'approcha
d'elle, tenant dans sa main un écrin de cuir noir
sur lequel étaient gravées les initiales C. D.

— Vous êtes assez pauvre en bijoux, lui dit il en

s'inclinant. A l'époque de notre mariage, je n'ai pas su me procurer tout ce que je désirais pour vous. Laissez-moi donc réparer cette négligence.

Et il tendait l'écrin. Claire, interdite, hésitait à le prendre. La baronne s'en saisit vivement, l'ouvrit, et, en tirant une merveilleuse rivière en diamants, elle la fit, avec des cris de joie, étinceler à la lumière :

— Oh ! ma chère, vois donc, c'est un cadeau princier !

Le front de Claire se rembrunit. C'était un cadeau princier en effet. La jeune femme pensa aux quarante mille francs en or, produit prétendu de sa dot, qui dormaient dans un tiroir de son beau meuble d'ébène. Elle les ajouta à la somme énorme qu'avait dû coûter le collier, et elle se sentit humiliée au plus profond d'elle-même. Quelle leçon de générosité Philippe lui donnait encore ! L'argent, qui avait été son suprême argument, à elle, il le dépensait, lui, avec une indifférence royale, semblant n'en faire aucun cas, quoiqu'il l'eût gagné par un travail acharné.

— Allons, Philippe, attachez-le lui vous même au cou, ce signe d'esclavage. C'est bien le moins que vous puissiez faire, dit malicieusement la baronne.

Puis, se tournant vers son mari qui entrait, vêtu avec une correction parfaite :

— Vous qui cherchez toujours des petits cailloux, mon cher, tâchez donc d'en trouver quelquefois dans ce genre-là !

Le maître de forges attachait d'une main tremblante le ruban d'argent, orné de pierres étincelantes, sur les épaules de sa femme. Il effleura des doigts cette peau satinée, et il la vit frissonner à son contact.

— Allons ! allons ! reprit la baronne, un jour comme celui-là, c'est de règle, on s'embrasse...

Et elle poussa Claire dans les bras de Philippe devenu pâle comme un mort. Le maître de forges approcha ses lèvres du front de sa femme, et, la gorge serrée par l'émotion, les yeux troublés, se demandant avec angoisse s'il allait s'évanouir, il prit le plus froid et le plus désiré des baisers

Puis, brusquement, il passa dans le salon voisin, avide de s'arracher à la captivante douceur de ce rapprochement.

Claire n'avait pas jusqu'ici pu juger complètement l'importance de la position de son mari. Partout où il allait, elle le voyait accueilli avec déférence et empressement. Ce fut en recevant chez elle tout ce que le département comptait de gens considérables qu'elle comprit de quelles influences le maître de forges disposait.

Le dîner réunit M. Monicaud, le préfet républicain à transformations, sachant mitiger ses opinions quand il allait dans le monde ; le procureur général, homme grave et compassé ; le trésorier-payeur, ancien viveur, très aimable, et le général commandant la division. Toutes les autorités civiles et militaires. Le métropolitain de Besançon, Mgr Fargis, à qui Philippe avait fait don d'une grille admirable pour le chœur de la cathédrale, avait consenti à se déplacer, ce qu'il ne faisait pour personne. Et, assis à la droite de Claire, ce vieillard souriant avait, avec une grâce charmante, affronté la présence de M. le préfet du Doubs qui avait implacablement exécuté les décrets.

Athénaïs, décomposée par l'envie, assista au triomphe de sa rivale. Claire, soutenue, pour la première fois, par le regard de son mari, retrouva sa confiance. Elle causa avec esprit, trouvant le mot juste pour flatter l'amour-propre de chacun de ses convives. Elle se sentait admirée par Philippe, et, dévorée par le désir de lui plaire, elle déploya toutes les ressources d'une intelligence supérieure.

Le duc fut frappé de son rayonnant éclat. La

jeune femme, tendue dans un effort de volonté suprême, fut véritablement éblouissante. Bligny, fasciné, se laissa aller à la contempler avec une admiration qu'il ne sut pas assez dissimuler. Les yeux fixés sur elle, il oublia tout ce qui l'entourait. Sa passion surexcitée lui fit perdre toute mesure. Il ne vit pas Philippe qui l'observait avec une attention menaçante. Et d'ailleurs, que lui importait un mari ? On savait, depuis longtemps, qu'il était homme à lui prendre la vie après lui avoir pris l'honneur.

Moulinet, quoiqu'il fût très occupé à entortiller le préfet, qui se laissait aller, avec un abandon plein de révélations sur son passé riche en privations, aux jouissances de la bonne chère, fut frappé de l'attitude de Bligny. Il n'avait pas été sans remarquer que le duc, depuis son retour, s'occupait beaucoup trop de Claire. Il n'attachait aucune importance, en général, à ces marivaudages du jeune homme. Mais, dans ce cas spécial, il se sentit pris d'une vive inquiétude. Le maître de forges était une puissance, et, à la veille des élections, il fallait le ménager. Il se promit de parler à son gendre.

La duchesse, placée auprès de Philippe, s'efforçait par son babil d'attirer son attention. Elle le trouva distrait, froid, préoccupé. La marquise de

Beaulieu, assise à la droite du maître de forges, était
très tourmentée par la chaleur des lustres, et de
son éventail elle s'efforçait de se protéger le front,
Philippe, obligé de se dépenser à droite et à gauche
et d'être à tout le monde, souffrit horriblement de
voir le duc regarder Claire. Il lui sembla que les
yeux de Bligny, errant sur les épaules nues de la
jeune femme, les souillaient de chimériques caresses. Une colère terrible s'empara de lui. Il
connut tous les tourments de la jalousie. Et il
rêva la jouissance profonde de tuer cet homme
qui, lui ayant déjà fait tant de mal, le torturait
encore si cruellement.

Les paroles futiles d'Athénaïs, ardente à l'acca-
parer aux yeux de tous, le fatiguaient. Et il souhaita
ardemment d'être délivré de ces deux êtres odieux.
Le souvenir des prières de sa femme, lui demandant d'éloigner le duc et la duchesse, lui revint.
Il comprit la lassitude de Claire, en butte à la
haine de la femme et à l'amour du mari. Il résolut
de la délivrer de l'une et de l'autre. Mais éloigner
le duc, ne lui suffisait déjà plus. Il le haïssait
trop.

La fin du dîner fut un soulagement pour lui. Sur
la terrasse il faisait une fraîcheur délicieuse. Une
charmante surprise y attendait Claire. Tous les

massifs du parc étaient illuminés, et des guirlandes
de fleurs couraient sur toute la façade du château.

Moulinet avait ravagé ses serres pour la circonstance, et une corbeille, large de trois mètres, en
joncs tressés et dorés, était remplie des plus admirables variétés d'orchidées.

— Mon jardinier s'est arraché les cheveux en la
voyant partir de la Varenne, disait d'un air déta-
ché, entre haut et bas, à ceux qui le complimen-
taient, l'ancien juge au tribunal de commerce.

Cependant il ne perdait pas de vue son gendre
qui avait réussi, en manœuvrant avec art, à séparer Claire du groupe des jeunes femmes, et à la blo-
quer dans un coin propice.

Là, ces deux êtres qui s'étaient aimés, échangèrent en souriant les plus dangereuses paroles. Le
duc, passionné, avide de se concilier les bonnes
grâces de la jeune femme, faisant l'éloge de sa
beauté et protestant de son amour, Claire, farouche, violente, voulant se dégager d'un tête-à-tête
qui la faisait trembler, et élevant peu à peu la voix
au risque d'attirer l'attention de Philippe.

Alors Bligny changea de tactique : il se fit doux
et mielleux ; il ne parla plus que d'amitié. Il demanda à Claire de lui abandonner seulement sa
main, en signe de pardon. Et, en disant ces mots.

ses yeux, démentant son langage, flambaient, pleins de passion. Il se rapprochait peu à peu. Un instant, enhardi par la demi-obscurité, il serra Claire de si près que celle-ci s'écria :

— Prenez garde ! Si vous ne vous éloignez pas au risque d'un éclat, j'appelle mon mari !

Le duc avait porté l'exaltation de la jeune femme à un point extrême. Ce fut Moulinet qui sauva, pour l'instant, la situation. Il vint, en souriant, se mettre en tiers entre Bligny et Claire, entrant en matière par un de ces lieux communs, auxquels il excellait, et qui agaçaient supérieurement son gendre :

— Comme le ciel est pur ! dit l'ancien juge au tribunal de commerce, avec un air élégiaque. La lune est à son premier quartier. Il fera beau toute la semaine !

Le duc regarda Moulinet de travers, Claire, profitant de la diversion, s'échappa avec un vif soulagement. Bligny fit un pas pour la suivre. Son beau-père, d'un geste solennel l'arrêta, et, l'emmenant au bord de la pièce d'eau :

— Monsieur le duc, dit Moulinet, je constate, avec chagrin, que vous abusez singulièrement des bonnes relations que je m'efforce d'entretenir avec M Derblay, pour...

— Pour? répéta le duc en regardant Moulinet de haut en bas avec une remarquable impertinence.

— D'abord, s'écria l'ancien juge au tribunal de commerce, perdant pour la première fois patience, veuillez, je vous prie, mon gendre, et il appuya fortement sur ce vocable particulièrement désagréable á Bligny, veuillez cesser de prendre, vis-à-vis de moi, un certain ton gouailleur que je ne suis plus disposé à supporter...

— Monsieur Moulinet se révolte, il lève l'étendard de la magistrature consulaire? dit le duc en riant...

— M. Moulinet vous trouve tout à fait inconvenant, reprit le beau-père d'un ton plus haut, et à son égard et à l'égard de votre hôte, dont vous courtisez la femme d'une façon scandaleuse.

— Madame votre fille me ferait-elle la faveur de s'en plaindre? demanda le duc, en affectant une politesse exagérée plus irritante encore que son persiflage.

— Ma foi, non, dit Moulinet; elle paraît même se soucier fort peu de votre fidélité... et je la comprends !

— Eh bien ! alors? fit railleusement le duc.

Moulinet se mit de trois quarts, et, foudroyant son gendre du regard :

— Et la morale, monsieur? dit-il.

— Oh ! la morale de la rue des Lombards ! répliqua le duc en faisant un geste d'insouciance.

Moulinet prit un air important.

— La rue des Lombards a bien sa valeur, scanda-t-il. Vous en savez quelque chose !

— Oh ! fi, monsieur Moulinet, s'écria le duc, ne remuez pas ainsi vos gros sous. On sait que vous êtes riche. Et, toisant avec dédain l'ancien juge au tribunal de commerce : **C'est votre unique mérite, n'en abusez pas !**

— Mon mérite, en ce cas, dit Moulinet, perdant tout à fait son calme, a sur le vôtre cet avantage qu'il augmente tous les jours ! Du reste, je suis bien bon de m'intéresser à vous. Poursuivez votre coupable entreprise ! Le seul résultat que vous obtiendrez sera de vous faire une bonne querelle avec le mari, et je vous préviens d'avance que toutes mes sympathies seront de son côté...

— Parfait ! fit le duc.

— S'il vous tue, continua Moulinet, qui s'animait en parlant, vous n'aurez que ce que vous méritez !

— Le jugement de Dieu !

— Nous vous ferons faire, ma fille et moi, des funérailles dignes de notre fortune, et nous irons vous pleurer à Monaco et aux bains de mer, pendant le délai légal.

— Enfin, un deuil gai !

—Outré du déréglement de vos passions...

— Ah! monsieur Moulinet ! terminons ! interrompit le duc avec hauteur, je ne demande pas de conseils, et je n'accepte pas de leçons. Pendant quelques minutes votre pédantisme prudhommesque m'a amusé, mais èn voilà assez !

— Très bien, monsieur, dit Moulinet, dominé par l'insolence du duc, faites à votre guise, je m'en lave les mains.

Et, agitant sa tête d'un air digne, le beau-père remonta vers les salons.

Un grand mouvement venait de se produire sur la terrasse. Suzanne était venue en courant trouver son frère qui causait avec le procureur général et le préfet, et, un peu haletante, très émue :

— C'est une députation des ouvriers, dit-elle. Ils sont dix ; ils demandent la permission d'approcher.

—Mais comment donc ! s'écria le préfet, dans lequel le démocrate, fouetté par ces mots : députation d'ouvriers, se réveilla. Une petite démonstration populaire... c'est parfait !

— Il va demander qu'on joue la *Marseillaise !* murmura le trésorier-payeur en souriant.

Philippe s'était avancé vers les ouvriers :

— Ah ! c'est vous, Gobert ! dit-il, en reconnaissant son plus ancien contre-maître, vêtu de ses habits des grands jours, le chapeau à la main, et portant un énorme bouquet, en souriant d'un air inquiet...

— Arrivez donc mon brave, et vous aussi, mes amis.

Gobert, grand vieillard aux cheveux blancs, resta planté sur ses jambes, médusé par la vue de tout ce monde élégant, qui, rangé sur la terrasse, l'examinait avec curiosité.

— Va donc, murmuraient ses camarades rangés derrière son dos. Va donc ! puisque c'est toi qui dois parler.

Mais lui, paralysé par une émotion invincible, regardait, les yeux écarquillés, immobile, comme s'il eût été changé en pierre.

Ce fut Suzanne qui rompit le charme, en venant gentiment prendre par la main le vieil ouvrier, qu'elle connaissait depuis qu'elle était née, et en le conduisant devant Claire. Le contre-maître s'inclina devant la jeune femme, et, très troublé, cherchant ses mots, quoiqu'il eût appris son petit discours par cœur :

— Puisque le patron le permet, madame Derblay, dit-il, daignez accepter ce bouquet que je suis chargé de vous offrir, au nom de tous les camarades, en vous souhaitant votre fête... Il faut que vous sachiez qu'à Pont-Avesnes, nous sommes dix-huit cents qui devons ce que nous avons à votre mari, qui nous a bâti des maisons, des écoles, une infirmerie, qui nous traite comme ses enfants... Et, voyez-vous, nous vous sommes reconnaissants du bonheur que vous lui donnez!

La parole s'étrangla dans la gorge de Gobert, gagné par l'attendrissement. Des cris et des applaudissements éclatèrent avec force. Le préfet avait donné le signal, en se tournant vers les jeunes époux, avec un sourire plein d'approbation. Claire, en entendant le contre-maître parler du bonheur qu'elle donnait à Philippe, avait tressailli. Ainsi, de tous côtés, partout et toujours, cette louange ironique lui arrivait.

Le tumulte s'était apaisé. Gobert, débarrassé de son bouquet, restait toujours planté devant M. et madame Derblay.

— Mais, reprit-il, j'ai autre chose à dire... Le pays va être appelé à élire un député...

A ces mots, Moulinet fit un pas en avant, comme s'il était mis directement en cause. Le préfet se redressa et lança autour de lui un regard plein d'autorité.

— Et nous venons, continua Gobert, prier le pa-

tron de se laisser porter dans la circonscription de
Pont-Avesnes.

Moulinet poussa un immense soupir de soulagement.

— La circonscription voisine de la mienne, s'é-
cria-t-il, bravo !

Une tempête de hourras et d'exclamations, partant de la grille de la cour d'honneur, fit écho à la
voix du vieux contre-maître. Les ouvriers de l'u-
sine, endimanchés, avec leurs femmes et leurs filles,
se pressaient sur la place, assistant de loin à la
manifestation qu'ils avaient préparée.

— Ouvrez la grille, dit Philippe, que tout le monde
entre.

Et, en un instant, un flot joyeux se répandit dans
les parterres, débordant dans le parc, sous les lanternes vénitiennes qui éclairaient de leurs lueurs
multicolores les allées profondes et les ronds-
points mystérieux ornés de statues.

— Ces braves gens ont eu une excellente pensée,
dit le préfet gracieusement. M. Derblay est des
nôtres ; c'est un libéral, dans la plus généreuse ac-
ception du mot. Pour tous, son nom signifie :
science, probité, travail et liberté !

— Voilà une candidature que j'appuie, répétait
Moulinet. A nous deux nous tiendrons l'arrondis-

sement. Je vais travailler mes fermiers. Comités, réunions, discours, c'est mon affaire. Nous enlevons l'élection haut la main !

— Eh bien ! mon cher préfet, il me semble que nous faisons un peu de candidature officielle ! dit derrière le majestueux Monicaud une voix martiale. Le préfet se retourna, comme si on lui avait marché sur le pied, et se trouva nez à nez avec le général qui le dévisageait d'un air goguenard. Le représentant de l'administration civile adressa un sourire au représentant de l'administration militaire.

— Eh ! mon cher général, quand on a si bien dîné chez les gens, on ne peut pas avoir l'air de les combattre au dessert ! Politesse de digestion !

Puis, pivotant sur ses talons, il murmura entre ses dents : Prétorien, va !

— J'accepte, mes amis, disait Philippe, l'honneur que vous me faites. Non dans un but d'ambition, — vous savez que je recherche peu les occasions de me mettre en avant, — mais parce que j'espère une fois de plus pouvoir vous être utile.

Il y eut un grand tumulte ; des cris s'élevaient de la foule, et, pendant deux minutes, on ne vit que des bras agitant frénétiquement des chapeaux et des casquettes. Puis le bruit tomba peu à peu. Claire c'était avancée à son tour: -

— Quant à moi, mes amis, dit-elle, je vous remercie du fond du cœur de votre bonne pensée. Et vous, Gobert, puisque vous êtes le plus ancien de l'usine, pour tous vos camarades, venez m'embrasser.

Et gracieuse, souriante, elle tendit la joue au vieux contre-maître bouleversé, au supplice dans sa redingote noire un peu juste, et devenu tout rouge sous ses cheveux blancs. Gobert s'approcha, et, avec autant de précaution que si le doux visage de Claire eût été brûlant, comme le fer rouge que l'ouvrier était habitué à marteler, il embrassa la jeune femme.

— Oh! madame, dit le brave homme, ne pouvant retenir une larme, les Derblay ont toujours été de braves gens, et vous êtes bien digne d'être de la famille.

Claire jeta à son mari un regard de triomphe. Les paroles de l'ouvrier lui semblèrent avoir rattaché les liens qui l'unissaient à Philippe.

Athénaïs ricanait, en chuchotant avec La Brède et Du Tremblays :

— Eh bien! Mais c'est tout à fait charmant : nous nageons dans le socialisme.

Une acclamation énorme coupa la parole à la duchesse. Philippe venait de donner ordre de rouler quelques pièces de vin dans un rond-point du parc, et il avait envoyé chercher la fanfare du pays. En un instant, une estrade fut improvisée avec des planches. Et, hissés sur cet échafaudage, les musiciens firent entendre les notes criardes de leurs instruments. Les vignerons de la côte, attirés par le bruit, se mêlaient aux ouvriers de l'usine, et la vieille hostilité qui divisait le pays en deux camps était en voie de disparaître. Dans les grandes allées, à la lueur des lanternes multicolores, qui éclataient comme des fleurs fantastiques, dans la sombre verdure des arbres, cette multitude agitée et bruyante semblait une noire fourmilière.

Soudainement la nuit fut traversée par un éclair brillant, et la première bombe d'un feu d'artifice, commandé et préparé avec grand mystère par le baron, éclata bruyamment dans les airs, jetant sur la foule ébahie une pluie éblouissante d'étoiles d'or. Puis les fusées sillonnèrent l'espace de leurs traînées de feu, et les taillis du parc s'illuminèrent des clartés vertes et rouges des feux de Bengale.

Les musiciens s'étaient arrêtés, et, leurs instruments sur leurs genoux, aux premières loges de l'estrade, ils suivaient le vol capricieux des serpenteaux et le surprenant jaillissement des chandelles romaines.

Le délicieux du Tremblays, qui ne manquait jamais l'actualité, fredonnait d'une voix aigre les premiers mots de la chanson bien connue :

> Petit Pierre, hausse-moi,
> Que je voie la fusée volante...

Le préfet, se tournant vers Moulinet, lui dit avec enthousiasme :

— Voyez-vous comme le rouge fait bien dans les feux d'artifice! Quelle belle couleur!

— J'aime aussi beaucoup le vert, répondit l'ancien juge, qui n'avait pas saisi l'allusion.

— C'est la couleur de l'espérance, dit gracieusement le trésorier-payeur, en saluant Moulinet.

Le père de la duchesse comprit. Il était lucide pour ce qui touchait à ses intérêts. Il regarda l'ancien viveur avec bienveillance. Il le trouva un homme très comme il faut. Du reste, celui-ci avait la plus belle paire de chevaux du département.

— Eh bien! monsieur Moulinet, dit le baron qui s'était approché, cela va bien? Vous paraissez enchanté!

— Oui, baron, répondit l'ancien juge avec expansion. Ce luxe, ces fêtes, cette animation, tout

cela m'enchante. J'étais né pour la haute vie. Mes
goûts protestent contre l'injustice de mon origine...

— Votre esprit suffirait à la faire oublier! dit Pré-
lont, avec un sang-froid imperturbable.

Une rougeur immense illumina le ciel. C'étaient
les pièces principales qui s'allumaient. Sous un
portique flamboyant, un petit enfant, dessiné par
des feux roses, couronnait une grande femme
silhouettée par des feux blancs.

— L'Amour couronnant l'Industrie! dit le baron,
qui se crut obligé d'expliquer l'allégorie.

— Connu! murmura le majestueux Monicaud à
l'oreille du procureur général. L'année dernière, à
Neufchâtel, où j'étais sous-préfet, on nous a servi
l'enfant rose et la femme blanche, le soir de la fête
nationale, sous ce titre : L'Avenir couronnant la
France.

— Et moi, dit gaiement le trésorier-payeur, je les
ai vus figurer, autrefois, dans un feu d'artifice tiré
à Ville-d'Avray, pour la fête du docteur Thomson,
l'illustre accoucheur, sous cette désignation : L'Enfance couronnant la Médecine.

Un bruit terrible et une aveuglante clarté cou-
pèrent la parole aux invités. Le bouquet, une gerbe
embrasée, montait dans le ciel, s'étendant au-dessus

des spectateurs comme une voûte de feu. Une
grêle de baguettes noircies tomba sur la tête des
plus avancés, au milieu des cris et des rires. Puis
le cielredevint sombre, et le parc, doucement éclairé
par les lanternes vénitiennes, reprit son aspect.
Comme si une main invisible eût donné le signal,
les instruments de la fanfare rugirent tous ensemble,
jetant au vent de la nuit les premières mesures du
quadrille. Puis un silence succéda pendant qu'une
voix gouailleuse de gamin criait : En place pour la
contredanse !

Athénaïs fut soudain prise d'un caprice de grisette : elle eut une folle envie d'aller danser au
milieu de ces paysans. Ce fut tellement impérieux que, les yeux brillants, les joues animées,
elle se tourna vers Philippe, et se penchant vers
lui :

— Oh ! monsieur Derblay, ouvrons ce bal cham-
pêtre !... Ce sera charmant... Venez, vous danse-
rez avec moi !

Philippe resta immobile, hésitant entre le désir
de refuser et la crainte d'être impoli. Il échangea un
coup d'œil avec Claire.

La jeune femme avait pâli en assistant à cette
nouvelle et provocante tentative de la duchesse.
Elle jugea que la mesure était comble. Et puis, elle

s'était juré à elle-même de ne plus permettre qu'Athénaïs s'emparât de Philippe. Elle restait cependant indécise, anxieuse, craignant de déplaire à son mari. Une voix railleuse retentit à son oreille, la voix abhorrée du duc :

— Vous voyez? disait-il.

Et, d'un geste, il montrait Athénaïs penchée vers Philippe et le tenant sous le regard caressant de ses yeux

Claire frémit de douleur et de honte. Sa souffrance fut décuplée par cette imprudente intervention du duc. A ce moment précis, comme si leur destinée se décidait enfin, les yeux de Philippe rencontrèrent ceux de Claire. La jeune femme, dans ceux de son mari, vit si nettement la contrainte et la lassitude, qu'elle fut comme entraînée par une force irrésistible. Elle fit trois pas, et, touchant légèrement le bras d'Athénaïs qui répétait : Nous ouvrons le bal ensemble, n'est-ce pas ?

— Pardon, si je contrarie tes projets, dit Claire froidement. Mais je voudrais causer un seul instant avec toi.

— Causer ? fit la duchesse avec une surprise mêlée d'ennui. Comme cela, tout de suite ?

— Tout de suite, appuya madame Derblay.

— C'est donc urgent ?

— Tout à fait urgent.

Athénaïs dévisagea son ennemie. Claire soutint ce regard avec une telle fermeté que la duchesse, troublée, pressentant quelque grave incident, baissa les yeux, et, d'une voix doucereuse :

— Qu'y a-t-il donc, ma chère belle? demanda-t-elle, en essayant de prendre la main de Claire.

— Suis-moi, tu le sauras, répondit durement madame Derblay.

Et sans ajouter un mot, sans se tourner vers Philippe, Claire, résolue, mais le cœur palpitant, entraîna Athénaïs dans le petit salon désert.

Elles restèrent, pendant une seconde, debout, comme deux adversaires prêts à en venir aux mains. Au loin, sous la feuillée, l'orchestre improvisé commençait à jouer, et le bruit sourd de la foule excitée arrivait jusqu'au château par bouffées confuses. Tous les convives étaient descendus dans le parc. Athénaïs et Claire, livrées à leurs seules forces, étaient encore une fois en présence.

— Asseyons-nous, veux-tu? dit madame Derblay d'une voix brève.

— Ce sera donc long? fit la duchesse, en étouffant à demi un impertinent bâillement.

— J'espère que non, répliqua Claire.

Athénaïs s'étendit dans un fauteuil. Elle allongea

une jambe, fixa les yeux sur la pointe ornée de jais de son soulier, et le fit miroiter lentement à la lumière des lustres, paraissant n'attacher aucune importance à ce que Claire avait à lui dire.

— Il s'agit d'une faveur que j'ai à te demander, reprit madame Derblay.

— Serais-je assez heureuse pour pouvoir te servir? demanda Athénaïs avec nonchalance.

— Oui. L'autre jour, à cette chasse dans la forêt, quand tu as emmené mon mari avec toi, tu m'as demandé si cela ne me déplaisait pas, et si je n'étais pas un peu jalouse...

La duchesse frappa un petit coup sec avec son talon sur le parquet et dit :

— Je plaisantais!

— Eh bien! Tu avais tort, déclara madame Derblay, car tu disais vrai.

Athénaïs, extrêmement étonnée, cessa de s'étendre dans son fauteuil et se tint sur ses gardes.

— Toi, jalouse? dit-elle.

— Oui.

— De moi? appuya la duchesse.

— De toi! répéta Claire. Et avec un sourire contraint, elle ajouta : Tu vois que je suis franche. Il me semble que mon mari s'occupe de toi plus qu'il ne convient, et je m'adresse directement à toi pour que tu mettes un terme à une assiduité, à laquelle tu n'attaches évidemment aucun prix, et qui m'est très pénible.

— Oh! chère petite, s'écria Athénaïs, se tournant vers Claire avec une vivacité pleine du plus tendre intérêt, comment! tu souffrais et tu ne disais rien! Mais n'exagères-tu pas un peu? Je ne me rappelle vraiment rien qui ait pu motiver ton ennui. M. Derblay est fort aimable, il paraît avoir du plaisir à causer avec moi, mais cette sympathie entre gens de la même famille n'est pas surprenante, et n'a rien de criminel.

— J'en souffre! dit Claire avec insistance.

La petite duchesse se dressa et, d'un ton pointu comme une vrille :

— Ma chère amie, c'est à ton mari qu'il faut demander le remède à ton mal. Moi, je n'y peux rien!

— Si, tu peux couper court à cette intimité.

Athénaïs se laissa retomber languissante au fond de son fauteuil. Elle voyait maintenant où Claire voulait en venir. Ainsi, c'était un désarmement qu'elle demandait. La jeune femme adoucit toutes les aigreurs de sa voix, et, avec une aménité plus exaspérante que sa raideur passée :

— Et comment y pourrais-je arriver? En accueillant mal ton mari ? D'abord, ce serait m'imposer un rôle bien désagréable. Et, ensuite, crois-tu le moyen bien efficace ?

Elle souriait en parlant ainsi, avec l'air de bravade d'une femme sûre de son ascendant.

— Aussi, reprit Claire avec sa tranquille sérénité, n'est-ce pas cela que je veux te proposer.

— Qu'est-ce donc ?

Madame Derblay hésita un peu, puis hardiment :

— C'est de t'éloigner pour quelque temps de notre maison.

Athénaïs bondit, et, cessant de se dominer :

— Y songes-tu ? cria-t-elle.

— Oui, dit Claire avec autant de douceur que sa rivale avait d'âpreté. Et c'est sur le ton de la prière que je te le demande. Accuse-moi d'être folle ; mais fais cela : il y va de mon bonheur.

— Et sous quel prétexte veux-tu que je m'éloigne ? reprit Athénaïs. Que dirait-on d'une séparation si brusque qu'elle ressemblerait à une rupture ?

— Nous nous chargerons de l'expliquer d'une manière satisfaisante.

L'insistance de Claire embarrassa beaucoup Athénaïs. Elle pensa que madame Derblay était plus forte qu'elle n'avait cru, et que, si elle se laissait entraîner à la moindre concession, tout était perdu. Elle résolut de trancher dans le vif.

— Nous pouvons ne pas réussir, dit-elle. Et ce serait désastreux pour moi. Tu as été franche : je vais l'être. Je suis nouvelle dans le monde où m'a fait entrer le duc de Bligny, je m'y plais, et je tiens à y garder la place que j'ai déjà su m'y faire. Mais on y est très rigoriste. Aussi tu comprends que si la famille de mon mari me fait froide mine, on trouvera là une occasion de me discuter. Je suis si jalousée ! Et adieu mes rêves ! Si tu as ton amour, moi j'ai mon ambition. Je comprends que tu tiennes à protéger l'un, souffre que je défende l'autre.

Claire se mit à trembler. Elle ne se contenait plus qu'avec peine. L'envie lui venait de saisir cette misérable, et de l'écraser.

— Ainsi, tu refuses ? dit-elle d'une voix étouffée.

— A contre cœur. Mais, en conscience, mets-toi à ma place !

Et l'ironie était tellement vive qu'Athénaïs ne put réprimer un sourire.

Claire s'avança et, cessant de dominer sa colère :

— Que je me mette à ta place ? fit-elle avec violence. C'est toi qui t'es mise à la mienne, et qui veux t'y mettre encore ! Depuis que je te connais, tu me poursuis de ton envie et de ta haine. Fille, tu m'as pris mon fiancé; femme, tu essaies de me prendre mon mari! Je n'ai pas su garder l'un, je saurai t'arracher l'autre!

— Ah! c'est ainsi! s'écria Athénaïs, blêmissant de rage. Eh bien! soit! Levons le masque! En vérité la dissimulation me pèse! Oui, depuis mon enfance, je te rends en haine tout ce que toi et tes pareilles vous m'avez prodigué de dédain. Tu m'as écrasée pendant dix ans de ton nom, de ta fortune et de ton esprit! Eh bien! vois! aujourd'hui j'ai des millions, je suis duchesse, et tu en es à me demander grâce!

— Prends garde! dit Claire, je ne suis pas d'un sang à me laisser longtemps insulter impunément.

— Et moi, répliqua la duchesse, je porte un nom qui me met au-dessus de ta colère!

— J'en appellerai de la conduite que tu tiens envers moi!

— A qui? demanda Athénaïs en ricanant.

— Au monde.

— Lequel? Le tien où je suis montée? Ou le mien où tu es descendue?

— A celui, quel qu'il soit, où il y a des honnêtes gens pour qui respecter les autres est un devoir, et se faire respecter soi-même est un droit. Devant celui-là, entends-tu? je répéterai hautement ce que je viens de te dire. Je te montrerai telle que tu es. Et nous verrons si le nom que tu portes, si grand qu'il soit, suffira à cacher ta bassesse et ta fausseté.

La duchesse voulut répondre, elle chercha vainement dans son cœur enfiellé. Ses lèvres laissèrent échapper un sifflement. Réduite au silence, elle tenta au moins d'insulter du geste. Mais elle vit, devant elle, Claire si menaçante, les yeux ardents et les mains agitées, qu'elle eut peur. Elle recula et, baissant la voix :

— C'est un scandale que tu cherches?

— C'est une exécution que je vais faire ! Une dernière fois, veux-tu consentir à ce que je te demande ?

— Non ! cent fois non ! répéta Athénaïs en grinçant des dents.

— Alors, tu vas voir !

Des pas faisaient crier le sable de la terrasse, et un bruit de voix joyeuses entrait par les fenêtres du salon. Sur le perron, Philippe parut, donnant le bras à la baronne. Le duc, riant avec La Brède, suivait, précédant Moulinet qui s'était attaché au baron.

Ils virent Athénaïs et Claire, pâles, frémissantes, debout en face l'une de l'autre. L'attitude des deux

jeunes femmes était tellement significative que tous
s'arrêtèrent, pleins de stupeur. Alors Claire, le front
haut, sûre de sa conscience, forte des douleurs
subies, s'avança au milieu du salon, et désignant
Athénaïs d'un geste écrasant :

— Duc, emmenez votre femme, dit-elle, si vous
ne voulez pas que je la chasse de chez moi, devant
tout le monde !

Bligny resta impassible. Un pâle sourire glissa
sur ses lèvres. Mais Moulinet, n'en croyant pas ses
oreilles, hagard, les bras au ciel, s'était élancé

— Chasser ma fille, la duchesse ma fille ! répéta-
t-il avec emphase, comme si, en elle, on eût touché
à tout l'armorial de France.

Athénaïs, se tournant vers le duc, cria d'une voix
perçante :

— Monsieur, me laisserez-vous insulter de la
sorte, sans me défendre ?

Bligny fit deux pas vers Philippe, avec un calme
parfait.

— Approuvez-vous, monsieur, dit-il, ce que madame Derblay vient de dire à la duchesse ? Etes-
vous disposé à vous en excuser, ou êtes-vous prêt
à en prendre la responsabilité ?

Ce fut net, poli et tranchant comme l'acier.

Claire attacha sur son mari des regards pleins

d'angoisse. Philippe allait-il la désavouer, ou prendre hautement son parti ? Elle eut un instant d'incertitude horrible, pendant lequel elle souffrit plus qu'elle n'avait jamais souffert.

A la voix de Bligny, le maître de forges s'était approché. Sa haute taille se développa dans toute sa mâle vigueur. Il dépassa le duc de la tête, puis, gravement et avec une énergie qui fit tressaillir tous ceux qui écoutaient :

— Monsieur le duc, quoi que fasse madame Derblay, quelque raison qu'elle ait pour le faire, je tiens tout ce qu'elle fait pour bien fait !

Le duc salua avec une incomparable élégance ; il se tourna vers La Brède, auquel il fit un signe, et dit :

— C'est compris !

Puis, offrant son bras à Athénaïs décomposée, il sortit, suivi de Moulinet éperdu, et du fidèle La Brède, qui murmurait :

— Diable d'affaire ! Deux cousins ! Bligny est l'offensé, il prendra le pistolet. Le maître de forges est un homme mort !

Claire, en voyant s'éloigner sa rivale humiliée et vaincue, ne songea pas aux terribles conséquences qu'allait entraîner son coup d'audace. Elle poussa un cri de triomphe, et allant à son mari avec une reconnaissance passionnée :

— Oh ! merci, Philippe ! dit-elle. Et elle lui tendait vaguement les bras.

En un instant son ardeur tomba. Elle vit son mari redevenu impassible.

— Vous ne me devez pas de remerciements, dit-il. En vous défendant, c'était mon honneur que je défendais.

Et Claire restant muette et sombre :

— N'oubliez pas que vous avez des hôtes ici, reprit-il, et qu'il faut que personne ne se doute de ce qui s'est passé.

Il offrit son bras à la baronne dont les nerfs étaient si ébranlés qu'elle avait à la fois envie de rire et de pleurer. Claire essuya une larme qui glissait sur sa joue, et, souriant tristement au baron qui était resté auprès d'elle :

— Venez, dit-elle, puisqu'il le faut, allons danser !

XVIII

La nuit parut cruellement longue à Claire. Rentrée dans son appartement, elle comprit toute la gravité de la situation et fut épouvantée. Certes, elle avait agi dans la plénitude de son droit. Bravée, menacée, outragée chez elle par une ennemie sans pitié, elle s'était révoltée et l'avait chassée. Mais sa querelle particulière était devenue générale. Son mari avait été contraint de prendre fait et cause pour elle, et elle le voyait maintenant lancé contre le duc. Elle avait devant les yeux l'énigmatique sourire de Bligny quand il avait dit : C'est compris. Ce sourire la faisait frissonner. Elle savait quel dangereux adversaire était Bligny. S'il fallait en venir à un combat, Philippe n'était-il pas sous le coup d'un effroyable danger ? Elle avait vu, à la fin de la soirée, Octave et le baron s'aboucher avec La Brède et Moulinet. Elle avait interrogé le baron et son frère; ils avaient répondu évasivement, l'air contraint, affirmant que les pourparlers aboutiraient à un arrangement.

Claire chercha quel arrangement pourrait intervenir entre ces deux hommes qui se haïssaient. Le duc avait nettement posé les termes de la question : Ou des excuses ou la responsabilité, c'est-à-dire une réparation. La jeune femme ne s'arrêta pas une seule minute à l'idée que son mari pût faire des excuses. C'était donc un duel.

Claire était d'une race vaillante, dont les femmes n'avaient jamais pâli au choc des armes. Son aïeule, une Bligny, avait couru les chemins creux de la Vendée avec les bandes de Stofflet, faisant, dans l'occasion, le coup de carabine contre les bleus. Son père, le marquis de Beaulieu, âgé de seize ans, s'était enfermé à la Pénissière et avait été trouvé, au bout de trois jours, sous les décombres de la ferme, le bras fracassé par une balle. Elle avait de qui tenir. Mais si elle n'eût pas craint la mort pour elle-même, elle eut peur pour Philippe. La superstition s'en mêla. Elle se figura cette union, entre le maître de forges et elle, marquée de noir par le destin. Elle eut le pres-

sentiment que si son mari se battait, il serait
tué. Et des images affreuses passèrent devant ses
yeux.

Elle vit, sur le gazon taché de sang, Philippe
étendu inanimé, et le duc debout, le pistolet encore
fumant au poing, qui riait de son mauvais rire.
Pourquoi le pistolet? Pourquoi cette arme si dangereuse? Elle se disait vainement que peut-être
on se battrait à l'épée. Toujours, elle voyait les
deux hommes le pistolet à la main; elle entendait
la double détonation, une légère fumée bleue montait dans l'air. et Philippe, frappé à mort, s'abut-
tait lourdement dans l'herbe.

Elle voulut chasser ce cauchemar qui la poursuivait tout éveillée. et elle se mit à la fenêtre. L'air
était doux, la nuit, d'une transparence admirable,
étincelait d'étoiles. Et dans les arbres du parc des
lanternes vénitiennes achevaient de s'éteindre,
ranimées un instant par un souffle de vent, et brillant dans l'obscurité comme des points rouges.
Elle vit avec horreur dans ces points rouges des
taches de sang Epouvantée, elle referma sa fenêtre, tirant ses rideaux pour ne plus apercevoir ces
clartés sinistre.

Elle se mit à marcher autour de sa chambre,
pensive, absorbée, roulant dans son esprit la lugu-

bre crainte de la mort de Philippe. Elle se surprit à parler tout haut, disant : « Je porte malheur à ce qui m'approche ! » Le son de sa voix l'effraya dans le silence. Elle s'allongea sur sa chaise longue et essaya de lire. Mais des sons de cloche lui tintèrent aux oreilles, comme un glas funéraire.

Elle voulut alors aller jusque chez Philippe pour savoir ce qu'il faisait. Elle traversa le petit salon sur la pointe du pied. Elle vint jusqu'à la porte de la chambre de son mari. Tout était silencieux et obscur ; ni bruit, ni lumière. Elle crut qu'il dormait, et cette idée la rassura un peu. Elle revint à sa chambre et passa le reste de la nuit, à demi éveillée, dans une agitation que rien ne pouvait calmer.

Philippe n'était point dans sa chambre et il ne dormait pas. Il s'était enfermé dans son cabinet, situé au rez-de-chaussée, au-dessous de la chambre de Claire. Il n'ignorait pas que la rencontre qui se préparait entre le duc et lui serait sérieuse. Les pourparlers s'étaient engagés le soir même entre les quatre témoins, et l'affaire étant d'une simplicité extrême dans sa gravité, l'accord avait été rapidement conclu.

Malgré les supplications éplorées de Moulinet, qui voulait à tout prix éviter le combat, rendez-vous avait été pris pour huit heures du matin. On devait se trouver à la limite des bois de Pont-Avesnes et de la Varenne, à égale distance des deux habitations, à ce même rond-point des Etangs qui, quelques jours auparavant, résonnait des joyeuses exclamations et des rires des chasseurs faisant fête au lunch somptueusement préparé.

L'arme choisie par le duc était le pistolet. La distance trente pas, le feu à volonté. Philippe accepta ces conditions sans répugnance. Quoique ayant peu pratiqué le pistolet, il était au fusil de première force. Et sûr de son coup d'œil, il pensait, avec une joie farouche, que, s'il risquait de recevoir la mort, il était à peu près certain de la donner. Entre ces deux hommes, doués d'un courage égal et d'un sang-froid à toute épreuve, il était impossible de choisir d'avance le vainqueur. Mais il n'était pas douteux que l'un des deux ne fût condamné.

Seul, en face de lui-même, n'ayant peut-être plus que quelques heures à vivre, Philippe se laissa aller à une profonde méditation. Il fit loyalement l'examen de sa conduite. Une pensée l'obsédait : il craignait d'avoir été trop dur pour Claire. A cette heure suprême, il ressentait une pitié profonde pour cette âme troublée qui s'était lavée dans ses propres larmes. Il la voyait maintenant pleine de lui. La femme altière qui l'avait si rudement repoussé s'était fondue en une femme humble, tendre et dévouée. L'épreuve si dure qu'il lui avait fait subir était complète. Et il avait le droit de croire que, vivant, Claire serait tout à sa tendresse, mort, tout à son souvenir.

C'était là le but qu'il s'était proposé. Il l'avait atteint, point dépassé. Il se sentit plus calme. Du fond de sa conscience il ne regretta pas d'avoir martelé sans trêve ce caractère de bronze, pour le façonner à sa guise. Il vit dans le résultat obtenu une garantie de bonheur pour Claire, si la chance lui était favorable et s'il revenait sauf. Livrée à elle-même, dans le déréglement de son sens moral, elle eût été certainement malheureuse. Trop intelligente pour ne pas comprendre qu'elle avait manqué sa vie, trop orgueilleuse pour s'avouer que la faute en était à elle seule, elle eût vécu dévorée par d'amères rancunes, et se fût aigrie dans de stériles regrets. La leçon qu'il lui avait donnée devait être salutaire. Elle s'était recueillie, retrouvée et reconquise. Et maintenant elle était mûre pour le bonheur.

Hélas ! Au moment où, l'œuvre de sa régéneration accomplie, Claire pouvait voir s'ouvrir devant

elle un riant avenir, la destinée contraire allait-elle
la plonger dans le désespoir ?

Un bruit de pas, résonnant sur sa tête dans le
silence de la nuit, fit tressaillir Philippe. Il écouta.
C'était une marche régulière, continue, automati-
que, celle de la pauvre femme qui souffrait de si
cruelles angoisses, séparée seulement de lui par
l'épaisseur d'un plancher, mais si éloignée cependant par l'implacable volonté du mari outragé.

Dans chaque vibration du parquet froissé par le
pied de Claire, Philippe devinait l'agitation horrible
de la jeune femme. Il la voyait par la pensée tournant autour de cette chambre, les yeux secs, les
traits crispés, les mains tremblantes, avec cet air
égaré, qu'il lui connaissait si bien dans l'affolement
de la douleur ou de la colère. Il sentit son cœur se
gonfler. Pour la première fois il se trouva faible
devant son amour. Et, la gorge serrée, les tempes
battantes, il fut pris d'un violent désir d'aller retrouver cette femme qu'il adorait et qui n'était pas
à lui. Il se donna à lui-même, comme un enfant,
des raisons pour justifier sa résolution. Ne serait-
il pas fou de risquer de mourir avant de l'avoir
prise dans ses bras, avant d'avoir plongé ses lèvres
dans les tresses parfumées de ses cheveux blonds?
Il n'avait qu'un mot à dire pour qu'elle tombât sur

son cœur. Le jour était encore loin. Il pouvait goûter les délices désespérées d'une nuit d'amour peut-être sans lendemain. A cette ardente pensée, il eut un vertige; sa chair frissonna. Il fit quelques pas. Et déjà, de la main, il touchait la porte, quand un retour de sa volonté l'arrêta.

Etait-ce bien lui qui allait se laisser entraîner à une si basse faiblesse ? Après tant de souffrances endurées, au dernier moment, manquerait-il de courage ? Cette femme qu'il avait domptée, vaincue, s'abaisserait-il jusqu'à aller mendier, auprès d'elle, quelques heures d'une dégradante volupté ? Il était à l'heure qui devait, matériellement et moralement, décider de toute sa vie. S'il survivait Claire était bien à lui, sans détours pour le présent, sans craintes pour l'avenir. S'il mourait, il restait devant ses yeux, grand, fier et implacable. Beau joueur, il voulut risquer complètement la partie. Tout ou rien. Une existence de pur bonheur, ou la mort froide et silencieuse. Et, résolu, il revint s'asseoir devant son bureau.

Sur sa tête, Claire continuait sa fiévreuse promenade. Il l'entendit ouvrir la porte, traverser le salon et, d'un pas furtif, aller jusqu'à sa chambre. Un sourire passa sur ses lèvres. Il écouta attentivement. Au bout d'un instant, Claire retraversa le salon et retourna chez elle. Ainsi, de même que lui, elle avait pensé à un rapprochement, et, comme lui, elle s'était arrêtée. Il comprit là combien, en allant à elle, il serait tombé de haut. Il eût cessé d'être l'homme supérieur dominant tout par sa volonté, pour devenir l'être vulgaire à la merci de ses sens.

Une faible clarté, annonçant le jour, le rappela aux soucis matériels qui devaient occuper ses derniers instants. Il voulut, s'il disparaissait, donner à sa sœur un ferme appui. Il avait pu apprécier les solides qualités du marquis de Beaulieu. Dans ce jeune homme, il avait deviné un esprit grave et un cœur sage.

S'il avait répondu par un refus à la demande que Claire lui avait adressée, ce n'avait été que pour rester fidèle à sa tactique conjugale et frapper un coup plus dur que tous les autres sur le cœur de la jeune femme. Il sentait, à ce moment-là, approcher la crise définitive, et il s'était promis de réparer promptement le tort qu'il faisait à Octave. Suzanne, d'ailleurs, l'aimait. Et à la pensée de causer un chagrin à cette enfant qui avait été la douceur de sa vie, son cœur se fondait.

Il résolut de marier les deux jeunes gens, et, pour

donner plus de solennité à son consentement, il lui
prêta la forme testamentaire. Tranquille et recueilli,
il prit ses dispositions, fit deux parts de sa fortune,
l'une pour Suzanne, l'autre pour Claire, priant « sa
chère femme de bien vouloir l'accepter, en souvenir de la profonde tendresse qu'il lui avait vouée. »
Il choisit, parmi ses ingénieurs, un directeur probe
et capable, pour occuper sa place. Et, ayant pourvu
à tout, il songea à dormir quelques instants. Il lui
fallait avoir la main ferme et le coup d'œil sûr. Il
s'étendit sur le large divan de cuir et, poussant un
soupir, il ferma les yeux.

Au château de la Varenne l'émotion était grande.
Athénaïs était revenue de Pont-Avesnes dans un
état de rage inexprimable. Au moment où celle
qu'elle haïssait semblait être définitivement abattue et à sa merci, un coup de vigueur la remettait
debout, hautaine et triomphante. Et c'était elle, la
duchesse de Bligny, qui se voyait humiliée, chassée,
vaincue! Car elle ne pouvait se dissimuler que
cette rupture éclatante allait lui faire un tort irréparable.

Toute la famille du duc prenait parti pour Claire.
Les motifs de la rencontre seraient connus et son
expulsion honteuse serait racontée, commentée,
grossie par un monde qui la détestait. A cette pen-

sée, Athénaïs grinça des dents, et des désirs de
carnage lui bouleversèrent le cœur. Elle eût voulu
être à la place du duc, pour que la besogne sanglante fût mieux et plus sûrement faite. Elle rêva
Claire veuve. Elle la vit en noir, pâle, éplorée,
maudissant l'heure où elle avait outragé sa rivale,
Elle pensa qu'en la frappant dans l'époux qu'elle
aimait, elle allait l'atteindre à la source même de sa
vie. Elle éclata d'un rire affreux, lança violemment
ses gants et son éventail sur la table du salon
dans lequel elle venait d'entrer, et, se tournant
vers son père et son mari qui la regardaient silencieux :

— Cet homme qui défend celle qui m'a insultée,
dit-elle avec rage, il faut qu'on me le tue !

Il y eut un instant de stupeur. Moulinet, attérré
par la tragique exclamation de sa fille. Le duc,
étonné de trouver dans Athénaïs une intensité de
haine égale à la sienne. Il en voulait cependant á
la duchesse d'avoir amené un éclat qui s'était terminé, pour elle et pour lui, par une retraite humiliante. Il la blâmait de n'avoir pas su se contenir.
Habitué aux perfidies enveloppées de bonne grâce
et aux haines cachées sous des sourires de son
monde aristocratique, il trouva Athénaïs horriblement commune et maladroite. En fin de compte,

l'attitude à la Borgia, prise par la jeune femme, l'agaça. Il la regarda tranquillement et, d'un ton léger :

— Tuer cet homme ! Vous en parlez à votre aise, ma chère. Ces phrases-là font très bien dans un mélodrame. Dans la vie ordinaire, elles sont parfaitement ridicules. Déshabituez-vous donc des grands mots et des grands bras !

Puis, avec un froid sourire :

— Au surplus, tenez pour certain que je ferai tout mon possible pour que vous ayez satisfaction.

— Permettez, monsieur le duc, dit alors Moulinet, sortant d'une laborieuse méditation. Je vous vois disposé à pousser les choses à outrance...

— N'avez-vous pas entendu votre fille, cher monsieur ? dit Bligny froidement. Me croyez-vous assez peu attaché à mes devoirs pour ne pas défendre ma femme ?

— Il ne s'agit pas de cela, reprit Moulinet. Vous avez, je dois le reconnaître, agi avec une correction parfaite. Mais ma fille est une folle de vous exciter à la violence. C'est à la conciliation qu'elle devrait vous exhorter. Tout peut encore s'arranger. Désaccord passager entre deux amies, querelle légère entre deux cousines. On s'embrassera, et ce sera fini. Mais un duel, un scandale, une rupture ? Vous n'en mesurez donc pas les conséquences? Pour vous elles sont énormes! Et pour moi?... Pour moi elles sont désastreuses!... Vous tuez ma candidature!

Malgré la gravité de la situation, le duc ne put s'empêcher de rire. Athénaïs, enfoncée dans un fauteuil, repliée sur elle-même comme une vipère, fit entendre un sifflement dédaigneux.

— Pardon, monsieur le duc, reprit Moulinet avec autorité, j'ai assez fait pour vous, je crois, pour pouvoir, à mon tour, formuler quelques exigences. Il faut que cette déplorable affaire s'arrange. Tous les jours il s'en produit de semblables qui aboutissent à une pacification. C'est facile. On rédigera un petit procès-verbal, par lequel madame Derblay sera déclarée retirer ce qu'elle a dit. Ma fille retirera ce qu'elle a répondu. Vous, mon gendre, vous retirerez votre provocation, et chacun retirant quelque chose, il ne restera plus...

— Qu'à nous retirer nous-mêmes, dit le duc.

— C'est ce qui se fait couramment.

— Pas quand il s'agit de gens tels que M. Derblay et moi. Croyez-moi, monsieur Moulinet, imposez silence à votre excellent cœur. Etouffez les plaintes du candidat alarmé, et laissez aller les choses telles qu'elles sont réglées... Je vous souhaite le bonsoir : j'ai à causer avec La Brède avant de me coucher.

Et saluant sa femme et son beau-père avec tranquillité, le duc sortit.

Moulinet fit quelques pas vers Athénaïs.

— Voyons, ma chère enfant! balbutia-t-il.

La duchesse, sans même le regarder, froide et pâle, se leva et, poussant d'une main irritée la porte de sa chambre, elle disparut. Moulinet hocha mélancoliquement la tête, et, pour la première fois, il s'avoua à lui-même qu'il existait des difficultés qu'on ne surmontait pas avec de l'argent.

— La nuit porte conseil, dit-il; demain il fera jour, nous y verrons plus clair.

Et, se rattachant à une vague espérance, il alla s'étendre dans le lit de l'empereur Charles-Quint.

Il y avait environ deux heures que le maître de forges dormait du plus calme sommeil, quand une légère pression sur l'épaule le réveilla. Il ouvrit les yeux, et, voyant debout devant lui le marquis de Beaulieu, il se mit vivement sur ses pieds. Il faisait grand jour. La pendule marquait six heures et demie.

— Nous avons le temps, murmura Philippe.

Jamais il ne s'était senti plus libre d'esprit, et plus vigoureux de corps. Il en éprouva quelque orgueil. Chez cet être de volonté, tout ce qui était une constatation de sa force morale lui causait une secrête jouissance. Il alla à la fenêtre et l'ouvrit. Un air pur et vif, chargé du parfum des fleurs humides de rosée, l'enveloppa délicieusement. Il laissa errer ses yeux sur les masses profondes du parc. Une brume légère, transparente et bleue, flottait au-dessus des arbres comme un voile. Et le soleil, déjà haut dans le ciel, faisait étinceler la surface calme de la pièce d'eau. La nature s'était parée, comme pour lui faire fête.

— Belle journée! s'écria gaiement Philippe, de même que s'il eût été sur le point de partir pour la chasse.

Son regard croisa celui du marquis, et, dans ses yeux attristés, il lut un muet reproche. Le maître de forges vint à son beau-frère, et lui serrant affectueusement la main :

— Ne vous étonnez pas, dit-il, de me trouver ce matin insouciant et presque joyeux. J'ai le pressentiment que tout finira bien pour moi.

Il devint grave.

— Cependant, comme il faut prévoir le malheur, j'ai pris des dispositions. Vous les trouverez consignées dans cette lettre.

Il montra sur son bureau une enveloppe sur laquelle était écrit le nom de maître Bachelin.

— Mon vieil ami et vous, serez mes exécuteurs

testamentaires. Je vous ai légué, mon cher Octave ce que j'ai de plus cher...

Un rayon de joie illumina le visage du marquis. Le jeune homme voulut parler; sa voix s'étrangla dans sa gorge, et, saisissant Philippe dans ses bras, il se mit à pleurer sur son épaule.

— Allons, Octave, un peu plus de fermeté, reprit Philippe. J'espère que ce sera de ma main que vous recevrez ma sœur. Mais si je n'étais plus là, mon ami, quand vous l'épouserez, aimez-la bien, elle le mérite. C'est un cœur tendre que le moindre chagrin briserait.

Sa voix était devenue d'une douceur infinie, en parlant de cette enfant, pour laquelle il avait été un véritable père. Il passa sa main sur son front, et devenant calme et souriant :

— Il faut que je m'habille. Voulez-vous monter avec moi? vous me tiendrez compagnie. Et puis nous irons retrouver le baron. Je désirerais m'éloigner sans attirer l'attention ..

Octave baissa le front sans répondre, puis, au bout d'un instant, faisant un effort :

— Philippe, avant de vous voir, ce matin, dit-il, j'ai vu ma sœur... Promettez-moi que vous ne partirez pas sans entrer chez elle ?

Philippe lança au marquis un regard interrogateur.

— Il est inadmissible, reprit Octave, que vous la quittiez sans lui donner l'occasion de se justifier à vos yeux, si cela est possible...

Et comme le maître de forges faisait un brusque mouvement de surprise :

— Depuis trois jours je sais ce qui s'est passé entre Claire et vous, dit gravement le marquis. Elle m'a tout avoué. Je sais combien ma sœur a été coupable, Philippe, et je vous plains, croyez-moi, d'avoir enduré de si cuisants chagrins, autant que je vous admire d'avoir su les cacher. Mais, je vous en prie, soyez indulgent, soyez bon. Cela sera digne de vous de ne pas accabler cette pauvre femme désespérée. Vous êtes un homme énergique et brave : on a le droit de tout vous dire. Songez qu'elle peut ne plus vous revoir. Ne la laissez pas écrasée sous le double remords d'avoir désolé votre vie et peut-être de vous avoir conduit à la mort...

Le maître de forges détourna son visage en pâlissant. Il fit quelques pas, puis, revenant à Octave :

— Je ferai ce que vous me demandez, dit-il. Mais cette entrevue va être horriblement pénible pour votre sœur et pour moi. Faites en sorte de l'a-

bréger, et facilitez-moi le départ, en venant me
chercher auprès d'elle...

Le marquis fit un signe d'acquiescement. Et,
serrant tendrement la main de Philippe, il s'éloigna avec lui.

XIX

Dès le matin la baronne était venue rejoindre son amie. Elle l'avait trouvée, après l'agitation horrible de la nuit, dans un état de torpeur invincible. Madame de Préfont avait parlé à Claire, sans pouvoir obtenir une réponse. Les yeux fixes, la bouche crispée, le corps anéanti, la jeune femme restait accroupie sur sa chaise longue. Toute la vie semblait s'être concentrée dans le regard sombre, égaré, qui était rivé à quelque épouvantable vision.

Un temps très long se passa ainsi. La sonnerie de la pendule, annonçant la marche des heures, faisait chaque fois tressaillir Claire. Sans ce mouvement, sans la clarté farouche de ses yeux, on eût pu a croire endormie.

L'arrivée de son frère la tira de son anéantissement. Elle se rattacha passionnément à l'espérance de voir Philippe avant son départ. Fiévreuse, les joues marquées de deux taches rouges, d'une voix monotone et comme usée, elle chargea Octave d'obtenir de son mari cette faveur suprême.

Et dès lors elle attendit, dans une reprise d'agitation éperdue, marchant sans cesse de la fenêtre, dont elle soulevait le rideau pour voir si on ne l'avait pas trompée, et si Philippe ne partait pas, à la porte, auprès de laquelle elle écoutait si elle l'entendait venir. Anxieuse, énervée, et donnant à la baronne épouvantée le spectacle de la folie envahissante.

Soudain un bruit de pas la fit reculer comme si elle eût craint de se trouver face à face avec celui qu'elle appelait de toute son âme. Elle pâlit, un cercle noir cerna ses yeux, d'un geste elle fit signe à la baronne de s'éloigner. Et elle resta debout, tremblante, sans voix. Philippe venait d'entrer.

Ils restèrent l'un et l'autre en présence, muets. Lui, examinant avec douleur les traces que tant d'affreuses angoisses avaient laissées sur le visage de la jeune femme. Elle, qui, un instant avant, avait tant de choses à dire, cherchant à rassembler ses idées et, dans son cerveau douloureux, ne trouvant plus que le vide.

Claire ne put supporter plus longtemps ce lourd

silence, elle alla vers Philippe, saisit sa main entre les siennes et, poussant un horrible gémissement, elle la couvrit de larmes et de baisers.

Le maître de forges s'attendait à une explication; il s'était préparé à entendre des prières. L'explosion toute physique de cette douleur, qu'il savait sincère, le bouleversa. Il voulut retirer sa main sur laquelle il sentait couler brûlants les pleurs de celle qu'il aimait. Il ne put y parvenir. Il frémit, se sentant sans forces contre tant de faiblesse...

— Claire, dit-il d'une voix basse, par grâce!... Vous me troublez profondément. J'ai besoin de tout mon sang-froid... Je vous en prie, calmez-vous... Soyez plus forte, ménagez-moi, si vous tenez à ma vie...

A ces mots, Claire releva la tête. L'expression de son visage n'était plus la même.

Elle parut avoir pris une résolution subite.

— Votre vie! dit-elle. Ah! plutôt donner cent fois la mienne! Misérable que je suis! C'est moi qui, par mon emportement, vous ai jeté dans le danger. Est-ce que je n'aurais pas dû tout supporter? En souffrant, j'expiais mes torts envers vous... Et dans une minute d'emportement j'ai tout oublié. Mais ce duel est insensé... il n'aura pas lieu, je saurai l'empêcher..

— Et comment? demanda Philippe, le sourcil déjà froncé.

— En sacrifiant mon orgueil à votre sécurité, répondit Claire. Oh ! rien ne me rebutera, puisqu'il s'agit de vous... Je m'humilierai devant la duchesse, s'il le faut, j'irai trouver le duc... Il en est temps encore.

Les traits du maître de forges se contractèrent.

— Je vous le défends ! dit-il avec force. Vous portez mon nom, ne l'oubliez pas ! Toute humiliation supportée par vous m'atteindrait moi-même. Et puis, enfin, comprenez donc que je le hais, cet homme qui a été cause de mon malheur !... Depuis un an je rêve de me trouver face à face avec lui... Ah ! croyez-moi, ce jour est le bienvenu !

Claire baissa la tête. Depuis longtemps elle avait pris l'habitude d'obéir quand Philippe commandait. Lui, calmé par cette violente sortie, reprit avec douceur :

— J'apprécie vos intentions et je vous en suis reconnaissant ! Il y a eu, entre nous, au début de notre existence commune, un malentendu qui nous a coûté à l'un et à l'autre bien des peines. Je ne vous en fais pas seule responsable. Il y a eu de ma faute... Je n'ai pas su vous comprendre... Je n'ai pas su me sacrifier... Je vous aimais trop !... Mais

Je ne veux pas m'éloigner en vous laissant la pensée que j'ai conservé pour vous de la rancune... Vous pouvez être en paix, Claire. A votre tour pardonnez-moi le mal que je vous ai fait, et dites-moi adieu...,

A ces mots, le visage de Claire resplendit. Et, tendant les mains vers le ciel dans un élan de reconnaissance passionnée :

— Vous pardonner, moi! s'écria-t-elle. Mais vous ne voyez donc pas que je vous adore? Vous ne l'avez donc pas deviné depuis longtemps dans le trouble de ma voix, dans l'égarement de mes yeux?

Elle s'était approchée de Philippe, et lui nouant ses beaux bras autour du cou, elle roulait sa tête blonde sur son épaule, l'enivrant de son parfum, le brûlant de son regard.

Elle parlait maintenant comme en rêve .

— Ah! ne pars pas! Si tu savais comme je t'aime! Reste là, près de moi, tout à moi. Nous sommes si jeunes, nous avons tant de temps à être heureux! Que t'importent cet homme et cette femme qui nous haïssent? Nous les oublierons. Partons, veux-tu, loin d'eux? Là, ce sera le bonheur, la vie et l'amour.

Philippe détacha doucement le bras qui l'enlaçait et, éloignant Claire :

— Ici, dit-il simplement, c'est le devoir et l'honneur.

La jeune femme poussa un gémissement. La réalité effrayante l'avait ressaisie. Elle revit, en un instant, le duc le pistolet au poing et riant, l'air mauvais. Elle voulut s'élancer, faire un dernier effort, retenir Philippe malgré lui. Elle cria :

— Non !... Non !...

Au même moment, la porte s'ouvrit et Octave parut. Il adressa à Philippe un signe de tête et se retira. Claire comprit que l'instant du départ était venu. Ce fut comme si un voile qui obscurcissait son esprit avait été déchiré. Elle comprit que tout était fini. Et s'abattant sur la poitrine de son mari, elle le serra une dernière fois avec une force convulsive.

— Adieu, murmura le maître de forges.

— Oh ! ne me quittez pas ainsi ! Pas sur ce mot glacé !... Dites-moi que vous m'aimez ! Ne partez as sans me l'avoir dit !.

Philippe demeura inébranlable. Il avait avoué qu'il pardonnait : il ne voulut pas dire qu'il aimait. Il éloigna Claire de lui, marcha vers la porte et, sur le point de sortir :

— Priez Dieu que je revienne vivant ! dit-il, lui jetant dans ces mots comme un suprême espoir.

Ce fut tout. La jeune femme poussa un cri qui fit accourir la baronne. La voiture qui emportait le maître de forges roula sourdement dans l'avenue.

Claire, sans se préoccuper de la présence de la baronne, se laissa retomber sur sa chaise longue, la tête enfouie dans les coussins, ne voulant plus ni voir, ni entendre, rêvant de suspendre sa vie pendant l'heure terrible qui allait s'écouler. Elle resta ainsi quelques instants.

Une douce voix la fit se relever brusquement. Suzanne, frappant à la porte, disait : Peut-on entrer?

Claire échangea un douloureux regard avec la baronne. Il allait falloir encore dissimuler, s'efforcer de tromper cette enfant ignorante de la vérité. Par la porte entr'ouverte, le frais et gai visage de Suzanne apparaissait.

— Viens, mon enfant, dit Claire.

Et, prodige de volonté, elle se fit souriante.

— Comment! vous n'êtes pas habillée? s'écria la la jeune fille, en voyant sa belle-sœur vêtue d'un peignoir. Moi, j'ai déjà fait tout le tour du parc avec la petite voiture.

Suzanne parcourut la chambre, fourrageant partout avec une vivacité de jeune chat.

— Tiens! fit-elle, je viens de rencontrer Philippe

27.

avec le baron et M. Octave. Ils étaient en voiture fermée... Ils avaient un air singulier... Où peuvent-ils bien aller ainsi, tous les trois?

Claire rougissait et pâlissait tour à tour. Une sueur d'angoisse perlait sur son front. Chaque parole de Suzanne la torturait.

— Oh! si mon mari est là, dit la baronne, c'est qu'il s'agit d'une expérience... quelque visite dans les carrières...

— De quel côté se dirigeaient-ils? demanda Claire d'une voix tremblante.

— Du côté des étangs, répondit la jeune fille. Peut-être vont-ils à la Varenne?

— Oh! non, dit la baronne, le duc de Bligny n'est pas homme à se lever avant dix heures...

Claire n'entendait plus. Du côté des étangs, avait dit Suzanne. Aussitôt la clairière, avec son tapis de gazon, ses barrières peintes en blanc, et, dans le fond, les eaux dormantes sous les branches penchées des arbres, avaient passé devant ses yeux. Ce lieu solitaire et morne était propice pour une rencontre. Il avait un aspect désolé qui le destinait à quelque scène tragique. C'était là que le duc et Philippe allaient se battre. Elle en était sûre, elle les voyait.

Elle fut reprise d'une agitation effrayante,

entraînée par le besoin de savoir. Elle ne put rester en place; elle prit une robe et la passa à la hâte. Un projet, aussitôt arrêté que conçu, venait de tendre tous les ressorts de sa volonté...

— Tu t'es servie de la petite voiture? dit-elle à Suzanne. Où l'as-tu laissée?

— Dans la cour des écuries, répondit la jeune fille. On doit la dételer en ce moment.

— Je vais la prendre. J'ai une course à faire ce matin dans le pays, reprit vivement Claire.

Et, sans rien attendre, une écharpe de dentelle sur sa tête nue, elle s'élança au dehors.

Seule, conduisant d'une main hardie, elle partit à une allure très rapide. Le mouvement, loin de calmer sa fièvre la surexcita. Elle eut la frénésie de la vitesse, mettant sa bête au galop, secouée durement dans les ornières d'une route de forêt, menacée de tout briser.

Elle ne s'arrêta devant rien, augmentant la violence de sa course, tous les nerfs raidis, se mordant les lèvres, enviant les ailes des oiseaux, et écoutant, la respiration coupée par les battements de son cœur, si, dans le silence des bois, elle n'entendait pas une sinistre détonation éclater.

La forêt restait silencieuse. Dans le lointain, les grelots des voitures, passant sur la grande route, tintaient joyeusement. Le tapis de mousse de l'allée s'étendait sous les pas du cheval, assourdissant le bruit de ses pas. Une épaisse vapeur sortait de ses flancs, l'entourant d'un nuage. Lancé avec rage, il buta et s'abattit. Claire sauta à terre et prit sa course à travers bois. Son instinct l'avertit qu'elle approchait du but : elle écouta et entendit qu'on parlait.

Elle jeta un rapide coup d'œil autour d'elle. A vingt pas, au bord des étangs, le kiosque chinois de M. Moulinet se dressait, mirant dans l'eau ses plaques de porcelaine. De là, Claire pouvait voir sans être vue. Légère comme une biche traquée, elle se glissa au travers des branches, et, montant les marches qui conduisaient à la galerie circulaire, elle s'arrêta anxieuse, épouvantée.

Au milieu du rond-point, le baron, faisant de longues enjambées, comptait des pas pour marquer la distance. La Brède, assisté de Moulinet, pâle et égaré, chargeait les armes. Philippe, à l'autre bout de la clairière, marchait lentement en causant avec Octave et le médecin. Le duc, à trois pas du kiosque, mâchonnait un cigare, en abattant machinalement, avec un petit jonc qu'il tenait à la main, de hautes tiges de digitales.

Claire se rappela, avec un horrible serrement de

cœur, le rond-point couvert de cavaliers, avec les groupes de jeunes femmes élégamment parées, et le buffet servi par les graves valets de pied de la Varenne. Tout, ce jour-là, était gai, brillant, heureux. Elle était jalouse alors, mais qu'était-ce que sa jalousie auprès de la torture qu'elle endurait en ce moment? Elle avait sous les yeux ces deux hommes qui allaient chercher à se tuer pour elle. Dans un instant, l'un d'eux serait étendu dans l'herbe verte.

Un nuage passa sur ses yeux. Elle dut se retenir à la balustrade pour ne pas tomber. Sa faiblesse fut de courte durée. Elle regarda de nouveau, haletante, avec une horrible curiosité.

Les deux adversaires étaient maintenant en place. M. Moulinet venait de s'écrier d'une voix suppliante :

— Messieurs, par grâce, messieurs... !

Il avait été entraîné par La Brède qui le semonçait sévèrement dans un coin. Octave remit à Philippe son arme, et se recula vivement. La Brède demanda d'une voix ferme :

— Messieurs, êtes-vous prêts ?

Le duc et Philippe ensemble répondirent : Oui.

Le jeune homme reprit, comptant lentement :

Un, — deux, — trois, — feu !

Claire vit les deux pistolets s'abaisser menaçants.
Dans cette seconde suprême, elle perdit la raison.
Un mouvement invincible la jeta en avant, elle
poussa un cri, franchit d'un bond les marches du
kiosque et, se ruant au-devant du coup qui menaçait
Philippe, elle boucha de sa blanche main le canon
du pistolet de Bligny.

Une détonation éclata. Claire devint pâle comme
une morte. Et agitant avec ivresse sa main la-
bourée et sanglante, elle éclaboussa de larges
taches rouges le visage du duc. Puis, poussant un
profond soupir, elle tomba évanouie.

Il y eut un moment de confusion indescriptible.
Le duc avait reculé plein d'horreur, en sentant
tomber sur lui cette pluie chaude et vermeille. Philippe, d'un bond, avait saisi Claire, et la soulevant
comme il eût fait d'un enfant, il l'avait portée dans
la voiture qui attendait au détour de la route.

Les yeux de la jeune femme étaient fermés. Anxieusement, le maître de forges, aidé par le médecin, souleva la pauvre main mutilée. Il baisa avec
adoration cette chair qui souffrait pour lui.

Très assombri, le médecin, avec une adresse de
femme, avait manié le bras de Claire.

— Rien de brisé, dit-il enfin avec allégement.
Nous en sommes quittes à meilleur compte qu'on

ne pouvait l'espérer. La main, il est vrai, sera bien abîmée... Mais madame Derblay s'en tirera en n'ôtant point ses gants.

Il se mit à rire, retrouvant son sang-froid d'opérateur. Puis, il arrangea les coussins de la voiture pour que la jeune femme fût bien à l'aise.

Philippe, encore bouleversé, ne quittait pas Claire du regard... Son évanouissement prolongé l'inquiétait. Le baron, en l'appelant, le ramena à la situation. La Brède, très agité, accompagnait M. de Préfont.

— Je suis chargé, monsieur, par le duc de Bligny, de vous exprimer son profond regret du malheur dont il est la cause bien involontaire. L'accident arrivé à madame Derblay l'afflige gravement, et ses idées se trouvent fort modifiées. Il lui paraît maintenant impossible de donner suite à l'affaire engagée. Le courage de mon ami est au-dessus de toute discussion. Le vôtre également, monsieur. Nous sommes tous gens d'honneur... Le secret de ce qui vient de se passer sera fidèlement gardé.

Le maître de forges dirigea ses regards vers le duc. Bligny, tremblant et livide, adossé à une barrière, essuyait machinalement son visage. Et chaque fois, avec un écœurement douloureux, il rame-

nait la fine batiste marquée d'une tache rouge. Il
pensa que sa balle aurait pu atteindre Claire mor-
tellement, briser son beau front, ou trouer sa blanche poitrine. En cet instant, il se jugea sévèrement,
eut horreur de ce qu'il avait fait, et résolut de s'é-
carter à jamais de la route de celle qui, à cause de
lui, avait tant souffert.

La Brède continuait à parler à Philippe avec une
émotion qui ne lui était pas habituelle. Le maître
de forges entendit vaguement que le jeune homme
lui témoignait ses regrets personnels. Il se laissa
serrer, par lui, la main avec vigueur. Et voyant le
duc qui s'éloignait, entraîné par Moulinet, il poussa
le médecin dans la voiture, monta sur le siège, prit
les guides et partit rapidement.

Dans la grande chambre tendue de vieilles tapisseries sur lesquelles de jeunes déesses emplis-
saient la coupe des guerriers, comme pendant la
longue maladie de Claire, Philippe, silencieux,
était assis au pied du lit.

La jeune femme, en proie à la fièvre, n'ayant
pas encore repris connaissance depuis une grande
heure, s'agitait sur son oreiller. Elle ouvrit les
yeux. Son regard vague chercha Philippe. Le maître de forges se leva vivement et se pencha
vers elle. Un sourire passa sur les lèvres de

Claire. De son bras nu elle entoura le cou de son mari et l'attira tendrement. Dans son cerveau troublé la notion exacte des choses n'était pas encore revenue. Il lui semblait flotter immatérielle dans des espaces célestes. Elle ne souffrait pas. Une langueur délicieuse l'avait envahie. Si bas, que Philippe l'entendit à peine, elle murmura :

— Je suis morte, n'est-ce pas, mon bien-aimé, et morte pour toi ? Que je suis heureuse! Tu me souris, tu m'aimes. Je suis dans tes bras. Que la mort est douce ! Et quelle adorable éternité !

Soudain le son de sa voix la réveilla. Une douleur aiguë lui traversa la main. Elle se rappela tout : son désespoir, ses angoisses et son sacrifice.

— Non ! j'existe ! s'écria-t-elle.

Elle repoussa Philippe, et, le regardant éperdue, comme si sa vie ou sa mort allait se décider par une parole :

— Un seul mot, dit-elle, réponds ! M'aimes-tu?

Philippe lui montra un visage rayonnant d'ivresse :

— Oui, je t'aime, répondit-il. Il y avait deux femmes en toi. Celle qui m'a fait tant souffrir n'est plus. Toi, tu es celle que je n'ai jamais cessé d'adorer.

Claire poussa un cri, ses yeux s'emplirent de

larmes, elle s'attacha désespérément à Philippe, leurs lèvres se touchèrent et, dans une extase inexprimable, ils échangèrent leur premier baiser d'amour.

FIN

R A P P O R T   15

BIBLIOTHÈQUE NATIONALE

CHÂTEAU
de
SABLÉ

1984